该书是国家社科基金青年项目"缪里尔·斯帕克小说研究"

（项目号：12CWW024）的结项成果

A Study of Muriel Spark´s Fiction

缪里尔·斯帕克小说研究

戴鸿斌　著

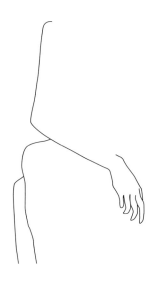

中国社会科学出版社

图书在版编目(CIP)数据

缪里尔·斯帕克小说研究／戴鸿斌著. —北京：中国社会科学出版社，
2020. 8

ISBN 978 - 7 - 5203 - 5503 - 2

Ⅰ.①缪…　Ⅱ.①戴…　Ⅲ.①缪里尔·斯帕克(1918 - 2006)—
小说研究　Ⅳ.①I561.074

中国版本图书馆 CIP 数据核字（2019）第 245707 号

出 版 人	赵剑英
责任编辑	郝玉明
责任校对	石春梅
责任印制	王 超

出　　版	中国社会科学出版社
社　　址	北京鼓楼西大街甲 158 号
邮　　编	100720
网　　址	http://www.csspw.cn
发 行 部	010 - 84083685
门 市 部	010 - 84029450
经　　销	新华书店及其他书店

印　　刷	北京君升印刷有限公司
装　　订	廊坊市广阳区广增装订厂
版　　次	2020 年 8 月第 1 版
印　　次	2020 年 8 月第 1 次印刷

开　　本	710×1000　1/16
印　　张	19
字　　数	283 千字
定　　价	89.00 元

序　一

日前收到戴鸿斌教授的来信，请我为其新作写序，我欣然应允。鸿斌 1999 年获硕士学位后就职于厦门大学外文学院。2006 年，他以优异的成绩考入上海外国语大学，在我的指导下攻读英语语言文学博士学位。经过三年的勤奋治学，他如期通过论文答辩，获得博士学位。他的毕业论文以英国当代著名作家缪里尔·斯帕克（Muriel Spark，1918—2006）为研究对象，重点考察了她的互文性、新小说和元小说三种颇具后现代主义特征的创作形式，体现了一定的独特见解和学术水平。毕业后，鸿斌在此基础上拓展了研究思路和学术视野，于 2011 年出版了《缪里尔·斯帕克的后现代主义小说艺术》一书。

2011 年，鸿斌顺利晋升副教授。翌年，他以"缪里尔·斯帕克小说研究"为选题，首次申报国家社科基金青年项目，喜获成功。平心而论，初次申报国家社科基金项目就有此佳绩，实属不易。尽管他的运气不错，但这也与他平日刻苦钻研密切相关。此外，由于当时斯帕克的小说在国内学界尚未引起足够的关注，所以他的这个选题比较新颖。鸿斌以这次申报成功作为学术生涯的新起点，将斯帕克研究层层推进。自 2011 年起，他在《外国文学研究》、《国外文学》、《外国文学》、《当代外国文学》、《英美文学研究论丛》、《外语教学》、《外文研究》、《当代外语研究》、*Modernism/modernity* 与 *International Journal of Social Sciences* 等国内外重要学术刊物上发表了一系列论文。

我记得，鸿斌由于成果丰硕于 2016 年顺利晋升教授。据悉，厦门大学的教授任职条件一直是比较严格的。评上教授后，鸿斌坚持不懈地辛勤耕耘，于 2018 年 7 月圆满完成了国家社科基金项目的研究工作，并顺利通过专家评审，以"良好"的鉴定等级结项。在经历了半年多的反复斟酌与修改之后，这部学术著作得以付梓。

据我所知，斯帕克一生中曾有三次闯入英国布克奖提名的 6 人决选名单，其作品已被译为 20 余种文字，可谓蜚声世界文坛。她是当代英国文坛最杰出的女作家之一，曾经被著名评论家大卫·洛奇和弗兰克·克默德分别誉为"她那个时代最有天赋和创新精神的英国小说家"和"她那一代作家中最有魅力的"。由于斯帕克出生于苏格兰，因而也被认为是"近 100 年来苏格兰最成功的小说家"及"自司各特和史蒂文森以来最重要的苏格兰小说家"。时至今日，由于国外研究者对斯帕克的研究起步较早，成果颇多，研究也显得较为全面和系统。但国内读者对斯帕克依然比较陌生，对她的深入研究才刚刚开始。鸿斌的《缪里尔·斯帕克小说研究》一书从多个角度、不同侧面对斯帕克的 22 部小说进行了深入的探讨。这部著作既有宏观阐述，也有微观剖析，是迄今为止国内学界对斯帕克研究最重要的成果之一，不仅对学界同行具有一定的参考价值，而且对我国的当代英国小说研究尤其是斯帕克研究也起到了一定的促进作用。

如果算上戴鸿斌与我的合著《什么是现代主义文学》一书，那么这已经是他的第三部专著了。对他的进步我颇感喜悦，也为之骄傲。希望他能够在学术道路上不断前行，再创佳绩。作为他的导师，我对他的未来充满了期望。

李维屏

2019 年 2 月于上海外国语大学

序 二

迎着改革开放新时代的温熙阳光，戴鸿斌教授的专著《缪里尔·斯帕克小说研究》终于与读者们见面了。这是他第一个国家社科基金项目的"良好"结项成果，也是他第二部有关斯帕克女作家研究的学术论著，可喜可贺！他请我写几句话，我愉快地接受了。我首先衷心祝贺他在英国文学研究学术道路上迈出了可喜的一步。

戴鸿斌教授是福建惠安人，早年毕业于福建师范大学，后到厦门大学外文学院任教，工作认真负责。2006 年考取上海外国语大学博士研究生，师承著名学者李维屏教授，从事英国当代文学研究，选择女作家缪里尔·斯帕克为博士学位论文研究对象。2009 年他的博士学位论文获得一致通过。荣获博士学位后他返回厦门大学，继续在外文学院执教，深受学生欢迎。2012 年他第一次申请国家社科基金成功立项；2018 年顺利通过项目成果鉴定，圆满结项。2016 年他以优秀成果晋升教授，成为当年外文学院唯一晋升教授的青年学者。

英国文学历史悠久、源远流长、名声远扬。我国的大学生和研究生都比较熟悉。苏格兰文学是英国文学的重要组成部分。苏格兰曾涌现出了许多优秀作家。苏格兰民间诗人彭斯曾是我国读者喜爱的英国诗人之一。他的短诗唱响了神州大地。至于司各特的历史小说和史蒂文森的儿童故事，许多读者也是耳熟能详的。但对于现当代的苏格兰文学，我们了解比较少。对于女作家缪里尔·斯帕克，读者们也许感到有点陌生。因此，戴鸿斌教授的专著《缪里尔·斯帕克小说研究》必将带给我们有益的启迪。它不但能帮助我们进一步了解斯帕克和她的作品，而且填补了学术界的空白，大大促进了我国对当代英国文学的深入解读和研究。

《缪里尔·斯帕克小说研究》是一部内容丰富、评析全面、结构严谨、文字流畅的论著。它不仅将这位著名的英国女作家置于历史坐标下面，探讨她对苏格兰文学传统的继承与创新，而且深入地揭示了她的创作理念、美学思想和叙事策略，给同辈与后辈英国文学研究学者留下了宝贵的启示。斯帕克从一个普通的苏格兰姑娘成长为一位有国际影响力的英国多产作家，一生创作了许多小说、诗歌、戏剧、传记和文学评论等作品。她是个很值得研究的英国当代著名的女作家。

《缪里尔·斯帕克小说研究》是一部很有特色的论著，主要表现在四个方面。

首先，该书对女作家斯帕克进行了全方位、多视角的审视，为读者提供了作家多维度的立体塑像。斯帕克以写诗步入文坛，39 岁时转向小说，一生共创作了 22 部长篇小说。专著在评论斯帕克的长篇小说时，把它们与斯帕克的早年诗作、传记和访谈录及评论文相结合进行系统的全面的评析，特别是将斯帕克的小说与她的创作理念、美学思想和叙事策略相结合，评析更加深刻到位，令人耳目一新。专著既介绍了斯帕克的生平和作品，又全面涉及她的艺术思想、宗教和神学观，她的身份和伦理观，她的生命书写和信仰危机，以及她追寻自由和后现代主义写作方法等，多视角地探讨斯帕克其人其作的方方面面，给广大读者提供了一个系统地了解和理解斯帕克女小说家的平台，理解她小说中所展示的复杂的矛盾世界。

其次，用文本细读和传记批评的方法，阐释斯帕克小说的思想内涵和艺术风格。该书一方面将这位女作家的 22 部长篇小说结合她早期的诗作传记和访谈录进行宏观的梳理，揭示她的艺术理念、成长过程、宗教情结和追寻自由等。另一方面又选择 22 部小说中的 6 部小说进行微观的剖析，重点指出每部小说的特色：比如《公众形象》中的身份危机与伦理选择，揭示主人公在两难处境里的伦理选择，反映了斯帕克对当时社会错综复杂的矛盾世界的认识；《带着意图徘徊》里斯帕克读到了小说的虚构性和多元化结构，体现了女作家的自我意识；《精修学校》则披露了一所学校同事之间嫉妒的缘起和终结及权力斗争；1957 年她的第一部小说《安慰者》是对侦探故事文类的戏仿，展示了与《约伯记》和《恋情的终结》的互文性；在《琼·布罗迪小姐的青春》中斯帕克匠心独运，采用了第三人称的有限视角、"闪前"的时间设置和隐秘的空间转换，使小说叙事技巧复杂，情节设计精巧，思想内容丰富，这部小说成了评论界公认的斯帕克最优秀的代表作，也是她最受读者欢迎的小说，这部小说最早在美国的《纽约客》杂志上连载，1961 年出版了单行本，后来它被改编为戏剧，拍成电影和电视剧，受到欧美观众的欢迎；该书还评述斯帕克小说《驾驶席》的非个性化叙述，斯帕克小说中的现实主义描写往往夹杂着怪诞和凄凉的景象，她没有将那些超自然现象看作人们常常发生的幻觉，而是作为现实存在的反映，小说质疑当代西方许多习俗和制度，否认人们能从中获得心灵的安慰。

再次，思想评论与艺术分析相结合，突出斯帕克对自由的不懈追寻，强调她的女权主义倾向。斯帕克小说创作几乎始终探讨对自由意志与外在世界和宗教之间的矛盾。她小说中的主人公几乎都是女性形象。她们具有强烈的自我意识，不断努力追寻自由，从写作的自由到操控的自由，成为坚强抗争的女性。斯帕克从未表明自己是个女权主义者，也没支持过欧美妇女的具体权益，批判欺压妇女的资本主义社会，但她在小说里反复探讨自由意志问题，质疑以男权为中心的英国社会，指责维护这种不合理制度的各种势力，受到众多女读者的肯定和赞扬。这使她的长篇小说闪烁着现实主义光芒，在英国文学史上占有一定地位。

最后，深入细致地评析斯帕克小说艺术上的创新，指出她的叙事策略和艺术特征具有鲜明的后现代主义倾向。她在早期小说《安慰者》中的女主人公忙于创作，同时又反思小说创作。主人公卡洛琳·罗斯不断研读《现代小说形式》，打算写一部专著，但感到难以动笔。小说中有小说，小说中有文论，这是斯帕克小说的一大特色。她以写诗步入文坛，后来转向小说创作。她认为小说要有诗意，用词简练，抒情性强，这成了她独特的语言风格。

该书指出：在《精修学校》里斯帕克采用了元小说叙事策略，小说结构像"中国套盒",小说中有小说,结局是开放性的,同时具有跨体裁和互文性特点,运用杂糅和拼贴手法构成了引人入胜的情节。后现代主义艺术手法的运用自如,极大地提升了斯帕克小说的现代性,使它们在历史的坐标中与传统达到完美的结合,让斯帕克的作品被译成了 26 种语言,走进欧美各国,畅销全世界,誉满全球。

戴鸿斌教授的这些解读和评析有理有据,公正中肯,令人信服。这充分体现了戴鸿斌教授对女作家斯帕克其人其作及英国社会语境和苏格兰文化语境的全面了解和对历史、宗教、文论和文化的深刻把握。因此,我认为《缪里尔·斯帕克小说研究》是一部开拓性的学术专著,它的问世对于我国英国文学的教学和研究具有重要的现实意义和学术价值。

古人云:人生要当学,安宴不彻警,古来惟深地,相待汲修绠。人生苦短,学习为重。要有渊博的知识,必须认真读书。要想出科研成果,必须刻苦钻研,勤于思考,勇于创新。要谦虚谨慎,坚持努力,才能成为一个有真才实学的学者。令人欣慰的是,鸿斌同志晋升教授后仍坚持勤奋学习,励志如初,继续保持旺盛热情和冲天干劲,利用周末和节假日时间到办公室看书写作,乐此不疲,难能可贵!如今,祖国山河改革开放春风浩荡,新时代催人奋进,新人新事不断涌现。我衷心地祝愿鸿斌教授再接再厉,以《缪里尔·斯帕克小说研究》的出版作为新征程的新起点,进一步开拓创新,更上一层楼,有新超越,用教学和科研的双丰收创造美好的未来。是为序。

杨仁敬

2018 年 12 月 25 日

目　　录

前　言

　　缪里尔·斯帕克（Muriel Spark，1918—2006）是当代英国文坛的著名女作家，曾经被著名评论家大卫·洛奇（David Lodge，1935—　）和弗兰克·克默德（Frank Kermode，1919—2010）分别誉为"她那个时代最有天赋和创新精神的英国小说家"和"她那一代作家中最有魅力的"。斯帕克出生于苏格兰，被认为是"近 100 年来苏格兰最成功的小说家"及"自司各特和史蒂文森以来最重要的苏格兰小说家"。斯帕克一生中创作了数量庞大的诗歌、传记和小说，其中最主要的艺术成就体现在其 22 部中长篇小说上。

　　1957 年，斯帕克以处女作《安慰者》（*The Comforters*，1957）一鸣惊人，初步奠定了她在文坛上的地位。1961 年，她的成名作《琼·布罗迪小姐的青春》（*The Prime of Miss Jean Brodie*，1961）面世，并于 1969 年被改编成同名电影（另一译名为"春风不化雨"），女主角玛吉·史密斯荣登奥斯卡影后榜。1969 年，《公众形象》（*The Public Image*，1968）获得首届英国布克奖提名，进入最后的 6 人决选名单。1981 年，《带着意图徘徊》（*Loitering with Intent*，1981）再次闯入布克奖提名的最后 6 人决选名单。到了 2010 年，《驾驶席》（*The Driver's Seat*，1970）帮助斯帕克挺进"失落的布克奖"6 人决选名单。虽然始终与布克奖擦肩而过，斯帕克却赢得了许多其他的殊荣，比如詹姆斯·泰特·布莱克纪念奖、大卫·柯恩英国文学终身成就奖、英格索尔艾略特奖和意大利文学奖。到 2006 年辞世时，斯帕克在小说艺术上所取得的成就已经在西方得到广泛的认同，其作品被译为 26 种文字，蜚声世界文坛。

在中国大陆，由于译介等多方面的原因制约了对于斯帕克其人其作的研究，学界对她的关注和重视程度远远不能与她在西方的卓著声名相匹配。笔者在攻读博士学位期间，从侯维瑞与李维屏合著的《英国小说史》、王守仁与何宁撰写的《20世纪英国文学史》和瞿世镜的《当代英国小说史》等书中对于斯帕克的介绍与评论得到启发，就开始着手进行斯帕克小说研究，博士学位论文即以"缪里尔·斯帕克的后现代主义小说艺术"为题。2012年，笔者以"缪里尔·斯帕克小说研究"为题申请国家社科基金青年项目，荣获资助。可以毫不夸张地说，此后的近六年间，该项目是促进我奋斗不息、积极进取的最大动力。

历经近六载的反复思考与不断探索，笔者在认真研读斯帕克22部小说的基础上，对她小说的方方面面展开深入和细致的研究：在宏观的层面上，总体巡视了斯帕克创作中的多部小说，探讨了斯帕克的艺术人生、生命书写、艺术策略、女性主义特征、创作理念等。在微观的层面上，对斯帕克的个案作品进行条分缕析的详尽解读，评论了斯帕克《安慰者》的互文性策略、《琼·布罗迪小姐的青春》的时空策略、《驾驶席》的新小说策略、《精修学校》（*The Finishing School*，2004）的元小说策略、《公众形象》的文学伦理学主题、《带着意图徘徊》的理论反思主题和《精修学校》的嫉妒、"终结"与权力斗争主题。由于斯帕克的小说多达22部，而且并非每部都是经典，笔者侧重于从宏观的角度，选取一些具有共同特征的小说加以观照和评论。对于个案小说的专门研究，则仅仅限于她最具代表性的6部小说，即《安慰者》《琼·布罗迪小姐的青春》《公众形象》《驾驶席》《带着意图徘徊》及《精修学校》。值得一提的是，因为《精修学校》是斯帕克的收官之作，同时是其巅峰之作，笔者用了两章的篇幅分别介绍了其主题与艺术策略。

本书共包括五大部分内容，分为十四章。第一部分为最前面的两章，起到导论的作用，介绍了斯帕克的生平与创作生涯，以及国内外学界对她的研究现状。第二部分即第三章，属于小说的批评理论研究，这部分起到提纲挈领的统领作用，总结了斯帕克的小说美学和创作理念，暗示她就是在这些创作思想的引导下深化或创新了小说主题与艺术技巧。第三部分从第四章到第九章，主要探讨了斯帕克的小说主题，分别从宏观的层面来总体评论她创作中的生命书写、女性自由探寻、宗教神学思想等，以及从微观的层面来评析她 3 部个案小说中的伦理选择、理论反思、嫉妒与权力三类主题。第四部分从第十章到第十三章，属于小说艺术研究，分别探析斯帕克 4 部个案小说中的小说艺术策略，即互文性策略、时空策略、新小说策略和元小说策略。第五部分为第十四章，起到结语的作用，主要概述斯帕克一生中所荣获的奖项和荣誉，并且从横向与纵向的维度评述斯帕克对传统的继承及创新，以及她对当代英国文坛名作家的影响和示范作用，以此论证了斯帕克在当代英国文学中不容忽视的重要地位。

本书包括以下主要内容与重要观点。第一，宏观描摹斯帕克个人生活和成才之路的全貌，回顾和总结斯帕克的毕生经历及创作历程，探究深刻影响她文学创作的苏格兰的社会环境、历史文化、家庭出身和宗教信仰等因素。该部分始于讨论斯帕克初出茅庐时的诗歌、传记和短篇小说创作，而后依次简要述评历经磨难和挫折后一举成名的斯帕克在 1957 年以后创作的 22 部小说，试图为斯帕克的整体创作勾勒出清晰而全面的轮廓。斯帕克的创作始于早年的诗歌和传记书写，但是她在这些领域仅仅取得有限的成就。经过不懈的努力，她 39 岁时成功地出版第一部小说，在小说领域斩获前所未有的成功。她属于大器晚成的作家，在成名之后笔耕不辍、奋斗不息，陆续创作了 20 多部小说，最终闻名于世，在当代英国文学史上占有一席之位。

第二，以斯帕克的访谈录、论文和多部小说为基础，结合她的创作历程和作品特色，从小说的目的与功用、作者的创作及读者的接受三个层面来探讨斯帕克的小说叙事理论，指出她在创作中所遵循的各种叙事理论和美学原则成就了她独树一帜的小说风格。斯帕克并没有系统深入地著书论述其小说理念和美学思想，但是她在不同场合的访谈、对话、短论及她在多部小说中传达的各种创作观和审美观表明了她的理论自觉性。为了达到寓教于乐的目的，斯帕克反对在小说中投入情感，提倡使用"嘲笑和反讽"的策略，并经常在作品中使用非个性化的描述。她强调在创作小说时借鉴诗歌的形式特点和创意等。此外，斯帕克还注重神话在小说中的作用，希望自己的小说情节能够类似于神话，道出具有普遍意义的东西。她认为大部分人都不懂得该如何进行阅读或写作，真正的读者和诗人一样，都比较罕见，因此她鼓励读者进行广泛阅读，提高自身的文学修养。

第三，借用生命书写的概念，将传记批评方法与文本细读相结合，宏观巡视斯帕克创作早期的他传和后期的自传，寻找它们与她的自传体小说之间的内在联系，观照作家本人对于小说创作的经验探寻和对人生的深刻体悟，从而进一步加深理解她的小说美学和创作理念。斯帕克受到内在生命激情的驱动，热衷于生命书写，以他传、自传与传记体小说的创作展现出无限丰盈的生命体验及其特立独行的自我意识，试图为读者树立人生之典范。斯帕克的生命书写历经三个时期：发轫于为他人作传，而后转向自传体小说的创作，直至垂暮之年为自己作传立碑。这三个阶段的生命书写层层相扣，呈现出递进式影响。对他人的生命书写和自传体小说的创作加深了斯帕克对自我的进一步认识，促使她书写自传以回顾和思量自己的人生和命运、艺术与成就。以生命书写为鉴，斯帕克转向小说创作时，开始由"写什么"到探究"怎样写"这一重大问题，最终成为英国后现代主义文学中的代表性作家。

第四，梳理和考察斯帕克小说中出现的较为典型的女性人物，一方面探讨小说体现出的女性主义特征，进一步理解她对人生的意义、写作的困惑、宗教与写作的关系的思考；另一方面探究她对写作的自由、人生的自由及个体自由意志与上帝意志之间的冲突的态度。作为一名女性作家，斯帕克在创作中表现出了对于女性个体价值和生活命运的独特的人文关怀。她向往和追求自由，并诉诸笔下的多位女主人公，描写她们争取权利和追寻心灵自由的艰辛历程。这些女主人公对各种自由的追求表明了斯帕克肯定和颂扬女性、主张正义、提倡与不公平社会或邪恶势力的抗争。通过描写一系列小说中的女主人公对自由的执着追寻，斯帕克彰显了创作与理想之契合，在揭示自由的蕴涵的同时，显露了自己的女性主义思想和立场。

　　第五，宏观巡视斯帕克的宗教小说，从《圣经》原型意象、《约伯记》的受难与信仰主题、宗教之神秘性与人生的不确定性、宗教与死亡、人与上帝、宗教文化身份的认同危机、宗教的启示七个方面来探究宗教与斯帕克小说的深刻关联。作为深受圣经文学传统浸淫的作家，斯帕克时常从《圣经》中汲取灵感和生发意念，于是在作品中时常引用《圣经》典故、化用其中的人物、塑造神圣意象，或深入探析人与上帝之间、宗教信仰与艺术创作之间的内在联系。斯帕克从不同角度和不同层面传达了她的宗教思想和观点，显示出一位特立独行的基督教徒和小说家对于宗教的深刻反思和独到见解，表明她试图利用文本的书写鞭策和督促自己和世人，为他们树立道德示范，提供有益的警示与启迪。

　　第六，运用文学伦理学批评方法深入分析获得首届英国布克奖提名的小说《公众形象》中的女主人公安娜贝尔的伦理身份建构，在此过程中遭遇的伦理困境和她最终的伦理抉择。《公众形象》彰显出作者缪里尔·斯帕克试图解决小说主人公伦理困境的努力和对人类世界中伦理道德问题的探究。女主人公安娜贝尔的伦理抉择为现代社会带来有益和深刻的道德启示，折射出斯帕克的伦理道德观和个人价值观。

　　第七，从结构、内容与形式三方面入手，详细考察斯帕克获得1981年英国布克奖提名的小说《带着意图徘徊》的主题创新及其反映出的作者理论反思和自我意识。斯帕克不仅在小说中糅合了其他的文类，讨论文学创作的理论，而且革新了小说形式与结构，既揭示小说的虚构性，又赋予小说特别的框架结构——内设"小说中的小说"和"同素内置"，折射出作者斯帕克在创作过程中的革新意识。《带着意图徘徊》归纳和总结斯帕克以往的创作，同时规范和指导了她日后的创作，因此成为一部承上启下的小说。该小说以半自传的形式，借用人物之口道出作者对于小说创作的见解，显示出作者对创作的洞察力和深层次思考。在小说中，斯帕克的理论反思与作者自我意识相辅相成、相映成趣，成就了这位英国当代著名小说家的艺术辉煌。

　　第八，聚焦斯帕克标新立异的小说艺术，分别评论了《安慰者》

的互文性策略、《琼·布罗迪小姐的青春》的时空策略、《驾驶席》的新小说策略和《精修学校》的元小说策略。斯帕克一生的著述颇丰，创作跨度长达 40 多年，如果片面界定其属于现实主义、现代主义或后现代主义流派，难免有失偏颇。但就小说创作艺术而言，斯帕克在一生的创作实践中坚持试验各种新颖别致的后现代主义小说技巧，其创作具有明显的后现代主义倾向。斯帕克的过人之处在于，她的小说融艺术性、趣味性和通俗性于一体。她把后现代主义小说艺术技巧运用得炉火纯青，其语言质朴、情节完整，而且充分考虑读者的阅读品味和接受能力，因此，她的小说有着广泛的受众，成为另类后现代主义小说的典范，对其他作家具有启示与示范作用。

第九，在半个多世纪的创作生涯中，斯帕克辛勤耕耘，成就卓著，荣获无数的文学大奖，赢得世界上许多国家文学界的高度认可和热情褒扬。斯帕克不仅继承了传统，而且在创作的各个时期都密切关注新近的文学思潮、文学事件和文坛名家，因此她总能博采众长，不断改进和创新，及时关注并跟进时代的发展和呼应读者的审美需求。除了与时俱进，学习和借鉴其他大家，她还努力超越时代和开辟新天地。正是得益于她的刻苦钻研和进取精神，斯帕克才能终获成功，声名远扬，对同辈或后来作家产生深远的影响，为他们带来意义非凡的灵感和启发。就此而言，她的功绩是不可磨灭的，她在当代英国文学史，乃至整个英国文学史上的地位也是不容忽视的。

以上各点，笔者认为是对当前斯帕克研究的重要补充，因此具有一定的学术价值和现实意义。

迄今为止，国内外的斯帕克研究仍存在一些问题与不足：第一，由于对斯帕克的文学成就和地位的重视不够，她的小说多达 22 部，目前仅有 3 部被译为中文，小说研究成果也不多，大多数研究论文只是刊发在普通的刊物或杂志上，较少发表在权威期刊上；第二，国内斯帕克研究的文本主要集中在《琼·布罗迪小姐的青春》《安慰者》和《驾驶席》等少数几部小说上，因此对于多数小说的研究尚存较大的空白；第三，时至今日，国内外鲜有论文对她创作的其他体裁，如散文、诗歌和短篇小说等进行深入研究；第四，斯帕克研究的理论深度还有待提高，理论视角还需要更新；第五，斯帕克的创作天赋和影响力显而易见，但是她那别具一格的创作理念和小说理论仅仅零星地散落于她的作品和访谈录中，据笔者所知，迄今还没有批评家就此进行系统的研究。

本书的创新与突出特色主要体现在如下几方面：第一，对斯帕克的小说创作进行全面系统的研究和整体综合的评价，总结斯帕克的小说理论与创作理念，并探讨小说中的各种主题、思想、艺术和策略等；第二，借用"生命书写"（life writing）的概念和理论，系统深入研究斯帕克的自传、自传体小说与他人传记间的联系，这有助于观照作家本人对于小说创作的经验探寻和对人生的深刻体悟，从而进一步加深理解她的小说美学和创作理念；第三，运用国内学者提出的文学伦理学批评方法深入探讨斯帕克的代表作之一、英国布克奖提名作品《公众形象》，用这种方法探讨该小说在研究方法上的创新；第四，通过考察斯帕克创作的指导思想、艺术技巧和人物描写背后蕴含的深刻意义等，总结出其创作规律，可以加深对斯帕克其人其作的认识，斯帕克的创作理念和创作规律可以作为当今小说创作和文学批评的有益借鉴；第五，以个案小说为例分析斯帕克的小说创作艺术，揭示其价值和意义，借助小说艺术的理论，从微观的层面对斯帕克的单部小说进行叙事策略的解读和剖析，对斯帕克的元小说、互文性、新小说等小说策略进行详尽透彻的研究，充分展示了斯帕克小说创作的后现代主义艺术风格；第六，把斯帕克的文学创作置于历史坐标中，对照同时代的其他作家，从历时和共时的层面来评价她对欧美文学传统的继承与创新及她在英国当代文学史上的显著地位和深远影响。

第一章　斯帕克的艺术人生[*]

作为一位跨世纪的女作家，来自苏格兰的缪里尔·斯帕克在小说领域取得了辉煌的成就，被誉为英国后现代主义文学的杰出代表。她一生总共创作了 22 部小说，它们被翻译成 20 多种文字，在世界各地广为流传。尽管斯帕克属于大器晚成的女作家，但是勤勉聪颖的她后来硕果累累，渐获认可，最终成为具有国际声誉的当代英国小说家。

第一节　平凡的家庭生活与教育经历

1918 年 2 月 1 日凌晨，斯帕克出生于爱丁堡莫宁赛德区（Morningside）的布伦茨菲尔德·帕拉斯（Bruntsfield Place）大街 160 号小公寓内。父亲伯纳德·坎贝尔格（Bernard Camberg）是个犹太人，母亲莎拉·尤泽尔·坎贝尔格（Sarah Uezzell Camberg）则是来自伦敦北部赫特福德郡的非犹太人。他们都是普通的工人，文化程度不高。伯纳德先当过汽车维修工，之后的大部分时间都在一个橡胶公司当机械工。母亲莎拉患有神经衰弱，经常靠饮酒来保持镇静。尽管她家境一

＊ 本章的内容主要参考斯帕克的多部传记作品，如 Martin Stannard, *Muriel Spark*：*The Biograph*, New York：W. W. Norton & Co. , 2010；Dorothea Walker, *Muriel Spark*, Boston：Twayne Publishers, 1988；Ruth Whittaker, *The Faith and Fiction of Muriel Spark*, New York：St. Martin's Press, 1982；Alan Bold, *Muriel Spark*：*An Odd Capacity for Vision*, London：Vision Press Ltd. , 1984；Bryan Cheyette, *Muriel Spark*, Horndon：Northcote House Publishers Ltd. , 2000；Muriel Spark, *Curriculum Vitae*, London：Constable, 1992。

般，却有着较强的虚荣心，喜欢显摆阔气，热衷于社交，对人热情友好。斯帕克出生的当天中午，5 岁半的哥哥菲力浦（Philip）过来看望这个新生的家庭成员。他似乎担心这个小妹妹将来会与自己争夺父母的宠爱，从最开始就不欢迎她，并对她心存戒备。果然，在以后的日子里，父母亲把女儿视为小公主，待她如掌上明珠。在后来很长一段岁月里，父母的偏爱在一定程度上导致了朝夕相处的斯帕克与哥哥之间的感情比较疏远淡漠。出生时，斯帕克被命名缪里尔·莎拉·坎贝尔格（Muriel Sarah Camberg），后来她改随丈夫的姓氏斯帕克，被称为缪里尔·斯帕克。尽管他们的婚姻只持续了短短几年，因为儿子罗宾（Robin）的缘故，她继续沿用这一姓氏。

在所有的家庭成员中，外祖母阿德莱德（Adelaide）对斯帕克的影响最为深远。儿时的斯帕克与她感情深厚，经常到她居住的南方地区度假。外祖父去世一年后，阿德莱德被斯帕克父母接到他们爱丁堡的家中，斯帕克让出自己的卧室。她与外祖母相处融洽，共度了几年美好的时光。1929 年，阿德莱德中风，身体日渐衰弱。在外祖母即将告别人世的那几年间，年幼的斯帕克帮助父母照看她。这段经历对斯帕克有着非同寻常的意义，让她深深地体会到老年人的疾病和痛苦，同时也对他们暮年的心态和离世前的悲惨处境极为了解。她后来的作品《死亡警告》（*Memento Mori*, 1959）中出现的老年人对死亡的各种反应正是取材于作家本人与外祖母共处的这段岁月。外祖母个性坚强独立，后来成为斯帕克的作品《不信教的犹太女人们》（*The Gentile Jewesses*, 1962）和《安慰者》中主人公的原型人物。

一般而论，个体的精神成长会接受来自家庭、学校、社会等多方面的影响。就斯帕克而言，学校的教育对青少年时代的她影响最为深远。苏格兰人历来重视教育，把它视为"令人敬畏"的事业，认为每个人都应该享有受教育的权力。16 至 19 世纪，苏格兰的杰出人士或富庶商人都争相投资教育事业，创办了不少学校。大部分学校在斯帕克的年代依然遵循着传统的教学模式。斯帕克所在的学校以烟草商人詹姆士·吉莱斯皮（James Gillespie）命名。[①] 1923 至 1935 年，斯帕克在这里度过对她一生影响巨大的青春期。斯帕克的家境一般，但父母的期望值很高，因此这所学校低廉的学费和优秀的教学质量非常适合她。学校招收从幼儿园到中学的学生，年龄跨度从 5 岁到 18 岁。每年 6 月的一个星期天，学生们欢聚一堂举办庆典，纪念乐善好施、勤俭节约的校主吉莱斯皮先生。吉莱斯皮学校向学生收取学费，但是同时设立奖学金制度，以吸引家境贫寒但天资聪颖的学生。这里的学生如果足够优秀，可以免费接受下一阶段的教育。这种机会对于斯帕克的父母来说可谓天赐良机。他们从她 12 岁开始就无须帮她支付学费了，因为聪慧灵巧、勤奋自强的斯帕克总是能够赢得奖学金。

　　吉莱斯皮学校开明的教育方式和兼容并蓄的宗教理念赋予了斯帕克平和且包容的人生态度。斯帕克在小说作品中塑造出各种类型的人物形象，展现了不同的宗教、伦理、爱情、婚姻、家庭价值观和人生理念，可见其在文化上的包容性。这与她自小接受不同宗教文化的熏陶有关。斯帕克在学校里接受的官方宗教教育主要来自苏格兰长老教派，然而校方对宗教信仰的态度比较开明，原因在于学生们来自五湖四海，其家庭的宗教背景不尽相同，既有信仰犹太教、新教的，也有信仰爱尔兰天主教或者圣公会的。斯帕克的父母亲与学校一样，并没有过多地干涉斯帕克的宗教信仰。她从小就接触许多具有不同宗教信仰的人，因此长大后对于迥然相异的事物就持有相当包容的态度。直到 1952 年斯帕克才接受洗礼，加入英国国教，两年之后，她改变信仰，皈依罗马天主教，因为她认为"相较于罗马天主教，英国国教没有东西可以提供"[②]。

　　吉莱斯皮学校具有丰富的教育资源，斯帕克在此养成了勤勉的阅读习惯，为日后的创作奠定了坚实的基础。到了 14 岁，斯帕克开始在学业上展露出惊人的才华，不少科目名列前茅，令人侧目。在校期

---

　　① 斯帕克刚入学时，学校兼收男女学员，但是几年后，它只接收女生，并逐渐发展成爱丁堡的名校——吉莱斯皮女子中学。

　　② Frankel Sara, "An Interview with Muriel Spark", *Partisan Review*, Vol. 54, No. 3, 1987, p. 445.

间，她热衷于阅读各种书籍，经常从图书馆借阅名家诗歌选集或小说作品。她喜爱的作家包括华兹华斯（William Wordsworth, 1770—1850）、布朗宁（Robert Browning, 1812—1889）、丁尼生（Alfred Tennyson, 1809—1892）、史文鹏（Algernon Charles Swiburne, 1837—1909）、叶芝（William Butler Yeats, 1865—1939）、梅斯菲尔德（John Masefield, 1878—1967）等人。她尤为喜爱展示个人奋斗历程的《简·爱》（*Jane Eyre*, 1847）、《克兰福德》（*Cranford*, 1853）和《弗洛斯河上的磨坊》（*The Mill on the Floss*, 1860）等多部小说。因为从小就痴迷于诗歌，斯帕克很早就开始创作诗歌，并在该领域崭露头角，被誉为"校园小诗人"。由于老师的器重，她曾经在学校刊物的同一期上发表 5 首诗歌，而一般情况下，该刊每期最多只发表同一位作者的 1 首诗歌。1932 年，在纪念苏格兰诗人司各特（Walter Scott, 1771—1832）去世 100 周年的爱丁堡学校诗歌竞赛中，斯帕克拔得头筹，并荣获公开加冕的奖励。1934 年，在学校举办的司各特和彭斯（Robert Burns, 1759—1796）俱乐部大奖赛中，她获得中级组的第一名。16 岁的斯帕克颖悟超群、前途光明，但是因为家境平凡，父母无法继续提供经济资助，她与高等教育失之交臂。在日后的回忆中，斯帕克认为这是自己人生中的一大憾事。尽管斯帕克才华横溢，因为缺乏高等教育的熏陶和大学文凭及学历，她在就业和早期的创作生涯上屡遭挫折。

成年后的斯帕克以吉莱斯皮学校和她 12 岁时的初中老师凯（Kay）小姐为原型，在代表作《琼·布罗迪小姐的青春》中描写了马西亚·布莱恩女子学校和具有强烈权欲野心的布罗迪老师。小说中的事件和时代背景等都是基于斯帕克在吉莱斯皮女子学校求学的经历。斯帕克及其好友弗朗西斯（Frances）也成为"布罗迪帮"的原型。与小说不同的是，作品中的"布罗迪帮"有 6 个人，而现实中布罗迪小姐喜爱的"精英中的精英"只有两人。

1935 至 1950 年，是斯帕克历练人生、丰富阅历的时期，同时也是她进行文学探索的阶段。正是因为经历了艰辛曲折的求职之路、不幸的婚变、单身的母亲等人生遽变，斯帕克得以更为深入地探究人性，进而认识自我和世界。在某种意义上，磨难对于艺术家而言是一笔宝贵的财富。斯帕克历经艰难困苦，身处逆境而自强不息、终有所成，真可谓天道酬勤。

斯帕克最初并没有明确的文学创作意图，出于对文学的热爱和自我提升的追求，她离开学校后逐渐意识到自立自强的重要意义，于是开始了艰苦奋斗的曲折历程。她在一个职业培训学院选修了商业英语课程和写作课程，这对她日后的文学创作裨益良多。完成学业后，她在一个私人学校里义务教授英语和数学等课程，作为回报，她从学校的秘书那里学习速记法和打字的技能。在掌握这些技能后，为了谋生，她辞掉学校的工作，到一家百货商店的办公室担任文职人员。

斯帕克漫长的一生之中仅有过一次短暂而不幸的婚姻生活。1936年，18 岁的斯帕克收入渐丰，生活有了改善，不仅可以自立，甚至还会出钱给父母补贴家用。随着社交能力的逐渐增强，她结交了不少异性朋友，还定期去参加俱乐部的舞会。在那里，她碰上了改变她一生命运的男子西尼·奥斯瓦尔德·斯帕克（Sydney Oswald Spark）。他从爱丁堡大学获得硕士学位后在学校教数学。其貌不扬的西尼有些神经质，但是聪明伶俐又待人友好。时年 31 岁的西尼对斯帕克展开热烈的追求，不断示好并表达倾慕之情，很快便捕获了天真烂漫、纯真无邪的斯帕克的芳心。西尼是个不安现状的人，打算到非洲当教师。年轻的斯帕克对于非洲这个从未涉足的异域充满浪漫而神奇的想象。西尼向她承诺，婚后会雇请仆人，让她摆脱无聊的家务，尽享创作诗歌的时间和自由。彼时的斯帕克充盈着少女的浪漫和不安分的情怀，渴望离开爱丁堡的保守环境，外出寻找自己的精彩世界。经过不到一年的热恋，他们就订婚了。随后不久西尼启程到南罗德西亚（即现在的津巴布韦）。1937 年 8 月 13 日，斯帕克也抵达非洲，后来在那里与西尼正式结婚。

1937 至 1944 年，斯帕克在非洲历经磨炼，饱尝生活的各种艰辛，从浪漫天真、充满幻想的少女成长为独立坚强、勇敢自信的成熟女性。在自传里，她写道："正是在非洲，我学会如何应对生活。"①
后来，饱经风霜的她把非洲的经历写进早期的自传体故事，比如《六
翼天使和赞比西河》（*The Seraph and the Zambesi*，1951）、《波托贝洛
之路》（*Portobello Road*，1958）和《砰砰，你死了》（*Bang-bang
You're Dead*，1958）。非洲的生活带给她无穷的烦恼和痛苦，然而这种
磨砺也带给她常人难以企及的经验和教训。艰辛的生活成就了果敢而
练达的斯帕克，并为她日后的小说创作提供了丰富的素材。斯帕克在
非洲的生活很不如意，其中最大的痛苦源于不幸的婚姻，正如她在自
传里所写的，她与西尼结婚的选择是"灾难性的"②。1937年9月3
日，斯帕克在到达非洲后不久，就在当地的索尔兹伯里（Salisbury）
登记处注册结婚。婚后不久他们搬到津巴布韦遗址附近西尼的学校旁
边，住在宾馆里。在那里，斯帕克没有亲朋好友，没有社交活动，只
能寄情于幻想世界，倾力于诗歌创作。

婚姻生活令斯帕克获得迅速成长，她对于自我、丈夫及婚姻生活
的本质有了深刻的认识。时光荏苒，随着她对丈夫西尼的逐步了解，
她的失望情绪与日俱增。他之前对她隐瞒了一些重要事情：结婚前，
他一直在看精神病医生；他来非洲的初衷并不是冒险，而是因为他未
能在英国找到合适的教职。他在非洲时依旧忧郁，甚至日愈沮丧，脾
气古怪，经常与人无端吵架，不断地变动工作环境。当她怀孕时，他
正与校方吵架。他建议她流产，遭到断然拒绝。她怀孕期间，他不停
地变换学校，情绪相当低落。1938年7月9日，儿子罗宾终于降临人
世。斯帕克还未尝到初为人母的喜悦就患上产后抑郁症，夫妻间的关
系日渐疏远。随着他们婚姻状况的不断恶化，他甚至会恐吓她，还会
实施家庭暴力。两年后，斯帕克把丈夫的左轮手枪藏起来，唯恐它成
为杀害她的凶器。他经常歇斯底里地胡言乱语、四处打砸，平静下来
后，又哀求她再给婚姻一次机会。虽然斯帕克厌恶这种生活，万般无
奈的她只能默默忍受，因为她带着新生婴儿，经济上要仰仗和依附

---

① Muriel Spark, *Curriculum Vitae*, London：Constable and Company Ltd.，1992, p. 119.
② Ibid.，p. 116.

他。1939 年，第二次世界大战爆发了，西尼应召入伍。此后，他们的婚姻一步步走向解体。在一次孤身一人的旅行后，斯帕克有了顿悟，感觉自己应该并且能够离开丈夫而自行谋生，独立生活。于是她潜心创作，并不断投稿到各类杂志和报社。有一次，她获得罗德西亚诗歌朗诵大赛的一等奖，赢得通过电台广播诵读自己创作的诗歌的机会。尽管取得一定程度的成功，她仍然没有正式和稳定的工作。1939 年她首次向法庭提出离婚申请。由于西尼的反对，而且双方都要争夺儿子罗宾的抚养权，再加上当地法律对离婚条件的限制，斯帕克人生中唯一的一次婚姻并没有顺利终结，直到 1943 年她才与丈夫办完所有离婚手续，结束了彼此折磨、相互怨恨的关系。至此，斯帕克终于从不幸的婚姻中解脱出来。此后，她投身于文学创作，获得了精神上的新生。

婚姻生活的不幸令斯帕克受尽困苦和折磨，然而也让她在精神上获得成长。苦难的婚姻造就了日后坚强、独立和自信的女作家。就个人而言，斯帕克曾经度过极其艰难的时光；就作家来说，这却是一笔难能可贵的精神财富。这种磨炼提高了她的抗压能力，令她在日后的生活中百折不挠、永不言败。

第二节 初出茅庐的文坛新秀

1944—1957 年，离婚后的斯帕克实际上是恢复了婚前的单身生活。摆脱家庭羁绊的斯帕克拥有更多属于自己的时间和精力，于是倾尽全力寻求自我价值的实现。她逐步迈上文坛，获得认可。

第二次世界大战期间，在伦敦之外的任何地方，谁也无法依靠文学创作谋生。因此，斯帕克渴望到英国文化的中心——伦敦。然而由于战争纷乱，她一直未能如愿。她打算把儿子罗宾安顿在南非，自己先回国，然后再将他接回去。1944 年 2 月，在危机重重、战火纷飞的年代，她冒着生命危险，千辛万苦地辗转回到英国的利物浦。彼时正实行灯火管制，全城一片漆黑。尽管前途未卜，重回祖国怀抱的斯帕克心情非常愉悦。

1944 年，斯帕克回国后不久就到伦敦寻找工作。前面的几年，她都住在兰卡斯特门（Lancaster Gate）82 号的海伦娜俱乐部（the Helena Club）。这个地方相当于现今社会的廉价招待所，主要是为"拥有良好家庭背景、收入一般、不得已到伦敦找工作的女士"① 提供暂住地。它成为《收入菲薄的姑娘们》（*The Girls of Slender Means*, 1963）中迈尔福泰克（May of Teck Club）俱乐部的原型。在战争时期，每当有轰炸的警笛拉响时，住户就拖着床垫跑到地下室去休息和睡觉。斯帕克的自传曾经记录过一件趣事："有一次，当我听到防空警报时，懒得搭理，结果一个炸弹落在我的住所附近，把我房子的窗户玻璃震碎了，可是我分毫未损，以足够快的速度跑到地下室去。"② 这些难忘的经历成为她心酸伤感但弥足珍贵的回忆。

斯帕克很快就凭借个人实力和朋友的推荐在外交部找到一个临时工作，负责协助英国政府的情报部门通过电台进行虚假宣传，以瓦解德国部队的士气和斗志。她认为这个工作很有意义，因为它可以提供复杂而有趣的经历，包括与一些被监禁的德国囚犯的正面接触。她后来的小说《东河边的暖房》（*The Hothouse by the East River*, 1973）就取材于此。直至 1945 年 9 月 23 日儿子罗宾回到伦敦之前，斯帕克做过几个临时工作，当过东印度茶叶公司的职员和爱丁堡的美国红十字会会员。1946 年，斯帕克在阿瑾特（*Argentor*）杂志社找到一份工作，学会了如何编辑和校对，接着她在 1947 年春天成为诗歌协会会刊《诗歌评论》（*Poetry Review*）的编辑。由于协会内部矛盾重重，再者斯帕克未能处理好与一些高层人物的关系，她于 1949 年 11 月离开诗歌协会。许多同事为了抗议协会解聘斯帕克，宣布集体辞职。在协会工作的十多个月期间，斯帕克与诗歌协会的成员、已婚的萨金特（Howard Sergeant）有过一段浪漫之恋，这成为公开的秘密。这段难忘的工作经历和情感纠葛成为斯帕克小说《带着意图徘徊》的主要素材。正如朋友梅斯菲尔德（Masefield）在斯帕克离开协会两年后对

---

① Muriel Spark, *Curriculum Vitae*, London: Constable and Company Ltd., 1992, p. 143.
② Ibid., pp. 144 – 145.

她所说的：“对于一个艺术家来说，所有的经历都是有益的。”① 后来，斯帕克在英国政治研究学院和《欧洲事务》（*European Affairs*）杂志社有过短暂的工作。1949 年夏天，斯帕克在朋友的资助下，与人合伙创办了一份新杂志，叫作《诗歌论坛》（*Poetry Forum*），可惜它只出版一两期就夭折了。

　　斯帕克离异后有过数段情感经历，但均未能再次走进婚姻。随着阅历的增长，她对于女性自我价值的实现和两性关系的处理有了更为深刻的认识。在她看来，婚姻是一种极不稳定的关系，夫妻双方很难做到和睦相处。而没有契约关系的情人在一定时间内可以融洽、亲密地共处，但是这种关系往往不能长久，更是难以维系到走进婚姻的那一天。随着自我的精神成长和认知程度的加深，斯帕克愈加注重精神上的交流和沟通。在她看来，女性的人格独立比缔结世俗婚姻更为重要。斯帕克以自己的曲折情感经历和切身体验为素材进行创作，因此她在小说中的摹写往往情真意切，也在很大程度上传递了她对婚姻与两性关系的态度。她在许多作品——比如《安慰者》、《佩克汉姆莱民谣》（*The Ballad of Peckham Rye*，1960）、《琼·布罗迪小姐的青春》、《带着意图徘徊》和《唯一的问题》（*The Only Problem*，1984）中经常描写矛盾重重或不幸失败的婚姻，以及短暂和不稳定的情人关系，借此表达自己的人生观与婚恋观。1948 年冬天至 1949 年，斯帕克认识了新朋友斯坦福（Stanford），两人年岁相当，彼此间的关系日益密切。斯坦福是个有才华的诗人，在文学上有一定的造诣。1949 年 2 月 14 日，斯帕克成为广告顾问培森·霍德（Pearson Horder）的助手，于是把大部分时间花在忙碌的工作上，只能利用晚上和周日创作。尽管如此，她凭着对诗歌创作的高度热情，撰写了不少作品。1949 年夏天，斯帕克与斯坦福正式公开恋情。他俩情投意合，不但同居一室，而且共同创作。20 世纪 50 年代初，他们基于理想，共同奋斗，互相促进。他在书店工作，她在《女性评论》（*Women's Review*）

---

① Muriel Spark, *Curriculum Vitae*, London: Constable and Company Ltd. , 1992, pp. 183 – 184.

当编辑助理。1950 年春天，他们合作的首部作品《华兹华斯颂》
（*Tribute to Wordsworth*, 1950）面世。斯坦福为该书撰写过一篇文章，
评介在 19 世纪研究过华兹华斯的评论家。书稿的其余部分则由斯帕
克负责，探讨 20 世纪研究过华兹华斯的传记作家和评论家。"斯坦福
的文章成为全书的导言，带给人轻松做学问的气氛，而斯帕克的则是
努力探究近期关于该作家的争议的历史。"① 除了合作出版《华兹华
斯颂》之外，斯帕克与斯坦福还编写了《我最好的玛丽：玛丽·雪
莱书信集》（*My Best Mary*: *Selected Letters of Mary Shelley*, 1953）。

此外，斯帕克还编写了《勃朗特书信集》 （*The Brontë Letters*,
1954），撰写了传记《光明之子：玛丽·沃斯通克拉夫特·雪莱的重
新评价》 （*Child of Light*: *A Reassessment of Mary Wollstonecraft Shelley*,
1951），成为"帮助玛丽·雪莱的作品和影响从比她名气更大的丈夫
的阴影中摆脱出来的第一次尝试"②。有趣的是，斯帕克对玛丽·雪
莱（Mary Shelley, 1797—1851）的喜爱不仅仅是基于她的作品，还因
为她俩之间有着一定的缘分，在各自的姓名与经历上存在惊人的巧合
与关联。比如，两人的姓名缩写都是"MS"，玛丽的卒日与斯帕克的
诞辰恰好一致，都是 2 月 1 日……《光明之子：玛丽·沃斯通克拉夫
特·雪莱的重新评价》展示了斯帕克的才华，于 1951 年玛丽逝世
100 周年时问世。该书的成功大大增强了斯帕克的自信心。玛丽创作
中的哥特式风格对于斯帕克后来的小说创作产生了深远的影响，斯帕
克的女权主义思想在此书中首次出现。此书出版后，斯帕克还建议出
版社策划编辑 19 世纪女性作家的诗歌集和小说集。如果说在 1949 年
斯帕克和斯坦福还是旗鼓相当的文坛新秀，到了 1951 年，斯帕克的
成就已经明显超过了斯坦福，这在很大程度上应该归因于《光明之
子：玛丽·沃斯通克拉夫特·雪莱的重新评价》的成功问世。然而这
也成为他们日后分道扬镳的重要原因之一。1950 年 11 月，聪慧勤奋

---

① Martin Stannard, *Muriel Spark*: *The Biography*, New York: W. W. Norton & Co. , 2010,
p. 109.
② Ibid. , p. 115.

的斯帕克联系了当时的英国桂冠诗人梅斯菲尔德，并获得他的许可，开始着手研究他的作品。

20 世纪 50 年代初，除了编写传记作品和作家的书信集，斯帕克还积极撰文投稿，在《泰晤士报文学副刊》（*TLS*）、《旁观者》（*Spectator*）、《世界评论》（*World Review*）和《新英国周刊》（*New English Weekly*）等著名杂志上发表评论文章，但是这时她的文学地位尚未完全确立。1951 年 6 月，当斯帕克完成叙事长诗《范法罗的民谣》（*The Ballad of the Fanfarlo*，1952）投稿时，多次遭拒，直到1952 年才获准在一本小册子里印刷了此诗。

斯帕克对小说领域的涉足纯属偶然。她原本对小说文体不感兴趣，由于无法摆脱经济上的困窘，1951 年秋天，在《观察家报》（*Observer*）杂志社高达 250 英镑奖金的诱惑下，她参加了他们举办的圣诞节短篇小说大赛。两个月后，她意外地获知喜讯：自己的作品《六翼天使和赞比西河》打败了接近 7000 位对手而拔得头筹。一举成名的斯帕克收到各路朋友的祝贺信，更重要的是，这时有出版社向她约稿，这不仅仅增加了她的自信心，更是激发了她对小说创作的兴趣与天赋。有评论家指出，《六翼天使和赞比西河》"可能是英国作家创作的第一个魔幻现实主义作品范例"[1]，相较于其他显得过时的现实主义作品，它像是"一杯后现代主义的香槟"[2]。斯帕克以轻松的笔触描写了一个虚实相映、亦真亦幻的六翼天使与一家加油站老板间的冲突故事。在宗教色彩甚浓的故事中，她借助这个天使形象隐喻了自己的蜕变与新生，表达了希望和理想，暗示自己将会与六翼天使一样，接受洗礼，开始全新的历程。获得 250 英镑的奖金后，斯帕克给了斯坦福 50 英镑，还购买了一整套的《追忆似水年华》（*Remembrance of Things Past*，1931），并很快就痴迷其中。

1952 年，斯帕克完成传记作品《约翰·梅斯菲尔德》（*John*

---

[1] Martin Stannard, *Muriel Spark：The Biography*, New York：W. W. Norton & Co., 2010, p. 124.

[2] Ibid..

Masefield，1952），并在翌年出版了该书。它为处于转型期的斯帕克带来了很大的启发，对她的文学创作生涯产生积极的影响。除了介绍梅斯菲尔德的生平外，斯帕克还详细分析和研究他的三首叙事长诗，从中学习了不少创作技巧，如非个性化叙述和诗意的表达。有人认为斯帕克把这部传记当作"她的启程和自我定义"①。

1952年，斯帕克发表了《范法罗及其他诗歌》（*The Fanfarlo and Other Verse*，1952），但是这部作品无人问津，销量甚少。7月26日，她拜访了肯辛顿地区一个圣奥古斯丁教堂的英国国教牧师，同年11月7日，她接受洗礼，加入英国国教。1953年，斯帕克开始阅读约翰·亨利·纽曼的作品，从中汲取养分，还在《英国教会报》上刊文评论 T. S. 艾略特新上演的剧作，得到艾略特本人的赞许和首肯。

1954年1—4月，因为服用过量的中枢神经系统刺激药物，斯帕克眼前总是浮现幻影。停药后，幻影很快消失，但是她身心疲惫、精神恍惚，于是接受了神父弗兰克·奥麦利（Frank O'Malley）的帮助和治疗，后来又到修道院静修。其间，出于对斯帕克才华的欣赏，英国著名小说家格雷厄姆·格林（Graham Greene，1904—1991）每个月资助她20英镑，而且经常在寄支票的同时附赠红酒，在经济上帮她渡过难关。1954年5月1日，斯帕克在伊令修道院（Ealing Priory）正式皈依罗马天主教。斯帕克在遭遇精神困境之际选择皈依宗教，从而获得解脱。这给予了她创作的灵感。从她笔下多部作品中的女主人公身上都可以看到作家本人的生命轨迹和精神历程。

随着斯帕克在文学界的声誉渐隆，不少出版社和杂志社开始采访她并向她约稿。伦敦著名的麦克米兰（Macmillan）出版社的编辑亚兰·麦克莱恩（Alan Maclean）最早写信约她创作一部小说，成为她的第一位"伯乐"。当时，向一个从未写过小说的人约稿是前所未闻的，显然具有极大的风险。然而，时间证明，麦克莱恩的英明之举显示了他的预见性，他也获得相应的回报。斯帕克把自己经

---

① Martin Stannard, *Muriel Spark*: *The Biography*, New York: W. W. Norton & Co. , 2010, p. 130.

历过的幻影事件及在摸索小说创作过程中的种种遭遇揉入小说《安慰者》中，于1955年完成此书。此前，当斯帕克把小说的前五章文稿交给麦克莱恩时，他还向她约稿一篇短篇小说，准备收入他编写的《冬天的故事系列》（*Winter's Tales*，1956），并向她预付定金50英镑。

1955年，斯帕克在身体完全康复后，搬回伦敦，租住在坎伯威尔（Camberwell）区鲍德温·科勒森（Baldwin Crescent）街的13号寓所，房东赖泽丽（Lazzari）太太时年60岁，对斯帕克非常友善，始终鼓励她进行文学创作。此后的多年内，她们住在一起，建立起深厚的友情。后来斯帕克将她作为原型写进《来自肯辛顿的遥远呼唤》（*A Far Cry from Kensington*，1988）。1955年年底，她的短篇故事集《离开的小鸟》（*The Go-Away Bird*，1958）完稿，交由出版社排印。1956年初，她着手创作第二部小说《罗宾逊》（*Robinson*，1958）。在等待《安慰者》出版的1956年，斯帕克在经济上仍然有些窘迫，因此在彼特·欧文（Peter Owen）出版社找了兼职工作，每周工作3天，承担秘书、校对和编辑等任务。当麦克米兰出版社收到斯帕克《安慰者》的初稿时，稍有顾虑，担心读者不能适应和接受这样一部风格奇特的小说，因此没有马上出版此书。著名作家伊芙琳·沃（Evelyn Waugh，1903—1966）初读该小说的样稿时，惊叹不已，认为它很有趣、很有新意。[1] 格林看到样稿时也评价它是"这么多年来我读过的少数真正有创意的小说之一"[2]。其他校稿的读者也反响不错，于是出版社很快就发行此书。小说面世后就引起文坛的巨大反响。除了少数反对的声音外，这部小说收获了诸多好评，其中最积极的评价来自伊芙琳·沃在《旁观者》上刊载的长达一整页的评价和赞美之词。斯帕克声名大震，"真的开始了全新的生活"[3]。如同她在自传中所说

---

[1]　参见 Martin Stannard，*Muriel Spark：The Biography*，New York：W. W. Norton & Co.，2010。

[2]　Martin Stannard，*Muriel Spark：The Biography*，New York：W. W. Norton & Co.，2010，p. 176.

[3]　Muriel Spark，*Curriculum Vitae*，London：Constable and Company Ltd.，1992，p. 211.

的，历经十几年的艰苦耕耘和辛勤探索，她"多年的投入和艰辛终于得到回报"①。亚兰·麦克莱恩为斯帕克联系到另一个欣赏她才华的出版商李平科特（Lippincott）。著名杂志《纽约客》（*The New Yorker*）在 1957 年 3 月刊文对斯帕克的短篇小说《波托贝洛之路》进行点评："缪里尔凭着《波托贝洛之路》找到了自己成熟的声音。"② 在后来的短篇小说集内，斯帕克都把这篇短篇小说置于前面的显眼位置，似乎是为了"承认它是彰显她想象力的第一项杰出成果"③。此后，《纽约客》开始邀请斯帕克为他们撰稿，与斯帕克结下了不解之缘。从此，斯帕克在经济上有了一定的保障。于是，她辞掉彼特·欧文出版社的兼职工作，成为专职作家，开始全身心地投入小说创作中。

第三节　大器晚成的卓越作家

作为她小说作品的开山之作，《安慰者》的成功使斯帕克信心倍增，此时的她已经 39 岁，年近不惑，可谓大器晚成的小说家。然而，她成名后的创作道路渐入佳境，而且她毫不懈怠，不断奋斗，最终成为多产的著名作家，总共创作了 22 部小说名著。

1957 年 6 月，麦克米兰出版社宣称《安慰者》售罄，接着马上重印此书，随后美国版的《安慰者》也面世，受到广大读者的热烈欢迎。同年，麦克米兰出版社与斯帕克签订合同，准备出版她的第二部小说《罗宾逊》及一部短篇小说集。

1958 年 6 月，《罗宾逊》问世。小说主要讲述飞机失事后的三个幸存者，即马洛（January Marlow）、威尔斯（Tom Wells）和沃特福德（Jimmie Waterford）在一个小岛上的冒险经历。岛主与小岛同名，都叫作罗宾逊。他救活并照顾这三位幸存者，不久后，岛主失踪。岛上的 3 个幸存者费尽心思揣摩原因。在他们互相猜忌和争斗之后，罗宾

① Muriel Spark, *Curriculum Vitae*, London: Constable and Company Ltd., 1992, p. 210.

② Martin Stannard, *Muriel Spark: The Biography*, New York: W. W. Norton & Co., 2010, p. 171.

③ Ibid..

逊神秘地返回。斯帕克设置了一个开放式的结局，没有解释罗宾逊为何神秘离开和返回。小说具有一定的自传色彩。主角马洛在许多方面与斯帕克有着共性：比如，两人都是诗人兼评论家，祖母来自同一个地方，都有过短暂的婚姻并育有儿子，都喜欢一只名字叫作兰陵的波斯猫。① 这部作品得到《每日邮报》（*The Daily Mail*）、《旁观者》和《新政治家》（*New Statesman*）等著名杂志的好评。

　　1959 年 3 月，《死亡警告》问世，被誉为 "20 世纪 50 年代最伟大的小说之一"②。它描写了许多老人接到一个来源神秘的威胁电话时的不同反应和应对方式，力图刻画出老年人在面对死亡时的心态。该小说在英国受到评论家和读者的欢迎，著名作家 V. S. 奈保尔（V. S. Naipaul, 1932—　）、格林（Graham Greene, 1904—1991）、伊丽莎白·简·霍尔德（Elizabeth Jane Howard, 1923—2014）和伊芙琳·沃都撰文高度评价此书。然而该书在美国出版时，除了《纽约客》外，评论界的反应平淡，以至于李平科特出版社的编辑李恩·凯力克（Lynn Carrick）不得不使出浑身解数，才最终说服董事会与斯帕克续约，准备出版她的下一部小说《佩克汉姆莱民谣》（*The Ballad of Peckham Rye*, 1960）。为了提高《死亡警告》的知名度，英国的麦克米兰出版社不仅为斯帕克打广告、召开签名售书会，而且还邀请维尼夏·穆莱（Venetia Murray）对她访谈。

　　1960 年 3 月 3 日，《佩克汉姆莱民谣》出版时，英国的《标准晚报》（*The Evening Standard*）、《观察家报》（*The Observer*）和《每日快报》（*Daily Express*）都刊文盛赞，称她为 "具有真正的天赋，可以让环境显得恐怖和喧闹"③，这本 "重要的小说"④ 描写了一位

①　参见 Martin Stannard, *Muriel Spark*：*The Biography*, New York：W. W. Norton & Co., 2010。

②　Martin Stannard, *Muriel Spark*：*The Biography*, New York：W. W. Norton & Co., 2010, p. 204.

③　R. H. Smith, S. H. Kim, "Comprehending Envy", *Psychol Bull*, Vol. 133, No. 2, 2007, p. 6.

④　Hilis Miller, *Fiction and Repetition*：*Seven English Novels*, Cambridge：Harvard University Press, 1982, p. 6.

叫道格尔·道格拉斯（Dougal Douglas）的改良主义者试图在佩克汉姆地区进行改革，但最终遭遇失败的经过。《佩克汉姆莱民谣》出版后不到两周，就跃居英国《标准晚报》（*The Evening Standard*）畅销书的第五位。1960 年，该小说在美国与读者见面后，同样引起广泛的关注。包括《纽约客》、《纽约时报》（*New York Times*）和《旧金山纪事报》（*San Francisco Chronicle*）等在内的重要报刊都给予好评。

随着斯帕克的声名鹊起，麦克米兰出版社更加注重对其作品的宣传，1960 年 10 月，在《单身汉》（*The Bachelors*, 1960）出版之际，出版社为斯帕克举办了小说出版首发仪式。在这之前就有《泰晤士文学副刊》和《纽约客》等英美国家的著名报刊登载伊芙琳·沃和约翰·厄普代克（John Updike, 1932—2009）等资深小说家的评论文章，其中充满了对斯帕克的溢美之词。《单身汉》讲述一些中年或者年近中年的男人的生活，涉及婚姻、性爱、责任、善恶、妒忌等话题。《单身汉》取得成功后，斯帕克从麦克米兰出版社获得丰厚的薪酬，改善了生活条件。她还抽出时间来整理和编写剧本《播放的声音》（*Voices at Play*, 1961）和《哲学博士》（*Doctors of Philosophy*, 1963），同时也尝试把小说改编为舞台剧或广播剧。

1961 年 6 月，在麦克米兰出版社及其编辑狄克森（Dickson）的帮助下，斯帕克如愿以偿地抵达圣地耶路撒冷开始朝拜之旅，在此期间的经历成为《曼德鲍姆门》（*The Mandelbaum Gate*, 1965）的主要素材来源。彼时，剧本《播放的声音》（*Voices at Play*, 1961）出版了，但是读者的反应不甚热烈。

《琼·布罗迪小姐的青春》到 1961 年 10 月在英国付梓。《纽约客》在此前用了一整期的篇幅来连载该小说。斯帕克成为首位获此殊荣的英国女作家，借此一举成名。然而，美国读者群的狂热并未能左右英国人的判断。虽然英国评论界对《琼·布罗迪小姐的青春》的总体评价是正面的，仍然有相当部分的评论意见并不太友好，有人觉得故事过于简单、重复太多，也有人认为她的创作速度过快，导致作品质量不高。① 总体而言，《琼·布罗迪小姐的青春》在英国不太受欢迎，这令斯帕克心生不满。她归咎于英国麦克米兰出版社为她小说所做的宣传力度不够，而且还对他们给予的报酬不满意。1962 年 1月 12 日，斯帕克在与麦克米兰出版社发生争执后来到纽约，发现这个城市比伦敦更适合她。1 月 17 日，《琼·布罗迪小姐的青春》在美国出版，获得比以往更多的赞誉。李平科特出版社为她举办了鸡尾酒宴会，邀请了厄普代克、W. H. 奥登（W. H. Auden, 1907—1973）和莱昂内尔·特里宁（Lionel Trilling, 1905—1975）等著名作家和出版界名士。1962 年 4 月 21 日晚上，斯帕克的父亲去世。此前，斯帕克回家照看他期间，与哥哥菲利普相处不太融洽，与儿子有过激烈的争吵。父亲离世后，她觉得无论在精神上还是心理上，自己与故乡的距离愈发遥远。葬礼过后，由于她给母亲的经济补助远远低于其期望值，母女关系开始恶化。不久后，斯帕克就暂别爱丁堡，飞赴纽约。1962 年，斯帕克的主要心思放在创作戏剧作品《哲学博士》上。10月 1 日，这部舞台剧上演。虽然在两周前，她刚刚凭借由《佩克汉姆莱民谣》改编的广播剧到意大利城市维罗那接受"意大利奖"（the Italia Prize），可能是由于《哲学博士》的后现代主义色彩颇浓，它并没有获得太多的关注，未能像她的小说一样获得较大的成功。

从 1962 年 10 月起，斯帕克在纽约居住了 3 个月，计划把这座城市当作以后的居住地。在短短几个月时间内，她在《纽约客》为她提供的舒适的办公室内完成了《收入菲薄的姑娘们》（*The Girls of Slender Means*, 1963）的大部分内容。随着她的名声上升，身价倍增，各大出版社互相竞争，力求与她建立合作关系。最终，科诺普夫（Knopf）出版社凭借雄厚的实力和不凡的声誉赢得她的信赖，于1963 年 1 月底与她签约。1 月 26 日，斯帕克举办了告别宴会，此后不久便离开纽约。

在出版了多部小说后，斯帕克的声名渐长，影响也在不断扩大。

---

① 参见 Martin Stannard, *Muriel Spark: The Biography*, New York: W. W. Norton & Co., 2010。

1963 年 2 月，斯帕克到法国巴黎洽谈出版事宜，最终与拉丰（Laf-font）出版社签订出版协议。1963 年麦克米兰出版社和科诺普夫出版社出版她的小说时，她不再参与宣传活动，即便如此，她的《收入菲薄的姑娘们》依然取得很大的成功，新闻界给予许多关注，著名作家弗兰克·克默德和厄普代克等都盛赞此书，在 1963 年 12 月前，它已经成为英美两国的畅销书。《收入菲薄的姑娘们》讲述了第二次世界大战接近尾声时一些家境贫寒的姑娘在伦敦的生活经历。小说的自传色彩浓厚，许多主人公与斯帕克有着相近的经历。1964—1965 年，斯帕克频繁地出游，到过美国、瑞典的斯德哥尔摩、墨西哥和罗马等地，这使她正在创作的《曼德鲍姆门》（The Mandelbaum Gate，1965）进展缓慢。但是广博的见闻令斯帕克更加深入地了解世界，以往对于纽约的好感和依赖逐渐减少。1965 年 1 月初，她奋笔疾书、连续工作 56 小时，终于将《曼德鲍姆门》完美收官。同年 7 月，她改变了到巴黎定居的计划，从纽约飞往罗马。这座历史悠久的名城曾经给她留下深刻而美好的印象。虽然她这一次在罗马只停留一个星期，这段时间却改变了她未来的生活。1965 年秋天，斯帕克写信给房东赖泽丽，告知她自己准备离开鲍德温·科勒森（Baldwin Crescent）的住所，随后告诉朋友沃纳和麦克莱恩自己准备搬家到罗马。6 个月后，她宣布自己已成为美国的永久居民。1965 年《曼德鲍姆门》在美国出版时，评论界的声音褒贬不一，但是在英国问世时则赢得一片欢呼声。随后不久，这部小说赢得《约克郡邮报》（The York Post）的年度最佳作品奖和詹姆士·泰特·布莱克纪念奖。不管从哪种标准来看，它在评论界获得了广泛的认同和赞誉。①

　　斯帕克在文学上日渐隆盛的声誉和逐步上升的社会地位令她有了更为广阔的社交圈子，接触到各色人物等，为她日后创作积累了素材。纽约在她眼里变成了乱象丛生、充满流言蜚语的地方。她在 1965 年 11 月准备离开纽约时已经对这个城市心存怨气。1966 年 5 月

---

① 参见 Martin Stannard，*Muriel Spark*：*The Biography*，New York：W. W. Norton & Co.，2010。

6 日，电影《琼·布罗迪小姐的青春》在伦敦上演，不久，据此改编的电视剧和舞台剧也纷纷上演，为斯帕克带来丰厚的收入，而且令她的这部小说拥有了几百万的读者群。公众视野的期待与过度关注令身为艺术家的斯帕克颇不自在。她需要独处，重归艺术之境。1966 年 7 月，斯帕克抵达罗马——这个曾给予艺术家们无数灵感的文艺复兴运动发源地。斯帕克选择住在拉斐尔（Raphael）旅馆，过着与世隔绝的生活。她试图隐居起来，以回避这个充满喧哗与骚动的世界，因此她甚至没有把具体的联系方式告知母亲，母亲寄来的信件也只是通过《纽约客》中转。她母亲的信件大多是对她寄送的支票表示感谢。随着年岁和阅历的增长，斯帕克对母亲的看法有所改变，认为她已经不像以前那样有趣和可爱了。儿子罗宾自告奋勇，想成为斯帕克的儿童故事《小电话》（The Small Telephone，1983）的解说员，但是她不太支持，最终此事没有成功，影响了母子的关系。拉斐尔旅馆虽然价格昂贵，但是装修和格调非常符合斯帕克的品位，她在这里租用了一个套房，住了近 3 个月，感到舒适和快乐，甚至对这个宾馆产生了感情。在罗马的近一年内，她把这里当成她唯一的通信地址，除了经纪人冯·奥（Von Auw）之外，她没有把私人地址告诉任何人，斯帕克在孤独中享受着创作带来的愉悦。日后，小说《接管》（The Take-over，1976）和《领土权利》（Territorial Rights，1979）都把意大利设为故事的发生地。

1967 年，斯帕克出版了《小说集》和《诗歌集》，并获得了大英帝国勋章（the Order of the British Empire）。随着斯帕克的事业稳步推进，她于 1968 年出版了短小精悍、构思精细巧妙的《公众形象》，收获了广泛好评，在英国出版后的 3 个月内就荣登十大畅销书之榜，1969 年，还跻身首届英国布克奖的短名单（shortlist）行列。1968 年百脑汇（Broadway）、派拉蒙影业公司（Paramount）与福克斯（Fox）等影业公司都与她讨论《佩克汉姆莱民谣》和《公众形象》等小说的电影改编事宜，并很快就购买了改编权。此时，斯帕克心情愉悦，平生第一次有了经济上的安全感。

《驾驶席》在 1970 年秋天出版。斯帕克认为它是迄今为止最令自己满意的小说。小说叙写了一个叫莉丝（Lise）的女人精心策划了自己的死亡全过程，也就是引导他人把自己谋杀了。但这部小说并没有受到广泛的关注和欢迎，尽管它曾经跃居英国的畅销书排行榜第五位，但是在很短时间内就跌出榜单。虽然《纽约客》大力吹捧此书，许多美国读者反映他们不太理解小说女主人公的所作所为。1971 年，同样讲述凶杀故事的《请勿打扰》（*Not to Disturb*，1971）面世，受到的关注度不大，评论界的好评也不多。1973 年，斯帕克完成并出版了以纽约为故事背景的《东河边的暖房》（*The Hothouse at the East River*，1973），这本始于 1966 年的小说在经历 7 年的断断续续创作后终于面世。也许是斯帕克在故事中流露出对纽约的不满情绪，该作在美国不受欢迎，而在英国，《卫报》（*The Guardian*）、《听众》（*Listener*）和《新政治家》（*New Statesman*）都刊登评论探究该小说的真实含义。1974 年，斯帕克在短短的 6 个星期内就完成并出版了《克鲁的女修道院院长》（*The Abbess of Crewe*，1974），在小说中影射了"水门丑闻"及尼克松总统的辞职事件。该作得到克默德、厄普代克和戴卫·洛奇等知名作家的赞扬。

1976 年，《接管》（*The Takeover*，1976）出版时，评论界褒贬不一。《纽约时报》刊登德拉贝尔（Margaret Drabble，1939—　）的批判性短文，但是《华盛顿邮报》（*The Washington Post*）、《时代》（*Time*）、《芝加哥每日新闻》（*Chicago Daily News*）和《纽约评论》（*New York Review*）等都刊载了好评文章。1977 年，斯帕克去探望儿子罗宾之后就与朋友贾丁（Jardine）开始快乐的旅行，足迹遍布法国、瑞士和意大利。1979 年出版的《领土权利》（*Territorial Rights*，1979）与《接管》一样，都把故事背景设为意大利。英美国家评论界的好评占据多数。有趣的是，当斯帕克与麦克米兰出版社签订出版小说的合同时，因为她自恃银行存款丰厚，无须着急让小说付梓，就把对方的出价抬高一倍，最后他们居然还是同意签约了。另一个插曲是，当斯帕克发现《领土权利》的封底简介有个印刷错误时，与责任编辑麦克莱恩联系时得知他在度假，只好直接与出版机构的领导亚历山大·麦克米兰（Alexander Macmillan）交涉，受到了冷遇，于是她心怀不满，到了 1980 年，《带着意图徘徊》（*Loitering with Intent*，1981）完稿后，斯帕克决定无论麦克米兰出版社如何出价，都不再转让此书的出版权。这部小说原定于 1980 年 5 月在英国和美国同时出版，但是拖到了 1981 年才在美国出版。同年，斯帕克在英国的新出版商博德利·黑德（Bodley Head）也发行了此书。该书在英美两国都引起了巨大的反响，拜厄特（Antonia Susan Byatt, 1936—　）、布拉德伯里（Malcolm Bradbury, 1932—2000）和威尔逊（A. N. Wilson, 1950—　）等著名作家都纷纷撰文给予好评，后来小说获得当年的英国布克奖提名，并帮助斯帕克挺进最后的 6 人决选名单，但最终惜败于拉什迪（Salman Rushdie, 1947—　）的《午夜的孩子》（*The Midnight Children*，1981），遗憾地与英国布克奖擦肩而过。

1982 年 10 月，斯帕克开始创作《唯一的问题》（*The Only Problem*，1984），探讨有关约伯受难的主题。这是继《安慰者》之后斯帕克再次聚焦和反思约伯受难的问题，也是作家本人长期以来不断思考关于宗教信仰与人生苦难问题的结晶。1984 年，小说在美国出版，仅仅得到布鲁克纳（Anita Brookner, 1928—2016）一人在《纽约时报》书评栏目的正面评价。约翰·厄普代克甚至认为小说离题了："作者似乎走神了，有时情节有些突兀，作者经常在讲述其他问题。"① 但是斯帕克没有气馁，坚信这部小说是优秀的。3 个月后，英国出版了该小说，评价果然很好。伯吉斯（Anthony Burgess, 1917—1993）和克默德等人都盛赞此书。克默德把斯帕克与亨利·詹姆士（Henry James, 1843—1916）比较，认为她是"我们最好的小说家"②。1984 年后，年岁渐高的斯帕克创作速度明显下降。同年 10 月，她在罗马维克拉·戴尔（Vicolo del）的家中摔断了肋骨，经过长时间的休整后，她再次与好友贾丁外出旅行度假。1987 年，她两度飞抵巴黎，分别去接受采访和领取"外国短篇小说集"一等奖。到

---

① John Updike, "Books. A Romp with Job", *New Yorker*, Vol. 23, July 1984, p. 107.

② Frank Kermode, "A Turn of Events", *London Review of Book*, Vol. 14, November 1996, p. 20.

了 1988 年，《来自肯辛顿的遥远呼唤》（*A Far Cry from Kensington*, 1988）发行之前，就有好多记者赶到意大利采访她。她还 3 次接受邀请，在 BBC 广播节目中谈论该小说，并准备在 "完整收录"（Cover to Cover）的电视栏目上与一些社会名流讨论这部小说。尽管斯帕克因故未能在电视上露面，具有浓厚自传色彩的《来自肯辛顿的遥远呼唤》在英国出版后很快就成为畅销书，在美国也同样受到热烈欢迎。

1989 年年初，斯帕克着手创作《座谈会》（*Symposium*, 1990），后来与出版社签约，准备于 1989 年 12 月出版，但是由于一系列事件的拖延，最终她于 1990 年 2 月完稿并交付出版社。这部小说主要叙写一对未婚同居的男女主人公举办晚宴过程中发生的事件。小说在英国的接受情况很好，进入了畅销书排行榜，后来进入苏格兰赛太尔奖的短名单，而且差点获得英国布克奖提名。在美国它更受欢迎，《华盛顿邮报》《纽约时报》《洛杉矶时报》和《时代杂志》等都有刊文积极评价。

进入垂暮之年的斯帕克已在艺术道路上踟蹰前行许久，名利双收，此时她回首往昔，认为应该书写自传以正视听，回应评论界的质疑。1992 年，《个人简历：自传》（*Curriculum Vitae*, 1992）问世，迅速成为畅销书。这部传记作品真实记录了斯帕克 1957 年发表第一部小说前的人生经历。斯帕克在书中说这是第一卷自传，准备在日后的第二卷中回顾自己 1957 年后的生活。遗憾的是，直至去世前她都未能如愿地创作和出版第二卷。1992 年 9 月，斯帕克到芝加哥领取 "T. S. 艾略特" 奖。翌年，她忧喜参半：髋骨的疼痛不断加剧，严重影响了生活，但是她赢得了大英帝国爵士勋章（Dame Commander of the British Empire）的荣誉称号。1993—1996 年，斯帕克一直深受各种病痛的折磨。1996 年的复活节，她差点离世。让人钦佩的是，虽然病魔缠身，她依然利用一切空余时间进行创作，以期在艺术上取得更高的成就。1996 年她赢得了法国文学界的最高荣誉——法国文艺最高勋章，对于外籍人士来说，这是最大的殊荣。

1996 年，斯帕克的《现实与梦想》（*Reality and Dreams*, 1996）面世后反响很好，在英国被评为 "年度最佳作品"。小说具有强烈的自传色彩，与以前的《安慰者》和《唯一的问题》一样都探究了约伯受难的主题。1997 年 3 月，斯帕克抵达伦敦接受大卫·科恩英国文学奖（David Cohen British Literature Prize），此前，这项奖项仅仅授予给诺贝尔文学奖获得者奈保尔和品特（Harold Pinter，1930—2008）两人，以纪念他们的"终身成就"。她把其中的 1 万英镑捐献给母校吉莱斯皮学校。回到意大利后，她得知自己的小说《现实与梦想》获得了苏格兰艺术委员会授予的春天图书奖（Spring Book Prize）。在众多荣誉面前，斯帕克没有沾沾自喜，而是笔耕不辍，继续创作下一部小说《帮忙与教唆》（Aiding and Abetting，2000）。1998 年斯帕克当选为爱丁堡皇家协会荣誉研究员。2000 年时，《帮忙与教唆》问世，毫无疑问，因为斯帕克的地位和声誉，小说受到热捧。斯帕克于 2004 年出版了最后一部小说《精修学校》，讲述了一个精修学校的天才少年克里斯与校长的恩怨故事，在其中探讨了艺术创作的问题。

2006 年 4 月 13 日晚上，在进行临终忏悔后，斯帕克安然离世。复活节的周末，追思会在一个教堂里举行。路透社派人到现场报道追思会，接着各种国际媒体也刊文表示哀悼。令人遗憾的是，儿子罗宾并没有出席葬礼，因为斯帕克曾经与他发生争执，造成无法愈合的裂痕。

就作家而言，斯帕克早已取得了常人难以企及的艺术成就，然而，就母亲的身份来说，斯帕克无疑是失败的，这成为她无法弥补的缺憾。艺术追求与世俗身份之间似乎永远有着无法消弭的矛盾冲突。

第二章 国内外斯帕克研究述评

本章分为两节来论述国内和国外的接受与研究情况，主要是从历史的维度对她的作品在各个时期的研究与评论进行梳理和评价，目的在于回顾过去、发现问题、指出不足、思考出路，并在此基础上展望斯帕克研究的未来。

第一节 国内研究译述评介

如果考虑到英国当代著名女作家缪里尔·斯帕克在世界文坛的重要地位和影响力，中国的斯帕克研究并不算全面深入，可以说正处于起步阶段。她的作品的译介状况还不尽如人意。此外，据中国知网和超星图书馆等数据库的搜索，截至 2018 年 2 月 20 日，中国大陆①公开发行的刊物上仅仅发表了 42 篇关于斯帕克研究的文章②，其中 20世纪 80 年代发表 2 篇，90 年代发表 8 篇，21 世纪的前 10 年发表 8篇，2010 年年初到 2018 年 2 月研究论文数量则大幅度增加，发表了

---

① 由于难以获得中国台湾、香港和澳门等地区相关研究的全部数据库，我们的研究仅限于中国大陆。

② 为了尽量保证统计数字来源的准确性和全面性，本统计基于国内最为知名的中国期刊全文数据库（CNKI）和超星图书馆，分别在主题、篇名和关键词等查询选项中输入斯帕克或斯巴克进行查询。硕士学位、博士学位论文的查询数据基于中国博士学位论文、优秀硕士学位论文全文数据库（CNKI）及中国国家图书馆特色资源之博士学位论文数据库，数据统计时间截至 2018 年 2 月 20 日。需要指出的是，笔者同时统计了超星图书馆的数据。另外，斯帕克的译名不统一，因此为获得全面和准确的资料，我们使用多种名字进行查询，如斯帕克、斯巴克等。

24 篇，超过了以往所有年度的论文总数。可见，国内的斯帕克研究正处于逐渐升温的状态。

一　斯帕克作品的翻译现状

中国大陆文学翻译界对斯帕克其人其作的关注程度与她在欧美文坛的盛名与影响力极不相符。对于斯帕克作品的译介太少，这在一定程度上导致许多外国文学研究者缺乏足够的研究热情和积极性，这是斯帕克研究很难向纵深发展的重要原因之一。

斯帕克的名作《琼·布罗迪小姐的青春》于 1961 年问世，但是它的中译本的诞生却晚了 20 多年。直至 1988 年，中国工人出版社发行了童燕萍主编的世界著名文学奖获得者文库（英国卷），其中才有任吉生翻译的《布罗迪小姐的青春》，在小说封面上，作者斯帕克被译为穆丽尔·斯帕克。1987 年，中国文联出版公司出版了著名翻译家王家湘翻译的《死的警告》。2000 年，译林出版社出版了斯帕克两部小说的译文合辑《驾驶席·布罗迪小姐》，译者为袁凤珠，在该书中斯帕克的译名为缪丽尔·斯帕克。2015 年，南海出版社出版了袁凤珠翻译的《布罗迪小姐的青春》，在小说的封面赫然印有评价"《时代杂志》、现代图书馆和兰登书屋同时评为'20 世纪百佳英文小说'"。除了以上作品，迄今为止，斯帕克的其他小说都没有中文译本问世，此外，她为数甚多的诗歌、短篇小说和散文及自传作品等至今都没有被翻译过来。可能是因为斯帕克始终没有获得英国布克奖，也未能荣膺诺贝尔文学奖，中国学界对这位作者的了解不够，关注度与研究热情都不高，因此译介与研究都不太深入。

二　斯帕克及其作品研究现状

关于斯帕克其人其作的研究主要包括期刊杂志上的论文、学术专著或编著和硕士学位、博士学位论文三类。

（一）期刊杂志上的研究论文

我国各种刊物上为数不多的论文主要是研究她的小说作品，可以分为三大类，分别论及斯帕克的经历和小说作品、人物形象及小说创作艺术。

1. 对于斯帕克本人的经历和作品的综合介绍和简要述评

国内关于斯帕克研究的第一篇文章是齐宁发表于《外国文艺》1981 年第 6 期的《斯帕克发表新作〈有目的地闲逛〉》①。该文非常简明扼要地介绍了斯帕克 1981 年出版的《有目的地闲逛》的主要内容。需要指出的是，文章的最后一句话"她的小说《沃伦德·蔡斯》被出版商拒绝出版"② 与小说本身的内容不相符合。其实，如果细读小说，会发现小说主人公芙乐创作的内嵌小说《沃伦德·蔡斯》(Warrender) 刚开始因为另一人物昆丁的阻挠而被出版商拒绝，但最终主人公芙乐还是成功地战胜了昆丁，并在许多地方出版了小说，如同小说里所写的，"那几周内，三合出版社售出了小说《沃伦德·蔡斯》在美国的版权，平装本的版权、电影版权和大部分的国外版权。再见，我的贫穷日子。再见，我的青春时代"③。齐宁在文章最后恰当地引用了《纽约时报图书评论》上对《有目的地闲逛》的准确评价："该书不像斯帕克的前几部小说那样有精雕细刻以至于稍有矫揉造作的弊病，而像她的第一部作品《安慰者》，文笔雄健恣肆，在形式上无懈可击，是一部聪明而成熟的作品。"④ 1987 年，刘若端的《斯帕克的新型小说》同样比较简要地概述了斯帕克在 1970 年前后出版的一系列小说：《公众形象》《驾驶席》和《请勿打扰》。作者赞同斯帕克在一次讲演中的观点——"具有正确目的的讽刺很可能为读者留下'有益于健康的伤疤'"⑤。她认为斯帕克在 1970 年前后所写的小说"都证明她达到了她的目的"⑥。1990 年，金辉在《文

① 在本书中，笔者参照王守仁和何宁合著的《20 世纪英国文学史》，把该小说译为"带着意图徘徊"(*Loitering with Intent*, 1981)。

② 齐宁：《斯帕克发表新作〈有目的地闲逛〉》，《外国文艺》1981 年第 6 期，第311 页。

③ Muriel Spark, *Loitering with Intent*, London: The Bodley Head Ltd. , 1981, p. 220.

④ 齐宁：《斯帕克发表新作〈有目的地闲逛〉》，《外国文艺》1981 年第 6 期，第310 页。

⑤ 刘若端：《斯帕克的新型小说》，《外国文学报道》1997 年第 2 期，第 7 页。

⑥ 同上。

化译丛》第 2 期中发表了由他编译的《英国女作家缪里尔·斯帕克及其新作》，粗略介绍了斯帕克的生平、创作主题和手法，并侧重讲述了她的第 18 部小说《来自肯辛顿的遥远呼唤》，认为它与以前的一些作品"同样是一部具有讽刺意味，反映道德危机的佳作"①。他对于这部作品的评价颇高："这部作品文笔清新流畅，给人以快感，很像是她 1981 年发表的间接自传体杰作《徘徊》的续篇。"② 阮炜在《外国文学研究》1992 年第 3 期发表的《有"洞见"的秩序扰乱者——读斯帕克的〈佩克姆草地叙事曲〉》是第一篇比较深入研究斯帕克的单部小说的重要论文。他详细描述了主人公道格尔以"非道德"的方式对他就职的佩克姆地区的工业秩序进行捣乱和骚扰，指出："正是通过这个怪诞的形象，斯帕克才得以表达她对所谓'悠久传统'的否定。……借着超越了佩克姆的道格尔，超越了现代文明的斯帕克有力地传达了这种否定。但这种否定毕竟只是艺术维度里的否定。"③ 这篇论文颇为深入，显示了作者的文本细读能力和巧妙的"洞见"。

　　袁凤珠在《当代外国文学》1995 年第 2 期用了 57 页的篇幅译载了《布罗迪小姐的不惑之年》，后来又在 2000 年以"琼·布罗迪小姐的青春"为书名出版了该书。袁凤珠刊载在《当代外国文学》1995 年第 2 期的论文《英国文坛女杰缪丽尔·斯帕克》较为详细地概述了斯帕克生平以及获得的好评和荣誉，并在简要介绍了她的几部小说后，非常详细地分析了《布罗迪小姐的不惑之年》中的主人公布罗迪的性格双面性，指出："布罗迪小姐极其矛盾的性格十分令人惊异。她是一位可敬可爱的女教育工作者，是对死板僵化的传统教育制度的冲击者"④，"然而读者会逐渐发现她性格矛盾的另一面。她自

---

① 金辉：《英国女作家缪里尔·斯帕克及其新作》，《文化译丛》1990 年第 2 期，第 18 页。

② 同上。

③ 阮炜：《有"洞见"的秩序扰乱者——读斯帕克的〈佩克姆草地叙事曲〉》，《外国文学研究》1992 年第 3 期，第 105 页。

④ 袁凤珠：《英国文坛女杰缪丽尔·斯帕克》，《当代外国文学》1995 年第 2 期，第 169 页。

私、自负、独裁"①。总体而言，这篇论文对斯帕克研究起到有益的
推动作用，但是论文内有一个小失误。袁凤珠指出："1951 年斯帕克
的第一部文学评论《孩童与光明》在《观察家》杂志举办的短篇小
说赛上获奖，从此开始了她的文学创作道路。"② 其实，当年获奖的
是《六翼天使和赞比西河》（*The Seraph and the Zambesi*，1951），正
是这篇短篇小说帮助斯帕克打败了接近 7000 位对手，一夜成名。而
袁凤珠提到的《孩童与光明》的确是斯帕克 1951 年出版的，但它指
的是斯帕克当年出版的传记作品《光明之子：玛丽·沃斯通克拉夫
特·雪莱的重新评价》（*Child of Light*：*A Reassessment of Mary Wollsto-
necraft Shelley*，1951），而非获奖作品。令人欣喜的是，袁凤珠刊登
在《外国文学》1999 年第 1 期的《缪里尔·斯帕克——当代英国文
坛女杰》中纠正了以前的这个小失误，指出："她的第一个作品《赛
拉夫与赞比西》发表于 1951 年，并获得《观察家》杂志的短篇小说
奖。"③ 在这篇论文中，除了简要介绍斯帕克的经历和作品外，作者
还总结了斯帕克小说内容的几个特点：经常将自己的经历写进小说；
具有宗教色彩；记录时代大事；热衷于描写死亡事件；在写女强人上
花了很多笔墨。④ 比较而言，这篇论文是对她 1995 年关于斯帕克的论
文的补充和改进。

朱永康在《世界文化》1999 年第 5 期登载了《英国文坛怪老太
缪里尔·斯帕克》，粗略介绍了斯帕克的个性、婚姻、家庭及其与写
作的关系，并简单谈论了《圣灵》（*The Comforters*）和《琼·布罗迪
小姐的青春》的创作过程及评价，指出《圣灵》"是在英国作家格雷
厄姆·格林帮助下写成的"⑤ 和她"写作事业上真正的成功却是来自
《琼·布罗迪小姐的青春》，该书 1961 年面试后一炮打响，并被拍摄

① 袁凤珠：《英国文坛女杰缪丽尔·斯帕克》，《当代外国文学》1995 年第 2 期，第
170 页。
② 同上书，第 168 页。
③ 袁凤珠：《缪里尔·斯帕克——当代英国文坛女杰》，《外国文学》1999 年第 1 期，
第 33 页。
④ 同上书，第 34—35 页。
⑤ 参见朱永康《英国文坛怪老太缪里尔·斯帕克》，《世界文化》1999 年第 5 期。

成电影"①。《世界文化》在 2001 年第 1 期还刊载了杨金才的论文
《当代英国文坛两姐妹：缪里尔·斯帕克和艾丽斯·默多克》，简单
介绍了斯帕克的几部小说：《安慰者》《罗宾逊》《死亡警告》和她的
"后期作品"② ——《司机的座位》《请勿打扰》和《东河边的暖
房》，并指出："如果说斯帕克的早期作品着眼于表现人类的自由意
志与超自然的神秘操纵力和预言之间的抗衡，那么，她的后期创作则
侧重表达人对自身的命运所具备的一种预见性和主宰力。"③ 杨金才
还认为："比较而言——她的后期作品更为直面人生——现代精神也
更为浓郁，其意蕴更为深邃丰富。"④ 为了纪念 2006 年刚去世的斯帕
克，吕洪灵于翌年在《外国文学动态》2007 年第 1 期刊登了《斯帕
克女士的青春》，用极具诗意的语言回顾了她一生中所获得的荣誉和
桂冠、生活和创作经历、小说的主要特色等，最后得出寓意颇深的结
论："美丽的苏格兰依然，宗教的彷徨犹在，斯帕克在另一个世界里
也许还在参悟着文学的本质；不过，她留下的文字已经见证了她在人
世间的创作青春，它们已经并还将继续影响着万千的读者，引导他们
思考着真、善与美。"⑤ 吕洪灵的论文文采飞扬，寄托了对斯帕克的
怀念之思和钦佩之情。笔者在《外国文学》2016 年第 4 期发表论文，
聚焦贯穿于斯帕克创作生涯的自传、他传及自传体小说并研究三者之
间的关系，指出斯帕克的"生命书写"历经三个时期，发轫于为他

①　朱永康：《英国文坛怪老太缪里尔·斯帕克》，《世界文化》1999 年第 5 期，第
6 页。

②　文中并没有指出称其为"后期作品"的理由，从该文中我们知道这里的后期作品
主要指的是 20 世纪 70 年代后的作品，笔者认为，斯帕克在 1957 年创作第一部小说，此后
辛勤耕耘，直至 2004 年总共出版了 22 部小说，在 1957 至 1969 年，她完成了 9 部，20 世纪
70 年代出版了 6 部，20 世纪 80 年代后共出版了 7 部小说。杨金才提到的这三部小说分别于
1970、1971 和 1973 年面世，把它们归为她的"后期作品"似乎不太准确，笔者认为最好称
它们为中期或中后期小说，因为在这些小说发表之后斯帕克还创作了占据她本人作品总量
近一半的 10 部小说。

③　杨金才：《当代英国文坛两姐妹：缪里尔·斯帕克和艾丽斯·默多克》，《世界文
化》2001 年第 1 期，第 10 页。

④　同上。

⑤　吕洪灵：《斯帕克女士的青春》，《外国文学动态》2007 年第 1 期，第 14 页。

人作传，而后转向自传体小说的创作，直至垂暮之年为自己作传。三个阶段的"生命书写"层层相扣，呈现出递进式影响。① 据笔者的检索，这篇论文是国内外第一篇从传记文学的角度来深入、全面探讨斯帕克整体创作的论文。

2. 关于小说叙事技巧、策略和理论的研究

关于这方面的研究，笔者在国内发表的研究论文较多。笔者在《国外文学》2017 年第 1 期发表了论文《斯帕克〈精修学校〉的元小说策略》，深入分析了斯帕克的收官之作《精修学校》的元小说策略特征，指出"斯帕克凭借这部压轴之作为当代英国小说注入新的活力，再次赢得读者与学界的瞩目和尊重，雄辩地证明了自己是当之无愧的当代英国著名后现代派小说家"②。刊发于 2016 年《英美文学研究论丛》春季刊的《〈琼·布罗迪小姐的青春〉的叙事策略辨析》探讨了斯帕克在成名著《琼·布罗迪小姐的青春》中的第三人称有限叙事视角、"闪前"的时间策略及与之相对应的空间模式，指出三者构成合力，有效地推动着叙事的发展，因此这部小说"将斯帕克迅速推向英国的文艺殿堂，使她以独特的艺术风格驰骋万里，开创了当代英国小说的新篇章"③。发表在《外国文学研究》2015 年第 5 期的《〈安慰者〉的互文性策略》深入探讨《安慰者》的叙事策略，指出："《安慰者》是一个独特的互文性元小说文本。它吸收和改进前文本《约伯记》和《恋情的终结》，形成与它们明显的互文关系，展示了作者高明的互文性策略。斯帕克对侦探故事文类的戏仿反映了她更新和发展该叙事模式的愿望，再次体现了她对互文性策略的掌控能力。"④ 刊登于《外语教学》2013 年第 4 期的《英国女作家斯帕克的小说叙事理论初探》从小说的目的、功用、作者的创作及读者接受几

① 参见戴鸿斌《英国女作家斯帕克的生命书写》，《外国文学》2016 年第 4 期。

② 戴鸿斌：《斯帕克〈精修学校〉的元小说策略》，《国外文学》2017 年第 1 期，第 131 页。

③ 戴鸿斌：《〈琼·布罗迪小姐的青春〉的叙事策略辨析》，《英美文学研究论丛》2016 年第 1 期，第 123 页。

④ 戴鸿斌：《〈安慰者〉的互文性策略》，《外国文学研究》2015 年第 5 期，第 111 页。

个层面来讨论叙事理论，认为："斯帕克的小说理论在继承传统理论的基础上有所创新，与自己的创作实践相辅相成。……她的理论在一定程度上成为她创作时所遵循的准尺和前提，更新了传统的小说叙事规则。"①《〈驾驶席〉的新小说技巧》对于《驾驶席》中的新小说技巧进行详尽全面的探析，得出结论：凭借非个性化叙述和对有序情节的排斥，斯帕克赋予《驾驶席》典型的新小说特征，成为"用英语创作的最成功的新小说作品"②。刊发在《当代外国文学》2011 年第 2 期的《斯帕克的元小说叙事策略解读》通过对斯帕克多部小说中体现出来的各种具体的元小说策略的分析和描述，指出这是斯帕克小说中的最重要的叙事策略之一，它"展现了斯帕克在创作过程中的自我反省和自我意识，使她成为当代英美小说的奠基者"③。笔者在《斯帕克的后现代主义小说艺术》中详细地讨论了斯帕克的三种重要的小说叙事策略在三部重要的小说中的表现，认为"就创作艺术而言，由于在小说中大量使用互文性、新小说及元小说技巧，斯帕克的创作具有明显的后现代主义倾向"④。这篇论文主要以笔者 2009 年的博士学位论文为基础，概述了论文的主要内容，以比较简要的形式发表在《英美文学研究论丛》2011 年春季刊的"博士论坛"专栏。高兴萍在《宗教信仰与叙事策略的完美结合：论〈安慰者〉的叙事特色》中，从《安慰者》的时间倒错、超然叙事的悖论和西方侦探小说三个方面来讨论小说中宗教信仰与叙事策略之间的关系，得出的结论是："斯帕克通过这部小说的写作既坚定了自己的宗教信仰，又找到了自己的写作方法，这也正是斯帕克创作这部小说的目的。斯帕克的宗教信仰决定了她的叙事策略，她所选择的叙事策略反映了她的宗教信

---

① 戴鸿斌：《英国女作家斯帕克的小说叙事理论初探》，《外语教学》2013 年第 4 期，第 90—93 页。

② 戴鸿斌：《〈驾驶席〉的新小说技巧》，《浙江外国语学院学报》2012 年第 2 期，第 45 页。

③ 戴鸿斌：《斯帕克的元小说叙事策略解读》，《当代外国文学》2011 年第 2 期，第 42 页。

④ 戴鸿斌：《斯帕克的后现代主义小说艺术》，《英美文学研究论丛》2011 年第 1 期，第 402 页。

仰，二者达到完美结合。"① 姜龙霞在《从时序和反复看布罗迪虚幻的青春》中讨论了小说《琼·布罗迪小姐的青春》中的各种叙事手法——倒叙和预叙及小说的反复手法，论证了这些手法如何揭示了布罗迪小姐青春的虚幻性。由于篇幅稍微短小，该文并没有非常深入和全面地讨论这些叙事手段。

3. 关于斯帕克小说中人物角色的研究

秦怡娜和孔雁的《更迭的形象，背叛的青春——对〈布罗迪小姐的青春〉的一种解读》从主题层次的形象选用和人物层次的形象选用两个方面来探讨小说的人物和意义，最后他们指出："桑迪无法作为一个纯粹的道德维护者存在，布罗迪也并非完全地罪有应得，桑迪一直反抗和企图摧毁的对象性格上的弱点不幸也是她自己的弱点。这一点，无疑使得文本的意义变得更加复杂和难以确定。"② 张云鹤的《分裂的主体：〈布罗迪小姐的青春〉的心理解读》从现代心理学中的角度出发，借助拉康的镜像理论，从"想象界中的误认""象征界中自我与他者的斗争"和"现实界中的迷失"三个层面来探寻学生桑迪背叛老师布罗迪的深层心理根源，得出结论："桑迪的背叛是希望摆脱以布罗迪小姐为代表的他者所建构的世界，穿过欲望的幻想做回本身的自我。"③ 张云鹤的《驾驶席上的疯狂之旅：对〈驾驶席〉中莉丝的心理解读》以拉康的镜像理论与主体秩序的三界理论来分析主人公莉丝寻求死亡的怪异行为，最后指出："一方面，主体的死亡是真正接近现实界的唯一方式，在那里可以遭遇难以表达的愉悦；另一方面，莉丝自我的理想形象也由此得到了保护。因此，对于二者而言，都开启了新的一页。"④ 笔者分析了斯帕克众多小说中的四大类

① 高兴萍：《宗教信仰与叙事策略的完美结合：论〈安慰者〉的叙事特色》，《齐齐哈尔大学学报》（哲学社会科学版）2008 年第 5 期，第 91 页。

② 秦怡娜、孔雁：《更迭的形象，背叛的青春——对〈布罗迪小姐的青春〉的一种解读》，《外国文学研究》2001 年第 3 期，第 51 页。

③ 张云鹤：《分裂的主体：〈布罗迪小姐的青春〉的心理解读》，《大连海事大学学报》（社会科学版）2009 年第 3 期，第 34 页。

④ 张云鹤：《驾驶席上的疯狂之旅：对〈驾驶席〉中莉丝的心理解读》，《短篇小说》2014 年第 12 期，第 54 页。

女性角色，指出："斯帕克在不同的创作阶段，循序渐进地描写了这些女性从对自由的困惑，到对自由的探究，直至最后获取真正的自由，由此道出她本人对自由的感悟。通过描写她们执着追寻自由的艰辛历程，斯帕克揭示了自由的蕴涵，进而显露了她的女性主义思想和立场。"[①] 熊海霞通过对《琼·布罗迪小姐的青春》中男性形象的描述，展示了斯帕克对男性中心主义所持有的怀疑和否定的态度，认为："与此同时，隐身了的男性人物只是充当了证明女性存在及其价值的工具、符号，成了被排除在中心之外的'他者'。此外，斯帕克不仅重塑了女性形象，还把读者眼球聚焦在这些传统上被忽视了的女性身上，这是对男权中心思想的反抗和对处于中心之边缘的女性的呐喊。"[②] 吴蒙在《忠诚的背叛者——〈布罗迪小姐的青春〉中桑迪一角分析》中分析了桑迪的形象，认为她对布罗迪小姐起到放大的作用，而且，她还饰演着与布罗迪小姐相互抗衡的反制约力的角色。[③] 这个结论合情合理，由论文的推导自然而得。不过，该文仅仅局限于评论桑迪的表面作用，没有进一步分析，在理论深度上略有欠缺。

（二）专著或编著中的论文

国内比较重要的英国文学著作中，河南大学刘炳善的《英国文学简史》修正版[④]和南开大学索金梅的《英国文学史》[⑤] 都没有提及斯帕克。南开大学常耀信的《英国文学简史》简单论及斯帕克，认为："她因为创作最佳小说《死亡警告》和《布罗迪小姐的青春》而被称为超现实主义的简·奥斯丁。"[⑥] 上海外国语大学侯维瑞主编的《英国文学通史》把斯帕克归入 20 世纪小说中的"女性作家与妇

① 戴鸿斌：《斯帕克笔下多色调的女性形象》，《英美文学研究论丛》2013 年第 2 期，第 81 页。

② 熊海霞：《颠覆性别对立，走向中心之边缘——从女性主义的视阈中角解读〈布罗迪小姐的青春〉中的男性人物》，《文学界》2010 年第 8 期，第 44 页。

③ 参见吴蒙《忠诚的背叛者——〈布罗迪小姐的青春〉中桑迪一角分析》，《科技信息》2008 年第 12 期。

④ 参见刘炳善《英国文学简史》，河南人民出版社 2008 年版。

⑤ 参见索金梅《英国文学史》，南开大学出版社 2009 年版。

⑥ 常耀信：《英国文学简史》，南开大学出版社 2008 年版，第 494 页。

女小说"一节内，简明扼要地介绍了斯帕克的生平及几部作品，如《安慰者》《死亡的象征》《司机座位》和《带着意图徘徊》。① 但是稍有遗憾的是，也许是阅读不够仔细的缘故，该节中出现了一个疏漏，即认为《安慰者》"叙述一群精神失常的人终日为幻觉和幻听所折磨……"② 其实，小说中的人物并非"精神失常"，而且如果有人失常，最多也就是指被误认为"精神失常"的女主人公凯若琳，并不存在"一群"失常的人。当然，该书对于斯帕克作品的整体评价是较为准确得当的："作品中人物清晰，文笔简练机敏，故事错综复杂，具有很大的娱乐性。"③ 作者还认为："宗教的观念对斯帕克的创作有相当的影响，但是她的作品往往超越宗教与教会的范围而具有更广泛的人道主义因素。"④ 侯维瑞、李维屏的《英国小说史》也专门论述了斯帕克，指出："斯帕克的早期作品集中表现了人类的自由意志与超自然的神秘操纵力及可怕预言之间的消长关系，明显折射出作家本人的生活经历和精神世界的影子。"⑤ 该文的结论恰如其分："总之，斯帕克是一位擅长宗教题材的小说家，她的多部作品构成了一个完整的系列，不仅准确地记录了小说思想主题的成熟过程，而且也清晰地展示了小说艺术风格发展的轨迹。"⑥ 北京大学刘意青和刘炅合著的《简明英国文学史》把斯帕克归入"重要女性作家"一节。她们简要介绍斯帕克的经历和作品，并概述了《琼·布罗迪小姐的青春》的故事，认为"斯帕克擅长用明显的漫不经心和略带讽刺的语气传达一种道德上的模棱两可和混乱的感觉。在她冷静的叙述下带有一种对于所处时代道德问题的严肃的参与态度。她的时代在政治和日常生活上都存在疯狂、是非颠倒和野蛮的现象"⑦。

深圳大学阮炜在专著《社会语境中的文本：二战后英国小说研

① 参见侯维瑞《英国文学通史》，上海外语教育出版社 2006 年版。
② 侯维瑞：《英国文学通史》，上海外语教育出版社 2006 年版，第 954 页。
③ 同上。
④ 同上书，第 955 页。
⑤ 侯维瑞、李维屏：《英国小说史》，译林出版社 2005 年版，第 750 页。
⑥ 同上书，第 751 页。
⑦ 刘意青、刘炅：《简明英国文学史》，外语教学与研究出版社 2008 年版，第 411 页。

究》中首先大致介绍了斯帕克其人其作，然后以"毁灭中的目的——评《司机的座位》"为名评论了斯帕克的该小说。论文深入细致地分析了文本，并提出一些颇有创意的见解。阮炜认为小说主人公莉丝"积极地参与了自己的毁灭性命运的创造，也就是参加了故事本身的创造"①。他通过比较做出如下的推论："可以说，莉丝寻找自己归宿的强横执着，与她积极插手故事创造的印象是平行的，正如僭夺'司机的座位'与她接管故事讲述的印象是平行的那样。"② 接着，阮炜分析了莉丝自杀的原因，认为这与社会体制和生活环境密切相关，"在如此生存状态中苟活的人，所受的压抑是可想而知的。心态之被严重扭曲与神经质、精神病只有一步之遥，这些情形显然都可以看作故事结尾的现实原因"③。阮炜还分析和嘲弄莉丝的性格特征，评价了斯帕克的新小说创作技巧，"这只是说明，斯帕克并不是没有激情，并非不能把这种激情表达出来，她所制造的那种超然冷漠的印象，并非天生的缺点所致，而是为了特定的美学目的而做的选择"④。最后，他借用了"末世学"的概念对结尾进行解读并评价道："可以说莉丝不仅接管了故事中的几个男性'司机的座位'，而且接管了作者——叙述者的'座位'，驾着故事之车径直朝一种末世学景观驶去，或者说，她驾车径直去创造这种末世景观。只有在这种悖论的解读中，才能窥见斯帕克心目中灰暗的世界图景，才能领悟她用《司机的座位》这一特殊的故事来表达的社会关切。"⑤ 阮炜的评价显示了他对斯帕克小说的洞悟和新解。但是，稍显不足的是，他在论文开篇就指出"斯帕克否认自己与'新小说'有任何瓜葛，甚至公开表示对这个小说流派的厌恶……"⑥ 这个地方作者没有加注说明她在什么场合下否认与新小说的关系，实际上，斯帕克曾经在公开的访谈中说过："是

① 阮炜：《社会语境中的文本：二战后英国小说研究》，社会科学文献出版社 1998 年版，第 176 页。
② 同上书，第 177 页。
③ 同上书，第 179 页。
④ 同上书，第 182 页。
⑤ 同上书，第 185 页。
⑥ 同上书，第 175 页。

的，我的观察力更接近福楼拜（Gustave Flaubert, 1821—1880）、普鲁斯特（Marcel Proust, 1871—1922）或者罗伯·格里耶（Alain Robbe-Grillet, 1922—2008）——他们对我的影响很深。……法国作家对我影响很大。"① 也许，斯帕克的言谈有时会自相矛盾，但是，如果阮炜能加上一个注释，说明斯帕克言语的引文出处，那么他的说法也就不至于引起读者的质疑了。

2004 年，阮炜在《20 世纪英国文学史》中给予斯帕克较高的评价："20 世纪 60 和 70 年代英国文坛上还有一员主将，她就是穆莉尔·斯帕克。"② 他用了 10 页的篇幅较为详尽全面地介绍了斯帕克的经历和多部著作，其中有许多作品是先前鲜少有人评论的，如《穷困的姑娘》《曼德鲍姆大门》《公开形象》《东河边的暖房》《克鲁的女修道院院长》和《唯一的问题》。阮炜对于一些小说的看法深入全面、有理有据。比如在论及《穷困的姑娘》时，他说："在叙事手法上，叙述者很少被用来讲故事，用得更多的是人物。其结果是，读者与人物的意识之间有了距离。当然这对斯帕克讽刺挖苦的用意来说并非坏事。"③ 又如，"如果说《司机的座位》显示了一种想要绝对控制自己的生活经历乃至命运这么一种'攻击性自助'冲动的话，紧接着出版的《不得打扰》则刚刚相反，描述的是一种'只扫自家门前雪'的拒绝介入的态度"④。再如，他认为《克鲁的女修道院院长》"把'水门'事件中的种种欺骗手法移植到英国的一家女修道院里，再次揭示了人性的不可靠，以及现代社会、政治体制的一些结构性缺陷"⑤。阮炜的以上评述颇具新意，显示了他对斯帕克小说研究的系统性和透彻性，以及他在评论意识和评论角度上的独创性。

上海社会科学院的瞿世镜在《当代英国小说史》中也用了较大的

---

① 转引自 Robert Hosmer, "An Interview with Dame Muriel Spark", *Salmagundi*, Vol. 146/147, Spring, 2005, p. 135。

② 阮炜、徐文博、曹亚军：《20 世纪英国文学史》，青岛出版社 2004 年版，第 292 页。

③ 同上书，第 296—297 页。

④ 同上书，第 300 页。

⑤ 同上书，第 301 页。

篇幅来介绍斯帕克的作品，不过他的独到之处是并没有像其他史书那样先行介绍斯帕克的经历，而是直奔正题，在开头就强调自己是以宗教作为贯穿始终的主线，从主题、情节和人物各方面来探讨斯帕克的多部小说："斯帕克的重要作品，也就是奠定她在创作界举足轻重地位的作品，都是在她皈依了天主教之后写成的，而其中许多作品都直接或间接地与宗教有关，或写主人公皈依天主教的过程，或以修道院为小说展开的背景。因此，从宗教的视角出发，可以更贴切地考察斯帕克的作品。"① 瞿世镜在细致阅读和详尽分析文本的基础上得出许多令人信服的结论。比如，他认为："《安慰者》向读者揭示，宗教的研究对象首先是在世俗中生存的人，宗教必须渗透到现实中去才具有活力，这就是为什么皈依了天主教之后的斯帕克把创作视角对准了现实社会和世俗凡人。在对人与社会的研究中，斯帕克完成了内核意义上的宗教思考。"② 他还比较斯帕克不同时期的作品，指出："如果说斯帕克在 20 世纪 70 年代以前的创作有明显的个人生活经历和精神世界的影子，那么，在之后的作品中，不仅作者本人的影子及作者对作品人物的评价和情感无迹可寻，即便主人公本人的内在情感和思维活动，斯帕克也很少描写，这或许是受了法国'新小说'派的影响，即不让作者的主观倾向成为读者了解现实的障碍，而让读者与作者一起直面人生。"③ 他的结论是："斯帕克创作的大部分小说的内容都新奇怪异，情节也很复杂离奇，因而被公认为畅销小说。然而，斯帕克毕竟是一位天主教徒，宗教思考和道德关怀在其后期作品中依然时有表现……事实上，斯帕克作品中的宗教主题最终仍是与现代精神接轨的，她的作品所探讨的宗教问题表现了两次大战后人们对上帝的幻灭和对宗教的怀疑。"④ 这个结论在一定程度上解释了斯帕克为数众多的宗教小说及她的创作意图。

南京大学王守仁与何宁的《20 世纪英国文学史》也专门辟出一

---

① 瞿世镜：《当代英国小说史》，外语教学与研究出版社 1998 年版，第 220 页。
② 同上书，第 221 页。
③ 同上书，第 225 页。
④ 同上书，第 226 页。

节讨论斯帕克及其创作，对斯帕克的评价颇高："斯帕克于 50 年代登上文坛，在当时现实主义盛行的文学气候下，她提出了自己对小说功能的全新理解，并采用了与众不同的写作技巧。"① 该节简略介绍和评论了斯帕克的多部小说，并提出了许多比较新颖的观点，比如，"作为一个信奉天主教的作家，斯帕克以独特的方式表达了她对生活在现代世界的普通人的关切"②。再如，"结论"里写道："斯帕克从宗教意义上对现代人生存状况的探讨以及她娴熟的小说技艺在当代英国文坛上具有独特的地位。"③ 整体而言，这节对于斯帕克的讨论比较中肯和全面，但美中不足的是，文章中出现一点小纰漏，该书的作者在介绍《曼得本之门》（*The Mamdebaum Gate*，1960）时，或许是对文本的细读不够，认为"哈利未能得到教会的证明，芭芭拉·沃恩后来与英国驻耶路撒冷领事馆的弗雷迪结了婚"④。其实，在小说的结尾，斯帕克写道："芭芭拉·沃恩与哈利结了婚，后来他们相处得很好。"⑤ 而且小说中没有提到过芭芭拉·沃恩与弗雷迪结婚，仅仅暗示过他们的关系比较密切。

（三）硕士学位、博士学位论文

根据中国期刊网（CNKI）及超星数字图书馆的查询结果，截至 2018 年 2 月 20 日，关于斯帕克的优秀硕士学位论文只有 18 篇，而相关的博士学位论文只有 1 篇，是笔者的《斯帕克的后现代主义小说艺术》。硕士学位论文中选择斯帕克做研究对象的大多是外语系的研究生，中文专业的只有一位。也许这是因为国外斯帕克研究的相关资料，比如专著和论文等基本上都是用英文撰写的，对于中文专业的研究者阅读难度颇大，难以提供参照，而且她的小说也少有译本，非英语专业的学生阅读英文原著相对不易。多达 12 篇的硕士学位论文以《琼·布罗迪小姐的青春》作为研究对象，它们的研究层面多元化，

---

① 王守仁、何宁：《20 世纪英国文学史》，北京大学出版社 2006 年版，第 174 页。
② 同上书，第 177 页。
③ 同上书，第 178 页。
④ 同上书，第 177 页。
⑤ Muriel Spark, *The Mandelbaum Gate*, London：Macmillan, 1965, p. 303.

内容涉及主题、创作特征、宗教思想等。2013 年完成的《〈布罗迪小姐的青春〉的多元主题分析》探讨了小说《琼·布罗迪小姐的青春》的宗教、政治和两性关系主题，认为该小说"展现了女性的内心世界，揭示了女性的复杂的性格、艰难的处境和多变的命运的本来面目：突出了女性在爱情、婚姻问题上觉醒的自我意识，反映其在社会生活、工作事业和人生追求奋斗中的困惑与痛苦"①。李艳在"结语"中写道：这部小说"不仅仅是描写了一个老师和几个学生，而且反映了斯帕克对于人类整体的现存问题的关照"②。应该说，这两段出现在"摘要"和"结语"部分的文字都可以作为结论，但是它们没有起到呼应关系，联系不够紧密，所以显得有些脱节，这可以说是该论文中小小的遗憾。《〈吉恩·布罗迪小姐的青春〉的后现代写作特征》从后现代主义理论的"不确定性、多元性以及语言实验和话语游戏"③ 三个方面在《琼·布罗迪小姐的青春》中的表现来论证这部小说具有明显的后现代主义创作倾向，不过该论文最后的结论略显单薄。《权利与反抗——评缪丽尔·斯帕克的小说〈布罗迪小姐的青春〉》在摘要里指出，它"运用福柯的权力理论，以及权力与真理、权力与话语的关系来揭示文中人物关系之间所隐藏的人际关系权力网，以及由权力所引起的反抗，发现权力与反抗这种永动的并存关系和反抗的意义及局限性"④，并得出如下结论："个人在旧势力面前的力量是微弱的，但是即便如此，人们也应该奋起反抗。同时权力理论的全新解读更进一步深化了对作品的认识，也为理解当代外国文学提供了新的视角。"⑤ 该论文的理论视角新颖、分析详尽，为研究斯帕克提供了一些新思路。

---

① 李艳：《〈布罗迪小姐的青春〉的多元主题分析》，硕士学位论文，内蒙古大学，2012 年，"序言"第Ⅵ页。

② 同上书，第 56 页。

③ 王兴刚：《〈吉恩·布罗迪小姐的青春〉的后现代写作特征》，硕士学位论文，哈尔滨师范大学，2011 年，第 1 页。

④ 郑丽敏：《权利与反抗——评缪丽尔·斯帕克的小说〈布罗迪小姐的青春〉》，硕士学位论文，南京航空航天大学，2010 年，第 1 页。

⑤ 同上。

《缪丽尔·斯帕克的两面性世界：论〈布罗迪小姐的青春〉》通过细读文本，探讨"两面性原则"在《琼·布罗迪小姐的青春》中的人物塑造中的应用，指出该原则渗透于布罗迪和桑迪的日常和思想活动中，认为"'两面性原则'的精髓体现了斯帕克的包容精神，这种精神赋予了斯帕克在作品中挖掘各种可能性的创作思想，成为其独树一帜创作风格的标志"①。《僭越与皈依：析〈琼·布罗迪小姐的青春〉的宗教思想》运用天主教和加尔文教教义，"对小说中两位主人公——女教师琼·布罗迪小姐和女学生桑迪·斯特兰格进行细致的人物形象分析，挖掘作者体现在小说中的宗教思想，同时揭示宗教信仰与人的生存及发展的重要关系"②。《充满无限可能的世界——再读缪丽尔·斯巴克的〈布罗迪小姐的青春〉》结合斯帕克皈依天主教的重要原因——"该教对差异的包容与作者伸张不同个体的存在意义及反极权、反唯一中心的思想相吻合"③——和斯帕克写作中的"nevertheless"中性原则，认为它们"与后现代主义的反自我中心、反权力意志的因素有不谋而合之处"④。该文的结论顺理成章，而且颇具新意："多元化的后现代思想影响了写作和阅读；缪丽尔·斯帕克的世界充满了无限的可能性。"⑤

除了《琼·布罗迪小姐的青春》外，研究其他小说的论文可以分为两大类，一类是研究小说人物形象的，另一类则是研究小说艺术特色的。研究小说人物形象的包括 3 篇论文。《控制与操纵——斯帕克〈带着意图徘徊〉和〈肯辛顿的遥远呼喊〉三类人物探析》通过对两篇小说中三类主要人物——勒索者、受害者、信徒与艺术家——的分析，联系作者的艺术特色和宗教的主题来"探讨'控制与操纵'这

---

① 吴蒙：《缪丽尔·斯帕克的两面性世界：论〈布罗迪小姐的青春〉》，硕士学位论文，南京师范大学，2009 年，第 Ⅱ 页。

② 尹丽娟：《僭越与皈依：析〈琼·布罗迪小姐的青春〉的宗教思想》，硕士学位论文，南京师范大学，2008 年，第 Ⅱ 页。

③ 李晓青：《充满无限可能的世界——再读缪丽尔·斯巴克的〈布罗迪小姐的青春〉》，硕士学位论文，北京语言大学，2005 年，第 Ⅰ 页。

④ 同上。

⑤ 同上。

一主题在斯帕克文学创作中的深刻内涵"①。该文的结论升华了主题："确实，斯帕克的文本意义有时具有歧义，可以用多种方式来解读。对于邪恶、苦难的存在原因和人类究竟可以拥有多少自由这些问题，很难找到一个最终的答案。然而，斯帕克尽量带着我们去探寻存在于艺术或者生活中的真理。这种探索永不停息。"②《从存在到绝望——穆里尔·斯帕克〈驾驶席〉中女主角丽萨的存在主义解读》借助萨特存在主义理论中的几个命题——存在先于本质、自由选择、异化和绝望——来分析主人公丽萨悲剧的原因，传递斯帕克塑造这一人物所传递的存在主义观点。③《穆丽尔·斯帕克典型女性人物形象研究》对《驾驶席》《琼·布罗迪小姐的青春》和《带着意图徘徊》三部小说中的三个典型女性人物形象进行细致分析，得出结论："本文所探讨的三个女主人公虽然性格、命运不尽相同，但她们均以各自不同的方式，在不同程度上追求自觉意识和自我完美。她们分别代表着不同的任务类型，但她们相近的生命探索共同构成了一幅当代女性自觉意识发展的缩略图。"④

　　除了上述研究小说人物形象的一类，另外一类是研究小说艺术特色的，仅有两篇硕士学位论文。《论缪丽尔·斯帕克的创作特征——以〈死的警告〉等作品为例》从斯帕克的创作特点出发，从小说的叙事特点、不确定性、客观的写作风格及无处不在的死亡情节四个方面出发，解读斯帕克的创作特色并发掘这种特色所蕴含的美学意蕴和展现出来的后现代主义文学倾向。这篇论文是迄今为止唯一一篇用中文完成的论文，作者的文笔流畅，语言优美，结论不但水到渠成，还具有思辨的性质："诚然，以上四方面所述无法代表斯帕克所有作品的创作特色，毕竟，斯帕克是诗歌创作风格多变的作家。但从中我们

---

①　王如菲：《控制与操纵——斯帕克〈带着意图徘徊〉和〈肯辛顿的遥远呼喊〉三类人物探析》，硕士学位论文，南京大学，2014年，"序言"第Ⅲ页。
②　同上书，第57页。
③　王黎莎：《从存在到绝望——穆里尔·斯帕克〈驾驶席〉中女主角丽萨的存在主义解读》，硕士学位论文，天津师范大学，2014年，第Ⅳ—Ⅴ页。
④　武娜：《穆丽尔·斯帕克典型女性人物形象研究》，硕士学位论文，河南大学，2005年，第Ⅷ页。

能够发现，斯帕克那些问世于二十世纪中期的作品都具有了一定的后现代倾向，这是符合作家思想和创作的。"①《荒原中的救赎与惩罚——论〈安慰者〉的艺术特色》分析了《安慰者》中的反讽、象征、互文性、荒诞性和严肃戏剧性等创作艺术特征，认为："她的天主教宗教观是她的世界观以及小说艺术的基础；她的艺术特色反映了她的天主教思想和世界观，加深了作品的主题。"②

三　问题与展望

关于缪里尔·斯帕克的研究在国外已经日趋繁荣，国内研究则相对薄弱，为了改变现状和开拓新局面，须解决国内研究中存在的问题。

（一）由于对斯帕克的文学成就和地位的重视程度还不够，她的各种作品译本在国内出版得太少，研究成果也不多，大多数研究论文只是刊发在级别一般的刊物或杂志上，较少发表在权威期刊上。迄今为止，专著仅有 1 本，博士学位论文也只有 1 篇，相对于斯帕克的国际声誉、文坛地位及她高达 22 部小说的作品产量，这是不太相称的。此外，一些学者对于斯帕克的作品研读不够认真，导致对内容不够熟悉，部分综论性质的文章存在些许文本信息的偏差或谬误。

（二）时至今日，还没有论文对她的其他体裁，如散文、诗歌和短篇小说等进行深入研究。小说文本的研究主要集中在《琼·布罗迪小姐的青春》《安慰者》和《驾驶席》等少量小说上，鲜有对其他小说进行深入分析的，因此对于多数小说的研究尚存较大的空白。

（三）对于缪里尔·斯帕克的译名不统一，有多种译名出现在不同的刊物或著作上。缪里尔（Muriel）的其他译名有穆里尔、莫丽尔、穆丽尔和缪丽尔，斯帕克（Spark）的其他译名有斯巴克等。对于她作品的名称也有不同的译名，比如《请勿打扰》（*Not to Disturb*,

---

① 张莹颖：《论缪丽尔·斯帕克的创作特征——以〈死的警告〉等作品为例》，硕士学位论文，四川师范大学，2014 年，第 56 页。

② 高兴萍：《荒原中的救赎与惩罚——论〈安慰者〉的艺术特色》，硕士学位论文，福建师范大学，2009 年，第 47 页。

1971）有译为"勿打扰"或"不许打扰"的，《来自肯辛顿的遥远呼唤》有译成"来自坎辛顿的呼喊"的，《公众形象》有译成"给公众看的形象"的，《安慰者》有译为"劝慰者"的，《带着意图徘徊》有译为"有目的的闲逛"和"带着意图闲逛"的，《琼·布罗迪小姐的青春》有译为"吉恩·布罗迪小姐的盛年"或"布罗迪小姐的青春"的，《死亡警告》有译作"与世长辞"或"死亡的象征"的，《驾驶席》有译为"司机座位"的。不同的译名有时会引起混淆，还会影响文献查询和文献综述的精确性和全面性，也说明对于这位作家的研究还不太深入，缺乏权威的研究专家，因此很难有统一的译名。

（四）研究的基本命题和理论深度有待于进一步提升。目前学者们的研究视域仅仅局限于主题、人物、策略等方面的研究，虽然有运用女权主义和后现代主义等理论的，但总体而言，理论视角还不够，极少有学者运用心理分析、新历史主义和后殖民主义或跨学科的认知诗学等方法进行深入研究，而这些方法的运用有助于促进和加深研究的发展进程，开辟新的方向，把研究推向新的高度。

相信在更多翻译家与学者的共同努力下，我国学界将会给予斯帕克这位著名的当代英国作家应有的重视，在其人其作的译介和研究上取得更多的成就，从而为我国的当代英国文学乃至外国文学的研究开拓新的领域。

第二节 国外研究述评

如上节所述，国内读者对斯帕克还比较陌生，至今较少出现对该作家全面和深入研究的重要成果。时至今日，由于国外研究者对斯帕克的研究起步较早，他们的成果颇多，研究也较全面和系统。鉴于此，本节拟对国外、特别是英美国家的斯帕克研究现状进行归纳和梳理，着重介绍和评述研究的内容、方法和角度，并指出当前研究存在的问题和不足，以期能对国内的斯帕克研究起到借鉴和促进作用。我们希望，通过初步介绍国外斯帕克研究的基本概况和发展走势及对存在问题的思考等，能够引起国内学界对斯帕克应有的关注和重视，拓展比较的思路和视野，从而既能有效地避免重复性研究，又能拓宽研究的领域和提升研究的深度与价值。

一 斯帕克研究的专著和论文集

迄今为止，国外的斯帕克批评研究大多聚焦于其构思巧妙的 22 部小说。与她的小说数量相对应，关于斯帕克的研究著作也为数不少。根据笔者的初步统计①，从 1963 年出现第一部专著起，至 2018 年 2 月，有关斯帕克批评的专著多达 40 多部。根据相关文献②，许多有关英国或苏格兰文学史的著作都辟有专门的章节探讨斯帕克的创作。显而易见，随着时间的推移，大家逐渐熟悉、认可并且着手深入研究斯帕克。

论及斯帕克研究的肇始，英国学者斯坦福（Derek Stanford）功不可没。早在 1963 年，他就出版了《缪里尔·斯帕克：传记和批评研究》（*Muriel Spark, A Biographical and Critical Study*, 1963）。尽管序言中提到，"此时来评价斯帕克的功过为时尚早"③，而且斯帕克本人对书中内容有所诟病，该书为研究者提供了一些原始的资料，较早就引起了文学批评界对该作家的关注。他除了回忆作者与斯帕克的早期交往，还探讨了斯帕克的诗歌、故事、小说等。该书的思想深度和学术视野没有达到很高的水准，但是书中有关斯帕克的生活经历有助于读者较为全面地了解斯帕克的身世，也启发了研究者在斯帕克的生活和创作中寻找关联，进而诠释她那独树一帜的创作观念和美学思想。难能可贵的是，斯坦福注意到宗教对斯帕克的影响，谈到《约伯记》与斯帕克小说的关系，这些都是后来批评家们津津乐道的话题。此

---

① 这些数据来源于美国国会图书馆、耶鲁大学图书馆、加州大学伯克利分校图书馆、大英图书馆、苏格兰国家图书馆、中国 Calis 联合目录公共检索系统、中国国家图书馆、厦门大学图书馆、上海外国语大学图书馆和上海图书馆等的检索结果。

② 这些文献主要包括笔者研究斯帕克多年来搜集的国内外资料、《理论化斯帕克》（*Theorizing Muriel Spark*, 2002）书后的参考文献及《现代小说研究》（*Modern Fiction Studies*）2008 年第 3 期的《近期斯帕克研究》。它们列出了几乎所有的斯帕克研究文献资料。

③ Derek Stanford, *Muriel Spark*：*A Biographical and Critical Study*, London：Centaur Press, 1963, p. 11.

外，斯坦福还讨论作者的流派归属问题，认为她"显然不是现实主义作家"①，因为她的小说中存在大量"奇幻狂想"（fantasy）。由于斯帕克的小说题材多样、形式各异，关于她的流派归属问题一直是学界颇有争议的话题。

1957 年至 20 世纪 60 年代末，斯帕克完成了 9 部小说，其中包括刚出版就备受欢迎的《琼·布罗迪小姐的青春》和获得 1969 年英国布克奖提名的《公众形象》。也许是由于她新作不断、风格多变，当时的评论界对她的认识不断改变，整体评价也就难成定论，因此对她的专门研究较少见。60 年代问世的除了上文提到的斯坦福的专著，仅有马尔卡奥夫（Karl Malkoff）的《缪里尔·斯帕克》（Muriel Spark，1968）。该书简要介绍了斯帕克的生平，分析其作品中的主要人物形象，并比较斯帕克的几部小说。作者认为："如果说《安慰者》是一部强调人类与外界之关系的认识论小说，那么《罗宾逊》（Robinson，1958）则是转向内部，剖析了自我的本质。"②再如，"与小说《佩克姆草地叙事曲》和《单身汉》一样，《收入菲薄的姑娘们》的道德中心是善恶间的密切关系"③。此类精彩论断凸显了各小说间的内在联系，体现了论者的洞察力，但是由于篇幅较小，理论应用也不多，这本专著略显单薄。

1970 至 1988 年是斯帕克的第二个创作巅峰期。她又创作了 9 部小说，包括她本人最满意的《驾驶席》和获得 1981 年英国布克奖提名的《带着意图徘徊》。虽然批评界已经认可斯帕克的小说成就，但尚未深入了解她的作品，20 世纪 70 年代期间相关的评论专著仍然较少，只有 3 部同名专著《缪里尔·斯帕克》和一本对比斯帕克与默多克的专著。④

①　Derek Stanford, *Muriel Spark: A Biographical and Critical Study*, London: Centaur Press, 1963, p. 123.

②　Karl Malkoff, *Muriel Spark*, New York: Columbia University Press, 1968, pp. 11 – 12.

③　Ibid. , p. 36.

④　它们分别是：Patricia Stubbs, *Muriel Spark* (Essex: Longman, 1973); Peter Kemp, *Muriel Spark* (London: Elek Books Limited, 1974); Allan Massie, *Muriel Spark* (Edinburgh: The Ramsay Head Press, 1979); Thomas Tominaga and Wilma Schneidermeyer, eds. , *Iris Murdoch and Muriel Spark* (Metuchen, N. J. : Scarecrow Press, 1976).

相较以前的著作,肯普(Peter Kemp)的《缪里尔·斯帕克》(*Muriel Spark*,1974)给人耳目一新之感。首先,它按照小说出版的时间顺序,把斯帕克的 12 部小说分置于 5 章内,而且为每章起了标题,把其中包括的几部小说联系起来;其次,作者指出斯帕克小说体现的"悖论"特色:身为高明的"骗子",斯帕克特别在意"真实";尽管小说中时常出现时序颠倒,其结构仍是和谐统一;小说话题严肃庄重,笔触却风趣幽默;最后,该书指出:"斯帕克设法让众多的小说连贯一致,而且避免了它们的单调重复;它们篇幅短小、结构紧凑,却包罗万象。"① 可见,这部专著还是特色鲜明、内容翔实的。

20 世纪 80 年代至 1996 年,斯帕克研究的著作不断涌现。其中仅在 1988 年就有 4 本出现,而 1992 年则有 5 本问世。评论家们不仅综合评介她的整体创作,还开始从各种角度深入地探讨她的个别小说,有的还涉及她早期的诗歌、短篇故事集等作品。波尔德(Alan Bold)主编的《缪里尔·斯帕克:拥有神奇洞见的作家》(*Muriel Spark*:*An Odd Capacity for Vision*,1984)收录了 9 篇不同作者的研究论文,包括了主题、传记、技巧等方面的研究。编者认为,早期作为批评家的角色启发了斯帕克,她从中感悟到"叙事就是展示"②。此外,他还别出心裁地指出:"斯帕克发现,小说常常是感知的原动力……小说家不能只是简单地'拍摄'生活,而应注重'发明创造'。"③ 这些涉及创作观念的研究与斯帕克的《带着意图徘徊》中的内容相互呼应,都体现了其别具一格的美学思想。

随着斯帕克研究的深入发展,1992 年出现了一本富有学术价值的论文集。它包括斯帕克的自我评价和艺术理念、针对斯帕克的反面观点,以及批评主流的肯定观点。文集的第一部分收录了斯帕克谈论创作的文章,如,《我的皈依》("*My Conversion*")、《小说之屋》("*House of Fiction*")、《艺术之消除隔离》("*The Desegregation of*

---

① Peter Kemp, *Muriel Spark*, London: Elek Books Limited, 1974, p. 158.

② Alan Bold, *Muriel Spark*, *An Odd Capacity for Vision*, London: Vision Press Ltd. , 1984, p. 129.

③ Ibid. .

Art")等。其中，斯帕克提出：艺术家在作品中的感情流露未必能真正打动读者，净化其心灵；以往那些关注感伤哀婉、表达抗议愤怒的艺术已经过时。面对荒诞无常的现实世界，艺术家更应通过嘲讽的手法来反映生活、保护自我和娱乐大众。① 论文集第二部分收录了批判斯帕克的论文。卡尔（Frederick Karl, 1927—2004）指出，《曼德尔鲍姆门》虽然取材于艾希曼（Adolf Eichmann, 1906—1962）审判的严肃话题，但实际上跟斯帕克以往的小说一样，仍是一部笔触轻松之作。② 梅伊（Derwent May）先肯定了斯帕克在创作中体现的机智与诙谐，但随后笔锋突转，指出她的最大失败是在小说中不厌其烦地重复天主教的炼狱思想，因为读者需要的是"世俗的智慧"，而非宗教的教化。③ 以上两人的分析细致翔实，但结论值得商榷，因为他们均以为，美学意义上成功的小说一定是现实主义的，除此之外的都不算是真正的好小说。同样，不少批评斯帕克的评论家把是否符合现实主义标准视为衡量小说优劣的唯一标准，而拒绝和排斥任何有悖于此的作品。该书第三部分的论文表明对于斯帕克的主流评论是积极肯定的，例如，克默德评论道："诚然，斯帕克的小说缺乏情感流露，但这是她创作小说的前提。如果我们错误地为此感到难过，那是因为我们的感情与生活一样杂乱无章，而这正是斯帕克试图排除的混乱之一。"④ 他还认为，斯帕克的小说蕴含着某种特殊的模式，并揭示了一些真理；《曼德尔鲍姆门》中关于艾克（Adolf Eichmann, 1906—1962）审判的事件既显示了作者的想象力，又加深了小说的内涵。⑤ 英国著名

① 参见 Muriel Spark, "The Desegregation of Art", in *Proceedings of the American Academy of Arts and Letters*, New York: Spiral Press, 1971。

② 参见 Frederick Karl, "On Muriel Spark's Fiction to 1968", in Joseph Hyne ed., *Critical Essays on Muriel Spark*, New York: G. K. Hall & Co., 1992。

③ 参见 Derwent May, "Holy Outrage", in Joseph Hyne ed., *Critical Essays on Muriel Spark*, New York: G. K. Hall & Co., 1992。

④ Frank Kermode, "To *The Girls of Slender Means*", in Joseph Hyne ed., *Critical Essays on Muriel Spark*, New York: G. K. Hall & Co., 1992, p. 174.

⑤ 参见 Frank Kermode, "The Novel as Jerusalem: Muriel Spark's *Mandelbaum Gate*", *Atlantic*, Oct. 1965。

评论家布拉德伯里（Malcolm Bradbury，1932—2000）把斯帕克与众多名家相比，认为她像海明威，文风简洁洗练；像天主教作家，很少流露情感；像乔伊斯，在文中充当上帝的角色；像伊芙琳·沃，具有表演"喜剧"的天分。① 厄普代克高度评价斯帕克："每代人中只有少数作家拥有如此持久的超凡魅力。"② 论文集的主编海因斯（Joseph Hynes）探讨了小说的叙述时间、视角和新小说技巧，指出斯帕克的创作原则始终如一。③ 总之，该书集百家之说，涵括正反双方的观点，充分体现了其客观性，也展示了斯帕克研究的新成果。

　　21 世纪以来，斯帕克研究进入新阶段，10 年间有超过 10 本著作或论集问世，其中麦克奎兰（Martin McQuillan，1972—　　）在 2002 年主编的《理论化斯帕克》（*Theorizing Muriel Spark*，2002）从理论的高度来研究斯帕克的作品，标志着斯帕克研究已经迈上新台阶。该论文集按照性别、种族和结构主义三方面把论文归入 3 章。除了一篇访谈录，编者还收录了沃尔弗雷斯（Julian Wolfreys）和西苏（Hélène Cixous，1937—　　）等著名学者的 11 篇论文。塞纳斯（Susan Sellers）利用"自恋"理论分析《公众形象》的情节和人物，认为该小说成为解释克里斯蒂娃之心理分析理论的范例。④ 另一位学者主张对斯帕克的小说进行"德里达式"的阅读。他认为小说《请勿打扰》体现了斯帕克的极端形式主义和政治关怀，导致了"文本的困扰"⑤。还有论者提出用同性恋的理论来解读《琼·布罗迪小姐的青春》，并以此来阐释文中由清一色女性组成的班级。⑥ 此外，还有其他论者分别

---

　　① 参见 Malcolm Bradbury，*The Modern British Novel*，Beijing：Foreign Language and Research Press，2005。

　　② John Updike，"On the Takeover"，in Joseph Hyne ed.，*Critical Essays on Muriel Spark*，New York：G. K. Hall & Co.，1992，p. 213.

　　③ 参见 Joseph Hynes，*Critical Essays on Muriel Spark*，New York：G. K. Hall & Co.，1992。

　　④ 参见 Susan Seller，"Tales of love：Narcissism and Idealization in The Public Image"，in Martin McQuillan ed.，*Theorizing Muriel Spark*，New York：Palgrave，2002。

　　⑤ Willy Maley，"Not to Deconstruct？Righting and Deference in *Not to Disturb*"，in Martin McQuillan ed.，*Theorizing Muriel Spark*，New York：Palgrave，2002，pp. 170 – 189.

　　⑥ 参见 Patricia Duncker，"The Suggestive Spectacle"，in Martin McQuillan ed.，*Theorizing Muriel Spark*，New York：Palgrave，2002。

运用后殖民、心理分析、结构主义的理论评析斯帕克的小说、故事和传记。麦克奎兰说过："斯帕克写作的历史就是战后英语文学的历史……理论化斯帕克的任务早就应该有人来完成。"① 正是得益于他主编的论文集，斯帕克研究走向理论化，学界对斯帕克的认识也进一步加深。著名传记作家斯坦纳（Martin Stannard）于 2010 年出版的长达 600 多页的《缪里尔·斯帕克传》（*Muriel Spark：The Biography*）提供了关于斯帕克生平研究的全面而又权威的资料。该书把斯帕克的一生分为 20 个时间段，以翔实的资料和严谨的态度客观地论述了斯帕克的创作及其生活的联系，并得出评论："从某种意义说，斯帕克的生活就是一部小说……在更重要的意义层面上，斯帕克的小说就是她的生活。"② 这部专著是迄今为止关于斯帕克研究的最为详细全面的评论作品。

二　斯帕克研究的论文及其重点

相对斯帕克研究的众多专著，评论文章更是层出不穷。依照笔者的检索③，截至 2018 年 2 月 20 日，关于缪里尔·斯帕克的文章达到 300 多篇。其中，最早的一篇论文发表于 20 世纪 60 年代初。在这篇开拓性论文中，作者施奈德（Harold W. Schneider）首先把斯帕克与威尔逊（Angus Wilson，1913—1991）、鲍德温（James Baldwin，1924—1987）、厄普代克等著名作家相比，认为他们都不能在这么短的时间内创作出比斯帕克更好的作品，他们的小说所反映社会生活的广度也不如斯帕克的作品；随后他分析了斯帕克的故事集，认为她的小说形式源于此；接着他又深入解读斯帕克的 6 部小说，得出许多恰

---

① Martin McQuillan, *Theorizing Muriel Spark*, New York：Palgrave Publisher Ltd. , 2002, p. 7.

② Martin Stannard, *Muriel Spark：The Biography*, New York：W. W. Norton & Co. , 2010, p. 536.

③ 笔者检索过的数据库包括：期刊存储（JSTOR）、文学资源中心（Literature Resource Centre）、文学在线（Literature Online）、现代语言协会国际参考书目（Modern Language Association International Bibliography）、盖尔集团传记（Gale Biography in Context）、综合学科参考全文数据库（Academic Source Complete）和文学参考中心（Literary Reference Centre），等等。

如其分的评价，如，"斯帕克的小说首次被认可应归功于《安慰者》"①，再如，"《琼·布罗迪小姐的青春》是一部几近完美的小说，简直不亚于《死亡警告》和《单身汉》"②。最后，作者预言斯帕克将会不断取得成功。这篇论文高度地评价了斯帕克，引起批评界对她的关注，开辟了斯帕克研究的先河。

随着斯帕克作品的不断增多，关于她的研究论文也迅速增多，研究队伍逐渐壮大，包括众多批评界名家，如洛奇、克默德和厄普代克等。相应地，刊登评论文章的报纸和期刊的规格也持续上升，既有美国的《纽约客》、英国的《旁观者》等报纸，也有收录在艺术与人文科学引文索引（A&HCI）数据库内的《评论随笔》（Essays in Criticism）、《批评》（Critique）、《英语》（English）和《现代小说研究》（Modern Fiction Studies）等国际知名的权威杂志。其中最引人注目的应该算是《现代小说研究》在2008年出版的第54卷专论。该卷一共刊登了9篇文章，全部以斯帕克为研究对象。在首篇论文中，作者赫尔曼（David Herman）肯定斯帕克是"最重要和最具创新精神的英语作家之一"③。他认为斯帕克既不效仿艾米斯（Amis Kingsley，1922—1995）和沃为代表的反现代主义作家，也不跟随以巴思（John Barth，1930—　）和贝克特（Samuel Beckett，1906—1989）为代表的后现代主义作家，而是另辟蹊径。她的作品既有反现代主义流派所强调的"回归现实主义"风格，又体现了后现代主义作家所推崇的"形式和技术革新"④。以往的评论家大多片面地论证斯帕克的流派归属问题——现实主义、现代主义，或后现代主义。赫尔曼的观点颇具新意，具有折中特征，但他未能有效地论证斯帕克的大部分小说都具有双重特征，因此还是没有彻底解决斯帕克的归属之

---

① Harold W. Schneider, "A Writer in Her Prime: The Fiction of Muriel Spark", *Critique* 5, 1962, pp. 36 – 37.

② Ibid., p. 42.

③ David Herman, "'A Salutary Scar': Muriel Spark's Desegregated Art in the Twenty-First Century", *Modern Fiction Studies*, Vol. 54, No. 3, 2008, p. 473.

④ 参见 David Herman, "'A Salutary Scar': Muriel Spark's Desegregated Art in the Twenty-First Century", *Modern Fiction Studies*, Vol. 54, No. 3, 2008。

争议。

除了赫尔曼的开篇之论，《现代小说研究》这期专刊的其他论文同样加深了斯帕克研究。卡鲁特（Gerard Carruthers）讨论了斯帕克的苏格兰身份特征①；哈里森（Lisa Harrison）分析了《纽约时报》与斯帕克的关系②。他们从不同层面论证了斯帕克的创作涵括"地方性"和"世界性"特色。麦凯（Marina Mackay）运用"反叛"观点来解读斯帕克的作品与当代政治文化发展之间的关系，认为"斯帕克的创新小说与政治上的"反叛"都质疑正统，反对偏听偏信所谓的事实"③。霍奇金斯（Hope Howell Hodgkins）从女性主义角度出发，比照斯帕克与皮姆（Barbara Pym）对未婚女子的描写，指出她们特别注重"服饰"描写，目的在于推崇女性的个体感受。④ 肯珀（Jonathan Kemp）套用德勒兹（Gilles Deleuze）的精神分析理论框架，结合同性恋理论、符号语言学和女权主义等理论解释了斯帕克缘何未能在《驾驶席》中描述主人公的内心世界。⑤ 佩罗（Allan Pero）则利用拉康的心理分析理论研究斯帕克小说——尤其是《死亡警告》的"外在声音"。⑥ 麦克劳德（Lewis Macleod）综合叙事学的最新理论和福柯的全景监狱理论研究了斯帕克的叙事策略。⑦ 最后一篇文章中，费歇尔（Allison Fisher）详列了 2002 年以来的 5 年斯帕克研究的相关文

---

① 参见 Gerard Carruthers，"'Fully to Savour Her Position'：Muriel Spark and Scottish Identity"，*Modern Fiction Studies*，Vol. 54，No. 3，2008。

② 参见 Lisa Harrison，"'The Magazine That is Considered the Best in the World'：Muriel Spark and The New Yorker"，*Modern Fiction Studies*，Vol. 54，No. 3，2008。

③ Marina Mackay，"Muriel Spark and the Meaning of Treason"，*Modern Fiction Studies*，Vol. 54，No. 3，2008，p. 520.

④ 参见 Hope Howell Hodgkins，"Stylish Spinsters：Spark，Pym and the Post-War Comedy of the Object"，*Modern Fiction Studies*，Vol. 54，No. 3，2008。

⑤ 参见 Jonathan Kemp，"'Her Lips are Slightly Parted'：The Ineffability of Erotic Sociality in Muriel Spark's *The Driver's Seat*"，*Modern Fiction Studies*，Vol. 54，No. 3，2008。

⑥ 参见 Allan Pero，"Look for One Thing and You Find Another：The Voice and Deduction in Muriel Spark's *Memento Mori*"，*Modern Fiction Studies*，Vol. 54，No. 3，2008。

⑦ 参见 Lewis Macleod，"Matters of Care and Control：Surveillance，Omniscience，and Narrative Power in *The Abbess of Crewe* and *Loitering with Intent*"，*Modern Fiction Studies*，Vol. 54，No. 3，2008。

献资料①，从而补充和完善了麦克奎兰在 2002 年论文集中提供的详细
参考文献。《现代小说研究》的专刊论文凭借深奥的理论、齐全的资
料和精辟的论断为斯帕克研究提供了新思路，标志着 21 世纪的斯帕
克研究进入了崭新的阶段。值得一提的是，赫尔曼在 2010 年主编的
论著《缪里尔·斯帕克：二十一世纪的视角》（*Muriel Spark*：*Twenty-
First Century Perspectives*，2010）就是以这些论文为基础，再纳入著名
评论家帕特丽夏·沃（Patricia Waugh）等人撰写的 3 篇论文。

斯帕克研究的评论文章从各种角度解读了她的作品，主要涵盖五
类命题：宗教、超自然、善与恶、秩序与混乱和小说艺术。宗教问题
是评论家们最关注的对象。斯帕克本人也经常谈论宗教。早在《我的
皈依》中，斯帕克就承认"我认为我的写作与皈依密切相关"②。在
一次访谈中，斯帕克指出："没有宗教，你就不知道自己的立场所
在。"③ 多数评论家承认宗教题材深刻影响着斯帕克的创作。有论者
指出："天主教存在于她（斯帕克）的小说中……没有它，斯帕克的
小说会像威尔逊和艾米斯等人的一样，仅仅为战后的回归现实主义流
派增添若干娱乐作品。"④ 还有人认为"在所有作品中，她把传统的
基督教观点置于核心地位"⑤。多比（Ann Dobie）指出斯帕克信奉天
主教，但她"从来不会为她的宗教进行说教"⑥。2017 年，有学者联
系宗教，分析了《驾驶席》的人物莉丝所反映出的末世论思想，并
指出"《驾驶席》是基于圣经伟大传统的寓言"⑦。

---

① 参见 Allison Fisher, "A Bibliography of Recent criticism on Muriel Spark", *Modern Fiction Studies*, Vol. 54, No. 3, 2008。

② Muriel Spark, "My Conversion", *Twentieth Century*, Vol. 170, Autumn, 1961, pp. 58 – 63.

③ James Brooker, "Interview with Dame Muriel Spark", *Women's Studies*, Vol. 33, 2004, p. 1036.

④ Thomas Mallon, "Transfigured", *New Yorker*, May, 2010, p. 70.

⑤ V. M. K. Kelleher, "The Religious Artistry of Muriel Spark", *The Critical Review*, Vol. 18, 1976, p. 79.

⑥ Ann B. Dobie, "Muriel Spark's Definition of Reality", *Critique*: *Studies in Modern Fiction*, Vol. 2, No. 1, 1970, p. 22.

⑦ Robert Hosmer Jr., "The Chandeliers of the Metropole: A Vivid Glow upon the Just and the Unjust in Muriel Spark's *The Driver's Seat*", *Scottish Literary Review*, Vol. 9, No. 1, 2017, p. 91.

　　另一个重要的命题是斯帕克小说中频繁出现的"超自然现象"，比如神秘恐怖的声音、来自死亡本身的电话等。斯帕克承认："我的作品常有涉及超自然……我几乎把它们当作自然历史的一个组成部分。"[①] 评论家们一致认为斯帕克作品中存在大量超自然现象，但对斯帕克书写这些现象的意义和理由等的诠释不尽相同。有论者指出，"超自然"因素经常随意出现斯帕克的早期作品中，"对斯帕克来说，超自然是唯一有效合法的存在……超自然的存在是不争之实"[②]。马尔卡奥夫指出，斯帕克书写超自然，借此象征人类的道德困境，并表达她对人类状况和命运之无常和非理性的感悟。[③] 巴尔丹扎（Frank Baldanza）认为斯帕克关注人物对于超自然现象的反应，她的作品中自然的和超自然的现象同时并存，但是其观点属于"自然写实主义"而非超自然的。[④] 韦士顿（Elizabeth Weston）深入探讨了《死亡警告》中的神秘电话，指出神奇的与已知的世界总是互相渗透，人类应该反思如何在囿于世界藩篱的同时惬意地生存。[⑤]

　　还有一个贯穿斯帕克创作生涯的命题是善恶之争。从第一部小说《安慰者》到最后一部小说《精修学校》，斯帕克经常描述善与恶，通过并置两者之间的矛盾，体现了自己的人生观和价值观。对于斯帕克笔下的善与恶问题，怀尔德曼（John Wildman）与莱文（Simon Raven）代表了批评家们的不同观点。前者认为斯帕克的小说世界里，"善恶常相争。本质上，前者是不可战胜的，但是后者一旦受到欢迎

---

① James Brooker, "Interview with Dame Muriel Spark", *Women's Studies*, Vol. 33, 2004, p. 1036.

② Phyllis Grosskurth, "The World of Muriel Spark", *The Tamarack Review*, Vol. 39, Spring, 1966, p. 63.

③ 参见 Karl Malkoff, "Demonology and Dualism: The Supernatural in Isaac Singer and Muriel Spark", in Irving Malin ed., *Critical Views of Isaac Bashevis Singer*, New York: New York University Press, 1969。

④ 参见 Frank Baldanza, "Muriel Spark and the Occult", *Wisconsin Studies in Contemporary Literature*, Vol. 6, No. 2, Summer, 1965。

⑤ 参见 Elizabeth Weston, "The Comic Uncanny in Muriel Spark's *Memento Mori*", *Scottish Literary Review*, Vol. 9, No. 2, 2017。

时，就表现得非常活跃"①。里士满（Richmond）持有类似的观点。
他通过分析斯帕克在《公众形象》《驾驶席》和《请勿打扰》中表现
出的越来越阴郁的观点，认为其原因是她为了回应一个日益邪恶和冷
漠的世界。② 莱文的观点却与他们的截然不同，"在所有的当代作家
中，斯帕克对道德的信心最为不足。她建议我们不要期盼美好也不要
谴责恶行；事实上，在绝大多数场合下斯帕克不会努力去分辨善与
恶"③。出现不同观点的原因在于，斯帕克其实仅仅把善恶之争当作
表达自己观点的载体，很少在作品中直接表达自己的态度和立场，而
是让读者自主判断。

谈及善与恶之后，自然要涉及秩序问题。批评家们质疑斯帕克小
说里是否存在秩序。以克默德为代表的评论家持有肯定的观点：斯帕
克像上帝一样，在小说中创造了世界，并在其中积极劳作，使其井然
有序。④ 他还认为斯帕克的小说人物也如同上帝，也创造了秩序：
"《请勿打扰》中，一系列不可预料的事情发生了，但是管家李斯特
犹如上帝一样，能够有序地泰然处之。"⑤ 凯泽（Barbara Keyser）声
称"理想的、永恒的秩序……弥补了世俗中暂时的无序"⑥。霍伊特
（Charles Hoyt）代表了另一类观点，认为斯帕克小说内不存在秩序，
"斯帕克的世界充满……简言之，它喜欢恶作剧"⑦。莱文也认为斯帕
克的作品中经常出现奇特的逻辑，这意味着其秩序必然混乱，"总是
有一种普遍的破坏力量，它不断侵入，强加另外一种反常的逻辑，视

---

① John Hazard Wildman, "Translated by Muriel Spark", in Donald E. Stanford ed. , *Nine Essays in Modern Literature*, Baton Rouge: Louisiana State University Press, 1965, p. 138.

② 参见 Velma Bourgeois Richmond, "The Darkening Vision of Muriel Spark", *Critique*, Vol. 15, No. 1, 1973。

③ Simon Raven, "Heavens Below", *Spectator*, Vol. 20, September, 1963, p. 354.

④ 参见 Frank Kermode, "The Novel as Jerusalem: Muriel Spark's *Mandelbaum Gate*", *Atlantic*, October, 1965。

⑤ Frank Kermode, "The British Novel Lives", *Atlantic Monthly*, July, 1972, p. 86.

⑥ Barbara Elizabeth Keyser, "The Dual Vision of Muriel Spark", PhD. Diss. University of Tulane, 1972, p. 6.

⑦ Charles Alva Hoyt, "Muriel Spark: The Surrealist Jane Austen", in Charles Shapiro ed. , *Contemporary British Novelists*, Carbondale: Southern Illinois U. P. , 1965, p. 126.

人类种族为笑柄"①。实际上，出现迥异的论断并不奇怪，因为斯帕克的作品数量众多，内容覆盖面广泛，有时似乎给人杂乱无序之感。但是，她绝大多数作品里都潜藏着内在、井然、颇具张力的秩序，显示出特殊的结构美。在《现代小说研究》2016 年第 1 期中的论文中，有评论家通过研究斯帕克两部小说——《死亡警告》和《收入菲薄的姑娘们》中作为一种交流手段和传播介质的电话，表达了对于现代社会中的通信与监视的焦虑。② 这种探讨反映了斯帕克对现代社会秩序的关注。

斯帕克的小说艺术也是批评家们的聚焦之一。在研究其时间叙述技巧时，克默德指出斯帕克提前透露故事结局"有助于解释小说的本质及小说与现实之间的关系"③。洛奇也有同样精辟的论断："斯帕克不断结合时间转换技巧和第三人称单数叙述，这是一种典型的后现代主义策略，使我们注意到文本的人为结构，从而避免我们迷失在虚构故事的时间之流中，或者过分关注故事主角的内心深处。"④ 鲍威尔（Bower）认为，在《琼·布罗迪小姐的青春》内，时间成为作者斯帕克的玩物：她在小说叙事中插入许多"闪前"，目的是强调布罗迪对她的学生施加了预见不到的影响。⑤ 使用法国新小说派技巧是斯帕克的另一创作特色。有论者从平淡的描写和细节的重复等方面入手，论证了"罗伯·格里耶的小说风格在《驾驶席》中得到呼应"⑥。兰金（Ian Rankin）指出《驾驶席》"在技术层面上可以被认为是一部最成功的'新小说'（nouveau roman）。"⑦ 斯帕克还擅长于元小说创

---

① Simon Raven, "Heavens Below", *Spectator*, Vol. 20, September, 1963, p. 354.

② 参见 Amy Woodbury Tease, "Call and Answer: Muriel Spark and Media Culture", *Modern Fiction Studies*, Vol. 62. No. 1, 2016。

③ Frank Kermode, "Foreseeing the Unforeseen", *Listener*, Vol. 11, 1971, p. 657.

④ David Lodge, *The Art of Fiction*, London: Penguin, 1992, p. 77.

⑤ 参见 Anne L. Bower, "The Narrative Structure of Muriel Spark's *The Prime of Miss Jean Brodie*", *The Midwest Quarterly*, Vol. 31, No. 4, Summer, 1990。

⑥ Aidan Day, "Parodying Postmodernism: Muriel Spark (*The Driver's Seat*) and Robbe-Grillet (*Jealousy*)", *English*, Vol. 56, No. 216, Autumn, 2007, p. 326.

⑦ Ian Rankin, "The Deliberate Cunning of Muriel Spark", in Gavin Wallace ed., *The Scottish Novel since the Seventies*, Edinburgh: Edinburgh University Press, 1993, p. 154.

作技巧。有人指出,《安慰者》和《带着意图徘徊》的元小说特征反映了作者对小说本质的思考,而且,"斯帕克在娱乐读者的同时,提出了对艺术创作技巧的深刻见解,揭示了贯穿于作品中的信念"①。有学者谈到斯帕克经常使用互文性技巧:她在《安慰者》和《唯一的问题》中借鉴了《约伯记》,在《带着意图徘徊》中借鉴《安慰者》,在多部小说中模仿侦探小说和哥特小说等文类。② 在国际知名期刊《当代文学》(Contemporary literature)的 2017 年第 1 期,有评论家借用 20 世纪 60 年代桑塔格的坎普(camp)美学范畴来讨论《请勿打扰》与《克鲁的女修道院院长》中的元小说特征和修辞性语言,认为它们的"奇特性"验证了元小说与坎普之间的联系,正因如此,这两部小说有别于 20 世纪 70 年代的元小说,时至今日还给读者留下深刻的印象。③ 此外,评论家们还谈到斯帕克小说中的讽喻技巧、戏仿技巧等。各类技巧的运用除了突出与强化了小说的艺术性,还体现了斯帕克对小说创作的思考和革新进取的愿望与决心。

三 问题与展望:反思与期待

斯帕克研究在国外已经具有相当的时间和规模,研究深度和广度也在不断拓展中。尽管如此,依然存在需要进一步挖掘和探索的领域,在研究上出现的问题和盲点也不容忽视。

首先,斯帕克研究的理论深度还有待提高,理论视角还需要更新。批评家们已开始意识到运用新理论解读斯帕克小说的重要性,但他们尚处于初步的探索阶段。虽然已经有论文运用近年来热门的理论来阐释斯帕克的小说,但它们在斯帕克研究论文中占据的数量比例极小。值得注意的是,有些论文尝试从崭新的理论和角度切入,但是由

---

① Marilyn Button, "On Her Way Rejoicing: The Artist and Her Craft in the Works of Muriel Spark", *The Nassau Review*, Vol. 36, No. 2, Summer, 2006, p. 14.

② 参见 Marilyn Button, "On Her Way Rejoicing: The Artist and Her Craft in the Works of Muriel Spark", *The Nassau Review*, Vol. 36, No. 2, Summer, 2006。

③ 参见 Len Gutkin, "Muriel Spark's Camp Metafiction", *Contemporary Literature*, Vol. 58, No. 1, 2017。

于作者未能完全把握新理论深奥的思想，加上理论与论证的关系处理不当，这样不仅没能达到创新的目的，反而给人难以卒读之感。

其次，斯帕克研究的论著为数众多，但存在重复研究的现象，例如，许多作者论及斯帕克的生平与宗教的关系，其内容大同小异。而且，许多专著都以《缪里尔·斯帕克》为其书名，其编排体例及评价侧重点几乎雷同。除了几部著作以荒谬、道德价值和后现代主义等专题来研究斯帕克的作品，大部分著作覆盖面过于宽泛，导致论证深度较为欠缺，没有贯穿始终的评论主线，因此给人一种泛泛而谈、缺乏整体把握的印象。

再次，存在研究对象和内容的重心失衡现象。多数评论家忽略了对斯帕克的短篇故事集、传记文学及诗歌的研究。诚然，斯帕克是凭借其小说而成名，但是她的早期创作是以诗歌、传记和短篇故事为主。而且，这些创作与她的中、长篇小说之间有着密切的联系：斯帕克本人的创作理念和风格源自她的诗歌情结，她的不少小说在选材、主题或艺术技巧等方面借鉴了先前创作的短篇故事。从早期的诗歌和故事出发来揭示斯帕克创作的思想源泉和不同类型作品之间的联系，这可能成为研究该作家整体创作轨迹的新起点。此外，在斯帕克的22部小说中，评论家们经常综合考察其中具有联系的几部，这本是无可厚非的，但是他们对个别小说的具体研究较为有限：批评家大都专注于早期的几部小说，如《安慰者》《琼·布罗迪小姐的青春》《驾驶席》等，对于她创作后期出现的《帮助和怂恿》《唯一的问题》和《精修学校》等几乎未有专门的研究。

最后，国外斯帕克研究还存在一些空白点。斯帕克的创作天赋和影响力显而易见，但是她那别具一格的创作理念和小说理论仅仅是零星散落于她的作品和访谈录中。据笔者所知，迄今还没有批评家就此进行系统的研究，而这对于更准确、更深入和全面地理解斯帕克具有极大意义。此外，尽管有人开始比较斯帕克与其他作家，如奥斯丁、默多克和福尔斯等人，但是她与其他作家的影响和被影响的关系及她与传统创作的关系有待于论者进一步厘清，这样才能加深理解斯帕克创作中的传承与创新层面，而这也恰是斯帕克研究的难点所在。

第三章　斯帕克的艺术思想与创作理念

　　国内外学界对于缪里尔·斯帕克的研究始于 1961 年，涉及作者生平、小说文本、读者接受和创作的社会历史背景等多方面内容。遗憾的是，迄今为止尚未有学者综合研究斯帕克的小说叙事理论。斯帕克一生创作的小说作品多达 22 部。一般来说，多产作家的创作很可能遵循或规约于一定的叙事理论，斯帕克应该不外于此。可是为什么批评家们没有对她的理论进行深入的研究呢？究其原因，可以归纳为三点。首先，她虽然是个多产作家，但没有像有的小说家那样在创作的同时进行总结并出版有关小说理论的论著。其次，她的绝大部分创作理念和思想只是散见于访谈录和公开场合的发言论稿中。最后，除了公开的访谈和论稿，她只是在《安慰者》《带着意图徘徊》和《精修学校》等小说中借作品中的人物之口谈论创作，发表自己的见解。《安慰者》被认为是"一部关于小说创作的小说"①。《带着意图徘徊》几乎是"一本指导她（斯帕克）创作的有关策略、理论和观点的手册"②。《精修学校》则是"借助校长罗兰德和学员克里斯等人的言语及课堂上的教学大量穿插有关小说创作的理论和观点"③。本章将以斯帕克的访谈录、论稿和小说为基础，结合斯帕克的创作历程和作

---

①　Frank Kermode, "The House of Fiction: Interviews with Seven English Novelists", *Partisan Review*, No. 30, Spring, 1963, p. 79.

②　Elizabeth Dipple, *The Unresolvable Plot*: *Reading Contemporary Fiction*, London: Routledge, 1988, p. 141.

③　戴鸿斌：《斯帕克〈精修学校〉的元小说策略》，《国外文学》2017 年第 1 期，第 127 页。

品特色，从文本、作者和作品——小说文本的目的和功用、作者的创作和读者的接受三个层面来探讨斯帕克的小说叙事理论。

第一节　小说的目的和功用：寓教于乐

小说作为文化艺术中的一个重要类别，其目的与文艺具有相通之处。斯帕克对小说目的的解释与文艺美学家们对文艺目的论的诠释关系密切。众所皆知，从有历史记载的古希腊文明开始，美学家们就对文艺的目的进行了不断的探索和讨论。古希腊哲学家柏拉图认为文艺是为政治服务的；亚里士多德则在《诗学》和《政治学》内通过大量的篇幅指出文艺的目的是引起快感和教育大众；之后，古罗马的贺拉斯简明扼要地提出观点，认为文艺的目的是"给人教益，或供人娱乐，或是把愉快的和有益的东西结合在一起"[1]。后人讨论文艺或小说的目的时，常常涉及三种：快感、"教益"，或二者兼而有之。

在 18 世纪的英国，由于小说刚刚兴起，为了与传统的戏剧、诗歌等分庭抗礼，争得一席之位，小说家们强调了小说的"道德教益"目的，其代表笛福（Daniel Defoe, 1660—1731）指出必须通过适当的方式，用"一种潜移默化的，几乎是不知不觉的力量吸引人们改过从善"[2]。到了 19 世纪，小说家们除了继续坚持小说的"教益"目的，还提到了娱乐的目的。狄更斯（Charles Dickens, 1812—1870）和特罗洛普（Anthony Trollope, 1815—1882）等作家都"强调过小说必须以怡情悦性为目的"[3]。进入 20 世纪后，随着社会的发展，小说受到互联网信息技术、多媒体艺术手段等的冲击，面临着严峻的挑战，小说家们为了维系小说的存在，适应时代的潮流，创作出各种新型的小说。20 世纪上半叶，英国文坛的现实主义和现代主义文学潮流此起彼伏，争奇斗艳。[4] 但是到了 20 世纪 70 年代末，英国出现了一系列

---

[1]　转引自朱光潜《西方美学史》，人民文学出版社 1979 年版，第 100 页。
[2]　[英] 丹尼尔·笛福：《笛福文选》，徐式谷译，商务印书馆 1979 年版，第 41 页。
[3]　殷企平：《英国小说批评史》，上海外语教育出版社 2001 年版，第 65 页。
[4]　参见 David Lodge, *The Modes of Modern Writing*, London：Edward Arnold Ltd. , 1977.

矛盾，小说家们发现自己的处境困难，"哀叹福利国家的崩溃在即，以及新时期出现的不平等和社会分化"①。为了摆脱困境，寻找出路，他们做了种种试验，努力探索小说创作的新路子。随着 1969 年英国布克奖的设立，英国文学逐渐复苏，成就了拉什迪（Salman Rushdie, 1947— ）、拜厄特（Antonia Susan Byatt, 1936— ）、麦克尤恩（Ian McEwan, 1948— ）等小说家。尽管如此，研究者们时常对英国小说的出路和发展问题产生怀疑：20 世纪 50 至 90 年代，英国著名文学报纸《观察家》（*Observer*）、《格兰塔》（*Granta*）和《卫报》（*Guardian*）等相继刊文或召开研讨会反复讨论"英国小说的存亡"问题。② 在关系到小说何去何从的历史语境下，对于小说的目的、功用的探讨显得尤为重要。斯帕克从 1957 年发表了第一部小说《安慰者》以来，对此问题进行了深入的思考。

在美国文化艺术学会的大会上发言时，斯帕克阐明了自己的文艺观。

经常有人要我讲出关于艺术为何的观点。我对此思考了很多。在大半生中我一直在想着这个问题。至今，我得出一个大致的结论：艺术的目的是给人快乐。不管艺术形式是悲剧的、喜剧的、戏剧性的、诗意的、反讽的，或者是积极进取的，它都包含着快乐的成分。这种快乐因子使人恢复心理平衡，打开心灵的窗户。通过文学和艺术，我们的才智和悟性得到提高，我们学会了解自己，学会如何用快乐——烦恼和痛苦的对手——来评价生活。③

---

① Dominic Head, *The Cambridge Introduction to Modern British Fiction*, Cambridge：Cambridge University Press, 2002, p. 30.

② 参见 Malcolm Bradbury, *The Modern British Novel*, Beijing：Foreign Language and Research Press, 2005。

③ Muriel Spark, "The Desegregation of Art", in *Proceedings of the American Academy of Arts and Letters*, New York：Spiral Press, 1971, p. 27.

　　斯帕克明确指出艺术的娱乐目的，把它放在首位。紧接着，她又谈及艺术的教育作用：可以提高悟性、了解自我，以及评价生活……而起到这种教育作用的催化剂是"快乐因子"，可见，与亚里士多德和贺拉斯一样，斯帕克的艺术观点是"寓教于乐"，这也是她创作小说时的指导思想，她在其他场合屡次谈到同样的观点。有一次，她提到小说的娱乐作用："真的，我喜欢令人快乐。我喜欢人们哭和笑——我不在乎到底是可悲、可笑的或者是其他的。但是提供艺术上的乐趣是相当重要的。"① 在一次访谈中，她说："难道你不认为，我们作家的工作就是这样的吗：营造诚实的气氛，使人自知，还有制造荒谬和活泼轻快的普遍感觉，以此来保护我们免受来自社会的可笑的压迫。当然啦，最重要的是，在这过程中要带给读者快乐。"② 斯帕克强调了创作的双重目的：在使人愉悦的同时，还应该起到"教益"的作用，教人诚实，有自知能力，从而更好地应对外界的压力。

　　斯帕克的艺术目的与亚里士多德的大致相仿，但是他们为达到目的而采取的手段却大相径庭。亚里士多德主张"净化论"，认为悲剧通过激发和引导读者"哀怜"和"恐惧"的情感，使之得到宣泄，情绪得到"净化"，因此让读者得到快感，同时得到道德上的教化。可见，亚里士多德在实现文艺的目的时肯定情感的重要性。而斯帕克却反对作品带有情感："我只是说，就算本身有多美好或者在描述现实上有多吸引人，那些充满情感的文学和艺术都应该被淘汰。它们具有欺骗性，让我们感觉像在参与社会和生活。但实际上，这种文艺是分离的活动（segregated activity）。"③ 言下之意，那些带有丰富情感的作品貌似接近社会和生活，其实它们使人脱离实际，远离生活。究其实质，斯帕克排斥这种文艺作品的原因是它们属于"精英文化"，只有

────────────

① Stephen Schiff, "Muriel Spark between the Lines", *The New Yorker*, Vol. 24, May, 1993, p. 41.

② Philip Toynbee, "Twenty Years After", *The Observer Color Magazine*, Vol. 7, November, 1971, p. 74.

③ Muriel Spark, "The Desegregation of Art", in *Proceedings of the American Academy of Arts and Letters*, New York: Spiral Press, 1971, p. 24.

少数人参与，因而是"分离"的活动。正由于斯帕克对这"分离"活动的反对，她的作品往往顾及大众品位，贴近生活。她认为小说不但应该有所创新，而且要生动有趣，令人兴奋，才能受到欢迎。[①] 她不断地进行试验，在作品中采用了许多后现代主义手法，使用了大量标新立异的小说技巧，如互文性、元小说、新小说、反讽和预叙，但她同时兼顾作品的趣味性和可读性，因此不像大部分后现代派作品那样深奥难懂。此外，她还考虑到时代的需求和生活节奏的加快，主张创作短小精悍的作品："我认为，那种引起读者太多情感投入的文体并不好——创作短小的小说，引发读者大笑会好得多。"[②] 因此，斯帕克的小说被翻译成 26 种文字。其中有多部成为畅销书，并被拍成电影，享誉世界各地。

为了达到寓教于乐的目的，斯帕克在排斥情感投入的同时，提出要用"嘲笑和反讽"的策略："我提倡用反讽和嘲弄的艺术形式来取而代之。我觉得除此之外，将来不可能还有其他的艺术形式存在。我们只剩下嘲笑这种唯一令人尊敬（honorable）的武器。"[③] 在 1983 年的一次访谈中，斯帕克说："我确实认为，如果你想有效地说事，最好的办法是嘲讽。讽刺是非常重要的，相对直接描述错误的事情，它的效果要更持久。我认为世界上的很多事件都应该受到嘲笑，而不是让人为之悲痛。……我相信讽刺是一种非常、非常强有力的艺术形式。"[④] 她解释说，当受到嘲笑时，尽管我们不太舒服，但至少会试图理解对方的意图，接着也可以嘲笑对方，他也会开始琢磨我们的意思。因此，彼此间有了交流。如果对方不是嘲笑我们，而是直接使用小刀刺向我们，那么我们可能永远没有机会理解任何东西。斯帕克认为，粗鲁的叫骂会刺激我们，但这只是暂时的，而且最终可能导致暴

---

① 参见 Muriel Spark, *The Finishing School*, New York：Doubleday, 2004。

② Ian Gillham, "Keeping it Short—Muriel Spark Talks About Her Books to Ian Gillham", *Listener*, Vol. 24, September, 1970, p. 412.

③ Muriel Spark, "The Desegregation of Art", in *Proceedings of the American Academy of Arts and Letters*, New York：Spiral Press, 1971, p. 24.

④ Jean W. Ross, "CA Interview", in Linda Metzger ed., *Contemporary Authors：New Revision Series*, Vol. 12, Detroit：Gale Research Company, 1984, p. 456.

力冲突；在演戏、示威游行、祷告会或阅读时我们哀怜或愤怒的情感可能会被唤起，但这些情感只是在这些过程中得到持续，过后，这种情感就消失得无影无踪了，"而嘲笑的艺术，如果击中目标——如果它不能真正击中目标，那它根本不是艺术——它可以深入骨髓。它会留下一道有益的伤痕"①。为什么斯帕克觉得反讽和嘲笑是我们的时代唯一有效的艺术手段呢？她对此指出了两个原因：我们面临的时代和社会无处不存在荒谬，这是不争之实；面对这个世界，每个人在某种程度上都能分享（share）到的只有"嘲笑"的艺术。② 斯帕克的这些见解与英国18世纪著名小说家亨利·菲尔丁的主张不谋而合。菲尔丁说过，"运用一切才智和幽默，力图以嬉笑怒骂的方式将人们从他们习以为常的愚昧和邪恶中拯救出来"③。

　　为了反对情感因素在小说中的表露，斯帕克经常在作品中借用法国"新小说派"的艺术手法，使用非个性化（impersonal）描述，不动声色，从而拉开作者与文本之间的距离，产生特殊的"距离美"。她提倡的"反讽和嘲笑"的艺术手段更是使看似平淡无奇的故事蕴含着深刻的道理和寓意，有时令读者捉摸不透。就此而言，斯帕克的风格类似于美国作家海明威的"冰山"风格，往往在作品中只讲出故事的"冰山一角"，在故事之外潜藏着许多意蕴。斯帕克在一次访谈中说："当我省略了一些事情，很多人不理解。但是，肯定还有很多人能理解。……我不喜欢把一切都说清楚。我很喜欢留下许多东西，不予解释，这样它们需要靠推断。我讨厌解释一些显而易见的东西。"④ 正因如此，有时批评家们对斯帕克作品的理解迥异，有时他们甚至做出截然相反的评价。可以说，读者需要重复阅读和积极参与。唯有如此，他才可能真正领会斯帕克作品中复杂多维的含义。

---

　　① Muriel Spark, "The Desegregation of Art", in *Proceedings of the American Academy of Arts and Letters*, New York: Spiral Press, 1971, p. 26.

　　② Ibid. .

　　③ Henry Fielding, *Tom Jones*, Harmondsworth: Penguin Books Ltd. , 1966, p. 38.

　　④ Stephen Schiff, "Muriel Spark between the Lines", *The New Yorker*, Vol. 24, May, 1993, p. 42.

第二节　作者的创作：诗意的构思与神话模式

　　斯帕克始终强调小说创作与诗歌有着密不可分的关系，在创作小说时借鉴诗歌的形式特点和创意遐思等，因此她的22部小说中绝大多数只有200页左右，显得短小精悍、结构紧凑。实际上，斯帕克的文学生涯始于诗歌创作。创作小说之前，斯帕克已是颇有名气的诗人。因为从小就痴迷于诗歌，斯帕克很早就在诗歌创作上崭露头角，被誉为"校园小诗人"，并多次获得学校的诗歌大奖，后来曾经是诗歌学会的会长，也主编过诗歌杂志。因此，斯帕克在创作中坚持诗歌的简约风格，并常常谈到诗歌对小说创作的影响。早在1970年，斯帕克就说过："我认为我仍然是诗人。我所创作的是诗人的小说。我的思想和行为与诗人的相似。我曾经抵制过小说，因为当时我认为它是写诗的一种懒散方式。我与亚里士多德一样，认为诗就是文学。"[1] 在接受采访时，她也谈到对诗歌的重视："艾伦·泰特说过小说是一首诗，否则什么都不是。这句话应从诗人的观点来看待。这并不意味着要运用诗的语言或者它（小说）必须像劳伦斯·杜雷尔的小说一样精致。但是，小说必须有诗意的构思。我认为诗歌是最重要的，而一部小说对我而言就是一首诗。"[2] 直到1993年，斯帕克在创作了十几部小说后，还是没有忽略诗歌在小说创作中的意义："我觉得当我在写小说时，就是在写诗。我必须要有这种感觉。小说的构思非常重要。诗歌也是如此。还存在一种叫诗的远见。它意识到每个词的价值……我可以做得很好。那就是有点诗意的方式。"[3] 正是这种"诗意的方式"为斯帕克的小说平添了几分清新气息和诗情画意，也为她的创作风格带来迷人的魅力。

---

　　① Ian Gillham, "Keeping it Short—Muriel Spark Talks About Her Books to Ian Gillham", *Listener*, Vol. 24, September, 1970, p. 412.

　　② Jean W. Ross, "CA Interview", in Linda Metzger ed., *Contemporary Authors: New Revision Series*, Vol. 12, Detroit: Gale Research Company, 1984, p. 455.

　　③ Stephen Schiff, "Muriel Spark between the Lines", *The New Yorker*, Vol. 24, May, 1993, p. 41.

除了在访谈中，斯帕克还经常在她的小说《带着意图徘徊》中借主人公芙乐之口表达自己在小说创作过程中对诗歌形式的钟爱。有一次，芙乐告诉一位朋友："我已开始创作一部小说，它需要我集中诗意。因为，我是用诗的方式去构想事情的。"① 另一次，芙乐坦言小说都是"连绵不断的诗歌"②。由于诗歌韵味的陶染，斯帕克在小说创作中非常重视简洁的风格和精确的表达，认为创作的最高境界就是使用最少的文字表达最丰富的思想。她的这种观念通过主人公芙乐之口在《带着意图徘徊》中传达得一清二楚："很少的文字往往可以传递很多的信息；相反的，有时很多的文字却只能传递很少的信息。"③这让我们联想到了当年鲁迅给青年作者的建议："写完后至少看两遍，竭力将可有可无的字、句、段删去，毫不可惜。宁可将可作小说的材料缩成 Sketch，绝不将 Sketch 材料拉成小说。"④ 在简约风格的规范下，斯帕克的作品都篇幅短小、言简意赅，又寓意深刻。她的绝大多数小说都带有诗歌的各种特色：简洁、凝练、细腻而精致。她在小说中惜墨如金，用词考究，借用精简的字句传递多重含义，令人回味无穷。她力求用诗意来润色对话，把对话用诗的方式呈现出来。小说中的对话简短、真实可信，看似作家不经意间信手拈来，其实都是经过斯帕克的千锤百炼。这展示了斯帕克的高超技巧和无限魅力，也适应了当今社会快节奏的生活，为她赢得了庞大的读者群。

除了诗歌，斯帕克还注重神话在小说中所起的作用。神话的编造不仅仅成为她小说的主题，而且成为她叙述的主要手段。著名的加拿大文学理论批评家弗莱（Northrop Frye，1912—1991）认为任何形式的文学都与神话密切相关，"作为一个总体的结构，神话定义了一个社会的宗教信仰、历史传统、宇宙论思考……是文学的根源"⑤。古

① Muriel Spark, *Loitering with Intent*, London：The Bodley Head Ltd. , 1981, p. 28.

② Ibid. , p. 141.

③ Ibid. , p. 84.

④ 鲁迅：《二心集》，人民文学出版社 1973 年版，第 147 页。

⑤ Northrop Frye, "Myth, Fiction, and Displacement", in B. Das and J. M. Mohanty ed. , *Literary Criticism：A Reading*, Calcutta：Oxford University Press, 1985, p. 362.

往今来，但丁、弥尔顿、济慈、拜伦等众多世界闻名的作家都曾经用神话来表达他们的信念。20 世纪是神话复兴的时代。诸多艺术家回到古希腊和古希伯来的神话世界，构筑出神话与现实交融的作品。如，艾略特（T. S. Eliot, 1888—1965）的《荒原》（*The Wasteland*, 1922）、乔伊斯的《尤利西斯》（*Ulyssess*, 1922）和《芬尼根的觉醒》（*Finnegans Wake*, 1939）、叶芝的《幻象》（*A Vision*, 1925）和《第二次圣临》（"The Second Coming", 1919）、奥尼尔的《榆树下的欲望》（*Desire under the Elms*, 1924）和《悲悼三部曲》（*Mourning Becomes Electra*, 1931）、梅尔维尔（Herman Melville, 1819—1991）的《白鲸》（*Moby Dick*, 1851）、萨特（Jean-Paul Sartre, 1905—1980）的《苍蝇》（*The Flies*, 1943），等等。欧美文学理论家、大师级人物艾伯拉姆斯（M. H. Abrams, 1912—2015）在对于"神话"概念的解释中指出，无论是德国的浪漫派作家还是英国的浪漫派诗人，抑或现代主义作家都认识到神话的重要性。他们认为"为了写出伟大的文学作品，现代诗人必须发展一种新型、统一的神话，用以把西方往昔的神话的洞察力与哲学和物理科学的新发现综合起来"[1]。一些现代作家宣称"不管是继承的或者是发明的，综合神话对于文学都是必要的"[2]，因此许多现代作家"有意用神话的模式来组织现代的素材"[3]。斯帕克的小说理念与这些现代作家或理论家相互呼应。早在 1963 年的一次访谈中，斯帕克就提到神话与小说情节的关系："对我而言，情节就是基本的神话。……如果我想到一个情节，我就想当然地认为那是个神话……我希望情节当中有普遍性的东西存在。"[4] 可见，斯帕克把情节与神话对等，其原因在于她希望自己的小说情节能够类似于神话，道出具有普遍意义的东西。后来，在小说《带着意图徘徊》

---

[1] M. H. Abrams, *A Glossary of Literary Terms*, Beijing: Foreign Language Teaching and Research Press, 2004, p. 171.

[2] Ibid. .

[3] Ibid. .

[4] Frank Kermode, "The House of Fiction: Interviews with Seven English Novelists", *Partisan Review*, Spring 1963, p. 61.

中，斯帕克再次借助主人公芙乐说出神话在艺术创作中的功用：没有神话的参与，小说就毫无价值。真正的小说家是神话的制造者。艺术之奇妙在于它可以用多种方式讲述故事，而这些方式在本质上与神话紧密相关。① 斯帕克认为当今世界是荒诞的，许多事情是奇幻莫测、难以解释的。也许，她发现，借助神话的外观，除了可以更好地反映自己对自然、人生和社会等的领悟与见解，甚至还可以表达自己的迷茫与困惑。如同有学者所认为的，神话是我们最本质的生命直觉，戏剧性地表述了宇宙中人的基本意识，具有多种多样的形态，是一切特别的态度和观点的倚靠所在。②

　　恰如中国学者梁工所言，"神话的内容是以神或超人为中心的各种叙述，时常伴以非凡、神奇或超自然的事件或环境"③。欧美文学理论家艾伯拉姆斯也认为，"'神话'这个术语经常被延伸来指涉作者虚构的超自然的故事"④。斯帕克曾经在一次访谈中承认"我的作品常涉及超自然……我几乎把它们当作自然历史的一个组成部分"⑤。她根据小说构思的需要，描写了许多超自然现象或环境，使小说充满神秘色彩，发人深思。这些体现了她对神话的重视。比如，她在小说《安慰者》中描写了无源可寻的声音，直到最后也没有解释为何出现这些声音；在《死亡警告》中讲到一些向老年人接到"死亡警告"的神秘电话，作者同样不予解释，只是暗示那些电话其实是"死神"本身打来的；在《东河边的暖房》内叙述奇幻的飞碟；在《请勿打扰》中叙写一些人物的神秘死亡；在《罗宾逊》里讲述了岛主的离奇失踪及重新出现；在《佩克汉姆莱民谣》中塑造了具有超自然特征的人物道格拉斯；在《帮忙与教唆》中再现了在 20 世纪英国的现

---

　　①　参见 Muriel Spark, *Loitering with Intent*, London: The Bodley Head Ltd. , 1981。

　　②　参见 Mark Schorer, *William Blake: The Politics of Vision*, New York: Holt, Rinehart and Winston, 1946。

　　③　梁工：《神话》，《外国文学》2011 年第 1 期，第 128 页。

　　④　M. H. Abrams, *A Glossary of Literary Terms*, Beijing: Foreign Language Teaching and Research Press, 2004, p. 171.

　　⑤　James Brooker, "Interview with Dame Muriel Spark", *Women's Studies*, Vol. 33, 2004, p. 1036.

实生活中曾经家喻户晓的传奇人物拉康伯爵……有时，甚至作品内的角色也为神秘的故事感到困惑，比如卡瑟琳在小说《安慰者》中表达了她的困惑："那么这个世界就是个疯人院了？我们就是那些彬彬有礼的疯子，体谅着他人的精神错乱？"① 通过这些，斯帕克一方面阐述了自己对这个世界的认识和看法，另一方面探索了自己长期以来积极倡导和构建的"神话模式"，在小说中掺杂神话元素，大胆编造不同寻常的情节与事件、渲染奇异的气氛和刻画神奇的人物。这样，"她的许多小说的重要特征是超自然性，正是此增加了她小说的神话特性"②。其实，斯帕克对超自然现象、环境或事件的青睐应该部分归因于她早期对英国著名作家玛丽·雪莱和艾米莉·勃朗特的喜好与深入研究。她们的代表作《弗兰肯斯坦》（*Frankenstein*，1818）与《呼啸山庄》（*Wuthering Heights*，1847）内都具有许多异乎寻常的超自然现象。这些与现实生活并存的超自然现象赋予了小说神话的色彩，为斯帕克提供了一定的灵感和启迪，在一定程度上影响了斯帕克日后的创作。

　　谈到神话，不可绕过的是它与宗教的关系。"神话是作者不详，来源难以查考的故事。这一类故事常与宗教故事互相杂糅在一起，也常起着诠释这些宗教故事的作用。"③ 国内著名的《圣经》研究学者梁工也说过，"与神话关系最密切的文化形态"之一是宗教。④ 斯帕克本人信奉基督教，宗教对她的创作产生积极影响。在她的小说中随处可见《圣经》典故，或虔诚或虚伪的基督教徒，以宗教为题材、反映宗教思想的作品也不在少数，比如《安慰者》《罗宾逊》《琼·布罗迪小姐的青春》和《唯一的问题》等。宗教不可避免地具有某种神秘性，难以解释，就像她在访谈中所说的："你不能够阐明神秘

---

　　① Muriel Spark, *The Comforters*, London：Macmillan, 1985, p. 204.

　　② Preeti Bhatt, *Experiments in Narrative Technique in the Novels of Muriel Spark*, *The Most Internationally Recognized Scottish Writer in the Post-War Era*, New York：The Edwin Mellen Press, 2011, p. 170.

　　③ Roger Fowler, ed., *A Dictionary of Modern Critical Terms*, London：Routledge & Kegan Paul, 1973, p. 119.

　　④ 梁工：《神话》，《外国文学》2011 年第 1 期，第 128 页。

的事物；信仰本身就是神秘的。"① 她还说："我坚持信仰，且尽量不去解释它们，这就是我的立场。"② 斯帕克在小说中借助神话的构思模式描述宗教，恰好是维护其立场、表达对宗教的敬仰与忠诚的明智之举。

有学者认为："神话总是与编造相关。"③ 斯帕克通过芙乐指出，在创作的过程中，作家理所当然地享有一定的权力："真正的小说家……可以编造神话，艺术的奇妙表现在它可以用不同的方式来讲述一个故事，而这些方法在本质上是神话的。"④ 而斯帕克编造神话的目的之一在于揭示某种普遍的真理，正如有学者在定义神话时所指出的，"神话被认为是涵括更具深意的真理的虚构小说，表达了集体对于生命、死亡、神性和存在等基本问题的态度（有时被认为是具有普世意义的）"⑤。斯帕克曾经承认，小说"不是真实的……但在这些虚构的内容中有真理浮现"⑥。故而，她在小说中注重神话模式的构建，凭借该模式在虚构的故事中孜孜不倦地探索"真理"，比如，在《死亡警告》中，斯帕克借用人物之口说："记住这一点是件大好事，因为这是真理。简言之，记住自己会死去是一种生活方式。"⑦ 斯帕克还在《唯一的问题》和《安慰者》等作品中表达了自己的宗教观（关于此，本书的其他章节中已有论述，此处不再赘述），这更是她在成为天主教徒后始终如一笃信的真理。可以说，她对于小说理论和小说艺术的执着探究也是她寻求小说创作"真理"的重要表现。著名英国文学批评家克默德曾经赞誉斯帕克的小说蕴含着某种特殊的模

① Victoria Glendinning, "Talk with Muriel Spark", *New York Times Book Review*, Vol. 20, May, 1979, p. 47.

② Ibid. .

③ J. A. Cuddon, ed. , *A Dictionary of Literary Terms*, New York：Penguin, 1979, p. 408.

④ Muriel Spark, *Loitering with Intent*, London：The Bodley Head Ltd. , 1981, p. 141.

⑤ Chris Baldick, *Oxford Concise Dictionary of Literary Terms*, Oxford：Oxford University Press, 2000, p. 143.

⑥ Frank Kermode, "The House of Fiction：Interviews with Seven English Novelists", *Partisan Review*, Spring 1963, p. 81.

⑦ Muriel Spark, *Memento Mori*, New York：Avon, 1959, p. 168.

式，并揭示了一些真理。①

斯帕克在创作时经常通过神话的思维模式及神话的要素来拓宽小说的视野，增加小说的趣味性，表现深邃的寓意。虽然她的小说语言质朴无华，故事平淡无奇，却意味隽永，显示出厚重的历史文化沉淀。如同有论者所说的，"按照结构主义神话学的基本假定，神话是一种交流思想的语言方式，可以运用语言学的分析方法加以考察。如果我们想探求现有神话的共同属性，我们就不应从这些神话的内容着手，而应当着眼于各种各样交流思想的方式所共有的结构"②。通过神话模式，斯帕克在深谙小说"共同属性"的基础着眼于小说的"共有的结构"，并积极探索着小说创作的最佳途径。通过神话模式，斯帕克表达了对现实世界的感知和理解，进而把现实转化为艺术，在虚拟的艺术世界中传达了自己真实的理念。

第三节　读者的接受：造就能理解的读者

斯帕克对小说的接受对象——读者的要求甚高，常常引起他们的迷茫，如同一位论者所说的："一般读者（甚至是颇有学问的读者）可能很难理解斯帕克的情节建构和角色塑造之后所蕴含的一种洞察力……这一切对那些想要深入了解斯帕克世界观的读者提出了极高的要求。"③ 还有论者指出，"即使是对于批评家而言，斯帕克小说中的基本意图也常常是含混不清的。不少批评家对于小说隐含意思的诠释存在很大的分歧"④。可见，要真正理解斯帕克小说中的意图对于批评家而言也并非易事，更何况是普通的读者。斯帕克的小说对于读者的挑战性极强。《带着意图徘徊》中，小说人物芙乐

---

① 参见 Frank Kermode, "The Novel as Jerusalem: Muriel Spark's *Mandelbaum Gate*", *Atlantic*, October, 1965。

② Roger Fowler, ed., *A Dictionary of Modern Critical Terms*, London: Routledge & Kegan Paul, 1973, p. 120.

③ Dorothea Walker, "Preface", *Muriel Spark*, Boston: Twayne Publishers, 1988, p. ⅱ.

④ Ann B. Dobie, "Muriel Spark's Definition of Reality", *Critique: Studies in Modern Fiction*, Vol. 12, No. 1, 1970, p. 20.

代表了斯帕克对读者的态度："我总是非常小心地创作。我希望拥有高水平的读者，我无法接受平庸的读者。"① 显然，斯帕克道出了自己的创作态度，对读者提出较高的要求，这与她以前的读者观一脉相承："世上并不存在太多的'读者'。大部分人都不会阅读或写作。读者和诗人一样，都比较罕见。那些真正会阅读的人一般会理解我所说的，主要是因为我措辞简练。"② 这种貌似苛刻的评价除了表达了斯帕克对真正的"读者"的期待，其实这也是她在有意恭维读者：能读懂她小说的"读者"与普通人不一样，必然有着超常的智力。斯帕克认为，堪称"读者"的那类人可以真正读懂小说，并非一般意义上的普通读者。她希望通过自己的评论鼓励和鞭策读者多加努力，提高人文素养和认知水平，以真正理解、鉴赏和领悟她的小说文本。

斯帕克对普通的读者不屑一顾，在《带着意图徘徊》中坦言"让'普通读者'见鬼去吧……实际上他们并不存在"③。在《带着意图徘徊》的小说文本中，主要人物多蒂说："读者想知道他们应该持有怎样的立场……在这部小说中他们却未能如愿。"④ 许多"普通读者"会像多蒂所说的一样，不明白在小说中应该持有何种立场，有时甚至会曲解作者的意思，产生误读。在小说发展的历史进程中，随着罗兰·巴特（Roland Barthes，1915—1980）"可写的"文本和"可读的"文本的概念的提出，文本的可写、读者的参与似乎成了一种共识。小说不再只是单纯地反映现实的作品，读者也不再是仅仅被动地阅读文本，他们可以自由地理解作者立场和隐含意思。可惜的是，读者对斯帕克小说的阐释经常出乎意料，原因是斯帕克对小说角色往往只是轻描淡写，没有直接对其进行道德评判，而且她在创作过程中没有太关注读者，就像她在一部小说中所建议的："不要过多地去反复

① Muriel Spark, *Loitering with Intent*, London: The Bodley Head Ltd. , 1981, p. 220.

② Ian Gillham, "Keeping it Short—Muriel Spark Talks About Her Books to Ian Gillham", *Listener*, Vol. 24, September, 1970, p. 412.

③ Muriel Spark, *Loitering with Intent*, London: The Bodley Head Ltd. , 1981, p. 77.

④ Ibid. , p. 74.

细想，径直写下去就行了……记住不要去考虑读者大众，因为那样会分散你的注意力。"① 结果是，"普通读者"的理解时常出乎斯帕克的预料，斯帕克对"普通读者"的参与和评论有所诟病。韦恩·布思说过："作者在作品中塑造了自己和读者的形象；他塑造读者就像塑造他的第二个自我。最为成功的阅读就是：塑造的两个自我——作者的和读者的——能够达成完全的一致。"② 依照斯帕克的理解，"普通读者"的阅读经常是不成功的，因为他们与作者的阅读期待难以达成一致。

谈到小说的接受时，我们发现读者不得不以非同寻常的视角来看待斯帕克的作品，因为她对时间的理解与众不同。斯帕克的时间观受到法国作家普鲁斯特的影响。她曾经这样评价："他写道，'有多少时间流逝，就有多少时间被浪费。除非在永恒之光——也就是艺术之光的笼罩下，没有任何东西能被真正地拥有。'由于缺乏一种拯救的信仰，普鲁斯特试图通过艺术来救赎自己。"③ 让斯帕克感到欣慰的是，她与普鲁斯特不一样，因为她拥有宗教信仰，可以依赖它得以拯救。艺术于她而言，只不过是信仰赖以存在或者得以表现的外在形式。不管她与普鲁斯特有何不同，至少他们对艺术的态度和对时间的理解是相似的。斯帕克也曾在小说中讲到艺术家可以通过艺术来把握时光，挽回一切："我相信一般人所说的，他们生活中并没发生什么事情。但是你必须理解，艺术家对生活中的一切会有所感受，时光可以重现，什么都不会被浪费，奇妙的感受永无休止。"④ 斯帕克和普鲁斯特都珍视艺术，而且都认为艺术中的时间与现实生活中的时间是不一样的。斯帕克的时间观在小说中得到很好的体现。她不像传统的叙事那样采用直线型的时间叙事，按照时间发展的先后顺序来叙事。

---

① Muriel Spark, *A Far Cry from Kensington*, London: Constable, 1988, p. 85.

② Wayne C. Booth, *The Rhetoric of Fiction*, Chicago: The University of Chicago Press, 1961, p. 138.

③ Muriel Spark, "The Religion of an Agnostic: a Sacramental View of the World in the Writings of Proust", *Church of England Newspaper*, Vol. 27, November, 1953, p. 1.

④ Muriel Spark, *Loitering with Intent*, London: The Bodley Head Ltd., 1981, p. 117.

正像小说人物克里斯对传统的小说叙事进行的质疑："难道一个作家不可以从故事的中间开始写起吗？"① 斯帕克认为创作不应拘泥于传统的时间模式。她的作品中，有的从故事的中间写起；有的以回忆录的形式出现；有的频繁出现时空的跳跃，预叙和倒叙等手法交替使用；有的交替使用一般现在时和将来时态。这反映了斯帕克对小说叙事时间的理解与运用独具匠心。这些颠倒时序的做法有时令读者感到迷惑，增加了他们接受小说的难度，但为之带来全新的体验。

值得一提的是，斯帕克小说中最重要的时间艺术之一是作者常常故意提前透露结局，她声称自己从著名作家特罗洛普（Anthony Trollope，1815—1882）的创作经验中得到启示：当特罗洛普在杂志上发表连载小说时，有时候他不知道在下一期中会写些什么，有的年轻女读者会写信给他，恳求他不要让主人公离世或者不要让女主角嫁给她不喜欢的男子。特罗洛普就会在下一期杂志上答复，让读者别沮丧，要耐心等待他讲述以下的故事，因为作者会让主人公活下去或者让有情人终成眷属。斯帕克认为这就是提前透露结局，而读者们并没有因此停止阅读特罗洛普的小说。于是，她认为提前透露结局反而可以制造悬念："告诉人们即将发生的故事可以产生更大的悬念。因为他们想要知道怎样。想知道如何发生的意念比想知道发生了什么的意念会更强烈。"② 在《琼·布罗迪小姐的青春》中，小说进行不到一半，布罗迪老师将被学生背叛的结局就已经透露出来；《驾驶席》开篇没多久，读者就知道主人公莉丝即将被杀害；《收入菲薄的姑娘们》也是在小说伊始就把主人公最后的命运告诉读者……虽然这种提前泄密的手法打破读者的思维常规，但为他们带来全新的体验，增加了作品的趣味性，符合斯帕克对优秀小说的要求——有所创新和娱乐大众。读者在最初的不适应之后，必然会对这种小说艺术印象深刻，并且随着故事情节的发展进而佩服作者的创新意识和艺术水平。

---

① Muriel Spark, *The Finishing School*, New York：Doubleday, 2004, p. 62.

② Stephen Schiff, "Muriel Spark between the Lines", *The New Yorker*, Vol. 24, May, 1993, p. 42.

斯帕克的小说理论在继承传统的基础上有所创新，与自己的创作实践相辅相成。她对小说理论的自觉意识早已有之，从第一部小说《安慰者》开始就不断在小说中探索如何更好地创作小说，并且在各类访谈和公开发言中，大胆地提出有关小说创作的基本观点和全新理念。直到最后一部小说《精修学校》，她还在坚持不懈地探索着小说的艺术。她的理论在一定程度上成为她创作时所遵循的准尺和前提，更新了传统的小说叙事规则。可以说，想要准确而深入地理解她的小说创作，必须先行掌握她的小说理念和观点。在这些艺术思想的指导下，她创作了许多小说，对英国的不少著名小说家产生了积极的影响。恰如著名评论家赫曼（David Herman）所说的，斯帕克的革新艺术为英国当代文坛声名显赫的拜厄特和麦克尤恩等人树立了很好的榜样。①

① David Herman, "'A Salutary Scar': Muriel Spark's Desegregated Art in the Twenty-First Century", *Modern Fiction Studies*, Vol. 54, No. 3, 2008, p. 474.

第四章　斯帕克的"生命书写"

迄今为止，评论家大都聚焦于斯帕克创作的多达 22 部的小说。实际上，斯帕克在开始小说创作前已出版过多部关于他人的传记，并且在她的创作达到巅峰期后，于 1992 年出版了她的自传作品《个人简历：自传》。国内外学界关于斯帕克创作的研究正在日益深入，但研究者们很少深入考察斯帕克的传记作品与小说创作之间内在的关联。[①] 事实上，对这些传记进行深入研究有助于诠释斯帕克一生创作的十多部自传体小说，观照作家本人对于小说创作的经验探寻和对人生的深刻体悟，从而进一步加深理解她的小说美学和创作理念。

传记书写与"生命书写"有着密切的内在联系。西方学者对传记的研究历史悠久。近年来，随着研究的进展，他们提出了一个重要的术语——"生命书写"（life writing）："一种包含文献或者文献碎片的文类，直接取材于生活，或者完封不动取自作家的个人经历。包括的文本既有虚构的也有非虚构的，都是因为对生命或者自我的观照而联系在一起的。"[②] 2004 年，著名学者伊金给出了更宽泛和更权威的界定，把他人物传记和自传创作等归属于"生命书写"："生平的历史在文学之外的各领域都日渐获得关注，因此产生了涵盖面广的'生命

---

①　目前能找到的相关研究成果只有《爱丁堡的斯帕克指南》（*The Edinburgh Companion to Muriel Spark*）内的论文一篇，名为"斯帕克与传记的问题"。David Goldie，"Muriel Spark and the Problem of Biography"，in Michael Gardiner and Willy Maley ed. , *The Edinburgh Companion to Muriel Spark*，Edinburgh：Edinburgh University Press，2010，pp. 5 – 15.

②　Marlene Kadar，*Essays on Life Writing：From Genre to Critical Practice*，University of Toronto Press，1992，p. 29.

书写'一词。人们用它来指涉现代多变的各种个人叙事形式，包括访谈、传记、人种史、个案研究、日记、网页，等等。"① 国内学者杨正润也指出："于是一些西方学者把既包括传统的他传和自传，也包括它们的一切广义的或新形式的作品统统用'life-writing'来表示。这与传统的'biography'相比，其范畴义有所扩充了。"② 故此，"生命书写"指涉广泛，不仅涵盖自传与他传，还包括各种与个体叙事有关的形式，也包括自传体小说。本章借用"生命书写"的概念，力图将传记批评方法、文学伦理学批评与文本细读相结合，宏观巡视斯帕克创作早期的他传和后期的自传，寻找它们与她的自传体小说之间的内在联系。显然，斯帕克受到内在生命激情的驱动，热衷于"生命书写"，以他传、自传与传记体小说的创作展现出无限丰盈的生命体验及其特立独行的自我意识，试图为读者树立人生之典范。斯帕克的生命书写历经三个时期：发轫于为他人作传，而后转向自传体小说的创作，直至垂暮之年为自己树碑立传。这三个阶段的"生命书写"层层相扣，呈现出递进式影响。

斯帕克在对他人的"生命书写"中所进行的批评研究有助于更透彻地理解和借鉴传主的小说技艺、创作理念和文学范式，进而促进她对前辈们的创作意图和小说模式的揣摩和思考。之后，在自传体小说的创作中，斯帕克借鉴了他传中传主的创作理念和技巧，显示了她对于欧洲小说现实主义传统的继承和在此基础上展开的对小说艺术的深入探索和实验。她的多部自传体小说呈现出明显的互文性、元小说特征和魔幻现实主义色彩。毋庸置疑，对他人的"生命书写"和自传体小说的创作加深了斯帕克对自我的进一步认识，促使她书写自传，以回顾和思量自己的人生和命运、艺术与成功。作为生命个体的斯帕克历经艰辛，终将关于生命的一切体悟幻化为艺术表达。作为艺术家的斯帕克以"生命书写"彰显人性的无尽奥秘，体现了女作家对女

---

① Paul John Eakin, "Introduction: Mapping the Ethics of Life Writing", in Paul John Eakin ed. , *The Ethics of Life Writing*, New York: Cornell University Press, 2004, p. 1.

② 杨正润：《现代传记学》，南京大学出版社 2009 年版，第 26 页。

性个体命运的人文关怀，对宗教终极意义的追寻，对个人价值观、传统婚恋伦理观和对艺术家在现代荒谬社会中的道德使命的反思。

第一节　早期为他人的"生命书写"

"狭义而言，生命书写就是传记。"① 传记包括自传和他传两方面。斯帕克以他传写作为"生命书写"的发端，探究他人的生平、命运和创作，从中感受到传主们的人格魅力，窥见了创作的秘密，并以此映照自己的人生，指引未来的"生命书写"。

斯帕克这一阶段的创作与其所处的时代背景紧密相连。第二次世界大战接近尾声时，她从非洲回到英国，虽然工作不稳定、生活窘迫，却始终热爱诗歌创作。与此同时，她接受出版社的邀请，着手编撰一些名作家的书信集和作品。她了解自己所处的时代环境，充分意识到当时传记文学的发展态势。"20 世纪下半叶目睹了英国传记的又一次文艺复兴，传记猛增，类型繁杂，媒介多样，传记研究火热，国际化趋势更为明显。"② 随着时间的推移，斯帕克逐渐热衷于为他人做传。

斯帕克的敏锐洞察力决定了她选择完成的传记作品都属于作家传记。相较于其他英国传记作家，她的"生命书写"作品的传主大多为英国文学史上的名作家，他们或是诗人，或沉迷于诗歌，在小说创作中借鉴了诗歌的意象和艺术。这些传主包括华兹华斯、约翰·梅斯菲尔德、玛丽·雪莱、艾米莉·勃朗特（*Emily Brontë*，1818—1848）等人。华兹华斯是 19 世纪著名的湖畔派浪漫主义诗人，与 20 世纪的梅斯菲尔德都曾经获得英国桂冠诗人的殊荣；玛丽·雪莱不仅创作了科幻小说《弗兰肯斯坦》（*Frankenstein*，1818），还编著了其丈夫珀西·比希·雪莱（Percy Bysshe Shelley，1792—1822）的诗集并且对

---

①　Donald J. Winslow, *Life Writing：A Glossary of Terms in Biography，Autobiography and Related Forms*，Hawaii：University of Hawaii Press，1995，p. 37.

②　转引自唐岫敏《英国传记发展史》，上海教育出版社 2012 年版，第 298 页。

其进行注释，为雪莱的诗歌研究作出巨大的贡献。虽然勃朗特最突出的成就体现为其小说《呼啸山庄》，她的创作生涯却始于诗歌写作，对诗歌一直有着浓厚的兴趣，"因为我们可以看到其他诗人对她作品的影响，所以应该承认她经常很高兴地阅读这些诗人的作品"[1]。由于《呼啸山庄》中有着典型的诗歌叙事手法，小说的抒情和象征色彩浓厚，勃朗特被称为"最具诗意的小说家"[2]。

斯帕克对这些传主的选择并非随意而为，而是基于深刻的原因。其一，她欣赏并推崇这些才华横溢的作家。她不但勤于阅读与写作，而且乐于探索与她年代相近的知名作家的成功经历，因为她跟一般的传记家一样，"对作家的生活方式、心理活动、长处和弱点也都比较熟悉，最容易理解和把握"[3]。其二，斯帕克曾经对诗歌创作情有独钟，因而她特别喜爱与诗歌创作有渊源的作家。她从小天赋异禀，很长时间内享有"校园小诗人"[4] 的美誉，年仅 12 岁就公开发表诗歌，并且赢得平生第一个诗歌奖项——沃尔特·司各特奖。在开始创作小说前，她两次获得原津巴布韦的国家年度诗歌大奖。此外，她担任过诗歌协会会刊的编辑，与多位诗人往来密切。其三，斯帕克对作家和作品进行研究时，逐渐发现这不仅有利于为他们立传，而且还是自己借以研究创作方法的一种行之有效的尝试和锻炼，对自己未来的创作具有启示和引导作用。正如斯帕克所说的，"我被约翰·梅斯菲尔德的叙事艺术深深吸引"[5]，她在《驾驶席》和《佩克汉姆莱民谣》等小说中熟练运用梅斯菲尔德擅长的对话口语体和非个性化叙述。此外，她从华兹华斯那里借鉴"诗意"的创作理念，并诉诸《琼·布罗迪小姐的青春》和《精修学校》等小说中。

斯帕克经常在传记里分析传主的个性及其作品中的创新艺术，并评价两者之间的关系，力图得出结论：她的传主们思想独立，甚至偏

---

① Muriel Spark, *Emily Brontë*, London：Peter Owen Limited, 1953, p. 41.

② 转引自 Muriel Spark, *Emily Brontë*, London：Peter Owen Limited, 1953, p. 259。

③ 杨正润：《现代传记学》，南京大学出版社 2009 年版，第 265 页。

④ Muriel Spark, *Curriculum Vitae*, London：Constable and Company Ltd. , 1992, p. 67.

⑤ Muriel Spark, *John Masefield*, London：Peter Nevill, 1953, p. XIV.

离正统的思想，因此在创作中开拓创新、独树一帜。艾米莉·勃朗特在短暂的 30 年人生中，极少外出，与外界几无往来，她所受的教育是"并非正式的，也不具备任何意义上的系统性"①。缺乏对外交流和正统意义上的教育反而使勃朗特特立独行，以独特的理念和手法创作了《呼啸山庄》。这本离经叛道的小说在出版之初并没有得到认可，就是因为它与当时盛行的优秀小说衡量标准格格不入，正如斯帕克的评价，"这本小说很奇怪，它的作者绝对不可能是受过正统思想教育的人"②。玛丽·雪莱继承了母亲玛丽·沃斯通克拉夫特——英国女权主义先驱的女性主义思想，逐渐培养了自立自强的性格和创新精神，年仅 19 岁就完成标新立异的《弗兰肯斯坦》。梅斯菲尔德在 1911 年发表的第一首诗歌《永远的宽恕》（*Everlasting Mercy*）引起极大的争议，因为它不仅使用口语化的新型叙述方式，更重要的是背离了当时主流认可的诗歌主观性情感表达倾向，转向令人耳目一新的客观描述，开创了诗歌的现实主义创作传统。华兹华斯在文学生涯的巅峰时期拥有独立的思想，是个"反叛者、异端者和半个无神论者"③，因此能够勇敢地挑战社会和传统，完成多部不朽之作。斯帕克笔下的这些传主凭借独立的思想和人格，在创作上不受羁绊，大胆革新，最终成就斐然。

斯帕克对他人的"生命书写"不仅生动再现传主的生平和成功轨迹，启迪了世人，而且为他们留下珍贵的传记资料，更重要的是这深刻影响着她日后的小说和自传创作，为她的创作实践树立了榜样。正如杨正润所言，"还有一些研究文学的学者，为作家写评传是方便的学术研究形式"④。斯帕克在对他人的"生命书写"中所进行的批评研究有助于更透彻地理解和借鉴传主的小说技艺、创作理念和文学范式，进而促进她对创作意图和小说模式的思考，为日后深入探索小说

---

① Muriel Spark, *Child of Light*: *A Reassessment of Mary Wollstonecraft Shelley*, Essex: Tower Bridge Publications Limited, 1951, p. 32.

② Muriel Spark, *The Brontë Letters*, London: Nevill, 1954, p. 21.

③ David Goldie, "Muriel Spark and the Problem of Biography", in Michael Gardiner and Willy Maley ed., *The Edinburgh Companion to Muriel Spark*, Edinburgh: Edinburgh University Press Ltd., 2010, p. 11.

④ 杨正润：《现代传记学》，南京大学出版社 2009 年版，第 265 页。

的艺术奠定了良好的基础。

第二节　转向多色调的自传体小说创作

　　自 1957 年出版第一部小说《安慰者》后，斯帕克确立了在文坛上的地位。她不再为他人书写传记，而是潜心创作小说。她一生中总共创作了 22 部小说，其中富有自传色彩的作品超过 10 部。斯帕克为何在完成多部他传写作后就彻底转向，直至去世前都没有再创作一部他传呢？与此同时，她又为何乐此不疲地热衷于自传体小说的书写？

　　首要的原因在于斯帕克初出茅庐时创作的他传始终未能有效地助她成名，也许如同赵白生所说的，"传记文学是最难写好的文类之一"①。作为发轫之作的自传体小说《安慰者》则一举成功，被认为体现了斯帕克"纪德式的精湛技艺"②。

　　小说创作的成功令斯帕克声名鹊起固然是她放弃为他传的初始原因，但是更为深层次的原因也许基于她的宗教信仰。由于她的家庭和教育环境较为复杂，直至 1954 年正式皈依罗马天主教之前她未曾拥有坚定的信仰，而所有的传记作品均是在这之前创作的。皈依之后，虔诚的斯帕克坚信上帝的存在，并不断强调宗教的重大作用："我认为我的写作与皈依有着联系……可以肯定的是我最好的作品都是在皈依之后创作的。"③ 她认为人世间存在至高无上、全知全能的上帝，他可以为所欲为地操控一切，随意改变他人的命运，因此凡人的传记不具有稳定性和客观性，进行他传书写是枉然的，甚至在某种意义上是对上帝的挑战与不敬，如同戈德温所言，"对于一个承认存在'高层次作者'（即上帝）的人而言，试图为他人生平作传是一种鲁莽而

---

　　① 赵白生：《传记文学理论》，北京大学出版社 2003 年版，第 229 页。
　　② 转引自 George Greene，"A Reading of Muriel Spark"，*Thought* XLIII（Autumn 1968），pp. 139 – 142。
　　③ Muriel Spark，"My Conversion"，*Twentieth Century*，Vol. 170，Autumn，1961，p. 25.

冒昧的行为"①。

　　基于富有写作热情的女作家对于创作规律的本能探索和发掘，斯帕克从书写他人传记开始创作之旅，并一直持续到她1957年成名之前。从中可以窥见，斯帕克一方面在寻找效仿的榜样，在此过程中摸索和学习可资借鉴的创作手法，另一方面还试图通过他传的写作过渡到其他文类的创作。在小说创作取得成功后，她毫不犹豫地放弃对他人的"生命书写"，这与她的创作理念和宗教信仰是相契合的。

　　1957年伊始，斯帕克从他传写作过渡到自传体小说的创作。多数小说家都曾经把自己的人生经历和感悟写进作品中，正如杨正润所言，"作者写作时常常不可避免要同自己联系起来，或是直接写入自己的经历，以自己的生平为依据写出整个故事，或是选择自己经历的某一部分，在小说中进行加工和改造，这时小说就具有了或多或少的自传性"②。斯帕克在这方面表现突出，不仅把自己的个性与经历等写进小说，而且还创作了颇具自传色彩的小说。这应该归因于她在创作初期热衷于编辑和研究他人传记，并从中获得启发。

　　斯帕克为数甚多的自传体小说在一定程度上完整而细致地讲述了作家本人的一生，以艺术化的形式呈现作者对于生命本质的思索与考量，并探究女性作家在主流社会的身份认同与归属问题。

　　从《安慰者》开始，斯帕克就自觉地在小说中糅合个人经历。《安慰者》主要讲述卡洛琳在小说创作过程中的遭遇，其中提及在创作初期她的头脑中出现幻象，不断听到从打字机里传出的声音。这种经历恰恰与斯帕克的一致。她在1953年由于健康的缘故眼前出现幻象。在小说中她把自己现实生活中视觉的幻象改写成卡洛琳听觉上的幻象。后来卡洛琳分不清自己究竟是小说人物还是叙述者，这种困惑也是沉浸于狂热写作中的斯帕克常常面临的，她有时会坦言难以分清现实与小说的界限。

---

　　① David Goldie, "Muriel Spark and the Problem of Biography", in Michael Gardiner and Willy Maley ed., *The Edinburgh Companion to Muriel Spark*, Edinburgh：Edinburgh University Press Ltd., 2010, p. 8.

　　② 杨正润：《现代传记学》，南京大学出版社2009年版，第298页。

除了《安慰者》外，斯帕克的其他自传体小说在时代背景、文本主体和人物性格等方面都与她的个人经历相似。其中自传色彩最浓厚和突出的作品包括：《收入菲薄的姑娘们》《带着意图徘徊》和《来自肯辛顿的遥远呼唤》。《收入菲薄的姑娘们》的背景是第二次世界大战即将结束时的伦敦，这正是斯帕克耳熟能详的时间和地点，文中关于出版行业和职业作家的描写也接近斯帕克的亲身经历。小说三个女主角分别代表了斯帕克的三种身份：知识分子、精神信仰者和高雅人士。她成为"小说中所有主角的综合化身"①。《带着意图徘徊》的主人公芙乐回顾自己从默默无闻的新人成长为著名作家的奋斗历程。斯帕克采用第一人称叙事，暗示她本人跟芙乐一样，有着相似的经历。在历经挫折后，芙乐出版了处女作，对未来充满期待："因此，我步入成熟之年。我沐浴在上帝的恩泽下，一路前行，快乐无比。"②这反映了已经声名卓著的斯帕克在创作该小说时的愉悦心态。《来自肯辛顿的遥远呼唤》被称为"某种形式上的自传"③。布鲁克纳认为"这建立在个人回忆的基础上，甚至可以成为一个真实的故事"④。小说讲述编辑南希和小说家罗伊的生活经历。南希不畏权贵，顶住压力，拒绝修改和出版一位三流作家的作品，因此两次失去了编辑的工作，这充分体现她与斯帕克一样的独立自主和不畏权贵的精神。南希和罗伊分别代表了两个阶段的斯帕克——早期的编辑和中后期的小说家。

斯帕克在多部自传体小说中塑造出的女性形象具有明显的原型特征，与作家本人有着惊人的相似之处。这些女性形象的职业身份、社会地位大致相同：大都是女作家或者其他文化从业者。她们在一定程度上都具有女性主义思想：人格独立、精神自由、积极进取，寻求不

---

① Martin Stannard, *Muriel Spark：The Biography*, New York：W. W. Norton & Co. , 2010, p. 299.

② Muriel Spark, *Loitering with Intent*, London：The Bodley Head Ltd. , 1981, p. 221.

③ Martin Stannard, *Muriel Spark：The Biography*, New York：W. W. Norton & Co. , 2010, p. 483.

④ Anita Brookner, "Memory, Speak but Do Not Condemn", *Spectator*, Vol. 20, March, 1981, p. 31.

羁的生活方式，因此经常遭受他人的误解，最终只能以事业为重，忽略、甚至放弃对爱情和家庭幸福的追求。她们的人生道路大都一致：喜爱文学创作，并渴望获得主流社会的认同，在执着和不懈的努力之后都如愿以偿。此外，斯帕克在自传体小说中还倾向于描写不和谐的婚姻或者男女朋友关系，缘由在于她对此感同身受。现实中的斯帕克在感情生活上不尽如人意，年轻时就离婚，后来虽有多任男友，但未能保持良好而长久的关系。

斯帕克具有强烈的创作自觉意识，时常在自传体小说中展示对小说的思考，而且借助人物来表达自己的创作理念和美学观点。虽然她终其一生没有写过关于小说理论的专著，但是从小说中可以看出她对各种小说理论的理解和实践有着相当高的造诣。概言之，斯帕克的自传体小说创作充分取材并借鉴自身的经历。她结合对现实和人生的考量，借用创作来重现和回味生活，并抒发感悟和表达创作观。

第三节　回归自我的"生命书写"

可以说，对他人的"生命书写"和自传体小说的创作促使斯帕克思考自己的人生和命运，也加深对自我的认识。1992 年，她创作了关于自己的"生命书写"——《个人简历：自传》，这也是她唯一的自传。斯帕克在作品中回顾了她早年广泛的阅读经历。作家们幻想的时空构筑了她最早对于世界的认知。在历经生命中的各种磨难与艰辛后，她也试图构建艺术形象，书写在生命中体悟到的一切，以丰盈的灵魂描摹出各种况味。《个人简历：自传》不仅是斯帕克对于艰难曲折成功之路的回顾，更重要的是它反映了作家以"生命书写"表达对人生的热忱，把个体生命体验与文学创作紧密相融。需要指出的是，由于自传作品本身叙事视角的局限性，它在一定程度上带有虚构的痕迹。尽管如此，它基本真实地再现了斯帕克人生的重要阶段，并且帮助读者深入解读她先前创作的自传体小说。就此意义而言，这仍然是一部佳作。

20 世纪 90 年代的斯帕克已声名显赫，在"英国小说史上占有一席之地"①。自信的她认为有必要回顾为她的创作提供了源泉和思路的往昔岁月。她在自传中回首 1957 年出版第一部小说以前的经历，并在最后指出自己准备另外撰文回忆 1957 年之后的经历，可惜的是，她最终未能如愿。在因为对他人"生命书写"的可靠性和真实性产生怀疑而对其失去兴趣，进而转向自传体小说创作后的几十年后，她为何会开始自我的"生命书写"呢？

斯帕克在该书的前言就说明了书写自传的理由："自从我成名后，关于我生活的一部分，有过不少奇怪和错误的描写，因此我觉得已经到了该澄清事实的时候了。"② 在 1992 年前，已经有十多本以"缪里尔·斯帕克"为名的传记作品面世。斯帕克并非完全认同其中的传记事实和部分观点，因此，她撰写自传的初衷是为了"澄清事实"，诚然，这是斯帕克的创作意图，正如自传文学批评的创始人古斯多夫在 1956 年的拓荒之作《自传的条件与局限》中所说的，"自传作家讲述自己故事的真正原因是为了消除误会"和恢复"不完整的或者被扭曲的事实"③。然而，对她而言，深藏其后的还有更复杂的原因。

首先，在斯帕克成名后，学界从她众多不同的作品中诠释出不同的甚至是截然相反的作家形象。按照接受美学的观点，所有的阅读在一定程度上都是误读。每部作品都存在很多的阅读空白，召唤读者进行填补。作为具有强烈个体意识的作家，斯帕克自然很不愿意遭受曲解甚至是误解，而是期待读者真正认识她，即按照她本人的意愿来读解和诠释她，于是她力图提供"准确"的自传，以引导读者来理解迎合自己的思路，进而谋求人性的共鸣。

其次，她已完成包括多部自传性小说在内的 19 部小说，在写作过程中，她拥有一种强烈的自我认知意识。她一直关注哲学意义上的

---

① 戴鸿斌、杨仁敬：《斯帕克的元小说叙事策略解读》，《当代外国文学》2011 年第 2 期，第 49 页。

② Muriel Spark, *Curriculum Vitae*, London: Constable and Company Ltd., 1992, p. 11.

③ Georges Gusdorf, "Conditions and Limits of Autobiography", in James Olney ed., *Autobiography: Essays Theoretical and Critical*, Princeton: Princeton University Press, 1980, p. 36.

终极问题"我是谁",因为这是大多数诗人面临的难题,也是自传的关键,如同赵白生所言,"自传的头号问题是'我是谁'"①。书写自传恰恰有助于她"向别人和自己解释'我是谁'的问题"②。

最后,斯帕克是一位具有个人英雄主义和女性主义思想的作家。早在 1956 年,古斯托夫就写道:"自传的诞生,表明了个人主义在意识形态上的崛起。"③ 经历坎坷的斯帕克为了立足于 20 世纪竞争激烈的文学舞台,必须展示卓尔不群的魅力。除了在小说艺术上的与众不同,她还希望通过自传的书写还原自己不平凡的身世和经历以启迪世人。此外,斯帕克酝酿和创作《个人简历:自传》期间正是女性主义运动第二次浪潮席卷欧美的时候,"知识女性、职业女性纷纷参与其中。有职业有文化的女性用传记,尤其是自传,重新审视西方传记中的'(男)伟人'传统……"④ 女性主义者正在努力争取两性平等,彻底消除女性受歧视和压迫乃至受虐待的状况。斯帕克不可避免地受到这次运动的影响,为了表达自己的女性主义立场,斯帕克谱写了自己作为 20 世纪女作家自强自立的辉煌历程,以感人的现身说法来激励读者。

《个人简历:自传》按照时间顺序极其详尽地描述了斯帕克 1918 至 1957 年的各种经历,包括她的童年、学生时代、婚姻生活、非洲之旅和第二次世界大战后的生计。为了确保其真实可靠性,斯帕克注重细节描写,并以各种书信和人物作为佐证,甚至还插入一些往昔的照片。她认为自己的自传将会是真实可靠的:"我决定让一切书写都具有证据,要么都有文件记录,要么有着证人。"⑤ 可是,批评界对于个人自传的可靠性一直持有怀疑的态度,因为记忆与想象的界限往往是模糊不清的,"在我们的时代,自传越来越被认为是记忆和想象

① Georges Gusdorf, "Conditions and Limits of Autobiography", in James Olney ed. , *Autobiography: Essays Theoretical and Critical*, Princeton: Princeton University Press, 1980, p. 19.

② Muriel Spark, *Curriculum Vitae*, London: Constable and Company Ltd. , 1992, p. 14.

③ Georges Gusdorf, "Conditions and Limits of Autobiography", in James Olney ed. , *Autobiography: Essays Theoretical and Critical*, Princeton: Princeton University Press, 1980, p. 73.

④ 转引自唐岫敏《英国传记发展史》,上海教育出版社 2012 年版,第 302 页。

⑤ Muriel Spark, *Curriculum Vitae*, London: Constable and Company Ltd. , 1992, p. 11.

的艺术；事实上，在自传书写中，记忆和想象互为补充，关系密切。自传作家和读者都很难分清它们"①。斯帕克意识到仅凭记忆做传意味着书中可能存在想象的成分，就难以保证生命书写的绝对客观性。因此，她除了依靠记忆，还讲究其他证据。但是，自传有着难为之处，因为它是"用来重现'不可复原'的往事"②。斯帕克究竟能否在自传中实现既定目标？她在其中复原的往事一定客观吗？

尽管斯帕克在《个人简历：自传》的前言就明确对自传的态度，恰如勒热纳（Philippe Lejeune，1938—　）所定义的"自传契约"："就是作者的某种暗含或公开的表白。作者在其中表明写作意图或介绍写作背景，这就像作者和读者之间达成的一种默契：作者把书当作自传来写，读者把书当作自传来读。"③ 但是，"述说真实的自我和重现作为完整主体的自我是一种幻想"④。她试图把自己的一切客观中立地展露在世人面前，然而，如同她在小说中经常指出的，这是不可能的。自传实际上具有双重属性：真实性与虚构性，二者之间的关系密不可分。作家囿于各方面因素，会有意或无意地规避真实的伦理处境，塑造出有利于自身的公众形象。而这一形象本身的虚构性与真实的自我之间难免存在一定的差距。

斯帕克通过巧妙运用叙事艺术，为自己树立了光辉的正面形象，而对于不利于自己的人物及事件，则轻描淡写甚至故意忽略，回避了自己的缺点或者过失，因此这种叙述带有虚构的性质，事实上在某种程度上违背了自传写作的真实性原则。作为获奖无数的作家，斯帕克具有相当程度的话语权。她在自传作品中展示的自我似乎具有一定的权威性和不可辩驳性，而身处同样伦理环境的他人，如她的前夫、儿子和父母，则是沉默的他者。例如在描述她与丈夫的离婚过程中，斯

---

① Paul John Eakin, *Fictions in Autobiography*, Princeton：Princeton University Press, 1985, pp. 5 – 6.

② Paul John Eakin, *Touching the World*, Princeton：Princeton University Press, 1992, p. 229.

③ Philippe Lejeune, *On Autobiography*, Minneapolis：University of Minnesota Press, 1989, p. ⅱ.

④ Ibid. , p. 131.

帕克貌似客观地陈述事实，运用许多原始资料述说她丈夫的缺点，比如他的暴力倾向和精神失常。她使用的是第一人称叙事手法，本来就很难真实地展示客观事实，而且她没有描写她前夫的任何想法，这等于把他视为失语者，剥夺了他的话语权。所有的一切指向明确：解释自己当时的处境，把婚姻失败归咎于丈夫。斯帕克始终没有谈及自己在婚姻问题上的任何过错。然而只要有生活常识的读者在细读原文并深入思考之后，都不会轻信她的一家之言。

此外，在描写与父母、儿子的关系问题上，斯帕克的自传也不够客观。1937 年，当斯帕克决定离开爱丁堡到遥远的非洲时，自传中写到她父母的反应："我父母亲不太喜欢我的想法，舍不得我 19 岁时就远离家乡。他们对思·欧·斯帕克（斯帕克的丈夫）太不了解。"①按常理，她父母应该会很焦虑，甚至会反对时年 19 岁的女儿做出如此莽撞的决定。可是斯帕克使用简单的两句话来叙述情况，其实是刻意回避了她当初的伦理困境。时年 19 岁的斯帕克有着两种伦理身份：未婚妻和女儿。她面临着伦理两难，"伦理两难由两个道德命题构成，如果选择者对它们各自单独地做出道德判断，每一个选择都是正确的，并且每一种选择都符合普遍道德原则。但是一旦选择者在二者之间做出一项选择，就会导致另一项违背伦理，即违背普遍道德原则"②。不管她选择未婚夫还是父母，都意味着她要背弃其中的一方，也就违背了伦理原则。斯帕克最终选择了丈夫。在自传中，她未能详述原因，而是采用春秋笔法，这是她的无奈之举。在描写与唯一的儿子罗宾的关系问题上斯帕克也是舍重就轻。自传中，她只是提到，罗宾出生于 1938 年，1944 年被安置在非洲当地的寄宿学校；1945 年被接回爱丁堡，寄养在斯帕克父母家里。整部自传是关于斯帕克 1957 年前的生活，1945 至 1957 年，斯帕克只字未提罗宾。其中的事实是，斯帕克在 1945 年后就几乎没有照顾到他，而是完全托付给父母了。可见，斯帕克并未很好地履行自己作为母亲的伦理责任。这导致

① Muriel Spark, *Curriculum Vitae*, London: Constable and Company Ltd., 1992, p. 116.
② 聂珍钊：《文学伦理学批评导论》，北京大学出版社 2014 年版，第 262 页。

了后来她与儿子关系一般，时有争执，最终几乎断绝关系。斯帕克在2008年去世时，时年70岁的罗宾并没有参加自己母亲的葬礼。显然，在《个人简历：自传》中，斯帕克对儿子问题的轻描淡写在于回避义务和弱化自己作为母亲的伦理身份。

作为一部自传作品，因为叙述视角的选择会带有天然的偏颇。斯帕克笔下的一切也许是客观存在的，但是她必定在材料和事实的取舍和整合上颇费心思，特别在涉及自身哪怕是微不足道的过错上，她刻意回避事实，并淡化自己的伦理责任。她的描述看似中立，其实有失公允，达到斯帕克为自己解释和辩护、并维护良好公众形象的本意。从根本的意义来说，她的叙述没有还原历史的真实场景，而是带有些许虚构的痕迹，这恰好符合以下论断，"无论是自传、传记、忏悔录，还是日记、书信、回忆录都存在一定程度的虚构"①。但是，对于所有作家而言，为展示自己积极的一面而规避负面描写是常态，这才能折射出人性的真实与复杂。

在世俗意义上，作为母亲和妻子的斯帕克也许是失败的，然而作为艺术家的斯帕克将全部的生命投入更为广阔的世界中去，创作出了举世瞩目的杰作，成就了自我，也回馈给读者精神缮宴。尽管斯帕克的"生命书写"最终未能完全还原真实和客观的自我，但是，"任何文本只能向本真尽量接近，并不能完全达到它"②。《个人简历：自传》至少在很大程度上再现了她重要的人生阶段，有助于读者认识成名前的斯帕克，并从中得到启示。

在自传中，斯帕克对之前创作的所有自传小说都给予了说明和解释，详细列举小说中的原型背景和人物等，并表述自己创作的意图和经过，这一切加深了读者对先前小说的理解和思考。对往昔的回顾和书写令她体悟到成功之不易，也提升了自豪感，也许这进一步激发了斯帕克的写作热情。1996—2004年，已是耄耋之年的她完成了生命中的最后3部小说。可以说，回归自我的"生命书写"在某种程度上

---

① 赵白生：《传记文学理论》，北京大学出版社2003年版，第42页。
② 杨正润：《现代传记学》，南京大学出版社2009年版，第29页。

促进了她最后阶段的创作。

贯穿斯帕克整个创作生涯的"生命书写"彰显了她独特的自我意识，为他人树立了一种人生典范。作为"生命书写"的重要组成部分，斯帕克的他传和自传为她的创作生涯增添了辉煌的一笔，深刻影响着她的自传体小说创作，并进一步丰富和推动她的整体小说创作。在从事小说文类的创作前，斯帕克专注于他传的书写，从模仿其中传主的创作艺术出发，逐步形成别具一格的创作风格；在创作小说的过程中，她有意识地赋予多部小说浓厚的自传色彩，在亦真亦幻的故事中回味人生和传达理念；借助小说创作成名后的斯帕克以自己的经历为荣，完成自传，试图通过回顾自己的人生道路为世人提供借鉴与示范，以期进行道德和励志教育，并且帮助读者深入读解她之前创作的小说。追踪其创作踪迹，可以发现作家从为他人的"生命书写"中汲取创作灵感和技巧，灌注于自传体小说中，成就了她个性化的写作风格。尤为重要的是，斯帕克将由传记书写而来的对生命的深刻体悟和感受贯穿在她的自传体小说创作中，从而令她的作品有了非凡的审美品格。自传体小说的撰写帮助她更深入地认识自我，促使她决定书写自传。以"生命书写"为鉴，斯帕克转向小说创作时，开始由"写什么"探究"怎样写"这一重大问题，最终成为英国后现代主义文学中的代表性作家。斯帕克对英国不少著名小说家产生了重要影响，为马丁·艾米斯和麦克尤恩等人树立了很好的榜样。[①] 这在一定程度上应该归功于她倾其一生的"生命书写"及她在其中对小说艺术的不懈探索与革新试验。

---

① 参见 David Herman, "'A Salutary Scar': Muriel Spark's Desegregated Art in the Twenty-First Century", *Modern Fiction Studies*, Vol. 54, No. 3, 2008。

第五章　斯帕克小说中的女性
自我成长与自由追寻

作为一名女性作家，斯帕克以其曲折的人生经历为蓝本，在她的小说中塑造了各式各样的女性人物形象：既有失落迷茫的女性，也有自由成功的女性，还有争权夺利的女性。在一次访谈中，英国评论家布鲁克认为斯帕克"非常诚实，为读者呈现了一系列女性角色，描写了她们的优点和缺点"①。斯帕克自己也承认："我认为，相对男性人物，我更擅长描写女性人物。"② 这其中的原因一方面是作为女性作家，她有其自身的性别优势，另一方面是因为斯帕克本人具有女性主义思想，长期以来也较为关注女性主体的命运和经历，诚如斯帕克传记作家斯坦纳所言："没有任何女人比斯帕克更加积极地支持女性的独立。"③

研究小说人物具有重要意义，正如李维屏教授指出的："毋庸置疑，作为小说的一大要素，人物理应受到学界的重视。……在注重小说的形式、结构、技巧、文体、象征和叙事等微观研究及强调对小说文本的分析与把握之后，人物批评为英国小说批评提供了新的视角。"④ 据笔者所知，迄今为止，国内外很少有对斯帕克的小说人物

① James Brooker, "Interview with Dame Muriel Spark", *Women's Studies*, Vol. 33, 2004, p. 1039.

② Ibid. .

③ Martin Stannard, *Muriel Spark：The Biography*, New York：W. W. Norton & Co. , 2010, p. 41.

④ 李维屏编：《英国小说人物史》，上海外语教育出版社 2008 年版，第 10—11 页。

进行综合评价的①，而对斯帕克小说中的人物，尤其是对女性人物进行梳理和考察，一方面可以加深对作者创作思想和艺术理念的认识，理解她在小说中对人生的意义、写作的困惑、宗教与写作的关系等的思考；另一方面还可以探究她对写作的自由、人生的自由及个体自由意志与上帝意志之间的冲突等的态度，进而探讨她的女性主义思想倾向与立场。

在一次访谈中，罗伯特·霍斯默向斯帕克提问："有人认为你属于妇女作家，对此你有何反应？"② 斯帕克坦言："我不喜欢这归类，因为我知道自己是个作家，仅此而已。……我很愿意认为我的写作并不属于任何一种特定的性别。"③ 这恰恰表明斯帕克男女平等的观念。这种观念源于她的故乡爱丁堡。它与英格兰相邻，常年举办国际艺术节，具有开放和多元的文化传统，不存在性别歧视，其居民思想活跃，崇尚自由。正如著名传记作家斯坦纳所说，爱丁堡"为她灌输了一种基本的女性主义概念"④。斯帕克的不少作品都以女性为主人公，而且她们都倾向于追求各式各样的权力，包括对自己命运、他人命运和自己写作生涯的主宰。斯帕克通过其女主人公对各种权力的谋求反映了她本人对自由的渴望和追寻。这种对自由的渴求正与当时英国女性主义批评的目标不谋而合——反抗压迫，争取妇女自由，正如肖沃特（Elaine Showalter, 1941—　）所说："英国女性主义批评基本上是马克思主义的，它强调受压迫；法国女性主义批评基本上是精神分析的……然而它们都是以妇女为中心的文学

---

① 国内尚未出现相关成果，而国外关于人物研究的仅有韩国刊物 *Feminist Studies in English Literature* 在 1999 年第 7 卷第 1 期发表的 Jungmai Kim 用韩文撰写的论文 "A Study of Muriel Spark: Female Characters and their Religiosity" 和 Judy Sproxton 在 St. Martin's Press 出版的专著《斯帕克的女性人物》（*The Women of Muriel Spark*, 1993）。其中，Sproxton 牵强地把斯帕克小说中的十几个女性人物归纳成三大类，而且全文引用不少文献，却几乎没有加注，显得不够规范。

② Robert Hosmer, "An Interview with Dame Muriel Spark", *Salmagundi*, Vol. 146/147, Spring, 2005, p. 153.

③ Ibid. .

④ Martin Stannard, *Muriel Spark: The Biography*, New York: W. W. Norton & Co. , 2010, p. 3.

批评。"① 从 20 世纪 50 年代写作小说伊始，直至 20 世纪 80 年代，斯帕克对于女性形象的关注伴随了整个创作生涯。下文将以斯帕克几个时期的代表作为例，剖析她笔下的女性形象，分析其精神上的自我成长和发展，解读其作品中的自由主题，并阐释其创作中鲜明的女性主义特征，揭示其女性主义思想及立场。纵览斯帕克毕生的创作生涯，可以看出她对于女性精神世界的生长与成熟给予极大关注，塑造了由迷惘走向成功的女性形象。

第一节　迷惘的女性：对写作自由的诉求

斯帕克的第一部小说《安慰者》通过描述女主人公卡洛琳在困惑中积极争取创作自由的过程，探究了小说的创作，她最终找到了真实的自我。事实上，卡洛琳对于写作自由的诉求同时也是对虚拟话语权的渴望。

斯帕克曾经提到《安慰者》的创作目的："我的目的是为了解决小说的技术问题，在某种意义上是为了让自己懂得怎么撰写小说——这是一部关于怎么写小说的小说……"② 斯帕克刚开始小说创作时就关心创作理论和方法，体现了她对于当时社会文化现象的关注及对英国文坛盛行的"小说死亡论"的质疑。从 20 世纪 50 年代起，英国著名文学报纸《观察家报》（*Observer*）、《格兰塔》（*Granta*）和《卫报》（*Guardian*）等相继刊文或召开研讨会反复讨论"英国小说的存亡"③ 问题。在此语境下，斯帕克不甘寂寞，着手构思和创作《安慰者》，希望以自己独特的方式表达对小说创作自由的观点，参与讨论英国现代小说的出路和发展问题。

---

① Elaine Showalter, *The New Feminist Criticism*: *Essays on Women Literature*, *and Theory*, New York: Pantheon, 1985, p. 248.

② Frank Kermode, "The House of Fiction: Interviews with Seven English Novelists", *Partisan Review*, No. 30, Spring, 1963, p. 79.

③ Malcolm Bradbury, *The Modern British Novel*, Beijing: Foreign Language and Research Press, 2005, pp. ix - x.

　　《安慰者》中的一些情节犹如作者斯帕克本人经历的写照。斯帕克 1954 年皈依天主教后不断地调整心态，在迷茫困惑的心境下历时三年才完成这部小说，其中带有许多自传成分。1953 年起，由于长期服用一种叫硫酸右旋胺的神经刺激药物，再加上营养不良，斯帕克在写作过程中出现精神上的迷乱症状：在她面前常常飞舞着一些幻象或者文字图像。后来，在朋友的帮助下，她停止服用硫酸右旋胺，并且加入宗教，终于逐渐恢复常态。此后，斯帕克似乎悟出小说创作的途径。她认为作家在小说创作的过程中必然要遭遇某种阻力。在《安慰者》中，这种阻力表现为来自外界的"神秘声音"。斯帕克以此为媒介，反映了女主人公作家卡洛琳的自由意志与更高层次的"作者"——上帝之间的冲突。小说主要描写卡洛琳在撰写专著时的经历。她经常听到"神秘声音"，这种声音似乎来自打字机，能准确地把她经历的或者即将经历的事说出来，因此她惶恐不安。为了解脱出来，她四处寻找"安慰者"——可以慰藉她的精神世界给予她安宁的人，甚至故意违抗"神秘声音"的指示。但是无论她求助于邻居、朋友抑或情人，始终无法找出"神秘声音"的来源。卡洛琳觉得自己始终受到一种无形力量的控制，丧失了思考和行动的自由。

　　小说伊始，卡洛琳陷入自我困惑的危机之中。她的迷惘主要表现在以下几方面：没有人生目标和方向感；对自我价值的困惑；精神危机。正是因为缺乏目标和对自我价值的怀疑，卡洛琳很容易受到外界事物的干扰。小说中数次出现的"神秘声音"象征着异己力量。为了摆脱"神秘声音"的控制以获取自由，卡洛琳尝试以各种方式进行反抗。有一次，当她男朋友建议他们驾车出行时，卡洛琳以那"神秘声音"为借口极力反对："它说我们会驾车出行；好的，我们应该搭火车。你明白吧，劳伦斯？这是关系到维护自由意志的问题。"①于是，他们选择了搭乘火车，但是因为突发事件，最终他们还是只能选择自己驾车的方式。可见，他们最终屈服于"神秘声音"的意志，卡洛琳的反抗以失败告终，也就未能实现自己的自由意志。她只能哀

---

① Muriel Spark, *The Comforters*, London：Macmillan, 1985, p. 108.

叹："但是屈从于他人小说提出的要求实在很没面子。"① 卡洛琳不仅努力争取自己的自由，还在周围人群中倡导自由意志。她批评其男朋友劳伦斯（Laurence）："我很容易看出来，你的想法受制于外人，在某个不负责任的作家的暗示下，你正在变成一个低俗的神秘故事中的侦探。"② 然而，他始终没能独立思考，也未能摆脱低俗故事中的侦探角色，尽管他竭力寻找"神秘声音"的来源，还是没有成功。在这个意义上讲，卡洛琳所推崇的自由意志再次受挫。

对于作家而言，"他的写作也是对自由的揭示，写作本身就是一种自由的选择"③。卡洛琳选择和追寻自由的表现之一是希望自己不仅仅是小说中的角色，而且能够获取对小说的控制权，成为名副其实的作家。她渴望寻求真实的自我，实现内在的价值。尽管经过不懈的抗争和努力，卡洛琳仍然没有解开"神秘声音"之谜。她总是感觉受人约束，生活在他人所控制的小说中，因而产生了对自由的向往。幸运的是，卡洛琳明白了："只有到了她既置身于小说之外，同时又完满地融入其中，她才可能理清故事的叙述线索。"④ 就此而论，作家无所不在的角色类似上帝。斯帕克表达了自己的宗教信仰，同时也似乎在暗示，获得创作自由的途径就是信仰宗教。这观点印证了她以往的言论："我想我的写作和我的皈依具有某种联系。……当然我最好的作品产生于我的皈依之后。"⑤ 至此，卡洛琳可以摆脱困惑，不用再彻查"神秘声音"的来源，因为她已经领悟到争取创作自由的途径了。小说结尾，卡洛琳宣布她将要去度长假，期间准备写一部小说。其实，《安慰者》就是她即将完成的作品。卡洛琳将会在作品中实现双重角色的统一——既是文中人物又是小说的作者。斯帕克在结尾处预言，迷惘中的卡洛琳即将走出困境和赢得自由。卡洛琳逐步实现了精神上的自我成长，找到了个体价值实现的最佳方式，那就是通

---

① Muriel Spark, *The Comforters*, London: Macmillan, 1985, p. 111.

② Ibid..

③ 朱立元编：《当代西方文艺理论》，华东师范大学出版社 1997 年版，第 152 页。

④ 同上书，第 206 页。

⑤ Muriel Spark, "My Conversion", *Twentieth Century*, Vol. 170, Autumn, 1961, p. 58.

过创造艺术世界来践行生命的价值。

《安慰者》作为斯帕克早期的成名作，带有很强烈的自传性色彩，在一定程度上反映了女作家期望通过对虚拟话语权的掌控来实现自我价值的意愿，体现了斯帕克的女性主义思想。与此同时，作家本人通过该小说在表达自己对日后创作的信心和期待。她坚信自己能够调整好心态，享受创作的自由，撰写出完美的作品。

第二节　争权夺利的女性：操控的自由

除了迷惘的女性，斯帕克还塑造出了争权夺利的女性形象。如果说《安慰者》中的卡洛琳执着于构建虚拟世界，寻求虚拟话语权的话，那么《琼·布罗迪小姐的青春》中的同名主人公则渴望在现实世界中通过操纵权力实现自我价值。

斯帕克的小说《琼·布罗迪小姐的青春》曾经被改编成电影《春风不化雨》，在我国引起巨大的反响。无论是小说还是电影，给人留下最深刻印象的是女子学校一个叫作琼·布罗迪（Jean Brodie）的老师。她个性张扬、思想激进，为了实现自我价值和追求极端的个人自由，按照自己独树一帜的理念来"教育"学生，企图完全掌控他们的命运。从宗教的角度来看，她的行为僭越了作为上帝的臣民的权力，导致了她与上帝的竞争——争夺对与她一样都属于上帝臣民的学生的控制权。小说的结局可想而知：违抗了上帝旨意的布罗迪下场悲惨，她不仅失去了对学生的控制权，而且自身难保，在毫不知情的境况下遭到得意门生的背叛，被学校解聘，最终郁郁寡欢、悲伤离世。琼·布罗迪小姐经历了从强权教师到无业游民的身份转换。

主人公布罗迪小姐为了一己私利，利用教师的职业身份施展个人威力，企图获取操控和主宰他人的自由。她从未忘记对自己任教的班级施加个人影响，灌输独特的文化理念、世界观和人生观。她的教学方法标新立异，全然不顾正统的主流观点，也不受学校规章制度的约束。例如，在上历史课时，她讲授天文学常识、建筑学知识，甚至传授皮肤保养的知识，讲述自己的浪漫经历和精神感悟等；在上课时还经常给学生讲述自己曾经的浪漫故事。此外，当有学生指出意大利最伟大的画家是达·芬奇（Leonardo da Vinci, 1452—1519）时，她断然否定了这个众所周知的事实，提出迥然相异的观点，并把自己的个人喜好强加给他们："那是错误的。答案是乔托（Giotto），他是我最喜欢的。"① 显然，在布罗迪的眼中，她的个人喜好是至关重要的，甚至成为评判艺术价值的唯一标准。她还比照了女校长与自己的教学理念，认为自己具有开拓创新的精神，致力于开发学生的潜能，而非对其填鸭式地灌输知识。这些别致新颖的教学方法给学生带来耳目一新的感觉，自然就吸引了他们，获得他们对她的关注与崇拜。但是这并非她的本意所在或者最终目的。在赢得部分学生的信赖和尊敬后，她着手实施自己的计划，企图通过控制她们而满足私欲，获得张扬自我和主宰他人的快乐与自由。

为了通过控制学生的自由达到实现自己的权力欲的目的，布罗迪不仅仅在校内引导他们的言行举止，牢牢把控他们的思想意识和学习内容，而且在课堂之外，以各种理由想方设法插手和干涉她的"布罗迪团伙"成员的个人生活以及家庭生活。她坚信自己有能力影响和决定一个人的一生："把一个处于易受影响的年龄阶段的女孩交给我（调教），她一辈子就属于我的了。"② 忠诚正是实现其权力的心理基础，布罗迪深谙此道。她采用了各种手段和措施来巩固学生们对自己的忠诚，从而达到操控她们的目的。其一，举办私人聚会和出游，营造仪式感。她时常与自己的小团伙聚会，带着她们出游。小范围聚会本身具有私密性，隐藏着亲密关系。其间她向她们灌输自己的理念，甚至透露自己对法西斯的兴趣和对墨索里尼、希特勒的同情。这里暗示了布罗迪是极权主义思想的崇拜者，而她日后的所作所为更说明她是践行者。其二，以伪善面目示人，不惜误导她们，令其误入歧途。为了满足自己对美术教师罗伊德（Lloyd）的秘而不宣的爱恋之情，她出人意料地怂恿学生罗丝（Rose）充当罗伊德的模特，企图通过她

---

① Muriel Spark, *The Prime of Miss Jean Brodie*, London：Macmillan, 1963, p. 18.
② Ibid. , p. 16.

来窥探罗伊德的动向。为了支持西班牙的法西斯主义分子弗朗西斯科·弗朗哥，她还鼓励学生艾米丽（Joyce Emily）去西班牙参加战争，导致她在路上遭遇不测。布罗迪所做的这一切不过是为了满足个人的权欲野心。

虽然布罗迪竭尽全力追求控制他人的自由，为此诉诸种种极端手段，她最后并未如愿以偿。她遭到最为信赖的得意门生桑迪（Sandy）的蔑视、反抗和背叛，而且自始至终毫不知晓事情经过，也不知其中缘由。当布罗迪要求桑迪充当其眼线，汇报罗丝和美术教师罗伊德的浪漫故事时，桑迪却私下里跟罗伊德发展了不寻常的爱恋关系。有一次，桑迪还在心里发泄了对布罗迪的不满："她（指的是布罗迪）认为她就是天意，她觉得自己是加尔文教的上帝，对太初和终结无所不知。"[1] 显然，除了表达不满，桑迪还鄙视和讽刺布罗迪，认为她其实是一厢情愿地想充当她们的"上帝"。最后，桑迪向校长告发布罗迪，令其被解聘，理由是她上课时传播了错误的政治导向。

布罗迪一味追求自由，其本质是权力本身，这显然是非理性的极端利己主义行为。然而，即使是在这种错误的追求中，布罗迪老师本人的各种表现也在一定程度上表达了斯帕克的女性主义思想。林树明在其《多维视野中的女性主义文学批评》指出，"20 世纪的到来，人们对外部世界的信任感减弱了，认识到知识是相对的，科学和语言是靠不住的。主体作为意义的唯一保证人的概念，导致了通过自我解析实现对可靠性的追求"[2]。出生于 20 世纪初的斯帕克与他人一样都为了实现"对可靠性的追求"而更加关注人的主体性，对于布罗迪的形象塑造可以看成斯帕克对于"自我解析"的一种尝试。假如不考虑布罗迪企图控制他人的目的和意图，她"在很多方面是位伟大的人物，一个独特的个体……"[3] 她的自由洒脱的个性、

---

① Muriel Spark, *The Prime of Miss Jean Brodie*, London：Macmillan, 1963, p. 176.

② 林树明：《多维视野中的女性主义文学批评》，中国社会科学出版社 2004 年版，第 74 页。

③ Martin Stannard, *Muriel Spark：The Biography*, New York：W. W. Norton & Co., 2010, p. 248.

独树一帜的行为、对主流价值观与社会文化观念的挑战及无拘无束的授课方式等都指向一个积极的女性形象，在一定程度上暗含着女性主义的思想：对于男权社会的反抗和对于传统经验和思想的反叛；十分重视妇女的主体性，强调"女性自我"及对于"自我认识与发现"的实践。

斯帕克并没有直陈布罗迪失败的缘由，但我们可以推断，作为基督教徒的斯帕克显然知道，没人可以扮演上帝的角色并拥有绝对的自由。布罗迪恰恰犯了致命的错误——企图扮演或成为上帝。小说中斯帕克数次通过人物之口表达了对布罗迪妄图成为"上帝"操纵一切的不满情绪。显而易见，布罗迪的所作所为是注定要失败的，她也终究未能通过对他人的操控达到目的。对于布罗迪强烈的权力欲和控制欲，小说中并未明示其缘由。但作者斯帕克在文本中暗示了布罗迪的悲剧与当时的社会政治环境的深刻关联，借此表达了对时代政治的关心和对法西斯运动的不满。英国虽然在 1945 年取得了第二次世界大战的胜利，但法西斯运动和战争带来的损失难以挽回。斯帕克提醒读者，法西斯的危害不可估量，正是由于布罗迪同情甚至是崇尚法西斯主义，她的个人自由意识步入误区并极端膨胀。正如有学者指出的，"布罗迪对三十年代的法西斯运动的同情并不是一种有充分理由的政治态度，而是她的自我中心意识和浪漫情感的延展"[1]。斯帕克为布罗迪设计了被背叛和失败的悲剧性命运，间接表明了斯帕克对法西斯主义的否定和批判态度，这也实现了与意识形态密切相关的文学对社会的批判作用。

应该说，由于斯帕克表达了蕴含深刻的主题，并刻画出布罗迪这个令人难忘的女性形象，《琼·布罗迪小姐的青春》在刚面世时就得到好评："整本书令人愉悦……显示出天才的水平。"[2] "我们可以认

---

[1] David Lodge, "The Uses and Abuses of Omniscience: Method and Meaning in Muriel Spark's *The Prime of Miss Jean Brodie*", in David Lodge ed., *The Novelist at the Crossroads and Other Essays on Fiction and Criticism*, London: Routledge, 1971, p. 133.

[2] 转引自 Martin Stannard, *Muriel Spark: The Biography*, New York: W. W. Norton & Co., 2010, p. 254。

为在回避庞杂的主题方面，斯帕克做得最好……"① 从刚出版的 1961 年以来，经过几十年的考验，历史证明这部小说确实是斯帕克的杰作。它在 2003 年被《观察家报》评为三百年来百部最重要的小说之一，并荣登《时代》杂志在 2005 年评选出的 1923 年至今的百佳小说榜单。

第三节　抗争的女性：对自由的读解

20 世纪五六十年代末，斯帕克对于女性的生存困境和精神成长有了进一步的理解，由此塑造出与众不同的女性形象。在斯帕克的笔下，如果说 20 世纪 50 年代的女性仍囿于虚拟的话语权，受困于狭窄的女性生存空间，追求写作的自由表达的话，那么 20 世纪 60 年代初期已初步掌控自我命运的女性可能表现出了对于权力非同一般的控制欲。到了 20 世纪 60 年代末期，女性的社会地位得到更大的提升，生活空间也逐步拓宽与延伸，女性对于自由的需求不再仅仅局限于虚拟空间，而是延展到更为广阔的舞台上，与此同时也面临着更严峻的问题：自我实现与身份的构建之间存在不可调和的矛盾冲突，女性在与现实生活的抗争中显示了对于自由更多的渴求。在这里，自由不仅是经济或者人格上的独立，更意味着选择的自由。

曾经获得 1969 年英国布克奖提名的小说《公众形象》中出现了电影界的 "老虎女士" ——安娜贝尔（Christopher Annabel）。在创作这部小说前，斯帕克已经因为一系列作品而赢得一定的赞誉与好评，正在考虑如何面对自己作为一个文坛新星正日益成为大众关注焦点的现状。在某种程度上，《公众形象》的价值并不在于描写安娜贝尔的明星生活，而在于通过女主人公对自己命运的抉择和把握诠释斯帕克对自由的新解和思忖。

安娜贝尔原本只是个普通女性，既不漂亮也不聪明，但她刚好长

---

① 转引自 Martin Stannard, *Muriel Spark：The Biography*, New York：W. W. Norton & Co. , 2010, p. 254。

了一双大眼睛，又遇上了能干的电影导演和电影工作室秘书，在他们的包装和操纵下，安娜贝尔迅速成为电影界明星。表面上光彩夺目和幸福快乐的安娜贝尔实际上并不开心，因为她的生活受到众多束缚，根本享受不到普通人的自由。首先，她的工作忙忙碌碌，对其经纪人只能言听计从，受其控制，有时甚至要做出违背个人意愿的事情。这样，她常常无暇顾及日常生活，导致家庭关系紧张。其次，她还受到丈夫的控制。她的丈夫弗雷德里克（Frederick）生前是个失败的演员，事业上无所成就，对妻子的成功充满妒忌，常常无理取闹。极度失意之下，弗雷德里克选择了自杀来发泄不满和怨气。为了能够在死后控制他的妻子，并且毁坏她的声誉，他自杀前故意编写了不少信件给他早已过世的母亲及他的孩子等人，在信中捏造事实毁谤安娜贝尔，而且他特意选择在她召开聚会的时候自杀，为的是损害她的形象，使人认为她是个毫不称职又贪图享乐的妻子。除了受到经纪人和丈夫的控制，安娜贝尔还受到朋友奥布莱恩（O'Brien）的敲诈、勒索和控制。在弗雷德里克过世前，奥布莱恩就是个烦人讨厌的朋友，弗雷德里克自杀后，奥布莱恩凭借手中的一些信件对安娜贝尔进行胁迫，以破坏她的形象。

　　对于安娜贝尔而言，只有摆脱各种控制，她才能解放自己，获得自由。对于其经纪人的控制，她唯一的办法是努力工作，成为明星后再逐渐摆脱他们。对于丈夫的控制，她利用自己的演技，费尽心思成功地解释了他的自杀原因，博得新闻界和邻居们的同情，挫败他的种种阴谋。相对以上两种控制，奥布莱恩的控制更加卑鄙和可怖。安娜贝尔本来可以交付一些赎金来摆脱他，但是由此获得的只是表面上、而非本质上的自由。安娜贝尔选择了彻底的解脱，她无视奥布莱恩的威胁，在最后的关头没有交纳赎金，而是选择放弃了电影行业，带着自己的儿子离开。她对朋友解释说："我想要像我的小孩一样自由。"①

　　可以说，安娜贝尔最后的选择就是英国著名作家乔伊斯（James

---

① Muriel Spark, *The Public Image*, London: Macmillan, 1968, p. 123.

Joyce，1882—1941）小说中经常出现的"顿悟"。她选择的不是回避，而是道德意义上的觉醒，因为她不愿继续生活在充满欺骗、腐化和尔虞我诈的地方。她因此获得了真正意义上的自由。尽管要付出名利的代价，但这才是安娜贝尔真正想要的生活，也正是斯帕克所推崇的自由。在常人眼里，安娜贝尔最终放弃事业，背离了苦心孤诣多年塑造的公众形象，选择背井离乡，似乎是失败的抉择。实际上，不管安娜贝尔赢得多少世俗的名利与荣誉，公众形象仿佛虚假的人格面具，制约着她的一切——家庭、事业，在这其中，她逐渐丧失自我，只为维护公众形象而存在，曾经给予她世人艳羡的地位、财富和名誉，最后都成为束缚她的桎梏和枷锁。她最终意识到自己失去的是最可宝贵的自由。小说最后，安娜贝尔展示了她的抗争性，摒弃了所谓的公众形象，自觉又果断地选择了深层次的自由，她重新找回了自我，因为这才是人生中最重要的。

　　斯帕克在自己认为是"最优秀和令人满意的小说"[1]——《驾驶席》内描述了一个勇敢大胆、与众不同的女主人公莉丝（Lise）。她对现实感到失望后，不像《公众形象》内的安娜贝尔一样毅然选择新生活，但是她同样选择了自由——控制他者与自我的自由。为了表达自己对生活的不满和与命运的抗争，她最终还选择了死亡以获取特殊的自由。她不像普通的悲观绝望的人那样简单地一死了之，而是选择了精心策划和预谋的"自杀"。她费尽心思才物色到合适的对象，并且在一定程度上控制了他，迫使他将她自己杀害。

　　莉丝对自我身份不确定性的质疑和反抗正是她追求死亡自由的根源。斯帕克在小说刚开始时呈现在读者面前的主人公不知来自何处，前往何方，甚至连姓氏都不明。显然，作者传递了一种"无根"的意象，似乎借此来影射世人相同的处境：他们都孤独、无助、无法确定和把握自己的身份，犹如著名作家贝克特（Samuel Beckett，1906—1989）笔下《等待戈多》（*Waiting for Godot*，1953）的主人公一样永

---

[1]　Gavin Wallace and Randall Stevenson, eds. , *The Scottish Novel since the Seventies*, Edinburgh：Edinburgh University Press, 1993, p. 43.

远在怀疑"我是谁"。从某种意义来讲，斯帕克借助《驾驶席》书写她对社会的观照、对世人的同情，更重要的是，她借此表达对主体不确定性的反思。这正是"当代英国小说最常见的主题之一，而最能体现这一特征的是其人物身上显示的病态反常"①。莉丝那种奇特的掌控命运的欲望及方式和追求死亡自由的行动恰是一种"病态的反常"。在小说中，莉丝自始至终在设法控制自己的命运，抑或说她在策划自己的死亡历程。此外，在与他人的交往中，她也体现了一种"病态的反常"：当商店售货员向她推销一件质地特别漂亮的衣服时，她毫无缘由地大发雷霆；在机场安检时故意拖延时间以引起他人注意。她还处处想方设法控制别人，比如，她想办法欺骗和控制了修理厂老板和她的朋友比尔（Bill），并从他们手中"借走"了汽车，先后两次进入"驾驶席"。但是她最终是在旅馆内才成为现实意义上和象征意义上的"驾驶员"。在那里，她出乎意料且毫不费劲地控制了自己未来的谋杀者理查德（Richard）——或者说他是帮她自杀的协犯。"他跟着她，好像被捕了。她把他带到小汽车旁，松开他的胳膊，进入驾驶席。"②

　　然而，相对《公众形象》中的安娜贝尔，莉丝是个悲剧性人物，因为她并没有完满地实施自己的计划，也就未能获得真正意义的自由。首先，她在购物时买的是一条领带，本来是设想自己被勒死，不料最后她死于一把裁纸刀下；其次，最具讽刺意味的是，她不想与谋杀者发生性关系，结果他违背了她的意愿，在杀害她之前强行蹂躏了她。因此，莉丝寻找自我、追求自由的理想并没有实现。或许斯帕克想说，依赖死亡而解脱的自由不是真正的，更不是彻底的自由。对于莉丝来说，死亡似乎是一种解脱，但这只不过是一种个人意义上的以极端形式获得的抽象自由。这只是表面上的、有限度的自由，对于社会的发展与进步，对于英国当代的妇女运动却是毫无意义的。而且，

---

① 杨金才：《当代英国小说研究的若干命题》，《当代外国文学》2008 年第 3 期，第71 页。

② Muriel Spark, *The Driver's Seat*, Middlesex：Penguin, 1970, p. 102.

早在 1954 年，斯帕克就皈依罗马天主教，在她看来，莉丝的"自杀"就宗教意义而言是一种对上帝的背叛，是不可能获得救赎的，也就无法得到她想要的自由。最后，莉丝的行为是自私的，她引诱、控制了那个"帮她自杀"的协犯，最终导致原本可以无辜的他不得不面对法律的惩罚，与她一样走向毁灭。因而，斯帕克对莉丝追求自由的方式是持否定态度的。《驾驶席》反映了斯帕克对寻求自由的极端方式的关注和思考，获得 2010 年"失落的布克奖"（"the Lost Booker Prize"）提名，并进入最后的 6 人决选名单。

第四节　成功的女性：创作的自由

毋庸置疑，斯帕克与她笔下的女性形象在共同经历与成长。如果说斯帕克早期的创作着眼于女性自我意识的独立和自由选择上，那么到了 20 世纪 80 年代，随着女作家本人日益攀升的声望，她回归到艺术本体，开始探寻创作的奥秘本身。应该指出的是，斯帕克后期的创作视野更为开阔和包容。在小说《带着意图徘徊》中，不仅通过女主人公芙乐的成功表达了对于男权社会抗争的胜利，作者更在作品中探讨了艺术观和价值论等问题，同时指出女性的创作自由要靠自己去争取获得。

斯帕克在 1981 年创作的后期小说《带着意图徘徊》曾获得英国布克奖提名，并进入最后的 6 人决选名单。虽然她最后惜败给《午夜的孩子》的作者拉什迪，但是这部小说获得很高的评价。佩奇（Norman Page）认为这部小说"对小说艺术的本质进行精彩又令人兴奋的探究"[①]。A. S. 拜厄特称其为"斯帕克的上乘之作"[②]。奥布伦·沃（Waugh）则指出："阅读这本小说是一种享受，自始至终都是——它生动有趣，出乎意料，具有极强的可读性……这是一部新奇的、令人

---

① Norman Page, *Muriel Spark*, London: Macmillan, 1990, p. 105.
② 转引自 Nadia May, "Loitering with Intent-Muriel Spark", September, 2002, Blackstone Audiobooks, Vol. 8, July, 2010。

愉悦的小说。"① 该小说以第一人称叙事，其叙述者兼女主人公芙乐（Fleur）和斯帕克的第一部小说《安慰者》的女主人公卡洛琳一样都对小说的创作进行探索，但是相比之下，芙乐已经不像卡洛琳那么困惑。由于芙乐讲述故事时已经是知名作家，对自己的创作艺术的认识和反思比较深入彻底，因此她比卡洛琳更为自信。小说伊始，她就宣称："能在20世纪成为一名女性艺术家真的令人感觉特好。……从那时起，我相信自己是个艺术家，从未对此产生过怀疑。"② 彼时的芙乐对自己的个人生活和艺术创作都能控制自如，也就享有较大的自由。她享受自由的愉悦心态在小说伊始就奠定了整部小说的基调。作为叙事者的她在整部小说的叙述过程中总是语调轻快积极，态度乐观向上。小说刚开始时，尽管芙乐还没有找到工作，几乎分文不名，还与房东发生过争吵，却没有怨天尤人，反而感到兴奋："事实上，我意识到我内心存在一种精灵，它因为能看清人们的本真面目而非常快乐……"③ 芙乐感到高兴的主要原因是她刚刚摆脱了一个所谓的自传协会，不再受约束和限制，心情也不像以往那样受到压抑。所以，接下去她就心平气和地向读者叙述往事。

正如芙乐在小说中所叙述的，她为脱离自传协会和获取自由付出了许多努力。她应聘前根本不知道协会的组织者昆丁是个邪恶之徒，也不知道他利用自传协会内部成员撰写的自传来胁迫他们本人，进而对其进行精神上的控制。芙乐在取得协会内部成员的信任和赞赏的过程中也慢慢地识破了昆丁的阴谋。在工作之余她还在创作一部小说。昆丁认为这部作品侵犯了他的隐私，有可能破坏他的计划，因此想方设法阻挠芙乐的创作。虽然芙乐的创作自由受到干涉，她并没有示弱，而是针锋相对，直面昆丁，要求他停止对协会成员的控制和迫害。当遭到拒绝时，她没有屈服，而是努力抗争，还向他人求助，以挫败昆丁的阴谋。她积极应对，设法找回被昆丁

---

① 转引自 Nadia May, "Loitering with Intent-Muriel Spark", September, 2002, Blackstone Audiobooks, Vol. 8, July, 2010。

② Muriel Spark, *Loitering with Intent*, London：The Bodley Head Ltd., 1981, p. 25.

③ Ibid., pp. 8 – 9.

偷走的小说手稿，最终完成并出版了小说。后来，昆丁在车祸中身亡。这样，随着这个限制和威胁芙乐的对手的消失，芙乐得到彻底的解放，找回本该属于自己的自由。昆丁是压迫女性、阻止她们获得自由的邪恶人士，他的失败及后来的死亡象征着芙乐的胜利和正义的伸张。

芙乐公正地评价自己的优缺点，并理性地控制自我，在小说中畅所欲言，自由地表达自己的创作观念和美学思想。她认为直觉在自己的创作中占据很重要的地位，"我塑造人物的过程是凭靠直觉的，是我对潜在自我与他人经历的总结"①，她觉得小说的目的是表达真理："我写诗或散文并非为了讨好读者，我的创作目的是传递真实的思想和描写神奇的事件。"② 关于作家的作用，她指出：艺术家（这边指的是作家）可以抒发情感，美化生活，还可以化平凡为神奇。③ 总之，芙乐自由地畅谈小说创作，涉及文本、作者和读者等种种问题，彰显了她享受自由的优越感和愉悦心情。

通过芙乐对自己生活经历的回忆，这部作品展示了女性如何通过斗争获取自己话语权的艰难历程，芙乐渴求的不仅仅是创作题材和主题的自由，更重要的是女性的话语权。她认为在男权主宰一切的社会中女性理应占据一定的地位，并勇敢自由地传达出自己的声音。

芙乐对创作自由的追求成为小说深层次的主题。表面上，小说更多地叙述虚构与现实的交融与并置。实际上，作者在暗示：只有得到创作自由后，才能挥洒自如，在现实和小说虚构之间穿梭纵行，随心所欲地选用素材和表达思想。因此，有论者指出："实际上，《带着意图徘徊》的高深之处远不在于它是又一场有趣的关于现实和虚构的游戏，而在于它对自由这个概念的不断观照。"④ 创作《带着意图徘徊》时，斯帕克已经年逾花甲，历经生活的磨难，在多年的奋斗与坚

---

① Muriel Spark, *Loitering with Intent*, London: The Bodley Head Ltd. , 1981, p. 25.

② Ibid. , p. 82.

③ 参见 Muriel Spark, *Loitering with Intent*, London: The Bodley Head Ltd. , 1981。

④ Valerie Shaw, "Fun and Games with Life-Stories", in Alan Bold ed. , *Muriel Spark*, London: Vision Press Limited, 1984, p. 64.

持不懈后，她已完成 15 部长篇小说的创作，对于小说的创作有着丰富的经验和独特的领悟。通过自由主题和文学创作方法的重访和书写，斯帕克回顾和考究本人的写作生涯，总结体会和感悟以飨读者，同时表达了自己对于创作自由的渴望与向往。

　　除了以上提到了斯帕克三个不同时期的代表作之外，在女作家的其他作品中，以女主人公寻求自由为主题的比比皆是，《克鲁的女修道院院长》《东河边的暖房》《来自肯辛顿的遥远呼唤》……斯帕克在创作的不同阶段，循序渐进地描写了女主人公从开始时对自由的困惑，到对自由的追寻和探究，直至最后获取真正的自由，由此道出了作者本人对自由的考量与感悟，也印证了萨特（Jean-Paul Sartre，1905—1980）的宣言："不管作家写的是随笔、抨击文章、讽刺作品还是小说……作家作为自由人诉诸另一些自由人，他只有一个题材：自由。"① 无论是从正面还是从反面来描写女性渴望和追求自己所认同的自由，斯帕克呈现了一系列小说中女主人公对自由的执着追寻，反映了她们独立的自我意识，揭示了自由的蕴含。斯帕克笔下的这些女主人公大都是知识女性。这表明了她充分意识到第二次世界大战后的英国"福利国家"政策使一些年轻妇女获得接受高等教育的机会，视野逐渐开阔，认识也相应地得到提高。女性接受的高水平教育对英国从 20 世纪 60 年代末发展起来的女权运动起到推波助澜的作用。根据帕德雷（Steve Padley）对于"女性主义和女性的角色"的论述，20世纪 60 年代，由于有关社会、性别和文化观念的革新及一系列开明法案②的颁布，英国女权运动获得巨大的进步，到了 20 世纪 70 年代，由于禁止性别歧视的相关法案的制定，越来越多的女性参与了教育和其他行业，20 世纪 90 年代之前女性参与政治的人数显著增加，在1997 年选举后，国会内的女性议员多达 120 人。世纪之交时，很显然，英国女权运动已经获得巨大的成功，虽然男女平等的目标还没有

① 转引自柳鸣九编《萨特研究》，中国社会科学出版社 1981 年版，第 23 页。
② 这些法案包括 1967 年的《计划生育法案》（*Family Planning Act*）和 1969 年的《离婚调整法案》（*Divorce Reform Act*），等等。

完全实现，女性的地位今非昔比。① 随着女权运动的风起云涌，无论是英国还是其他西方国家的女性主义文学批评也发展迅猛。

众所皆知，女性主义文学批评始于 20 世纪 60 年代，先后经历了三个阶段。第一阶段的重点是揭露了男性文学中对女性形象的有意歪曲和妖魔化。20 世纪 70 年代中期至 80 年代中期是第二阶段。此时，"女性主义批评家旗帜鲜明地援引女权的视角读解经典作品，更倾心于对语言文学的批评，追溯女作家自己的文学传统，引起了人们对各国和各历史时期妇女文学的大规模重新挖掘和重新阅读"②。第三阶段是 20 世纪 80 年代中期以后，该阶段"重新思考文学研究的基本概念，修正基于男性经历的阅读和写作的理论假定，发展一种跨学科、跨性别的女性主义文化"③。斯帕克的第一部小说《安慰者》出版于1957 年，此后的小说大都在 20 世纪 60 年代以后出版。她的创作持续到 2004 年。可见她的创作生涯几乎是与西方女性主义文学批评同时揭开序幕，并且横跨了女性主义文学批评的三个阶段。随着女性主义文学批评的发展，斯帕克持续不断地创作了二十几部小说。作为英国的女性作家，又是处于当时的那种对于女性主义文学及其批评较为关注的社会文化环境中，亲历过女权运动的每个阶段的斯帕克难免会受到熏染，这些明显地反映在她的作品中。她的作品更多的是以女性为主角，而且这些女主角大多是知识女性。对于这些知识女性的生活经历的书写，尤其是对她们谋求自由的诉求和行动的书写与思考显露了斯帕克的女性主义思想和立场，也呼应了她的创作观——文学的功用与目的不仅仅是娱乐，还要有所"教益"；文学作品不应是作家闭门造车的结果，而是应该反映社会与人生，才能引起最大程度的共鸣和拥有最广泛的读者群。

---

① 参见 Steve Padley, *Key Concepts in Contemporary Literature*, Shanghai: Shanghai Foreign Language Press, 2006。

② 林树明：《多维视野中的女性主义文学批评》，中国社会科学出版社 2004 年版，第 37 页。

③ 同上。

第六章　斯帕克的宗教情结

　　斯帕克的宗教观及其与小说创作之间的关联一直以来都是批评界关注的重点，也是深入解读斯帕克作品不可绕过的主题之一，正如国内著名英国小说研究专家瞿世镜所说的，斯帕克"真正的文学创作生涯几乎是与她的宗教生涯同时拉开序幕的"①。她的宗教观并非始终如一，而是在长期的人生历练和创作实践中逐渐形成并不断变化着的，受到家庭出身、生活环境和教育背景等多方面因素的影响。一直以来，她在许多作品中糅合各种宗教元素，表达了自己对宗教问题的思考和参悟，诚如英国著名文学批评家大卫·洛奇在《欣赏缪里尔·斯帕克夫人》中所指出的，"在她的多部小说中基督教是一个很重要的因素。……特别让斯帕克着迷的是小说家与上帝间的相似——二者都是全知全能的，知道他们所创造的世界的开始与终结"②。显而易见，研究斯帕克的宗教观，探讨它与小说创作之间的联系至关重要。

第一节　斯帕克的宗教信仰之路

　　斯帕克的宗教信仰之路比较曲折，经历了复杂的过程。从最开始的没有好感、不在乎和缺乏兴趣到加入英国国教，又到改变信仰，皈

---

① 瞿世镜：《当代英国小说史》，外语教学与研究出版社 1998 年版，第 220 页。

② David Lodge，"An Appreciation of Dame Muriel Spark：'She Dealt with Solemn Subjects in A Bright and Sparkling Style'"，*Guardian*，Vol. 17，April，2006，p. 7.

依罗马天主教，一路走来，斯帕克最终决定将天主教作为自己的毕生信仰，并在此后逐渐成为虔诚的宗教信徒。

一　皈依之前

斯帕克来自一个对宗教信仰的态度比较自由、民主和包容的家庭。她的父亲信奉犹太教，而母亲则信奉长老教派。他们并没有引导或强制要求斯帕克加入某个特定的教派，而是顺其自然，赋予斯帕克自由选择宗教信仰的权利。斯帕克在学校接受的是代表和拥护英国国教思想的长老制教育。由于她日常生活中接触到各种不同的教派，但没有专门接受某个特定教派的影响，个人思想也就较为特立独行。她在 1952 年之前并没有对某个特定的宗教感兴趣，也几乎没去过长老派教堂。在相当长的一段时间内，出于对一些堕落的天主教徒的厌烦，斯帕克甚至对宗教极其反感，"我曾经想，上帝呀，如果我成为天主教徒，也会跟他们一样吗？"①

二　皈依之后

1952 年 11 月 7 日，斯帕克接受牧师罗德的洗礼，加入英国国教。1953 年，斯帕克与英国国教的牧师在圣·奥古斯丁教堂共度圣诞节。1954 年 5 月 1 日，经过深思熟虑，斯帕克最后皈依罗马天主教。她在决定皈依天主教之前比较了它与英国国教的优劣，并在一次访谈中直言："相较于罗马天主教，英国国教没有东西可以提供。"② 斯帕克还进一步解释了自己以前没有加入天主教的缘由："我过去不想成为天主教徒，原因在于我不喜欢与天主教堂相关的很多东西。"③

三　坚定的天主教信徒

在被问及为何会改变信仰时，斯帕克认为这是个相当复杂与棘手

---

① Muriel Spark, "My Conversion", *Twentieth Century*, Vol. 170, 1961, p. 24.

② Sara Frankel, "An Interview with Muriel Spark", *Partisan Review*, Vol. 54, No. 3, 1987, p. 445.

③ Ibid., p. 446.

的难题，需要一整本书来论述，因为这信仰的改变用了很长的时间，并且涉及她以往的全部人生历程。她一直在探究和考察各种宗教信仰，并努力找寻最适合自己的信仰。她认为自己的信仰改变是个渐进和自然的过程，"我曾经花了很多年时间研究不同的基督教神学家。我最后的选择是逐渐淘汰除了罗马天主教之外的信仰。这些神学的研究对我的创新起到很大的作用"①。可以断定，斯帕克是在经过一番调查研究和用心甄别后才最终选定了天主教。在此过程中，她必然会对宗教问题有着深刻的理解和洞察。

早在1961年发表在《二十世纪》杂志上的《我的皈依》中，斯帕克清楚地描述自己的宗教信仰历程。

> 我最后决定成为天主教徒。到现在为止，我的病情已经很严重。我在摸索着写作，但是我随时准备接受精神崩溃的后果。我一直想书写我宗教信仰上的大变动，但是我未能如愿以偿。我一直处于贫困中，也有些营养不良。我认为这些因素综合起来使我崩溃了。我感觉自己所经历的这种真实的情感痛苦是皈依的一部分。但是我不知道，也许这是错误的感觉。②

在对当初情形的回顾中，斯帕克意识到在皈依过程中产生的种种问题，承认了这个过程的艰辛，同时隐约感觉到它与创作的密切联系。斯帕克的成功应部分归因于《安慰者》及其他多部宗教小说的面世，因此她对宗教与皈依的感触良多，并产生深刻的认同感。斯帕克强调了她的皈依对小说创作的重大意义，指出身为小说家的自己在皈依之后的显著进步："我认为我的创作与皈依有着联系，但我不想太武断了。可以肯定的是我的最佳作品都是在皈依之后创作的。"③ 当时，她对自己皈依前后的作品都不太满意，但是她认为皈依后的那些作品

---

① Robert Hosmer, "An Interview with Dame Muriel Spark", *Salmagundi*, Vol. 146/147, Spring, 2005, p. 129.

② Muriel Spark, "My Conversion", *Twentieth Century*, Vol. 170, 1961, p. 25.

③ Ibid. .

显然比皈依前的水平更高。毋庸置疑的是，她重视这次皈依，并将其视为自己创作生涯的分水岭："的确，即使我近期的创作仍然有很大问题，皈依前所完成的任何创作都不能与之后的作品相提并论。"①有时，她甚至把宗教信仰的作用升华为世间万物的基础和动力，甚至把它当作创作灵感的源泉。"我非常确信，皈依天主教为身为讽刺作家的我提供了素材。天主教信仰是一种可以作为出发点的基准和模式。"② 在皈依后的漫长创作生涯中，斯帕克把天主教当作信仰的核心和生活的必要组成部分，并以宗教为作品的重要主题和评价标准，创作了许多富有天主教色彩和宗教蕴涵的小说。

第二节　宗教信仰与艺术创作之关联

在接受采访时，斯帕克承认宗教与写作有着紧密的联系。她认为宗教是她写作的出发点，犹如指南针，指明了前行的方向和路线，同时也提供了一种模式。斯帕克指出，"寻找我的写作声音与我皈依天主教是同时发生的。我认为成为天主教徒使我感到更加自信"③。皈依之前的斯帕克倾尽全力企图取得世俗意义上的成功。也许是经验不足，也许正因为目的性太强或者功利心太重，她并没有取得预期的成功。正如在一次访谈中她回答的："在以往，我并不觉得我能把握好一个目标并且获取成功，因为我太在乎这个目标了。作为一个天主教徒，我觉得所有的东西都不那么重要……我终于解脱了，非常自由。"④ 充满悖论的是，加入宗教后，也许是由于没有功利性的目的，心平气和的她反而可以更加自由和轻松愉快地创作，发挥无穷无尽的想象力，也就取得了以前可望而不可即的世俗意义上的成功。

---

① Muriel Spark, "My Conversion", *Twentieth Century*, Vol. 170, 1961, p. 27.

② Ibid., p. 26.

③ Sara Frankel, "An Interview with Muriel Spark", *Partisan Review*, Vol. 54, No. 3, 1987, p. 445.

④ 转引自 Ruth Whittaker, *The Faith and Fiction of Muriel Spark*, New York: St. Martin's Press, 1982, p. 42。

当被问及成为小说家和天主教徒之间是否存在矛盾时，斯帕克给出否定的回答："成为天主教徒和成为小说家根本不冲突，成为天主教徒与其他任何身份都不矛盾。如果你是个天主教徒，那么你就是人类大家庭中的一个成员。"① 言下之意，天主教徒所拥有和代表的仅仅是一种普通的社会身份，与其所从事的任何职业之间都不会存在矛盾冲突。相反的，天主教可能对个人的职业和生活等各个方面产生重大影响，如同斯帕克所说的："我认为基督教是最好的宗教，向每个人解释了关于他们的一切。"②

斯帕克没有否认自己在信仰之初遭遇到的一些困境，但是随着诸多问题的圆满解决和对天主教信仰的逐步适应，她的心境日益快乐，也就开始享受宗教所带来的裨益。她指出，宗教"很明显地影响了我描摹的人物和我看待书中人物生活的方式……我成为天主教徒的第一感觉就是大脑里充斥着想法，全部混乱无序……这让我遭受很大的痛苦。但是当我有了好转后，就能够理清思路，他们变得容易掌控。我现在感觉这是一种取之不尽的资源，我以前从来没有那种经历，这就像获得了一种新的天赋"③。这呼应和重申了她以往的观点。1960 年，她在《我怎样成为一名小说家》（*How I Became a Novelist*）中指出，她在皈依之后，"开始把生活看成一个整体而非一系列缺乏关联的事件"④。斯帕克认为，皈依赋予她积极的正能量，不仅令她身心健康，而且有助于她恢复正常有序的思路，更重要的是它提供了小说创作的源泉与灵感。在斯帕克未来的创作生涯中，她将宗教当作取之不尽的资源。宗教的相关命题既为作品提供素材和主题，又增加了作品的宗教文化底蕴。

斯帕克从创作之初就关注宗教，坦言有关宗教信仰的理念和思

---

① Sara Frankel, "An Interview with Muriel Spark", *Partisan Review*, Vol. 54, No. 3, 1987, p. 447.

② Ibid. .

③ Muriel Spark, "My Conversion", *Twentieth Century*, Vol. 170, 1961, p. 27.

④ Muriel Spark, "How I Became a Novelist", in Jardine Penelope ed. , *The Informed Air*: *Essays by Muriel Spark*, New York: New Directions Book, 2014, p. 45.

想。这种态度和热情直至她的创作后期都没有减弱。在各类访谈中，她始终对宗教问题津津乐道。2005 年，也就是她去世的前一年，当谈到宗教与艺术的关系时，有人向她提问："你同意奥康纳所说的话吧——'当人们告诉我因为我是基督教徒，我就不能成为艺术家，我不得不难过地回答，因为我是基督教徒，我至少要成为艺术家'。"[①]斯帕克回答说："是的，我认为他的话很有道理，但是，这也是真的——如果有人注定要成为基督教徒，她最好要成为基督教徒，否则她永远都不会成为艺术家。如同苏格拉底教育我们的，我们应该顺从我们的'守护神'，也就是顺应我们内心的声音。"[②] 显而易见，斯帕克充分肯定基督教和艺术之间密切的关系，承认基督教对艺术具有重要的意义，认为它能够促进艺术家的创作。在她看来，在某种意义上，成为基督教徒是成为艺术家的前提。反观斯帕克的一生，她"注定要成为基督教徒"[③]。实际上，她也是在响应内心的呼唤，加入天主教后才走上适合自己的艺术创作之路。在此前她没有太多的信仰，充其量也只能算是个普通的艺术爱好者。因此她在诗歌和传记等文类的创作上取得的成就并不太引人注目。她在 1954 年皈依基督教后开始创作小说，从那时起她才逐渐找到自己的成功之路，进而成为闻名于世的小说艺术家。毋庸置疑，她在小说中对宗教信仰和基督教徒的描写显得尤为真切和富有洞察力，这与她本人的宗教信仰之路关系密切。她的大部分小说具有显著的宗教色彩和深厚的文化底蕴。

　　尽管斯帕克认为基督信仰是个复杂的问题，有时甚至会对它产生一些疑虑，她还是坦率地承认了宗教的价值及自己的忠诚，并透露了改进宗教的美好愿景："它对我的生活和作品产生了重大的影响……我不可能丢弃信仰。我认为基督教变得更好了。如果能够赋予个人的是非感更多的自由，那就更好了。还有更好的是，教会应该更会接受意见，教皇应该对所有人说话，而不局限于基督教徒。……我的父母

---

① Robert Hosmer, "An Interview with Dame Muriel Spark", *Salmagundi*, Vol. 146/147, Spring, 2005, p. 156.

② Ibid. .

③ Ibid. .

都相当开明，对于他们的宗教信仰问题持有自由的态度。"① 由此可见，斯帕克对宗教信仰自由的态度及她独特的宗教思想源于父母亲的言传身教，开明的家庭教育使得她能够不受习俗的羁绊，自由、坦率地表达自己的观点。这对她日后的创作产生了重大的影响，促使她在作品中大胆借助各种宗教人物和事件及其象征意义来传达思想和发表见解。

不仅是斯帕克本人指出宗教对她自己小说创作的意义，国内外不少研究斯帕克的学者也同样发现并肯定了这一事实。例如，瞿世镜认为，"从宗教的视角出发，可以更贴切地考察斯帕克的作品"②。王守仁与何宁在《20世纪英国文学史》内如此评析斯帕克："斯帕克在宗教意义上对现代人生存状况的探讨及她娴熟的小说技艺在当代英国文坛上具有独特的地位。"③ 王约西也指出斯帕克是公认的天主教作家，"在她的小说里，无处不存在罗马天主教的影子。从她的小说寓意到主人公的言行，从罪恶到道德，无处不渗透着罗马天主教的教义和宗旨"④。美国学者多萝西娅·沃克（Dorothy Walker）在《缪里尔·斯帕克》的前言中评价斯帕克的宗教观时说："她把自己后来尊奉的罗马天主教看作真理的基础和体现。对她而言，世界属于上帝的。尽管依她所见，世人的某些罪过可以得到上帝的宽恕，但这是个堕落的世界，因为它不可能按照上帝的意愿来行事。"⑤ 还有论者指出，"20世纪60年代开始，斯帕克就被认为是一位带有天主教色彩的著名英国小说家"⑥。卡勒尔也持有同样的观点，"斯帕克从不犹豫把天主教问

---

① Robert Hosmer, "An Interview with Dame Muriel Spark", *Salmagundi*, Vol. 146/147, Spring, 2005, p. 132.

② 瞿世镜：《当代英国小说史》，外语教学与研究出版社1998年版，第220页。

③ 王守仁、何宁：《20世纪英国文学史》，北京大学出版社2006年版，第178页。

④ 王约西：《人与上帝的抗争——论缪里尔·斯帕克的宗教小说》，《外国文学》1999年第1期，第50页。

⑤ Dorothea Walker, *Muriel Spark*, Boston: Twayne Publishers, 1988, p. I.

⑥ Gerard Carruthers, "Muriel Spark as a Catholic Novelist", in Michael Gardiner and Willy Maley ed., *The Edinburgh Companion to Muriel Spark*, Edinburgh: Edinburgh University Press Ltd., 2010, p. 74.

题写进作品；她选择把传统的基督教态度和观点置于作品的中心位置"①。对于斯帕克而言，宗教与创作如影相随，她的宗教观指导和促进了她的创作。

斯帕克在很多时候的思想都是独树一帜的，因而在宗教信仰方面也有着与普通基督教徒不一样的看法。虽然她加入了罗马天主教，她并不像一般的信徒那样循规蹈矩地参加各种宗教仪式。她经常在牧师的讲道之后参加弥撒，因为她认为"浪费时间来听讲道是一种致命的罪孽"②。而且，她从不讳言自己的真实见解与主张，例如，她曾经宣称约翰·保尔二世"首先是个波兰人，其次是个教皇，最后才是个基督教徒"③。由此可见，斯帕克的个性与众不同，正因如此，她的创作才没有因袭传统，而是在传承的基础上独辟蹊径、锐意创新，呈现出先锋作家的思想和特性。如同沃克所说的，"她的每部新作品的产生都是重要的文学事件"④。她的作品糅合了现实主义、现代主义和后现代主义等艺术技巧，体现出对传统的尊重，也表明她并没有止步于对前人的模仿和借鉴中，而是在此基础上潜心钻研，刻意求新，并不断尝试具有显著个性风格的新艺术手法，借助小说表达自己的新思想和新理念。斯帕克的创作实践证明了这些思想理念的合理、有效性。在她的 22 部小说中，别具一格的创作理念与短小精悍、趣味盎然的小说文本相辅相成，铸就一道亮丽的风景线，吸引了无数的文学爱好者和文学研究者，展现了与一般的后现代主义文学作品截然不同的另类景观。

斯帕克的宗教思想除了与家庭出身、时代背景和社会环境等有关系，还受到一些神学家的影响，其中最著名就是约翰·纽曼（John Henry Newman, 1801—1890）。他的神学思想和人生经历对她产生了

①　V. M. K. Kelleher, "The Religious Artistry of Muriel Spark", *The Critical Review*, Vol. 18, 1976, p. 79.

②　Robert Hosmer, "An Interview with Dame Muriel Spark", *Salmagundi*, Vol. 146/147, Spring, 2005, p. 128.

③　Ibid. .

④　Dorothea Walker, *Muriel Spark*, Boston: Twayne Publishers, 1988, p. I.

深远的作用。作为斯帕克最为敬仰的神学家，他在斯帕克的作品中多次被提及。斯帕克与纽曼的宗教信仰经历有着许多共性：他们都是从最初的英国国教转而信奉天主教，最终成为虔诚的天主教徒。他曾经在作品中描述自己皈依天主教时的感受："就像从汹涌澎湃的大海进入港湾；我的快乐一直持续到现在。"① 在皈依前，斯帕克与纽曼一样都因为缺乏宗教信仰的引导与慰藉，时常会思绪万千而无法获得平静。他们都是在皈依后才取得永远的宁静与快乐的。斯帕克曾经公开承认影响自己创作的重要神学家和作家，"我深入研读过这些人的作品：纽曼、普鲁斯特和麦克斯·比尔博姆"②。其中，纽曼的神学思想对她产生了根本性的影响，因为，如她所言："纽曼帮我找到一个确定的出发点。"③ 基于对纽曼的热爱和敬仰，在细致考察了纽曼的神学著作及别人对他的评论之后，斯帕克于 1957 年出版了纽曼书信集，并在其中指出："作为天主教徒，他被人误解很深；有时候，他似乎是特意要引起误会。他从未采取明确的措施以避免误会。"④ 她并未止于表象，而是继续分析其中的缘由，认为这是因为他的创新和开拓意识总是走在时代的前列，"纽曼做每件事时都有自己独到的观点……'上帝和我'是他思想的基础和精华。他思想的原创性仰赖于此"⑤。斯帕克与他一样，不迷信于凡人俗夫所持有的普遍观点，而是相信自己的判断力，独立地思考和处理问题。正是这样，她才有别于普通的天主教徒，持有与他们不尽相同的世界观和宗教观，在它们指导下，也就能够产生不同凡响的小说理念和美学观点，进而在小说创作技巧方面不断推陈出新。于是，她的作品总是能令人瞩目，给人耳目一新之感，经常成为畅销书。

如果说纽曼是影响斯帕克宗教思想的第一人，那么《约伯记》

---

① 转引自 Derek Stanford and Muriel Spark, ed., *Letters of John Henry Newman*, London：Peter Owen Ltd., 1957, p. 158。

② Muriel Spark, "My Conversion", *Twentieth Century*, Vol. 170, 1961, p. 28.

③ Ibid., p. 25.

④ Derek Stanford and Muriel Spark, ed., *Letters of John Henry Newman*, London：Peter Owen Ltd., 1957, p. 152.

⑤ Ibid., p. 158.

（*The Book of Job*）则应该是对她宗教思想和创作实践影响最大的宗教文本。谈到《约伯记》的意义时，斯帕克坦言它是最美丽的诗歌，是圣经中写得最美的故事，是古往今来最好的作品之一。① 她指出，这部作品表明了人类受难的不可解释性，试图回答或解释这个问题是愚昧可笑的，因为人类的智力有限，信仰的力量无限，"这是我们不可见到的、不可理解的；没有神秘，就没有信仰。这就是信仰所在。如果我们理解了一切，信仰就没有意义了"②。因此，斯帕克在一些作品中直接讨论《约伯记》，并且引用其中典故，模仿其中的人物和结构，其中最明显的例子是小说《安慰者》和《唯一的问题》。斯帕克指出，人们不得不生活在神秘之中，因为"说到底，生活就是个谜。我们知道得越多，我们不知道的也就越多。这就是真理"③。斯帕克的小说中时常出现神秘的人物和事件，而且她往往到了小说的结尾都没有解释其中缘由，令读者充满困惑，给他们留下许多遐想的空间。所有这些也许应该归因于她神秘的宗教观，正如德国著名的哲学家和社会学家韦伯所指出的：

> 以尘世的公正标准来衡量上帝的最高旨意不仅仅是毫无意义的，而且是对神灵的大胆的亵渎，因为唯有上帝才是绝对自由的，不会受到任何法律的牵制。我们只有根据上帝自己的意愿，才能理解或仅仅知晓上帝的意旨，我们必须牢牢抓住这些永恒真理的碎片。其他任何一切，包括个人命运的意义，都隐身于无边的神秘之中。我们既不可能洞悉这种神秘，就连提出任何疑问都是一种不敬的行为。④

---

① 参见 Robert Hosmer, "An Interview with Dame Muriel Spark", *Salmagundi*, Vol. 146/147, Spring, 2005。

② Robert Hosmer, "An Interview with Dame Muriel Spark", *Salmagundi*, Vol. 146/147, Spring, 2005, p. 143.

③ Ibid. .

④ ［德］马克斯·韦伯：《新教伦理与资本主义精神》，陈平译，陕西师范大学出版社2007年版，第131页。

如上所述，斯帕克的宗教与创作生涯不可分离，她的多部作品都直接或间接地涉及宗教。就此而言，可以毫不夸张地说，她的作品大都笼罩在宗教的光环下。因此，从宗教的角度出发深入和彻底地解读她的作品，具有不可或缺的重要意义，可以更加清晰地阐释她的创作意图，进而洞察其中蕴含的深刻寓意。

第三节　斯帕克小说创作中的宗教观与神学思想

对于欧美作家而言，《圣经》不仅仅是一部宗教典籍，更是一部文学经典，赋予无数艺术家创作的灵感和源泉，也被他们奉为圭臬。作家们或创造性地从《圣经》中征引典故、选取素材、再现原型、改变情节和汲取灵感，或再现圣经中的主题，或探究人与上帝之间的关联。作为深受圣经文学传统浸淫的作家，斯帕克时常从《圣经》中汲取灵感和生发意念，于是在作品中引用《圣经》典故、化用其中人物、运用神圣意象，或深入探析人与上帝之间、宗教信仰与艺术创作之间的内在联系。

一　运用圣经原型意象

斯帕克在皈依前就已经开始考量和关注宗教问题，甚至在短篇小说中就已经巧妙地运用了圣经原型意象，其中最典型的例子就是她最出名的短篇小说《六翼天使与赞比西河》（*The Seraph and the Zambesi*，1951）。凭借这篇小说，她击败 7000 多个选手，赢得了《观察家报》1951 年的圣诞短篇小说奖。虽然决定作品获奖的因素很多，但是一个不可否认的重要原因是斯帕克在小说中观照宗教，影射《圣经》故事，继承和彰显欧洲文化对于圣经传统的尊奉，因此加深了作品的文化意蕴，自然也就吸引了评委，赢得多数人的共鸣与认可。例如，小说开篇时提到的故事发生时间就与基督教的节日有关，"因为这是圣诞节的一周，旅馆里没有空房间"①。平安夜的午夜时分，六翼天

---

① Muriel Spark, *The Complete Short Stories*, London: Penguin Books Ltd., 2002, p. 95.

使在赞比西河上出现，"这次我的判断很准确。因为，在夏日没有雷声伴随的闪电的照耀下，我们看到她在赞比西河上翱翔，临近看似巨岩的鳄鱼或者看似鳄鱼的巨岩边上"①。这个场景似乎象征着耶稣的诞生，同时似乎也在预示斯帕克本人的新生——她的希望、信仰和创作历程的新生。文中不断出现的水、火的意象与六翼天使的结合也具有"受浸"和"洗礼"的意味。比如，为了驱逐"六翼天使"，村民们用汽油泼向她，"第一批要被扔向炎热空气中的汽油燃烧起来了。座椅马上着火了……""过了几个小时大火才被扑灭"②。到了故事的结尾，下了一场雨，"酷热天气后的细雨时分，就像发烧过后的恢复期。六翼天使在我们前面很远的地方。透过树丛，我看到她身上散发出的热量把水雾变成了水蒸气"③。与故事主角（即神秘的六翼天使）相关的各种精彩描画令人联想到基督教的各种仪式或意蕴，带有显著的宗教色彩，展现了斯帕克的巧妙构思和斐然文笔。在这篇小说内，斯帕克通过故事内容和人物来象征基督的重生、天使的洗礼等，折射了作者向往宗教的心态，也预示了她不久之后的皈依历程。

正是由于这篇短篇小说的获奖，斯帕克信心倍增，不再坚持她的诗歌创作，而是滋生了尝试小说体裁创作的念头，于是不久后就与一家主动找上门的出版社提前签订了她的长篇小说处女作的出版合同。也许，正是这篇带有浓厚宗教意蕴的短篇小说的成功激起了斯帕克对宗教的热忱和希冀，成为她进一步了解宗教的动力，同时激发了她的创作灵感和诉求，指引她在宗教光芒四射的航标灯下不断前行、屡创辉煌。

二　再现《约伯记》中的受难与信仰主题

斯帕克在创作中再现了《约伯记》中的受难与信仰主题，如，《安慰者》和《唯一的问题》等作品指出人世间的苦难有时不可解释

---

① Muriel Spark, *The Complete Short Stories*, London: Penguin Books Ltd., 2002, p. 102.

② Muriel Spark, *Collected Stories*, London: Macmillan London Limited, 1985, p. 120.

③ Ibid., p. 121.

也无须解释，只有一心一意地坚信上帝，敬仰上帝，无条件地服从上帝的安排，最后才能获得救赎。关于绝对信仰，国内学者刘建军教授曾经指出："信仰的方式是强调人自身的精神力量。基督教强调对上帝——耶稣的绝对信仰，坚信在万事万物之上有一个绝对的、永恒的上帝。他既是世界的造物主，又是秩序的化身，也是拯救的力量，更是一切爱、公正和幸福的本原。所以，信仰他必须是无条件的和绝对的。这也决定着信奉上帝——耶稣是基督教文化的基本前提。"① 与这个论断相契合的是，斯帕克的小说恰好体现了她的主张：在一切场合，特别是在人生不如意或者受难时必须要重视人的精神力量和坚信信仰的救赎力量。

斯帕克在皈依后创作并出版的第一部小说《安慰者》中体现了她对约伯式受难的深切观照。1954 年，斯帕克成为天主教徒，大约在这个阶段，她因为身体健康方面的原因导致精神的崩溃，开始接受弗兰克·奥马磊（Frank O'malley）神父的荣格式心理治疗，目的是寻求外界世界与个人内心的平衡。这段经历成为原始素材，在《安慰者》中得到相应的改写。这部小说对于斯帕克的意义非凡，她曾经指出，"我想这第一本小说反映了我转变时候的状况。它的主题是一位皈依者和一种精神剧变"② 斯帕克对于信仰之重要性有过切身感受，因此借助《安慰者》来展示人生苦难的必要性及其神秘性，敦促世人仰赖宗教的信仰来对抗人生的受难。关于此，本书另一章有专门的论述，此处不再赘述。

《唯一的问题》和《安慰者》一样明显地与《圣经》内的《约伯记》形成互文。诚如法国文论家克里斯蒂娃所说："任何文本都是引文的镶嵌品组成的，任何文本都是对其他文本的吸收和转化。"③《唯一的问题》对《约伯记》文本的"吸收与转化"显而易见。这与斯

---

① 刘建军：《基督教文化与西方文学传统》，北京大学出版社 2005 年版，第 7 页。

② Muriel Spark, "How I Became a Novelist", in Jardine Penelope ed. , *The Informed Air*：*Essays by Muriel Spark*, New York：New Directions Book, 2014, p. 45.

③ Julia Kristeva, *Desire in Language*：*A Semiotic Approach to Literature and Art*, Trans. Alice Jardine, Leon S. Roudiez, and Thomas Gora, New York：Columbia University Press, 1980, p. 66.

帕克对《约伯记》的喜爱和好评不无关系："首先，这是最漂亮的诗歌。我认为，它是《圣经》中写得最好的。它是早期文学中的最佳作品之一。"① 斯帕克在《唯一的问题》中不仅多次提到《圣经》内的诗篇《约伯记》，在小说中讲述约伯的故事，而且多次引用《约伯记》的文中片段。小说主人公哈维（Harvey Gotham）是一位神学研究者，致力于研究《约伯记》，"他开始写一部专著探讨《约伯记》及这诗篇里论及的问题"②。他全身心投入其中，并努力去发现和解决《约伯记》的中心矛盾。不管在独处时，或者在与人交往时，或者在新闻记者因为其妻子涉嫌加入恐怖组织的事件采访他时，甚至在警察对他进行仔细盘问时，痴迷于《约伯记》的哈维都有意无意地要谈及约伯，而且经常试图对约伯的遭遇提出创新性解读。例如，在妻子的妹妹过来探望他并与他发生争论时，他说："那是因为你是我的其中一位'安慰者'。约伯与他的安慰者争论，为什么我就不能呢？"③ 当他在家里接受许多记者的采访时，有个记者问他："你是不是想说你面临与约伯一样的状况，因为你在世人眼中是个可疑人物，然而你觉得自己非常清白无辜？"④ 他抓住这个机会，开始谈论约伯，"我跟他的状况几乎不同"⑤，他接下去发表了长篇大论，全然不顾他们中绝大多数人对于《约伯记》的无知及对于他转移正题的抗议。他执意把话题聚焦于约伯身上："我正在给你们无偿召开关于约伯的研讨会"，"要么你们安安静静地听我的，要么你们全部离开。我刚刚说过了，约伯的问题应该部分归因于知识的匮乏。每个人都讲话，但是没人告知他受难的原因。甚至当上帝出现时，也不说原因。我们的有限知识使我们对于受难的原因感到困惑。也许，这正是受难的原因"⑥。也许，这也是斯帕克本人对约伯受难的一种思考与解释。她

---

① Robert Hosmer, "An Interview with Dame Muriel Spark", *Salmagundi*, Vol. 146/147, Spring, 2005, p. 142.

② Muriel Spark, *The Only Problem*, London: Penguin, 1995, p. 19.

③ Ibid. , p. 48.

④ Ibid. , p. 109.

⑤ Ibid. .

⑥ Ibid. , p. 111.

很早就开始对此研究。"比起其他所有的文学作品，斯帕克对《约伯记》最感兴趣。早在 1955 年，斯帕克就撰文回应荣格对约伯受难的解释。"① 斯帕克试图说服读者，无论何种原因，信仰上帝都是必要的，这是合格的基督徒的责任及义务。

　　从互文性的角度看，《约伯记》正是《唯一的问题》的"先文本"（hypotext）②。互文的主要表现在于它们各自的主角哈维和约伯有着许多共性。小说伊始，生活在书本世界里的哈维心情愉快，虽然家财万贯，却主动选择了住在一个简陋僻静的地方以潜心研究，过着宁静简朴但怡然自得的生活。随着故事的进展，读者很容易发现，腰缠万贯的他实际上并非幸福美满。相反的，现实世界中的他遭遇了许多磨难，表现在多个方面。首先，他的家庭生活极不和睦，虽然妻子聪明美丽、生活富足，但是她患有盗窃癖，令他极其反感。在一次旅行途中，因为妻子随手偷走商店里的一块巧克力，他再也不堪忍受，就离开了她。尽管分离很久，她也起诉要离婚，他仍然不同意，因为他在与律师交谈中承认自己还爱着她。当律师问他是否希望她回到身边时，他的回答是："是的，理论上我希望如此。"③ 他的妻子曾经多次背叛他，甚至在他们分手后但法律意义上的婚姻关系仍然存在时公然与他人同居并怀孕生女。后来她还加入了恐怖组织，并杀害了一名警察。尽管哈维好长时间以来都不相信妻子确实是警察所认定的恐怖分子，妻子在与警察交战中被打死的事实证实了她的确就是罪犯。因为妻子的作为，还因为哈维一直对她是有感情的，他的生活注定不会幸福。其次，他的朋友和亲戚总是不理解他，甚至误会他，经常对他隐瞒重要消息，比如他对妻子因为在商店里盗窃而被拘留的事件一无所知。最后，新闻媒体的报道也对他造成很大伤害，因为他在接受采

　　① Jennifer Lynn Randisi, *On Her Way Rejoicing*: *The Fiction of Muriel Spark*, Washington, D. C.: The Catholic University Press, 1991, p. 36.

　　② "先文本"是法国著名结构主义文论家热内特（Gerard Genette）提出的概念，他指出互文性涉及"先文本"及"超文本"（hypertext），具体请参见 Gerard Genette, *Palimpsests*: *Literature in the Second Degree*, Trans. , Channa Newman and Claude Doubinsky, London: University of Nebraska Press, 1997。

　　③ Muriel Spark, *The Only Problem*, London: Penguin, 1995, p. 131.

访时的态度不太友善，而且不断地提及记者们丝毫不感兴趣的《约伯记》，还说可以给他们带来关于约伯的讲座。显然，愤怒的记者不会手下留情，他们不仅没有据实报道，而且还刻意歪曲真相，诽谤哈维，说他在接受采访时当场辱骂上帝。听过报道后，不明真相的公众误会了哈维，就连他平常几乎没有联系的姑姑也为此打电话来谴责他。总之，哈维的经历类似于《约伯记》的主角约伯，都是刚开始时生活富足，但后来遭受生活的磨难，受到不公平的对待。在此，受难的主题显而易见。

除了小说主人公的互文，《唯一的问题》在于其他人物及小说情节方面也明显地借鉴和模仿了《约伯记》。哈维受难时周围有许多人，包括好友爱德华、露丝和几个亲戚。这些人先后对他表示同情，并安慰他。他们与《约伯记》内的三位安慰者也形成呼应。哈维在受难过程中，一群人过来质问他，与《约伯记》的记载一样。小说中，哈维说道："我现在怀疑他们就是当时那个地方的刑事案件调查组。在我看来，他们依次被派来讯问约伯，努力想让约伯犯错误。"[1] 此外，哈维与约伯一样，也有所抱怨，例如警察在盘问他时，他有时也失去耐心，进而怨恨他们。所不同的是，他并未像约伯那样非常愤怒，甚至质问上帝，他的心态较为平和，没有做出太多的过激行动。斯帕克似乎表明了这是他长期以来关注和研读《约伯记》，从中获得慰藉的结果。实际上，哈维认为人总要遭受苦难的，但是他不像《约伯记》那样不予解释，而是试图针对好人受难的问题提出自己的观点，"如果你相信上帝的存在，相信他是仁慈的，那么对于受难问题唯一合乎逻辑的解释就是每个人在出生前都与上帝定下协议，约定他在生活中将会遭受磨难。当然出生后，我们忘了这个约定。但是我们确实有过此约"[2]。据此，哈维对于受难早有心理准备，而且心甘情愿，认为这是上帝的安排，而且这安排也是基督教徒在降临人世间前就同意了的。也许，正是在这种信念的支撑下，哈维能够在经受一系列打击后

---

① Muriel Spark, *The Only Problem*, London: Penguin, 1995, p. 181.

② Ibid. , p. 27.

仍然保持积极心态，从不放弃对生活的希望，正因如此，如同斯帕克在小说中所写的，哈维在历经磨难后过上了如意的生活。

斯帕克通过《约伯记》的互文表达自己对于苦难和信仰间的关系的理解，揭示诗篇中蕴含的宗教思想。她在最后一章中描述故事主角后来的生活。那时候，哈维与情人露丝快乐地生活在一起，并告诉好友爱德华说："（完成《约伯记》的研究后）我要再活上 140 年，并拥有三个女儿——克莱拉、耶米玛和艾蓬。"① 这里显然与《约伯记》的结尾有相似之处：约伯最后过上了幸福的生活，生了 3 个女儿，其中的一个女儿也叫耶米玛；他也是又活了 140 年。这种相似显示出斯帕克对《约伯记》的垂青，是斯帕克有意引起读者的关注，引起他们对小说以及《约伯记》中受难主题的思考，并传达作者意图：启示读者，引导他们在逆境中如何应对和如何坚持信仰。斯帕克暗示，这种无论何时何地的绝对的信仰必然会带来光明的前景和美好的未来。

三 宗教的神秘性与人生的不确定性

宗教信仰以其思想的形而上性、崇高性、启迪性和神秘性吸引着世人。宗教中的神秘因素是最难以捉摸的存在，在一定程度上反映了人生的不确定性与虚无主义。

宗教信仰对世人起到了精神慰藉的作用，可以劝慰他们不必刻意追寻凡事的缘起，因为日常生活中发生的神秘事件不一定，也不能够都找到确定或圆满的答案。受此影响，斯帕克在创作过程中比较倚重宗教信仰所赋予的直觉。就此意义而言，她的作品体现了后现代主义的不确定性特征，因为美国文论家哈桑（Ihab Hassan，1946— ）认为，不确定性恰好对应了后现代主义所描述的时代，以及这个时代文化的不可把握性。② 英国文论家大卫·洛奇（David Lodge）也曾指

① Muriel Spark, *The Only Problem*, London: Penguin, 1995, p. 189.

② 参见 Ihab Hassan, *The Postmodern Turn: Essays in Postmodern Theory and Culture*, Ohio: Ohio State University Press, 1987。

出，后现代主义的文本具有不同于现代主义精心结撰的严谨结构。它的创作和接受的唯一原则是不确定性。①

《安慰者》中的主人公卡洛琳既是作者控制的小说中人物，又是上帝制造出的世俗人物。这种小说世界与真实世界的隔离与相异是斯帕克作品中的重要主题之一。卡洛琳在精神出现异常，恍惚不定之际接受牧师杰罗姆的帮助。牧师告诉她，"这些事情会发生的"②。言下之意，这些神秘的事件其实随时会发生，不用在意其中的缘由。

除了《安慰者》，斯帕克同样在其他众多小说中叙述了一些神秘的事件，给人扑朔迷离之感，而且直到最后都没有向读者提供解释，因此最大限度地挑战了读者，迫使他们细致阅读以寻求答案，甚至还积极参与创作和填补空白，把传统上的"可读"（readerly）文本变为罗兰·巴特（Roland Barthes，1915—1980）所提出的"可写"（writerly）文本。

此外，斯帕克还通过叙述人物的突然消失来显示人生的不可捉摸和不确定性。斯帕克描写了《安慰者》中表面虔诚、实则堕落的天主教徒乔治安娜·霍格（Georgiana Hogg）的多次神秘失踪，用意也许在于说明她是个可有可无、无关紧要的人物，借此批判她的伪善及她对宗教的背叛和亵渎，也表达了斯帕克对于堕落的基督教徒的失望和厌恶。乔治安娜的多次消失也似乎在向读者提前预示她最后的死亡。乔治安娜总是喜欢以宗教为借口窥探他人隐私。她询问卡洛琳为何会到静修院："那么是什么原因促使你加入天主教呢？"③没有得到满意的答复后，乔治安娜就批评她，说这种不愿公开讨论皈依原因的行为是"不符合天主教义的"④。乔治安娜死板地恪守天主教教义，并反对教徒有任何独立的思想和见解。然而，有时候，乔治安娜在实际生活中的所作所为却是有违教义的，表现出人性的自私和贪婪。因此，卡洛琳认为，乔治安娜宣称的上帝信仰"就是

---

① 参见 David Lodge，*The Modes of Modern Writing*，London：Edward Arnold Ltd.，1977。

② Muriel Spark，*The Comforters*，London：Macmillan，1985，p. 63.

③ Ibid.，p. 32.

④ Ibid..

对她自己的信仰"①，还说她"没有任何的个人生活"②。还有一次，
"乔治安娜一走进房间就消失了，她就消失了。她没有任何私生活。
上帝才知道她独处时到底去了哪里"③。由于乔治安娜经常在离开人
群后就莫名其妙地消失了，海伦娜认为，"依照我的看法，乔治安娜
不在那里"④。对于这种小说人物突然消失的安排在一定程度上体现
了斯帕克对于生活不确定性的思考。

　　在斯帕克的第二部小说《罗宾逊》中，宗教的神秘性特征也充
斥着整部小说。从小说的主题、背景到人物和整体框架，《罗宾逊》
都体现了斯帕克在创作中对宗教神秘性特点的偏好。首先，飞机失
事后，幸存者所流落到的小岛就是个神秘的荒岛。其次，小说男主
人公罗宾逊的失踪是件很神秘的事情，另一主人公詹纽瑞对他的命
运一直感到很疑惑。再次，作为第一人称叙述者的詹纽瑞描写自己
的冒险经历时指出这是"死去的女人的梦"⑤。叙述者在此就像脱离
身体的灵魂一样在回首往事，她讲述的神秘经历令读者产生种种猜
测和无穷想象。最后，除了罗宾逊和詹纽瑞之外的两个主要人物都
善于虚构故事：威尔士热衷于超自然事件，沃特福德经常通过幻想
把世界神秘化，如同某论者所说的，这两个人都"有不受约束的自
我意识，制造了很多关于自己和他人的错误和危险的神话"⑥。此外，
小说还多次涉及宗教信仰与世俗、文学等问题。瞿世镜对该小说的
评论不无道理："《罗宾逊》……再次表现了《安慰者》中曾经有过
的对宗教与世俗、文学与人的某些思考。"⑦ 在小说的开篇，女主人
公詹纽瑞就强调了这部小说与宗教的联系，"某段话或者某件事勾起
了她的回忆……这些话、这些事是带有圣礼特征的"⑧。詹纽瑞与作

---

① Muriel Spark, *The Comforters*, London：Macmillan，1985，p. 147.

② Ibid., p. 156.

③ Ibid., p. 177.

④ Ibid., p. 154.

⑤ Muriel Spark, *Robinson*, London：Macmillan，1958，p. 36.

⑥ Bryan Cheyette, *Muriel Spark*, Horndon：Northcote House Publishers Ltd.，2000，p. 34.

⑦ 瞿世镜：《当代英国小说史》，外语教学与研究出版社1998年版，第222页。

⑧ Muriel Spark, *Robinson*, London：Macmillan，1958，p. 8.

者斯帕克一样，刚刚皈依天主教，是个"有诗意的批评家和喜欢表达思想的人"①，经历过短暂的婚姻，有个小孩，同时对周围的天主教徒不太满意，甚至对自己周围的环境有格格不入的感觉。通过描写她对宗教信仰和宗教信徒的态度，斯帕克传达了自己的宗教观和人生态度。

四　宗教与死亡

斯帕克的小说经常观照宗教与死亡之间的深刻联系。身为天主教徒的斯帕克必然受到各种教义教规的浸染，持有比普通人更为豁达的死亡观。她通过小说表达了如下的观点：死亡是自然的常态、人生必不可少的一部分，更是上帝对于凡人的安排，并非无奈的终结。世人应该用从容不迫的态度对待死亡的最终结局，才能尽显人类的智慧与尊严。

《死亡警告》从宗教的角度来关注世人的衰老与死亡问题。小说第一章就讲到 79 岁的老妇莱蒂（Lettie Colston）接到了第九个与以前类似的电话，对她说"记住你会死去"，接着涉及的几位主要人物都是接近或超过 70 岁的老人：87 岁的戈弗雷（Godfrey）和他 85 岁的妻子卡米恩（Charmian），就连他们的仆人安东尼太太也有 69 岁了。随之而来的第二章讲到疗养院中年逾古稀的老人们。显然，对这些上了年纪的老人而言，日渐衰老与死亡结局已经成为他们恐惧和忌讳但又不得不面对的主要生活现状。作者斯帕克的意图很明显，在开篇就渲染气氛，凸显即将深入的衰老与死亡主题，借此逐渐引起读者的共鸣。接着，整个故事围绕着这些老年人在疗养院的生活及他们寻找不明来历的警告电话的经过而展开。小说中的大多数老人都与莱蒂一样接到了神奇的电话。多数人感到恐慌，甚至认为这是有人蓄意谋杀的前兆，于是就竭尽所能试图追究这个电话的源头，但是直到故事结束了，没人知道这个电话的真实源头。整部小说中充斥着与死亡相关的讣告、葬礼、医院、最后的圣餐礼，等等。小说最后一章，作者提出

---

① Muriel Spark, *Robinson*, London：Macmillan, 1958, p. 23.

这样的问题："他们得的是什么病？怎么死的?"① 她继而自问自答，
罗列出主要人物的结局。不同于其他后现代派作家喜欢设置的开放式
结局，斯帕克在最后没有展示人生的不确定性或人物的非理性主义抉
择。相反，她力图强化死亡这一主题，并试图寻求其深藏的宗教意蕴
及内涵。作品中，她还引用了著名神学家纽曼（John Henry Newman，
1801—1890）关于死亡的思考："我常常感到奇怪，不明白先人的死
因……但有时我感到如果我们能把这事与正在患病的或者衰老的神父
圣贤们联系起来，会是一种安慰。"② 生命本身并无任何意义，腐朽
的肉身也许最终指向的是无尽的虚无，但在这背后，芸芸众生总渴望
着崇高与神圣，赋予渺小的自我以灵魂的深度和广度。在面对死亡之
时，倚靠强大的宗教信念或许能战胜恐惧和虚空，毕竟彼岸的世界有
望给予人们慰藉与希冀。斯帕克从中汲取灵感，致力于考察与发现衰
老、死亡和宗教之间的关联，认为只要心念宗教，就能坦然面对和接
受疾病和死亡等无法回避的现实问题。

　　小说中的主要人物对于死亡的态度不尽相同，因此接到提醒他们
将要死亡的警告电话时的表现迥然相异。多数人的反应是惊讶、恐
慌，并不愿勇敢面对正在逼近他们的实际问题。当老妇莱蒂接到提醒
她即将死亡的电话时，她很害怕，马上"按照要求给助理探长打电
话"，并给"哥哥戈弗雷也打了电话"。③ 当戈弗雷接到同样的电话
时，他同样显得"惊慌"，并"不理解"。④ 相对而言，作家卡密恩接
到电话时表现得很镇定，跟打电话的人说，"在过去的三十多年里我
经常想到这一点。……不过不知怎么回事我不会忘记我会死，不管什
么时候死去"⑤。她的平和心态与虔诚的天主教徒琼·泰勒一样。泰
勒不去关注纯粹的肉体存在，不太在乎人的外在环境和现世的生存，
而是注重内在的精神层面及宗教信仰。她深刻地意识到在这个广袤的

---

① Muriel Spark, *Memento Mori*, New York：Avon, 1959, p. 246.
② Ibid. .
③ Ibid. , p. 1.
④ Ibid. , p. 120.
⑤ Ibid. , p. 127.

世界和无限的空间内，人类的渺小与人生的无常是恒常之道，因此，她坦然面对年岁的增加。当有来历不明、神秘而恐怖的警告电话告诉她"记住你一定会死去"时，她毫不畏惧。她认为周围收到同样电话的老人根本不必大惊小怪，而应泰然处之，坦然面对和接受命运的安排。在她慢慢衰老、生病时，她没有怨言，而是凭借意念勇敢地生活着。"第一年过去以后，她决定甘心情愿去受苦。如果这是上帝的意志，那么这也是我的意志。这种心理状态令她拥有一种坚定又显著的尊严。"① 在逐渐衰弱并走向死亡的过程中，她说过："人一过70岁就好像被卷入了战争，所有的朋友都正在走向死亡或已经离去，而挣扎在死亡与即将死亡之间，就好像生活在战场上。"② 当莱蒂向她抱怨警察没有尽力追查神秘电话的源头时，泰勒表达了自己的看法："可以说打匿名电话的是死神自己。莱蒂夫人，我看不出你有什么办法来对付此事。如果你记不住死亡，死亡就会提醒你要记住它。"③小说结尾时，泰勒在弥留的病床上仍然坚持赞美上帝。死亡对她而言根本不可怕，而是一种新生，抑或是一种希望。"吉恩·泰勒拖了一阵，用病痛来赞美上帝，有时深信不疑地思考着死亡，这是永远不忘的最后四件事中最重要的一件。"④

《死亡警告》中，斯帕克还通过探长莫蒂默（Kermode）的话语来表达对死亡的积极态度，"如果我能从头开始生活，我就要养成习惯，每天静下心来考虑死亡的问题。我会训练自己记住死亡。任何其他训练都不可能比这个更能加强生活的存在感了。当死亡临近时，人们不该感到意外。死亡必须是整个生命预期的一部分。如果死亡的想法不是无时无刻地存在，生活便会枯燥乏味"⑤。探长充分了解了生死间的关系，显然是参悟到了向死而生的真谛，因而具有与普通人不一样的勇敢与开朗的品质。有人情不自禁地为之所动，表达了对他的

① Muriel Spark, *Memento Mori*, New York: Avon, 1959, p. 10.
② Ibid., p. 50.
③ Ibid., p. 195.
④ Ibid., p. 246.
⑤ Ibid., p. 166.

支持："刚才莫蒂默先生说的关于在死亡面前顺从天意的话很鼓舞人心、令人欣慰。这个观点的宗教意义现在太容易被遗忘了。"① 斯帕克意欲告诉读者，有宗教信仰的人士正是以探长的这种心态来面对死亡和将来不可知的世界。唯有如此，人类才不会对未来悲观失望，不会对衰老与死亡的结局感到恐慌与悲伤。探长接着奉劝到他家的那些对于匿名电话耿耿于怀的老人们："要知道，记住这一点是件大好事，因为这是真理。简言之，记住自己会死去是一种生活方式。"②

对斯帕克而言，探长的话正是一般天主教徒应有的处世态度和人生观。斯帕克不但借助探长之口明确说出这种特别的生活方式，而且亲自践行着这种方式。依她之见，每个人在世时都应同时思考着死亡的命题。现实世界中，斯帕克在去世前的几年间饱受疾病之苦，却没有过多的怨言和恐慌，而是正视人生，安然应对，并且坚持带病工作，在病魔缠身到去世前不久还完成了重要的压轴之作《精修学校》。2006 年 4 月 13 日，在得知自己罹患癌症将不久于人世后，她没有惊恐，而是马上叫来牧师，告知遗言，并表示"她已经为进入天国做好准备"③。逾越节的第一天，在向神父自白后，她安然离世。她对待死亡的态度与小说《死亡警告》所提倡的如出一辙。她的有关死亡的神学思想及对上帝的信赖帮助她得到解脱，也许这些思想和理念将在另一个世界继续引导她参悟人生、认知宇宙。

五　人与上帝

斯帕克在首部小说《安慰者》中就借用了关于人与上帝关系的隐喻：人类必须臣服于上帝，上帝对于臣民的控制是理所当然的，而作者对小说人物的掌控正如上帝与其臣民的关系。作者对笔下人物的安排和处理有着预见性和完全的决定权，正如上帝可以预知和判定臣民的命运，对其生杀予夺、随心所欲。这种关系如同卡洛琳在文中所暗

---

① Muriel Spark, *Memento Mori*, New York：Avon, 1959, p. 167.

② Ibid. , p. 168.

③ Martin Stannard, *Muriel Spark：The Biography*, New York：W. W. Norton & Co. , 2010, p. 531.

示的，"我怎么回答这些问题呢？我开始问他们：很明显的，作者所存
在的层面是跟我们不一样的。这样调查会更艰难。我应该是有过幻
觉……正常的观点一定会使我难过，因为这就像作者的事实与信仰"①。
《安慰者》还清楚地传达了作者的宗教观：与上帝抗争的努力是毫无
意义的，而且可能会遭受重罚。例如，卡洛琳及她的"安慰者"们
想方设法寻找"神秘声音"的源头，但是最终没有成功。斯帕克暗
示，那"神秘声音"源自上帝，没有按照声音的指示去行动，就犹
如违背上帝的意愿，结局只能是失败。有一次，深受"神秘声音"
困扰已久的卡洛琳听到声音预告他们会自驾出游，就有意与预言对
抗，对男友劳伦斯说："声音说咱们是开车去的，好的，那么我们一
定要坐火车去。……这是关系到我们的自由问题。"② 后来，在经历
了一系列偶然事件后，他们最终却只能按照那声音的预言，一起开车
去，而且在途中卡洛琳遇到车祸，身受重伤。斯帕克的意思显然就
是，上帝的指示不容反抗，个人意志在上帝面前是微不足道的，不必
言及也不能实现；违背上帝意志的人终将接受惩罚并自食其果。

　　斯帕克还借助小说进一步说明了人必须无条件服从上帝的旨意，
原因在于人生一开始，命运就已经为上帝那恒久不变的意志所确定好
了。加尔文教认为，上帝从创世时就把人分成选民和弃民两种，选民
注定要得救并获得成功，弃民注定为上帝所排斥并失败，"上帝对其
余的人感到满意，按照上帝意旨的秘示，根据他的意志，上帝施予或
拒绝仁慈，完全随其所愿。从而使他统治自己的造物的无上荣耀得以
体现，注定他们要因为自己的罪孽感到羞辱并遭受天谴，一切都应归
于上帝伟大的正义"③。《琼·布罗迪小姐的青春》展示了这一观点。
小说开始时，布罗迪老师准备把她精心挑选出来的学生培养成"精英
中的精英"④。她不断提起"人类的精英"一词，说："只要你们这些

　　① Muriel Spark, *The Comforters*, London：Macmillan, 1985, p. 60.

　　② Ibid., p. 108.

　　③ ［德］马克斯·韦伯：《新教伦理与资本主义精神》，陈平译，陕西师范大学出版社
2007 年版，第 127 页。

　　④ Muriel Spark, *The Prime of Miss Jean Brodie*, London：Macmillan, 1963, p. 15.

小姑娘听我的话，我就会把你们造就成人类的精英。"① 可见，布罗迪把她的精英学生当作选民，而把其他人归为弃民。主人公布罗迪老师信奉加尔文教，但是她并没有真正地理解它的宗旨和核心是预定论思想，即，"第三章（论上帝的永恒天命）第三条，依照上帝的旨意，为了体现上帝的荣耀，一部分人与天使被预先赐予永恒的生命，而另一部分则预先注定了永恒的死亡"②。显然，加尔文教认为，世上的一切都是上帝预先决定的。在小说的一些场合，斯帕克的确暗示了一些事情是注定要发生的，很早就会有一些征兆表现出来。比如，布罗迪的学生玛丽从小在学校时就容易走神，难以集中注意力听课，经常遭到老师的批评和同学的嘲笑，显得笨拙、无主见。结果在后来的一次旅馆大火中，年仅 24 岁的她惊慌失措，四处逃窜，最终不幸遇难。作者用该事件暗示玛丽的命运是早先就注定的，她的性格特征注定了她的不幸经历与悲惨命运。

虽然，人生一开始，命运就已经为上帝那恒久不变的意志所确定好了。然而，布罗迪小姐却凭借自己的个人魅力与上帝争夺控制权，试图掌控她手下学生的命运。其结果只能是彻底的失败：由于学生的背叛，她被学校解聘；郁郁寡欢的她直至去世前还在猜测与追究到底是谁背叛了自己。布罗迪的形象如同"伪基督"，表面上她与基督有着共同的命运——都被自己的门徒背叛，但不同的是，基督预知自己即将被出卖，而且确定地知道背叛者是犹大，而布罗迪对这一切一无所知。斯帕克借助布罗迪的悲惨命运表明了自己对虚伪自负和不可一世的教徒的不满和蔑视。小说另一主要人物桑迪是布罗迪的得意门生，但是连布罗迪小姐都没想到，正是由于她向学校告密，布罗迪被解聘。最后桑迪因为"道德意识和对上帝的责任感"③ 而皈依罗马天主教，改名为"重生的海伦娜妹妹"，并且因为宗教论著《凡人的变容》而名噪一时。这似乎在暗示，斯帕克本人在天主教和加尔文教的

---

① Muriel Spark, *The Prime of Miss Jean Brodie*, London: Macmillan, 1963, p. 22.

② 转引自［德］马克斯·韦伯《新教伦理与资本主义精神》，陈平译，陕西师范大学出版社 2007 年版，第 127 页。

③ 瞿世镜：《当代英国小说史》，外语教学与研究出版社 1998 年版，第 224 页。

两难选择上最终还是如同桑迪一样倾向前者，然而，斯帕克对自己的抉择仍然心存疑惑，因此她在小说的结尾暗示，皈依后的桑迪没有找到内心的平静，当有人来探访她时，她"紧紧地抓住窗户栏杆"①。言下之意，她的心里有着矛盾与杂念，因此表现特别纠结。

　　《驾驶席》同《琼·布罗迪小姐的青春》一样，都讲述了凡人违抗上帝的旨意并与上帝争夺控制权的故事。与布罗迪小姐相似的是，《驾驶席》的女主人公莉丝也是处心积虑地试图控制个人命运，所不同的是，莉丝想控制的是自己而非他人的命运——她想找一个人把自己杀害，这出于两个缘由。其一，在世时默默无闻的她试图利用谋杀案制造骇人的新闻，借此引起关注，成全自己"出名"的梦想。其二，按照基督教的观点，自杀是违背教义的，因为尊重生命、爱惜生命是基督教的传统，个人的生命是上帝赋予的，只有上帝才可以决定一个人的生死。因此，即使是自杀也是严重违背基督教义的，因为这意味着自杀的人篡夺了上帝掌控凡人性命的权力。自杀者还犯了《圣经》十诫中的第六诫"不可杀人"。所以，莉丝不愿意以自杀的方式结束自己的生命。虚荣而自私的她终于成功地物色到一个人并怂恿甚至教唆他谋杀了她自己，可见她间接地实施了自杀。虽然，表面上看来，莉丝不算是自杀，没有违背教义，实际上她的这种行为招致更严重的后果。她把一个犯过错误后正在悔过自新的人重新推向深渊。毋庸置疑，他因为犯了谋杀罪会被处以重刑，因此，在某种意义上，莉丝导致了他的覆亡，也就等同于莉丝谋杀了他。换言之，莉丝为了达到自己的可鄙目的，间接谋杀了自己和一个陌生人。所以，她犯下的罪行远远超过了自杀的罪行。她杀害的不仅仅是她自己一人。她殚精竭虑，最终还是触犯了十诫中的第六诫"不可杀人"。除此之外，莉丝的行为还跟布罗迪小姐一样，触犯了基督教的教义——试图与上帝争夺对人的控制权。显然，斯帕克不认同她的作为，因而在小说最后用特别的方式惩罚了莉丝，故意违背她临终前的唯一意愿——莉丝不断向杀害她的人申明自己的强烈

---

① Muriel Spark, *The Prime of Miss Jean Brodie*, London: Macmillan, 1963, p. 186.

愿望："我不想要性关系。你可以在杀死我后再来。把我的腿绑在一起，然后杀掉我。就这样。"① 具有讽刺意味的是，那个罪犯毫不顾及她的意愿，在杀死她之前就实施了性侵。应该说，斯帕克暗示莉丝这种与上帝争夺控制权的人最终必然会遭遇失败、受到严惩。

人与上帝争夺控制权的主题在斯帕克的许多小说中屡见不鲜，除了前面所提到的《安慰者》《琼·布罗迪小姐的青春》和《驾驶席》，还有《请勿打扰》《公众形象》《带着意图徘徊》，等等。

《收入菲薄的姑娘们》从另一个角度揭示了世人相信上帝、拥有真正的宗教信仰的重要意义。德国哲学家黑格尔曾经说过："上帝要用正义来尊敬，奉行正义就是'追随上帝而行'。"② 国内学者刘建军也指出："换言之，上帝拯救那些虔敬的人，而人越是能够克制自己的欲望，人自身越是有力量、勇气和追求上帝的精神，就越能够获得上帝的垂青和眷顾。基督教的这种思想，后来成了欧洲乃至美洲大陆的一种普遍的文化心态，甚至成为西方世界人们的一种人生文化信条。"③ 小说中，"奉行正义"的主人公尼古拉斯随着阅历的增加，终于认识到，人类的理想、抱负、奋斗和追求等都必须建立在以上帝为中心的基础上；丢弃对上帝的信仰，人类就会成为自身激情、自私、贪婪等本性的俘虏，最终丧失自我，成为堕落的生物。于是，尼古拉斯因信奉而献身宗教，并忠于神父之职，终其一生追求和传播永恒的信念。后来在海地的传道中，他为了彰显正义，勇敢面对野蛮的人性，最终把宝贵的生命献祭给自己的信仰，"在海地殉教了。被杀了。记得他成了一位修士"④。他的死亡令人联想到的"不是野蛮的人类生活，而是上帝恒久的计划"⑤。他以自己的殉难实现了为上帝奉献自我的承诺，"同时发现了极大的成就感——以前的性爱经历、作者

---

① Muriel Spark, *The Driver's Seat*, Middlesex：Penguin, 1970, p. 106.

② ［德］黑格尔：《历史哲学》，王造时译，生活·读书·新知三联书店1956年版，第240页。

③ 刘建军：《基督教文化与西方文学传统》，北京大学出版社2005年版，第4页。

④ Muriel Spark, *The Girls of Slender Means*, London：Macmillan, 1961, p. 10.

⑤ V. M. K. Kelleher, "The Religious Artistry of Muriel Spark", *The Critical Review*, Vol. 18, 1976, p. 90.

身份和政治活动都未能向他展示这种感觉"①。斯帕克把尼古拉斯的死亡升华为一种殉教行为,具有悲壮的意义,褒扬了他的奉献精神和对上帝的忠诚不渝,为这本小说增加了宗教寓意和神圣荣光。此外,女主人公乔安娜(Joanna)也喻示着基督教义所推崇的纯真人性和无私精神。在一次大火中,她不但保持镇静自如,而且始终坚持歌唱圣诗,借此帮助他人摆脱恐慌和摆正心态。最后,在她的安慰和鼓励下,绝大多数人都成功地逃离火灾。她在有限又紧迫的时间内,在关键时刻把生还的机会让给她们,自己却不幸遇难。毫无疑问,她深得人心,赢得了众人高度的评价和无尽的钦佩。"简突然对乔安娜感到一阵妒忌……这种感觉与她内心对乔安娜的认识是相关联的:她是位公正无私,能够忘记自我的人。"② 当尼古拉斯回忆去世前的乔安娜时,说她即使在危难的情境下也不断唱着圣歌,因此带给他人无穷的勇气和力量。他对此赞叹不已:"乔安娜充满宗教的力量。"③

如果说,尼古拉斯与乔安娜的宗教正能量弘扬了基督精神,彰显了上帝与人类的密切联系和上帝对于人类的指引作用,那么小说中的反面角色塞莉娜(Selina)则象征人性的堕落。她缺乏道德意识和高尚的信念。她没有真正的宗教信仰,喜欢利用和操纵他人,"她看着尼古拉斯……心想她可以利用他"④。在一场大火中,她的表现与大公无私的乔安娜截然相反:在逃离火海后塞莉娜马上又返回还在熊熊燃烧的住所,不是为了挽救身陷危机的朋友或者设法扑灭大火,而是偷出一件不属于自己的漂亮衣服。在此,她的自私品行展露无遗。借助《收入菲薄的姑娘们》,斯帕克通过对人性之善恶品质的刻画表达了自己的神学思想和宗教理念,正如有学者所评价的,"《收入菲薄的姑娘们》全面体现了斯帕克的宗教哲学"⑤。斯帕克认

---

① V. M. K. Kelleher, "The Religious Artistry of Muriel Spark", *The Critical Review*, Vol. 18, 1976, p. 90.

② Muriel Spark, *The Girls of Slender Means*, London: Macmillan, 1961, p. 112.

③ Ibid., p. 133.

④ Ibid., p. 74.

⑤ V. M. K. Kelleher, "The Religious Artistry of Muriel Spark", *The Critical Review*, Vol. 18, 1976, p. 90.

为，作为基督教的核心价值，坚定的信仰与博爱的精神必须体现在生活中。唯有如此，人类才可以"因信称义"，获得救赎，恰如国内著名的《圣经》研究学者梁工所言，"由于上帝和基督本是道德和正义的象征，'追随上帝而行'实际上就成为对精神文明胜境的向往和追寻"①。

六 宗教与世俗文化身份的认同危机

斯帕克在小说中通过塑造不同的人物形象，反映了现实生活中具有不同宗教文化身份的个体产生的身份认同危机，并叙写与解释了他们摆脱困境的方式。

《曼德鲍姆门》通过讲述一位叫芭芭拉·沃恩的女天主教徒历经曲折终于与她的男友喜结姻缘的故事展示了宗教与世俗社会文化之间的冲突，如同芭芭拉·沃恩所言："也许宗教信仰渗透到生活中的每件事中。有的经历似乎是荒谬的——把神圣的跟世俗的分开——这看起来很幼稚。如果生活的全部不以上帝为中心，那么所有的东西都会分崩离析的。"② 小说背景设在三大宗教③的圣地、举世闻名的历史古城耶路撒冷，但是在斯帕克的笔下，这块圣地因为政治和宗教上的各派纷争充斥着混乱和欺诈，如同有评论家认为的，"在这里不存在真实，在种种的欺骗和阴谋后，很少事情会按照以前设计好的进展。我们可以看到作者想要我们明白：对于心灵的朝圣之行，这种状况是普遍存在于这个世界上的"④。在斯帕克的小说中，这个世俗社会中的神圣之地并没有宗教的荣光照耀，而是沦为堕落的平庸之城。在这里，个人的宗教文化信仰及身份未能明晰化。

小说的主人公芭芭拉·沃恩与斯帕克一样，父亲信奉英国国教，母亲信奉犹太教。换言之，芭芭拉·沃恩与斯帕克都是在具有两种信

---

① 梁工：《基督教文学》，宗教文化出版社 2001 年版，"导言"第 3 页。

② Muriel Spark, *The Mandelbaum Gate*, London: Macmillan, 1965, p. 268.

③ 指的是犹太教、基督教与伊斯兰教。

④ Warner Berthoff, "Fortunes of the Novel: Muriel Spark and Iris Murdoch", *Massachusetts Review*, Vol. 8, 1967, p. 308.

仰的家庭里长大的。正是因为在这种较为宽松和民主的宗教氛围下长大，她们才能独立地思考，时常显示出与众不同的宗教意识。

如同斯帕克一样，芭芭拉·沃恩最后皈依了天主教。她对于宗教持有虔诚狂热的态度，不断重申自己的信仰和立场，坚持要求男友在结婚之前必须从教堂获取证明，判定他的上一次婚姻无效。斯帕克最后选择了皆大欢喜的结局，调和了宗教与世俗的矛盾：芭芭拉·沃恩后来得知弗雷迪的上一次婚姻不是在教堂里举办的，因此没有得到教会的承认，他的那次婚姻实际上可能是没有效力的。"那天晚上，他们追问一个住在旅馆的牧师，让他认可他们的设想是正确的，即哈利以前的婚约现在是无效的。"① 于是，哈利与芭芭拉·沃恩结婚前就无须再证明自己的上一次婚姻的无效性。当芭芭拉·沃恩得知她可以与哈利结婚并且不必放弃宗教信仰时，她满心欢喜地说："跟上帝在一起，什么事都是可能的。"② 这传达了斯帕克的态度：尽管每个人都可能会遭遇困境，可能遭遇文化上的或宗教上的身份危机或信仰危机，只要坚信与追随上帝，他们终将拥有幸福快乐的生活；作为上帝的臣民，解决问题的最好方式就是坚信上帝与其同在，耐心地等候上帝早已安排好的结局。

七　宗教的启示

斯帕克认为，正是因为不完美的事物和堕落的基督教徒的存在，所有的基督教徒们才要一心向善，力争成为真正的虔诚的教徒。这也反映了她对宗教信仰之意义的肯定和期盼。斯帕克借助小说《克鲁的女修道院院长》叙写了"一群修女们围绕着一根顶针吵闹不休"③ 的故事。小说的题目直观地表明这部小说与宗教相关。不言而喻，小说的主人公指的是一个女修道院院长，在文本中被称为"院长"（the abbess）。故事一开始，作者就直接描述这个院长与修女的对话。谈

---

① Muriel Spark, *The Mandelbaum Gate*, London: Macmillan, 1965, p. 302.

② Ibid., p. 265.

③ Martin McQuillan, "An Interview with Muriel Spark", in Martin McQuillan ed., *Theorizing Muriel Spark*, New York: Palgrave Publisher Ltd., 2002, p. 225.

话期间，这个女修道院院长不断地要求这个修女要"安静""小声点"，令读者觉得困惑，从而营造了一种神秘的气氛。随着故事的进展，真相开始显露。原来这个修道院院长在好多地方偷偷安置了窃听器，她担心她们之间的重要谈话会被录音，因此要那个修女放低音量。《克鲁的女修道院院长》里的修女们为了竞选上女修道院院长不择手段地钩心斗角、明争暗斗，比如，一个修女批判另一位企图当选修道院院长的修女："菲利斯特捏造了修道院的一系列罪行……她抱怨这些罪行是违背英国法律的，不是宗教的罪行。她在电视上指责法律机构不采取任何措施。"① 这里反映出的尔虞我诈显示出小说家斯帕克对于宗教的态度及她创作手法的独特之处：她并不都是用肯定积极的态度来书写和褒扬基督教徒，而是经常表达对宗教人物和宗教事件的嘲讽和批判。《克鲁的女修道院院长》影射了尼克松时代的水门事件，整部小说中充斥着当时存在的敲诈勒索、恐吓欺压等各种事件。这也许可以用麦克奎兰对斯帕克访谈时的一句话来解释："小说总是在不断探索天主教的复杂性和矛盾性。"② 斯帕克也承认："虽然我没有完全按照教规去办事，我坚守天主教的教义。……我并没有准备成为任何形式的天主教的辩护者。"③ 此外，她认为世界上存在一些伪善甚至邪恶的教徒，因此基督的世界并不如同一般的宗教作家描写的那么美好。这也是麦克奎兰认为她坚持着"远非正统的天主教义"④ 的理由。

如上所述，除了讨论人与上帝的竞争、人对上帝的怀疑外，斯帕克还经常在作品中描写虚伪的基督教徒，原因在于她认为当今社会是个堕落的世界，堕落的人因为不服上帝而与他竞争。斯帕克研究学者沃克也曾经说过："缪里尔·斯帕克的才华是无与伦比的。她把她后来所拥护的罗马天主教看作真理的基础和表现。对她来说世界属于上

---

① Muriel Spark, *The Abbess of Crewe*, London: Macmillan, 1974, p. 111.
② Martin McQuillan, "An Interview with Muriel Spark", in Martin McQuillan ed., *Theorizing Muriel Spark*, New York: Palgrave Publisher Ltd., 2002, p. 216.
③ Ibid., p. 217.
④ Ibid..

帝，但这是一个堕落的世界，堕落到了根本没法按照上帝的意愿安排世界。"① 在作品中，斯帕克"在找到并沉浸于宗教意义的快乐之前总是仔细并且挑剔地审视着她的宗教信仰"②，故此，她与其他的基督教作家——比如大卫·洛奇和格雷厄姆·格林——一样，并没有通过小说完全肯定和褒扬天主教，也没有直接在作品中为宗教进行说教和辩解，而是经常借助对堕落的现实世界和其中的邪恶之徒的真实描述表达了她对天主教的失望和沮丧，进而表达自己改进宗教和现世生活的美好愿景和希冀。此外，对于堕落的基督教徒的描写在一定意义上也符合《圣经》中的描写："我们……所有的义都像污秽的衣服"（《以赛亚书》64：2）。斯帕克认为所有的世人都是罪人，他们的"义"在上帝的眼里是肤浅的，没有太大的价值，这就像美国著名作家霍桑通过他的小说所表达出来的："凡人自有的义德，哪怕是最精彩的部分，也是一文不值的。……在那位无上纯洁者的眼中，我们无一例外的都是罪人。"③ 其实，她对邪恶世界和虚伪教徒的书写"并非跟他们达成一定的'共谋'，而是站在一种罕见的高度上进行的"④，而且，"所有的事情都是有理由的：小说结束前，斯帕克都把一切描写成神性计划的一部分。对于读者或小说人物来说，斯帕克笔下的邪恶有时看起来似乎很可怕，而且没有存在的意义，但是到最后它们都会被证明是有必要的、具有救赎意义的"⑤。言下之意，斯帕克的描写是别具匠心的，正是出自于她对宗教的热忱与敬畏。

当然，斯帕克的小说中也会正面描述和赞扬一些虔诚的基督教徒。在《带着意图徘徊》中，主人公芙乐是个笃信宗教的艺术家。与《安慰者》中的卡洛琳不一样的是，她毫不怀疑宗教的作用，而

---

① Dorothea Walker, *Muriel Spark*, Boston: Twayne Publishers, 1988, p. Ⅰ.

② Ruth Whittaker, *The Faith and Fiction of Muriel Spark*, New York: St. Martin's Press, 1982, p. 39.

③ Nathaniel Hawthorne, *The Scarlet Letter*, Shanghai: Shanghai Foreign Language Education Press, 2001, p. 161.

④ Ruth Whittaker, *The Faith and Fiction of Muriel Spark*, New York: St. Martin's Press, 1982, p. 40.

⑤ Ibid. , p. 46.

是在创作和生活中轻松自如地将它与文学紧密结合，实现了文学与宗教的相互融合、彼此映衬。斯帕克借助小说表达了宗教诉求，借助宗教增加了隽永意蕴，在浑然天成的作品中打造和彰显自己独特的文风，正如伊丽莎白·狄博所说的，《带着意图徘徊》"表明杰出的艺术家没有否认文学的基础幻象，而是在自己的作品中描写了与宗教密不可分的现实、喜悦和真相。对斯帕克而言，这些现实定义了小说的美学任务"①。此外，斯帕克在《死亡警告》和《来自肯辛顿的遥远呼唤》中都描写了一些积极向上、谦卑有礼的基督教徒。对这些正面人物的刻画在某些层面上显示了斯帕克对基督教的推崇与敬仰。

斯帕克从不同角度和不同层面传达了她的宗教思想和观点，显示出一位特立独行的基督教徒和小说家对于宗教的深刻反思和独到见解，表明她试图利用文本的书写鞭策和督促自己和世人，为他们树立道德示范，提供有益的警示与启迪。

斯帕克的小说创作展示了她独特的民族性、对"生命书写"的执着、对于女性自我成长和发展的观照和反思，以及复杂的宗教观。这一切反映在她的多部颇富代表性的小说中，它们展示了深刻的主题与高妙绝伦的叙事艺术。

---

① Elizabeth Dipple, *The Unresolvable Plot*：*Reading Contemporary Fiction*，London：Routledge，1988，p. 149.

第七章 《公众形象》中的身份
危机与伦理选择

　　1969 年，英国当代著名女作家缪里尔·斯帕克凭借其《公众形象》获得首届英国布克奖提名，并入选最后的 6 人决选名单，成为继《琼·布罗迪小姐的青春》之后的又一扛鼎力作，再次确立了她无可辩驳的文坛地位。小说出版之际就引人注目、好评如潮。拜厄特评价它是"关于成名对于个人的影响的形而上学研究……小说短小又精妙，可怕且有趣"①。韦斯特认为这本小说写得"特别精彩和优雅"②。斯帕克在小说中运用了非个性化叙述的手法，不露声色地讲述故事，如同评论家所说的，"作者冷冰冰地叙述着，好比专业的大夫在解剖尸体"③。他认为作者仅仅是以旁观者的角度来客观地叙述，不透露任何情感。然而，有学者对小说进行价值判断，断定这是一部"黑色的道德寓言"："罗马是真理的中心，同时又是骗子云集的地方……这是一部令人毛骨悚然的作品：短小、严密，精彩绝伦。"④ 在 1968 年版小说《公众形象》的封面上，斯帕克本人也指出这是"一个令人震撼的伦理道德故事"。如他们所言，这部小说的确蕴含着深刻的伦理道德启示。

---

① A. S. Byatt, "Empty Shell", *NS*, 1968, p. 807.

② 转引自 Martin Stannard, *Muriel Spark：The Biography*, New York：W. W. Norton & Co., 2010, p. 351。

③ Anne Fremantle, "In its Brief, Spare Way, It Packs a Wallop", *Sunday Herald Traveler*, Vol. 1, December, 1968, p. 4.

④ Frank Kermode, "Antimartyr", *Listener*, Vol. 13, June, 1968, p. 778.

21 世纪以来，文学伦理学批评方法在中国的发展迅速，如同威廉·贝克所言，"近十年来，聂珍钊先生和他的同事正在致力于把文学伦理学批评发展为充分、完备的学科"①。本章试图运用文学伦理学批评与文本细读相结合的方法深入分析《公众形象》中的女主人公安娜贝尔对伦理身份的建构、在此过程中遭遇的伦理困境和她最终的伦理抉择。安娜贝尔的多重伦理身份的错位令她深陷伦理困境，而她由最初不惜代价、不遗余力地维护其演员的公众形象，到最终出于对儿子的母爱选择了母亲的伦理身份，可见她自身伦理意识的觉醒：演员仅仅是职业身份，她对此公众形象的庇护尽管令她名利双收，也使得她差点身败名裂，而母亲身份的回归令她重获安宁与自由的生活。这部短小精悍的小说不仅生动有趣，更重要的是在道德层面上蕴含着对读者的多种启迪。斯帕克试图用客观的叙述为世人提供某种道德规范，并产生一定的警醒作用。

第一节　安娜贝尔的多重伦理身份与认同危机

《公众形象》的女主人公安娜贝尔具有多重伦理身份，不同的身份对她的行为有着极大影响，导致了她的认同危机，并决定了她在面对困境时的最终抉择。她的伦理选择帮助她理清各种错综复杂的伦理身份，并解决主要危机。聂珍钊教授指出，"在文学文本中，所有伦理问题的产生往往都同伦理身份相关。伦理身份有多种分类，如以血亲为基础的身份、以伦理关系为基础的身份、以道德规范为基础的身份、以集体和社会关系为基础的身份、以从事的职业为基础的身份等"②。在《公众形象》中，安娜贝尔拥有的伦理身份包括妻子、情人、母亲、演员。这些身份的建构过程交织在一起，形成错综复杂的伦理关系，使安娜贝尔产生认同危机。

---

① William Baker, "Fruitful Collaboration: Ethical Literary Criticism in Chinese Academe", *TLS*, 31 July, 2015, p. 14.

② 聂珍钊：《文学伦理学批评导论》，北京大学出版社 2014 年版，第 263—264 页。

对于安娜贝尔伦理身份复杂性的描写展示了斯帕克的小说特色，如同英国著名批评家里奇曼德所说的，"《公众形象》显示着斯帕克作品的一个'阴暗化'（darkening）阶段。她的小说体现了不确定性、混乱、不忠诚和暴力等当代社会的普遍特征"①。这其中涉及伦理道德的特征与安娜贝尔的多样化伦理身份息息相关。就婚姻伦理而言，安娜贝尔兼具妻子与婚外情人的身份，而这两重伦理身份之间存在永恒与不可调和的矛盾冲突，它们的错位导致了伦理秩序的混乱。"伦理混乱即伦理秩序、伦理身份的混乱或伦理秩序、伦理身份改变所导致的伦理困境。"② 作为弗雷德里克的妻子，安娜贝尔违背了婚姻伦理中的忠诚原则，在兽性因子的驱使下，与丈夫之外的好几个男人，发生性关系。肉体的欢愉驱使她不断去追寻这种短暂的快乐，但是她并没有从中得到真正的满足感和安全感，而是感到了无尽的虚无。作者以极为客观的方式描述了安娜贝尔的数次婚外出轨事件，没有任何情感的渲染和心理活动的描写。小说叙述到，除了与比利有过短暂的情人关系外，她还曾经跟一个学生有长达两个月的婚外恋，"那一年，她与一个学戏剧的严肃的美国学生有过私情。他在她出演的电影内扮演着一个不重要的角色"③。这段恋情持续时间不长，因为她的丈夫很快对此有所觉察并产生怀疑。虽然斯帕克使用客观中立的非个性化叙事，并没有对此加以任何道德评判，读者仍然可以从后面的叙事中揣测出，这段关系不可避免地严重损害了他们的夫妻感情。斯帕克还提到安娜贝尔与电影制片人陆桂的婚外情，"按照本意，安娜贝尔答应为陆桂拍摄新的片子，但是她在几个月后才敲定此事。她还说她太累了，不想再与他上床"④。随后不久，安娜贝尔认为自己迟早会与陆桂产生"真正投入感情的婚外恋"⑤。可见，安娜贝尔

① Velma Bourgeois Richmond, *Muriel Spark*, New York: Frederick Ungar Publishing Co., 1984, p. 106.
② 聂珍钊：《文学伦理学批评导论》，北京大学出版社 2014 年版，第 257 页。
③ Muriel Spark, *The Public Image*, London: Macmillan, 1968, p. 12.
④ Ibid., p. 34.
⑤ Ibid., p. 36.

并非纯粹地追求肉欲的满足，她有着情感上的强烈需求。在安娜贝尔身上，情与欲并不能截然分离。作为情感丰富的女性主体，仅仅限于身体的交流是远远不够的，纯粹的欲望满足往往会带来更大的虚空感，唯有丰盈的灵魂才能赋予欲望更深的意义。

显而易见的是，安娜贝尔对于自己的妻子身份无法产生认同感，其原因是多方面的。其中，"斯芬克斯"因子起到了主导作用。"斯芬克斯因子由两部分组成——人性因子和兽性因子。这两种因子有机地结合在一起……但是其中人性因子是高级因子，兽性因子是低级因子，因此前者能够控制后者，从而使人成为有伦理意识的人。"[1] 安娜贝尔拥有多个情人的原因在于某些时候她的兽性因子在与人性因子的对抗中占据了一定的上风。也许是因为她处于身不由己的演艺界，耳闻目染一些不良风气，最终她违背道德标准，受制于原欲，纵情于感官的享乐，这反映了她当时薄弱的伦理意识。

安娜贝尔的认同危机不仅存在于妻子与婚外情人身份之间，而且也作用于她的妻子与母亲的身份。在家庭内部，她承担的两种伦理身份——妻子和母亲——形成鲜明的对照。两种由血缘关系构筑的身份所折射出的成功和失败显示出她伦理身份的矛盾性，进一步体现了作为个体存在的安娜贝尔在性格方面的多面性。如果说她以婚外情人的伦理错位来对抗妻子的身份，那么在儿子出生之后，担负母亲伦理职责的安娜贝尔对于妻子身份的认同感发生了极大的变化，经历了从背离到默认的过程。丈夫弗雷德里克最后的自杀终结了安娜贝尔的妻子身份。生命的终结意味着现有伦理关系的消解。无可否认，母亲的身份给予了安娜贝尔极大的责任感、认同感和安全感。作为母亲，她无微不至地照顾儿子，工作之余的全部精力和时间几乎都投入于此，"这个名字叫作卡尔的婴儿是她生活的现实。他的存在带给她一种童年以后再也找不到的感觉，让她觉得自己与这个世界的联系是安全可靠的"[2]。显然，儿子的降临使得安娜贝尔的伦理身份发生了根本性

---

① 聂珍钊：《文学伦理学批评导论》，北京大学出版社 2014 年版，第 38 页。

② Muriel Spark, *The Public Image*, London：Macmillan, 1968, p. 35.

变化，她不仅仅作为妻子而存在。母亲的身份使得她意识到自己的伦理责任。新的伦理身份不但改变了她的生活，带给她无限的乐趣，同时也带来甜蜜的牵挂。安娜贝尔作为母亲的伦理身份在小说中得到渲染和褒扬，体现了母爱的主题。这种伦理身份的建构为安娜贝尔带来了正面的效应，让她在精神层面上获得极大的满足。因此，有学者评论她儿子"在整部小说中充当着道德上的积极因子，代表了安娜贝尔的实际情况，同时提供给她一种可选的生活方式"①。这为她日后的伦理选择埋下了伏笔。

就职业身份而言，作为荧幕上闻名遐迩的"虎太太"，安娜贝尔是颇有社会影响力的演员，这是她在现实生活中的重要伦理身份，与她的公众形象密切相关。公众形象不仅包括主体外在的美好形象、优雅得体的举止、恰到好处的言辞，还有主流社会认同的幸福稳定的中产阶级家庭生活，所有这一切都与安娜贝尔日益成功的事业相辅相成，昭示着安娜贝尔是一个为众人艳羡的成功的符号。她已然成为一个象征物，承载着公众的心理期待。一旦公众形象破灭，将会给安娜贝尔的事业造成致命打击。刚进入影视界时，她"被要求扮演电影中的不重要角色，经常是同一类型角色"②。她的角色包括打字员、护士、小保姆等。如果没有制片人陆桂的"慧眼识珠"，她可能一直默默无闻。陆桂发现她长相中的优点，设法美化她的眼睛，用夸张的手法在屏幕上为她塑造出有着像猫或老虎一样"大眼睛"的"虎太太"形象。除了屏幕上的形象，陆桂为安娜贝尔指派的秘书弗兰斯思珂（Francesca）也在极力提高她在日常生活中的形象。"安娜贝尔获得良好的开端。与新闻界的其他所有人一样，陆桂的秘书弗兰斯思珂为作为女演员的她做了有创意的出色报道，因此成功地推出了她与电影。"③ 她经常为安娜贝尔和她丈夫拍照，并且刊发出来。弗兰斯思珂甚至不惜制造假象，故意在照片和宣传中营造一种他们夫妻彼此恩

① Ruth Whittaker, *The Faith and Fiction of Muriel Spark*, New York: St. Martin's Press, 1982, p. 112.

② Muriel Spark, *The Public Image*, London: Macmillan, 1968, p. 8.

③ Ibid., p. 24.

爱的气氛，借此塑造安娜贝尔在事业和生活上都获得成功的公众形象。经过包装的安娜贝尔迅速走红，多次担任影片中的主角，获得"英国虎太太"的绰号，成为引人注目的明星。社会意义上的伦理身份奠定了安娜贝尔日益攀升的社会地位，也突出了她的公众形象。然而，公众形象几乎不太可能与真实的自我相融合。人性本身的复杂善变、多维立体决定了个体无法永远以光鲜亮丽的正面公众形象示人，虚假的人格面具不能掩盖真实的自我。一旦二者发生分裂，普通大众会感觉受到被欺骗。公共形象的坍塌带来的不仅是名利的丧失，更重要的是公信力和人格本身被质疑。具有讽刺意味的是，正是这种公众形象致使安娜贝尔陷入日后的伦理困境并面对艰难的抉择。

安娜贝尔的多重伦理身份相互交织并互为制约。作为妻子的伦理身份与作为母亲的伦理身份产生一定的矛盾。相较而言，母亲的伦理身份给她带来母性的满足感，而妻子的伦理身份是非常不成功的。由于众所皆知的原因，她在儿子出生之后，只能把放在丈夫身上的原本就很少的精力和时间转移到儿子身上，这样势必淡化了他们之间本来就日渐分歧的关系。于是，以前就充满怨气的丈夫不惜以自己的殉难为代价，设计圈套来加害安娜贝尔，达到毁灭其公众形象的目的。此外，妻子的伦理身份并没有为安娜贝尔带来其所期待的幸福和安定，对于婚姻和家庭的失望令她突破此伦理身份，从婚外情人这一伦理身份中寻找慰藉。因为不断地更换情人，她的这一伦理身份没能稳固地发展，而是处于变换和波动中。尽管婚外情人的身份严重影响了婚姻，这一身份为她疲惫和不幸的婚姻提供了一个释放的空间，也在一定程度上起到减震作用，让婚姻没有迅速瓦解。对于她而言，演员的伦理身份意味着她是公众人物，因此，她必须维护自己的公众形象。而婚外情人的身份是个人形象，在一定程度上代表了她部分真实的自我。在社会的伦理道德规范约束下，安娜贝尔作为婚外情人有悖于大众的期望，损害了她在公众心目中的形象。个人形象和公众形象之间必须达成表面上的协调统一。安娜贝尔只能尽力找寻两者间的平衡点。权衡之后，她逐渐舍弃婚外情人的伦理身份，而选择守护自己的公众形象，全力扮演好演员的身份，因为它有助于她实现自我价值。当然，为了获得自由和更好地实现自我，演员的伦理身份最后被母亲的伦理身份所取代。这种母亲的伦理身份促使她为了儿子的利益而回归"更自然和真实的生活"①，因此"在伦理健康方面更加健全了"②。

第二节 复杂的伦理两难处境

法国著名学者西苏（Hélène Cixous，1937— ）曾经指出，斯帕克"是无所不在、超然在外的，她避免进行道德说教"③。诚然，斯帕克较少直接在作品中说教，但是她还是重视艺术作品的道德说教功能的。"她强调了创作的双重目的：在使人愉悦的同时，还应该起到教益的作用。"④ 恰如有论者指出的，《公众形象》的主人公安娜贝尔最后取得了"伦理上的重新觉醒"⑤。为了探究斯帕克是如何在看似超然客观的叙事下，通过安娜贝尔传递了复杂的伦理道德观，达到了道德教育的目的，首先必须关注安娜贝尔的伦理两难处境。

安娜贝尔的多重伦理身份带来了她性格特征和生活环境的复杂性，使她不得不面对由此引发的各种伦理困境。她只能试图摆脱这些困境，以尽可能地维护或恢复伦理秩序。根据文学伦理学批评的观点，"伦理困境指文学文本中由于伦理混乱而给人物带来的难以解决的矛盾与冲突。伦理困境往往是伦理悖论导致的，普遍存在于文学文本中。伦理困境有多重表现形式，例如伦理两难，就是伦理困境的主要表现形式之一"⑥。小说中，安娜贝尔面临着各种复杂的伦理两难

---

① Peter Kemp，*Muriel Spark*，London：Elek Books Limited，1974，p. 119.

② Ibid. .

③ Helene Cixous，"Grimacing Catholicism：Muriel Spark's Macabre Farce（1）and Muriel Spark's Latest Novel：The Public Image（2）"，Trans. Christine Irizzary in Martin McQuillan ed. ，*Theorizing Muriel Spark*，New York：Palgrave，2002，p. 205.

④ 戴鸿斌：《英国女作家斯帕克的小说叙事理论初探》，《外语教学》2013 年第 4 期，第 90 页。

⑤ Peter Kemp，*Muriel Spark*，London：Elek Books Limited，1974，p. 119.

⑥ 聂珍钊：《文学伦理学批评导论》，北京大学出版社 2014 年版，第 258 页。

处境，包括婚姻、事业、亲情各个方面，而这一切都围绕着她的公众形象展开冲突。随着情节进程的推进，可以发现，对于安娜贝尔而言，无论婚姻、家庭，还是事业、功名，与公众形象密切相关的这一切都远不如她与儿子的亲子关系来得重要。公众形象的取舍是安娜贝尔自始至终面临的伦理两难。

安娜贝尔的伦理两难困境首先体现在她对于婚姻的态度中：究竟是继续维系婚姻还是选择放弃。正如聂珍钊指出的那样，"伦理两难是难以做出选择的，一旦做出选择，就往往导致悲剧"①。如果将就不美满的婚姻，她的生活不会有太大变故，还能在公众面前维系她一直以来苦心经营的正面形象，继续完美幸福的假象，获取更多的名利。然而她对于这种关系有些于心不甘，随之而来的负面情绪日渐加剧，生活质量也有所下降。如果放弃婚姻，她将摆脱伦理困境，获得个人自由。但是这将对她的公众形象造成重创，对她的事业产生毁灭性的影响，接着也会破坏她虽然不幸但还算是相对太平的生活。对于安娜贝尔而言，如何选择对她造成极大的困惑，无论哪种选择都难以令人满意，并会产生悲剧。这种伦理困境始终伴随她左右，直至其丈夫弗雷德里克用极端的方式结束自己的生命，也为他们悲剧性的婚姻画上了句号。

尽管安娜贝尔的婚姻困境随着丈夫的离世而烟消云散，她并没有一劳永逸地脱离两难的困境，而是面临另一种更加艰辛的两难境地。从某种意义来讲，新的处境比以前的两难境地更加棘手，因为它的牵涉面更加广泛。这种两难是究竟保持公众形象以维系声誉，还是舍弃公众形象求得真相大白。这对她而言是个更大的挑战。保持公众形象意味着她可以维系表面的安宁与平静，这符合公众形象的利益诉求，但是她不得不接受所谓的朋友比利的敲诈勒索，这样她还必须付出经济的代价；而如果舍弃公众形象，她可以大胆对抗无赖朋友比利，努力伸张正义，她丈夫自杀的原因也会真相大白，这符合她的伦理道德诉求，但是她的名声与事业必将遭受重创，陷入绝境。

---

① 聂珍钊：《文学伦理学批评导论》，北京大学出版社 2014 年版，第 268 页。

最终，安娜贝尔面临着更为重大的两难处境，即维系公众形象还是守护母亲的伦理身份。如果选择维系公众形象，虽然她可以继续以往的生活，但是她将不得不屈从于比利的勒索，并耗费心机对新闻媒体和法院解释自己丈夫的自杀，只有她成功了，才能被制片人陆桂和广大的影迷所接纳，才能恢复自己在一定程度上受损的名誉，重新进入演艺圈，取得更大的成就。如果选择母亲的伦理身份，带着年幼的儿子离开，她可以成为完整的自我，无须受制于比利及社会的舆论等，同时也可以更好地保护儿子，使他不受舆论的关注和牵累，从而拥有安宁的生活空间和优质的生活环境。从此意义来讲，她张扬和庇护了作为母亲的伦理身份，因此实现了自己的伦理价值。然而，她将失去演员的工作和颇费心思赢来的一切名誉。

显而易见的是，《公众形象》在一定程度上展现了蕴含的"潜在的道德力量"①。如同《伦理学核心术语》中所说的，"关爱这个概念被用于作为伦理道德叙述的基础"②。正是基于对儿子的关爱之情，安娜贝尔渴望远离是非，为儿子找到宁静的环境，维护了她作为母亲的伦理身份，因此是符合伦理的；然而，她的离开将留给外人无尽的猜想，加上新闻界可能的不实报道，可能会导致周围人的伦理混乱，破坏了正常的伦理秩序。从这个意义来讲，这又是错误的。她是否从短暂的打击中恢复过来，延续以往的生活模式，追求更加完美的事业，或者带着儿子彻底离开这个喧嚣的城市，重新开始，也许会是开始崭新的平静生活？如何解决困境还取决于她对生活目标和价值观的定位：是否不顾社会的一切羁绊，达到追逐名利的目标？或者追求真正的自由，实现自己认可的人生价值，与儿子过上无拘无束但波澜不惊的安逸生活？无论做出何种选择，都将导致部分利益的丧失。正是由于难以判断终极选择的利弊，安娜贝尔面临伦理两难时颇为踌躇。小说结尾处她登机前的心理活动体现了她对儿子与自由的感悟，"等

① Ruth Whittaker, *The Faith and Fiction of Muriel Spark*, New York: St. Martin's Press, 1982, p. 115.

② Oskari Kuusela, *Key Terms in Ethics*, Beijing: Foreign Language Teaching and Research Press, 2017, p. 11.

待登机的顺序时，她同时感觉到自由和不自由。行李包的重负已经不在了；她觉得肚子里好像还很神奇地怀着孩子，但是她事实上并没有怀孕"①。显然，对她而言，自由是相对的，一方面，逃离了公众形象这个虚假的人格面具让她觉得自己是自由的；另一方面，出于对儿子的高度责任感，她感觉又是不自由的。

第三节　艰难的伦理选择

聂珍钊教授指出，"文学伦理学批评不仅从人的本质的立场理解伦理选择，而且认为伦理选择是文学作品的核心构成。文学作品中只要有人物存在，就必然面临伦理选择的问题。在文学作品中，只要是选择，必然是两个或两个以上的选择。只要是两个及两个以上的选择，就必然增加选择的复杂性和导致选择结果的不同"②。伴随着每一次伦理困境的出现，安娜贝尔不可避免地要面临着各种伦理选择。这些选择反映了斯帕克对于作品的"教益"作用的强调。在一次访谈中，她说："难道你不认为，我们作家的工作就是这样的吗：营造诚实的气氛，使人自知，还有制造荒谬和活泼轻快的普遍感觉，以此来保护我们免受来自社会的可笑的压迫。"③ 这体现了斯帕克"寓教于乐"的文学观。在《公众形象》中，安娜贝尔多次面临两个或者两个以上的伦理选择。她在关键时刻的选择具有重要的意义。可以说，作品描写的一切都是以安娜贝尔的伦理选择为基础的。她的各种选择推动着整部小说叙事进程的发展。小说最终的伦理选择解放了安娜贝尔，使她"经历了一场道德觉醒，决定置身于琐碎和堕落的事件之外"④。

---

① Muriel Spark, *The Public Image*, London：Macmillan, 1968, p. 124.
② 聂珍钊：《文学伦理学批评导论》，北京大学出版社 2014 年版，第 267 页。
③ Philip Toynbee, "Twenty Years After", *The Observer Color Magazine*, Vol. 7, November, 1971, p. 74.
④ Velma Bourgeois Richmond, *Muriel Spark*, New York：Frederick Ungar Publishing Co., 1984, p. 106.

安娜贝尔最初面临的伦理选择一方面就是是否继续保持妻子这种伦理身份，妻子身份不仅仅关乎她个人的幸福，更是她塑造公众形象的重要手段。在丈夫去世之前，安娜贝尔与他的矛盾冲突成为她是否选择离婚的关键。安娜贝尔刚结婚时，与丈夫的关系一般。当她在电影事业上略有成就时，他们的关系发生了变化，"当初她小有名气时，她的婚姻濒临终结"[1]。他们彼此缺乏信任感，因此他们的婚姻充满了非理性意志——"主要指一切感情和行动的非理性驱动力"[2]。在非理性意志的驱使下，他们不只是在感情上互相背叛，而且无视社会的伦理道德规范，肆意寻欢作乐。"非理性意志属于伦理学范畴，往往带有价值判断。"[3] 斯帕克客观描述他们的婚姻背叛，接着又浓墨详述他们婚姻关系的逐渐恶化，在看似不经意的书写中隐含了她本人的价值判断，警示读者以此为鉴。安娜贝尔在选择的困惑中摇摆不定。如果她选择中断婚姻，她失去的不仅仅是丈夫和家庭，她将失去事业和名誉。她和她的电影制片人一直在尽量塑造她家庭幸福的形象，以此博得更多观众对她的支持和关爱。如果离婚了，这种形象将轰然倒塌，势必给她的声誉和事业带来毁灭性的打击。另一方面，如果她选择守护婚姻，她将不得不忍受着丈夫带来的种种困扰和伤害——他总是瞧不起她，"在她与男性朋友、特别是比利在一起时，她的丈夫时常用宽容的态度温和地暗示她的愚蠢"[4]；他不找工作，而是"越来越多地待在家里，常常一整天都待在他们肯辛顿的房子里，他的开销全部由她负责"[5]；他的脾气越来越坏，"有一次，他过度保护着自己的尊严，冲着一个电影导演大发雷霆。她开始感到了不安"[6]。种种迹象表明，他们的婚姻危机四伏。在婚姻幸福和公众形象之间，安娜贝尔选择了后者。为了维护

---

① Muriel Spark, *The Public Image*, London: Macmillan, 1968, p. 13.
② 聂珍钊：《文学伦理学批评导论》，北京大学出版社 2014 年版，第 251 页。
③ 同上。
④ Muriel Spark, *The Public Image*, London: Macmillan, 1968, p. 9.
⑤ Ibid. .
⑥ Ibid. , p. 11.

作为公众人物的演员这一职业伦理身份，她选择维系名存实亡的婚姻，继续拥有妻子的伦理身份。但是，她与丈夫都分别拥有婚外情人，也就破坏了婚姻伦理中忠诚的法则。随着伦理规则和伦理秩序被破坏，他们遭到了惩罚——婚姻以一种可悲的形式解体，验证了聂珍钊教授所说的："社会的伦理规则是伦理秩序的保障，一个人只要生活在这个社会上，就必然要受到伦理规则的制约，否则就会受到惩罚。"①

由于丈夫的自杀，安娜贝尔不得不设法应对这种局面，这带来了第二个伦理选择。在明知丈夫设计陷害自己的情况下，她选择了违心的谎言来维护自己的公众形象。她的选择折射出她的心路历程和伦理价值观。当得知丈夫身亡的消息时，她非常震惊，似乎不能接受丈夫自杀的事实，也不能理解他为什么把自杀的地点选在教堂附近，"选择跟一些殉教者死在同一地点？为什么呢？"② 当她获知他跳窗自杀的具体时间点后就恍然大悟，确定丈夫在设计陷害她，"他叫人来参加那个可怕的狂欢会。他想让她双手染血，让她的公众形象染上血污"③。在打电话向秘书求助和勇敢面对媒体这两种想法之间，她选择了后者，"她自己现在必须变成老虎"④。此后的各种表现充分显示了她坚强的性格特征：在遭受重大打击后，她迅速恢复过来。为了避免公众形象受到损害，她到医院见到丈夫遗体后，毅然决定在家举办记者招待会，并且在真实和谎言之间选择了后者。她没有向媒体透露自己已经猜到丈夫自杀的真正原因，而是说，"我现在非常困惑。……我不相信他会自杀，永远不相信"⑤。安娜贝尔在记者招待会上的选择暂时解决了她的形象危机，但是她为此付出了巨大的代价。虽然她应对自如，她的撒谎行为本身违背了伦理规则，招致一连串不良后

---

① 聂珍钊：《文学伦理学批评：基本理论与术语》，《外国文学研究》2010 年第 1 期，第 19 页。

② Muriel Spark, *The Public Image*, London: Macmillan, 1968, p. 57.

③ Ibid., p. 58.

④ Ibid..

⑤ Ibid., p. 72.

果。安娜贝尔原本以为凭借谎言可以解决一切，可是她始料不及的是，这带来了新的问题和选择。

英国斯帕克研究学者佩奇认为，安娜贝尔的最终选择让她"通过反抗了总是试图利用她的男人的世界而实现了自我"①。这个选择关乎如何应对他们共同的朋友比利的敲诈勒索。从最开始不惜以重金收买比利以维护公众形象，到最后她彻底抛弃了完美的假面具，恢复了母亲的伦理身份和回归真正的自我，可以看到安娜贝尔的伦理抉择彰显了正义的不可战胜。比利在安娜贝尔丈夫去世后告诉她，"我先到这里的。我拿到了能拿到的所有文件。……我拿到了他自杀前的所有信件"②。安娜贝尔非常了解比利，猜到他会利用这些信件来要挟她。她看到信件之前又说："比利，如果你就想要钱，我身上没有。你得等等，跟我律师处理这事。当然，我们会付钱的。"③ 这就是安娜贝尔最初的选择——用金钱满足比利的私欲，保证丈夫的信件内容不会泄露，这样就可以继续维护自己的公众形象。这种选择实际上就是无原则的纵容，间接导致了比利的贪欲无限膨胀，不断开口敲诈。尽管他把所有信件原件交给安娜贝尔，他还继续利用复印件敲诈她的律师。安娜贝尔可以如同律师建议的，最后一次满足比利，付给封口费，并与他签下具有法律效力的协议，防止他继续敲诈。但是，她的选择出乎所有人的意料。她在法庭上公开从比利那里买来了信件，指出丈夫的险恶用心。她有力地打击了比利，粉碎了他的阴谋，也昭示着正义的胜利。小说接近尾声时，她毅然离开法庭，抱着儿子直奔机场，踏上新的旅程。毫无疑问，她的揭露真相和不辞而别即将成为社会舆论的焦点。表面看来，她将因此失去世俗名利、公众形象和演员的伦理身份，她先前为维护公众形象的一切努力也将前功尽弃。实际上，她展示了真实的自我，从此摆脱了一切羁绊，获得充分的自由。这种自由就是她获得的回报。

---

① Norman Page, *Muriel Spark*, London：Macmillan, 1990, p. 67.

② Muriel Spark, *The Public Image*, London：Macmillan, 1968, p. 76.

③ Ibid. , p. 80.

就此而言，西苏的如下观点是值得商榷的：小说中的"美德没有得到回报"①。安娜贝尔的选择类似乔伊斯小说中的顿悟："顿悟变成了现代诗歌和小说中频繁出现的标准形式，描写了对普通物体或场景的突然间的揭示。"② 此种伦理顿悟是她理性意志回归的最充分体现，因为她的舍弃表明她为儿子守护了母亲这个家庭伦理身份，同时象征着她对以比利为代表的邪恶势力的抗争，彰显了不妥协的态度，在一定意义上恢复了社会的伦理道德秩序。因此，有论者认为斯帕克借助这部小说"讲述了真正的伦理道德意义上的成长"③。显然，对于安娜贝尔而言，这是精神上的真正成长。

　　无可否认的是，"抽象的伦理价值体系还无法深入内心，润物无声。一旦它有了文学的形象思维的血肉，才有鲜活的生命力"④。英国女作家斯帕克正是借助小说《公众形象》，以主人公安娜贝尔公众形象的建构、发展和消亡为伦理主线，通过展示受制于外在公众形象的演员安娜贝尔的身份危机、伦理两难与伦理选择之路带给人类丰富的伦理思考和道德启迪，达到了文学的根本目的，"为人类提供从伦理角度认识社会和生活的道德范例，为人类的物质生活和精神生活提供道德指引，为人类的自我完善提供道德经验"⑤。尽管斯帕克力图以客观的非个性化叙事方式呈现了一个公众人物的婚外情事件，她自始至终并没有做出任何明确的道德评判，然而，从整个的叙事进程，尤其是从安娜贝尔最终的伦理选择中可以窥见作家的道德观：人类要勇于面对善与恶的斗争，在自由与约束发生冲突时，必须在把握正确的伦理价值观基础上权衡利弊、大胆取舍。作为斯

---

① Helene Cixous, "Grimacing Catholicism: Muriel Spark's Macabre Farce (1) and Muriel Spark's Latest Novel: The Public Image (2)", Trans. Christine Irizzary in Martin McQuillan ed., *Theorizing Muriel Spark*, New York: Palgrave, 2002, p. 208.

② M. H. Abrams, *A Glossary of Literary Terms*, Beijing: Foreign Language Teaching and Research Press, 2004, p. 81.

③ Peter Kemp, *Muriel Spark*, London: Elek Books Limited, 1974, p. 120.

④ 陆建德：《文学中的伦理：可贵的细节》，《文学评论》2014年第2期，第20页。

⑤ 聂珍钊：《文学伦理学批评：基本理论与术语》，《外国文学研究》2010年第1期，第17页。

帕克得意之作的《公众形象》成为英国现代文学史上有关伦理道德的典范之作,它雄辩地说明:一个作家不管创作什么类型的作品都不应忽略伦理问题,诚如聂珍钊教授在访谈中说的,"道德教诲是文学的基本功能"①。《公众形象》对广大读者,尤其是青年读者具有深刻的伦理启迪作用。

---

① 转引自 Charles Ross, "A Conceptual Map of Ethical Literary Criticism: An Interview with Nie, Zhenzhao", *Forum for World Literature Studies*, Vol. 7, No. 2, 2015, p. 9。

第八章 《带着意图徘徊》中的理论
反思与作者自我意识

　　1981 年，斯帕克的新作《带着意图徘徊》与萨尔曼·拉什迪的《子夜诞生的孩子》同获英国布克奖提名，虽惜败于后者，但依然备受关注，好评如潮。A. S. 拜厄特称其为"斯帕克的上乘之作"①。奥布伦·沃（Auberon Waugh）则指出："阅读这本小说是一种享受，自始至终都是——它生动有趣，出乎意料，具有极强的可读性……这是一部新奇的、令人愉悦的小说。"② 遗憾的是，国内学界至今尚无学者对该小说进行深入的研究。

　　英国评论家帕特丽夏·沃曾经以小说《公众形象》和《琼·布罗迪小姐的青春》的主人公为例，指出斯帕克意识到小说创作的过程，认识到作者在小说创作中的形象。帕特丽夏·沃认为它们都是元小说，原因在于："通过考察小说中角色'扮演'的主题来审视小说的虚构性是元小说最精简的形式。"③ 无论是关注小说的创作过程或者是审视小说的虚构性，它们都表明了斯帕克在创作中有着强烈的自省、反思精神和鲜明的作者自我意识。在《带着意图徘徊》中，斯帕克对小说的反思和自我意识反映在她在创作中对于文论的指涉及她对小说艺术的革新上。

---

　　① 转引自 Nadia May，"Loitering With Intent-Muriel Spark"，September 2002，Blackstone Audiobooks，Vol. 8，July，2010。

　　② Ibid. .

　　③ Patricia Waugh，*Metafiction：The Theory and Practice of Self-conscious Fiction*，London：Methuen，1984，p. 116.

小说主人公芙乐以第一人称视角回顾了自己从一位穷困潦倒、默默无闻的新人成长为著名作家的奋斗经历。小说伊始，芙乐坐在某维多利亚公墓的一块石板上写诗。其时，她虽然一贫如洗，但是心情愉悦，因为她刚刚摆脱了一个叫自传协会的组织。接着，她回忆了此前 10 个月自己受聘于该组织创办人昆丁先生的遭遇。芙乐在回忆往昔生活的同时，常常讲到自己正在创作的小说《沃伦德·查斯》的故事情节和创作过程。事实上，芙乐的自传故事与《沃伦德·查斯》的小说内容几乎交融在一起。令她震惊的是，周围发生的事情与她正在创作的小说的情节互相吻合，现实世界中和小说中的人物也极其相似。

随着时间的推移，芙乐发现，昆丁组织自传协会出于险恶用心，目的在于完全控制协会内部的成员。除了对周围人物的控制，昆丁还试图进行其他意义上的控制。他认为芙乐的小说《沃伦德·查斯》泄露了他与自传协会的秘密，因此让人偷走了小说手稿，并且千方百计阻挠小说的出版，以免有损他们的名声。芙乐不甘示弱，设法偷走了由昆丁保管的协会成员的自传书稿。令她惊奇的是，昆丁竟然把她创作的小说《沃伦德·查斯》中的一些材料直接抄袭到自传书稿内。后来，她还发现昆丁似乎在生活中蓄意模仿小说的主角沃伦德·查斯，甚至把他的一些恶行付诸实践。更神奇的是，昆丁在一次交通事故中丧生，其命运竟然与小说主角沃伦德·查斯的完全一样。在芙乐的努力下，其小说《沃伦德·查斯》由一家著名出版社发行，深受好评，随后不断再版。自此，芙乐摆脱了贫困，并开始了她成功的作家生涯。小说最后，芙乐交代了自传协会成员的命运，并以富有诗意的一句话结束全文："因此，我步入成熟之年。我沐浴在上帝的恩泽下，一路前行，快乐无比。"①

在《带着意图徘徊》中，作者斯帕克试图借助各种叙事策略来回顾以往的写作经历，以芙乐为传声筒，表达自己的创作观念和艺术思想。以下将从内容、结构和形式三个方面来探析该作品对于小说理论

---

① Muriel Spark, *Loitering with Intent*, London: The Bodley Head Ltd. , 1981, p. 222.

的反思，探索斯帕克在创作中展现的自我意识和自省精神。

第一节　小说中的文论

一直以来，随着时代的不断发展，面对互联网技术的日新月异和各种新媒体的频繁冲击，小说的存在不断受到挑战，小说的书写、发展和变革成为批评家们关注的焦点。帕特丽夏·沃谈到元小说时指出："批评家们开始讨论'小说的危机'和'小说的死亡'……似乎可以这样认为：元小说作家们充分意识到艺术创作的合理性问题，感觉有必要对小说创作进行理论的总结。"[①]《带着意图徘徊》直接讨论或表达了作者斯帕克对作家、小说创作及读者的态度和观点，它几乎是"一本指导她（斯帕克）创作的有关策略、理论和观点的小手册"[②]，显然，这本小说高度概括了斯帕克的创作观，是她在创作的同时反思小说文论和创作历程的结晶。

在《带着意图徘徊》中，斯帕克经常以芙乐为代言人，肯定作家的创作身份及特权。芙乐对于自己的作家身份非常满意，她回忆自己早在 1949 年就曾经惊叹"作为 20 世纪的女性艺术家，感觉实在太美妙了！"[③] 此外，她的感慨"我一路前行，无比快乐！"[④] 在文中频繁出现达 6 次之多。小说体现了芙乐的愉快心情，也表达了斯帕克对于作家身份的肯定态度。芙乐对作家的评价极高，因此她认为在创作的过程中，作家理应享有一定的特权："真正的小说家……可以编造神话。"[⑤] 显然，芙乐认为小说家犹如上帝一般无所不能，以艺术呈现世界。著名评论家帕特丽夏·沃也认为："斯帕克的大部分小说中，作者肯定带有人性，可能会犯错误，但总是被

---

① Patricia Waugh, *Metafiction: The Theory and Practice of Self-conscious Fiction*, London: Methuen, 1984, p. 10.

② Elizabeth Dipple, *The Unresolvable Plot: Reading Contemporary Fiction*, London: Routledge, 1988, p. 141.

③ Muriel Spark, *Loitering with Intent*, London: The Bodley Head Ltd., 1981, p. 25.

④ Ibid., p. 26.

⑤ Ibid., p. 141.

夸耀为上帝。"① 小说《带着意图徘徊》毫不例外,作者斯帕克就像无所不能的上帝,可以操纵一切,也可以洞悉人世间的奥秘。小说开始后不久,主人公昆丁的命运就已经被揭示。斯帕克甚至利用小说中的小说《沃伦德·查斯》来预示和引导关于昆丁的故事。结果是,作者把一切安排得井然有序,创作出有条不紊的故事。

关于作家的作用,小说中借人物之口指出:"艺术家(指的是作家)可以抒发情感,美化生活,还可以化平凡为神奇:真理是什么?……我相信一般人所说的,他们生活中并没发生什么事情。但是你必须理解,艺术家对生活中的一切会有所感受,时光可以重现,什么都不会被浪费,奇妙的感受永不休止。"② 有批评家评论说,在芙乐看来,"作家与众不同,他们可以接纳生活中的一切,因此有时会凭其妙笔,将令人心怵的、叫人烦恼的变成愉悦身心的"③。显而易见,斯帕克与芙乐的观点是相互应和的。从斯帕克接受的访谈就可以看出,她认为作家是艺术家,既有对传统的反叛,又有自己的创新,只有这样,他们才能有所作为。她指出:"必须承认,有些反叛,也有些创新。否则,他就不是艺术家,而只能是模仿者。除非你有话可说——除非你能促进社会的发展,不然,你最好保持沉默。"④ 可见,斯帕克借助芙乐指出作家在生活中起到非同寻常、不可或缺的作用。小说最后,一个警察与芙乐在墓地边遭遇,怀疑她图谋不轨。他说,芙乐可能的罪行是"带着意图徘徊"。小说的题目由此而来,彰显深刻的象征意义——作家的"徘徊"是为了观察生活;"带着意图"即是目的,是通过写作把生活演绎成艺术。的确,在斯帕克看来,作家不可能与普通人选择同样的道路,他们常常"偏离正道",像罪犯一样四处徘徊。但他们不会妨碍社会的发展,而是在徘徊中观察生活,

---

① Patricia Waugh, *Metafiction: The Theory and Practice of Self-conscious Fiction*, London: Methuen, 1984, p. 120.

② Muriel Spark, *Loitering with Intent*, London: The Bodley Head Ltd. , 1981, p. 117.

③ Velma Bourgeois Richmond, *Muriel Spark*, New York: Frederick Ungar Publishing Co. , 1984, p. 157.

④ Sara Frankel, "An Interview with Muriel Spark", *Partisan Review*, Vol. 54, No. 3, 1987, p. 449.

积累素材，以便用自己的创作来服务社会和加快社会的前进步伐。

斯帕克还借人物芙乐之口讨论了作家的责任和义务问题。她认为，作家应该表达真实情感。"如果创作时因为听到自己内心的声音而感到高兴，就没有理由不表达出来。"① 芙乐说："于我而言，如果一个作家面前摆放着笔和纸，颇为舒适地坐在打字机前，却要假装在经历着悲惨遭遇，那么这便是一种虚伪的行为。"② 她强调，不管描写对象是什么，都应一视同仁，以从容不迫的态度来对待。在此创作思想的指导下，尽管《带着意图徘徊》和斯帕克的其他许多小说一样，涉及敲诈、勒索、车祸和死亡等沉重的话题，其笔触却是轻松愉快，基调也是乐观向上的。

除了关于作家的问题，斯帕克还表达了自己对小说作品和小说艺术的喜好。《带着意图徘徊》体现了作者对小说本质和艺术的思考，因此是对文学批评理论的一个贡献。该作品"引人注目、令人兴奋，探索了小说艺术的本质"③，斯帕克假借芙乐表达了她对艺术的喜爱和着迷，依芙乐所见，艺术宛如情人，"它占据了我思想中最令人愉悦的一部分，激发我最不寻常的想象力"④。她对艺术的执着和专注常常令她无暇他顾，正如她所言，"我要从事艺术创作……我没有时间参与行会和狂欢，斋戒和筵席以及宗教典礼"⑤。现实中的斯帕克虽然是天主教徒，但是因为时间关系，并未像普通的基督教徒一样严格遵守教会的各种规定，也极少按时参与常规的教会活动。可见，小说中芙乐表达的观点正是斯帕克现实生活与思想理念的反映。

实际上，在现实生活中，斯帕克经常把作家与诗人、小说与诗歌、小说和神话做比较。早在 1970 年，斯帕克就说过："我想我仍然是诗人。我所创作的是诗人的小说。我的思想和行为与诗人的相似。我曾经抵制过小说，因为当时我认为它是写诗的一种懒散方式。我与

---

① Muriel Spark, *Loitering with Intent*, London: The Bodley Head Ltd., 1981, p. 82.
② Ibid..
③ Norman Page, *Muriel Spark*, London: Macmillan, 1990, p. 105.
④ Muriel Spark, *Loitering with Intent*, London: The Bodley Head Ltd., 1981, p. 60.
⑤ Ibid., p. 131.

亚里士多德一样，认为诗就是文学。"① 创作小说之前，斯帕克已是小有名气的诗人；她的文学生涯也始于诗歌创作。因此，斯帕克不但在创作中坚持诗歌的简约风格，而且常常强调诗歌与小说的密切关系，这在《带着意图徘徊》中有充分的体现。有一次，芙乐告诉多蒂："我已开始创作一部小说，它需要我集中诗意。因为，我是用诗的方式去构想事情的。"② 芙乐还曾经指出小说都是"连续不断的诗歌"③。受到诗歌的影响，斯帕克在小说创作中尤其注重简约的文风、文字的精炼与意蕴的深远。对于她，写作的最高标准就是用最少的文字表达最丰富的思想。芙乐在《带着意图徘徊》中发表了相似的见解："很少的文字往往可以传递很多的信息；相反地，有时很多文字却只能传递很少的信息。"④ 在此种简约理论的指导下，斯帕克的大多数小说不仅篇幅短小，而且都言简意赅、寓意深刻，展示了斯帕克的高超技巧和无限魅力，也适应了当今社会快节奏的生活，正因如此，斯帕克才能拥有很大的读者群。斯帕克还借助芙乐强调神话在小说中的作用：没有神话的参与，小说就毫无价值。真正的小说家是神话的制造者。艺术之奇妙在于它可以用多种方式讲述故事，而这些方式在本质上与神话紧密相关。⑤ 事实上，神话因子是斯帕克小说中的基本元素，小说中的各种超自然现象也俯拾皆是。故此，她的这些小说不仅引人入胜、发人深思，而且神奇莫测，常常带给读者奇幻的感觉。

斯帕克还在小说中表达有关读者的见解，道出对他们的期望。她对普通读者要求苛刻，甚至有些不屑一顾，在《带着意图徘徊》中就曾经坦言"让'普通读者'见鬼去吧"⑥。在小说中，她把多蒂当作普通读者的典型。芙乐与多蒂有过这样的一段对话：

① Ian Gillham, "Keeping it Short—Muriel Spark Talks About Her Books to Ian Gillham", *Listener*, Vol. 24, September, 1970, p. 412.

② Muriel Spark, *Loitering with Intent*, London: The Bodley Head Ltd., 1981, p. 28.

③ Ibid., p. 141.

④ Ibid., p. 84.

⑤ Ibid., p. 141.

⑥ 参见 Muriel Spark, *Loitering with Intent*, London: The Bodley Head Ltd., 1981。

　　"那么玛乔里就是邪恶的啦。"（多蒂说）

　　"你怎么能这么说呢？玛乔里只是虚构的。她并不存在。"

　　"玛乔里是邪恶的化身。"

　　"什么是化身？"我说，"玛乔里只是一些单词而已。"

　　"读者想知道他们应该持有怎样的立场。"多蒂说，"在这部小说中他们却未能如愿……"①

　　在有些场合，斯帕克对小说角色只是轻描淡写，没有直接对其进行道德评判，因此，许多"普通读者"会像多蒂一样，不知道自己在小说中的应有立场，甚至会曲解作者的意思。虽然根据接受美学的理论，读者可以自由地理解作者的立场和隐含的意思，他们对小说的阐释经常出乎作者斯帕克的意料，因此斯帕克对"普通读者"不屑一顾。这体现出斯帕克对读者的严格要求，同时也是斯帕克有意恭维一些读者：能读懂她的小说与普通人的不一样，有着超常的智力。小说最后，芙乐道出斯帕克的心声，"从那以后，我创作总是非常小心。我希望拥有高水平的读者，无法接受平庸的读者"②。这体现出斯帕克对读者的殷切希望，更说明她对日后的创作提出更高的要求。正因为心中只有高水平的读者，斯帕克才能在创作时坚持大胆创新，并经常通过神话等要素来拓展小说的深度，而不用担心读者的领悟和接受能力。也因此，虽然她的小说语言质朴无华，故事平淡无奇，却意蕴丰富，耐人寻味，给人留下无限的思考与想象空间。1971 年，在接受访谈时，她直言不讳："世上并不存在太多的'读者'。大部分人不会阅读或写作。读者和诗人一样，都比较罕见。"③ 换言之，斯帕克认为堪称"读者"的是那些能真正读懂小说的人，并非普通读者。她借此鞭策读者要加倍努力，提高素养，以便更好地解读小说。

　　斯帕克本人曾经承认，"我真的喜欢这种新近出现的文学，它倾

---

　　① Muriel Spark, *Loitering with Intent*, London: The Bodley Head Ltd. , 1981, pp. 73 – 74.

　　② Ibid. , p. 220.

　　③ Ian Gillham, "Keeping it Short—Muriel Spark Talks About Her Books to Ian Gillham", *Listener*, Vol. 24, September, 1970, p. 412.

向于以文学创作本身为主题"①。她把自己的评论与实践结合,借助小说《带着意图徘徊》总结了自己对作家、作品及读者等文学要素的观点和理念。这些对文学创作的指涉体现了她在创作过程中的自我反省和自觉意识,在拓展小说疆域、表明作者态度的同时,给读者带来无穷的启示和回味。

《带着意图徘徊》不仅展示了作者对于作家、读者、作品等问题的思索,凸显出她在创作小说的过程中对于创作本身的反思及强烈的自我意识,而且还深入探讨了小说艺术的本质——虚构性的呈显。

第二节 小说虚构性的凸显

斯帕克对于小说内容和形式的创新佐证了她对文学创作的反思精神。这种反思的一个主要体现在于她对小说虚构性的凸显上。在《带着意图徘徊》中,虚构性的首要表征在于现实与虚构之间复杂的互相渗透:芙乐一边回忆她年轻时的生活,一边穿插着讲述另一部小说,即《沃伦德·查斯》的虚构故事,同时经常把两者相提并论,互相比较,因此模糊了虚构与现实的界限。与小说《安慰者》的主角卡洛琳一样,芙乐创作时心境变化无常,时而亢奋焦躁,时而多疑、绝望和消沉。她曾经一怒之下撕毁了多蒂的自传手稿,也曾在狂怒中撕破自己的好几页书稿;当发现自己的手稿丢失时,她"坐在那里,怀疑自己是否发疯,沃伦德是真实存在还是虚构的产物"②。芙乐常常认为现实生活中的人物是她亲自塑造的角色,属于她小说中的人物。当她发现昆丁模仿沃伦德的言行时,她感慨道:"我感觉他好像是我编造出来的。"③ 由此,现实和虚构水乳交融、界限模糊。读者只能在阅读中仔细分辨,努力寻找哪怕是最微不足道的、依稀可见的线索。因此,读者在反复玩味和细致阅读后,在不断探幽的过程中逐渐

---

① Sara Frankel, "An Interview with Muriel Spark", *Partisan Review*, Vol. 54, No. 3, 1987, p. 456.

② Muriel Spark, *Loitering with Intent*, London: The Bodley Head Ltd., 1981, p. 124.

③ Ibid., p. 113.

排除了许多阻碍，进而领略到斯帕克作品的趣味性和挑战性，获得独特的审美享受。

除了现实与虚构之间互相渗透的关系，斯帕克还力图摆脱传统的现实主义小说的束缚，放弃追求小说叙事的"真实性"原则，在文本中直接评论小说的虚构性，让读者体悟到现实世界与艺术真实之间的界限与区别，在亦真亦幻的小说文本中得到审美愉悦和道德教诲。首先，这体现在主人公芙乐对小说《沃伦德·查斯》的评价中。《带着意图徘徊》开始后不久，芙乐就坦言自己正在进行创作："那个时候，我正在创作的第一部小说《沃伦德·查斯》真的占据了我生活中的绝大部分时间。"① 这无疑指明了该书故事情节的虚构性。此外，芙乐还多次亲口否认书中人物的真实性。例如，当多蒂指出她不喜欢玛乔里时，芙乐反驳说："你怎么能这么说呢？玛乔里只是虚构的。她并不存在。"② 还有一次，她回忆说："沃伦德根本不存在，只不过是一些词语、标点、句子、段落和页面上的符号而已。"③ 其次，一般来说，小说中的人物具有多重身份，不同身份的转换产生了文本与叙事者、读者之间的审美距离。对于《带着意图徘徊》而言，芙乐是小说中的人物，但是对于内置小说《沃伦德·查斯》而言，芙乐的身份发生了改变，成为作者。因此，身为作者的芙乐对于《沃伦德·查斯》的多次评价其实就是一种作者在叙事过程中的侵入，其效果是打断了叙事的正常进展，提醒读者注意小说的虚构性。这既借助作者的干预揭示了小说的结构及人物的虚构性，也贯彻了作者的意图：防止读者沉浸在小说中不可自拔，避免他们过多地牵涉其中，从而引导他们积极参与到文本建构中，通过阅读和诠释小说的本意，反思和探讨文本之外的深层蕴涵和作者意图。

《带着意图徘徊》对小说虚构性的凸显还体现在斯帕克独树一帜的"现实模仿小说"手法。传统上，作者往往采用"小说模仿现实"

---

① Muriel Spark, *Loitering with Intent*, London：The Bodley Head Ltd.，1981, p. 15.

② Ibid.，p. 73.

③ Ibid.，p. 85.

或者"艺术模仿现实"的写作手法，小说带有现实的烙印。芙乐曾经宣称："我通常凭直觉创作小说人物。……实际上，有时候，我在小说出版后才遇到小说中的那些人物。"① 实际上，创作《沃伦德·查斯》之前，芙乐并没有遇到该小说中的人物。这些小说人物先出现在小说中，而后，与其相似的现实人物才出场。于是，"现实模仿了小说"，或者说"现实模仿了艺术"。《沃伦德·查斯》中的小说世界是虚构的，芙乐的现实生活作为对这虚构的模仿，其虚构性更加突出。而芙乐的现实生活又属于《带着意图徘徊》内部的虚构世界。因此，通过对芙乐的现实生活的描写，《带着意图徘徊》的虚构性得到彻底与多重的呈现。在斯帕克的另一部小说《唯一的问题》中，现实同样也模仿了艺术。主人公哈维的现实生活中发生的一切与《圣经》中《约伯记》的故事情节非常相似：他与约伯一样遭遇莫名的苦难；周围的人都不理解他们，甚至他的妻子与约伯的妻子也有不少共同的特征。《约伯记》犹如哈维的现实生活的前文本，在某种意义上是几乎被模仿到了极致，体现了"现实模仿艺术"的特征，彰显了《唯一的问题》的虚构性。这种"现实模仿艺术"的手法突破读者的常规认知，干扰了叙事流，在带来阅读障碍的同时挑战了读者，促使他们去关注小说或艺术品的虚构性。

通过对于虚构性的揭示，《带着意图徘徊》实现了元小说的一个重要功能："不但表现（即描写或断言）'什么'（如同大部分的'真假描述'），而且反映虚构作品是如何被建构的，还有它是如何对真假进行描写的。"② 此功能也恰好是包括斯帕克在内的许多现代小说家们追求的重要目标之一。他们的努力彰显了高度的创新精神和自觉意识。

显而易见的是，对于虚构的呈现需要作家以精妙的艺术手法来展示，斯帕克在《带着意图徘徊》中采用了多元化的结构来实践她的

① Muriel Spark, *Loitering with Intent*, London: The Bodley Head Ltd., 1981, pp. 24 – 25.

② Margaret A. Rose, *Parody: Ancient, Modern and Postmodern*, Cambridge: Cambridge University Press, 1993, p. 98.

创作意图，体现了她对于创作的反思精神。

第三节　多元化的小说结构

《带着意图徘徊》在结构上最显著的创新特征是它层次上的多元化，体现在两方面：其一是"故事中的故事"，其二是"同素内置"（mise en abyme）① 结构的设置。表面上，这是一部简单的自传体小说，实际上，它与批判现实主义小说和现代派小说有很大的不同。它改变了传统的线性叙事方法，具有复杂的"小说中的小说"，或者"故事中的故事"结构。其层次多元化体现在文本中三个故事的构建上。其结构层次大致可表征如图 8 - 1 所示。

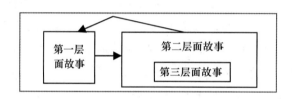

图 8 - 1

　　图中的第一层面故事构成小说的最外层结构，主要叙述芙乐摆脱自传协会以后的经历，随后作者借芙乐的"以下我将讲述有关自传协会的故事"② 直截了当地导入了第二层面的故事，其中又嵌套了第三层面的故事。小说接近尾声时，斯帕克写道："自（昆丁的）葬礼结束到我坐在墓地上写诗的那一天，多蒂不断告诉我有关自传协会成员的消息。"③ 这句话非常关键、不容忽视，因为它既标志着第二层面

---

① 目前该术语尚无公认的汉语对应词，有人把它译作"纹心结构"。"同素内置"系笔者据其大意翻译而来的。该术语源自法语，原指"一张小盾牌镶嵌在另一张样式相似的大盾牌内"。作为文学术语，它首次使用于诺贝尔文学奖获得者安德烈·纪德的小说《伪币制造者》。该小说讲到一个作家正在创作一部叫《伪币制造者》的小说。

② Muriel Spark, *Loitering with Intent*, London: The Bodley Head Ltd., 1981, p. 9.

③ Ibid., p. 209.

和第三层面的故事的终结，又明示了第一层面的故事的重新开始，起到了承上启下、阐明结构的作用。小说接着描述了芙乐的成功及其对小说创作的思考。总体而言，第一层面的故事奠定了整部小说的结构框架，充分表达了芙乐成名前后的创作观点。

第二层面的故事主要讲述芙乐与自传协会成员之间的交往、创作《沃伦德·查斯》的经历及为出版该小说所做的努力。此时，故事主角除了芙乐，还包括男主人公昆丁等人。该故事开始于第一个故事发生的 10 个月前，结束于昆丁在交通事故中的丧生。第三层面的故事则是围绕"小说中的小说"《沃伦德·查斯》的主人公沃伦德·查斯展开，其故事并非完整清晰，也不是连续不断地发展。读者只能从芙乐的叙述片断中获知它的大概情节：沃伦德·查斯别有用心地组织了一个团体，竭尽全力去控制手下成员，结果导致了悲剧的产生，一个成员自杀，其他成员则心灵消沉。其实，第二层面和第三层面的故事非常相似，其差别在于前者存在于芙乐的现实生活中，而后者存在于她创作的小说中。芙乐回忆在自传协会工作的经历时，常常提及《沃伦德·查斯》中的故事，因此，这两个层面的故事相互交织、彼此渗透。

如上所述，《带着意图徘徊》的故事中有故事，共同构成特殊的元小说结构："除了那些系统的……外部组合结构外，还存在各种玩味作品框架和层次的'游戏'结构，其中最简单的是'故事中的故事'。"[1] 这些故事从外到内，一个套一个，形成了别具一格的双重"故事中的故事"结构，从而突破了传统叙事中的线性、一维模式，使叙事结构具有复杂的空间性特征，小说也就呈现出与众不同的立体的繁复之美。斯帕克有意识地使用这种典型的元小说框架，并且变革了传统中的"故事中的故事"的添加模式，在貌似不经意的叙述中，以碎片化的形式添加了两个"故事中的故事"，借此体现了她对小说形式的深入思考与大胆尝试。

---

① Sara E. Lauze, "Notes on Metafiction: Every Essay Has a Title", in Larry McCaffery ed., *Postmodern Fiction*, New York: Greenwood Press, 1986, p. 104.

　　除了"故事中的故事"外,《带着意图徘徊》的层次多元化还表现在作者采用了一种特殊的结构关系:"同素内置"。"同素内置"指的是在文本中嵌入自我表征文本或镜像文本。① 琳达·哈琴(Linda Hutcheon)把"同素内置"分成三类。第一类是简单的复制关系。这种关系下的镜像部分与外界的整体有相似之处。第二类是无限的重复复制关系,指的是镜像中还有镜像,一个镜像内套有多个镜像,这样不断延伸下去。第三类认为"同素内置"中的镜像片断包含它本身所从属的作品。②《带着意图徘徊》中的"同素内置"存在于第二层面和第三层面的故事里,属于哈琴所说的第一类关系。第二层面与第三层面的故事内容相似。首先,两者都讲述故事的主角为控制下属而不择手段,他们向下属分发有害药品和灌输"罪恶感";其次,两个故事的主角昆丁与查斯都属邪恶之徒,言行非常相似,且最终都意外丧生于交通事故;最后,两个故事中的其他角色大都具有对应关系,如,芙乐与玛乔里,昆丁的母亲埃德温娜同普鲁登斯,管家蒂姆斯和夏洛蒂,等等。

　　"同素内置"作用是"向读者指示过去,或者预示将来"③。《带着意图徘徊》中的第三层面的故事"预示"即将发生在第二层面的故事。此外,正如哈琴指出的,"同素内置经常包括对文本本身的评价"④。芙乐叙述第二层面的故事时,常常评论第三层面的故事。《带着意图徘徊》的"同素内置"显示出斯帕克对小说结构以至小说创作的思考,反映了斯帕克的自我意识,显示了其元小说特征,如同有批评家所说的,作为术语的元小说"经常使用于作品中,涉及相当明显的关于小说的自我意识"⑤。

---

　　① 参见 Wenche Ommundsen, *Metafiction*? Victoria: Melbourne University Press, 1993。

　　② 参见 Linda Hutcheon, *Narcissistic Narrative: The Metafictional Paradox*, London: Routledge, 1991。

　　③ Linda Hutcheon, *Narcissistic Narrative: The Metafictional Paradox*, London: Routledge, 1991, p. 56.

　　④ Ibid. , p. 55.

　　⑤ Chris Baldick, *Oxford Concise Dictionary of Literary Terms*, Oxford: Oxford University Press, 2000, p. 133.

　　总之，在结构上，《带着意图徘徊》采用"故事中的故事"和"同素内置"，体现出斯帕克对小说创作的深刻反思和大胆试验。她在其他多部小说中也使用了类似的结构。如在《请勿打扰》中，一群仆人利用他们主人的死亡谋取利益的故事中嵌入了其主人的三角恋故事；在《安慰者》中，主人公卡洛琳寻找神秘声音来源的故事中嵌入了她参与调查一起走私案件的故事；在《精修学校》中，校长与学生克里斯之间的故事中又包括了两个故事——校长创作的并不完整的片段故事及克里斯创作的历史小说故事；在《唯一的问题》中，关于作品人物和作家之间的关系成为人类与上帝之间的关系的"同素内置"；在《安慰者》中神秘声音传递的内容也刚好成为整部小说的"同素内置"。斯帕克这些成功的试验获得了英国学界的好评，奠定了自己的声誉。

　　从创作开山之作《安慰者》以来，斯帕克在笔耕不辍、佳作不断的同时充分及时地总结成功的经验，积极反思文艺理论，甚至在作品中直接讨论文学创作，并且不断尝试创新小说艺术手法，应用于小说内容、形式和结构等方面。经过多年的试验和改进，斯帕克的小说艺术日臻成熟，在《带着意图徘徊》中达到完美境界。该小说的创新尤为突出，不仅在小说中糅合了其他的文类，讨论文学创作的理论，而且革新了小说形式与结构，既揭示小说的虚构性，又赋予小说特别的框架结构——"小说中的小说"和"同素内置"。《带着意图徘徊》归纳和总结斯帕克以往的创作，同时规范和指导了她日后的创作，因此成为一部承上启下的小说，为当代英国文坛增添了别样的风采。作为斯帕克的代表作之一，该小说以半自传的形式，在有限的篇幅内讲述了一个扑朔迷离、悬念迭起的故事，并在其中借用人物之口道出作者对于小说创作的见解，显示出作者对创作的洞察力和深刻反思。在《带着意图徘徊》中，斯帕克的理论反思与作者自我意识相辅相成、相映成趣，成就了这位英国当代著名小说家的艺术辉煌。

第九章　《精修学校》的嫉妒与
权力运作

　　斯帕克的收官之作《精修学校》为她的创作生涯画上一个圆满的句号，再现了她以往创作中的诸多主题。86 岁高龄的斯帕克在《精修学校》中凭借自己对人性的深刻洞察和精妙书写，凸显了诸如婚姻、情爱、记忆和写作的多样化主题，其中的嫉妒主题与权力的争斗交织一起，给人留下深刻的印象。

　　与以前创作的《安慰者》和《唯一的问题》关注人类社会的受难主题一样，斯帕克在《精修学校》中观照了人性中的另一重大主题——嫉妒。古往今来，嫉妒成为众多学者的研究对象，18 世纪德国著名哲学家康德曾经给嫉妒做出一个完整的界定："嫉妒是忍着痛苦去看别人幸福的一种倾向，是一种间接的、怀有恶意的想法，也就是说一种不满，认为别人的幸福会使本身的幸福相形见绌，因为我们懂得去衡量幸福时，不是根据它的内在价值，而只是把它和别人的幸福相互比较的过程中做出估量，并且把这种估量形象地表达出来。"[①]这种嫉妒观高度地概括了嫉妒的内涵、实质、特征和产生的原因等。相对而言，心理学领域对于嫉妒的研究比较深入全面。心理学家史密斯等人认为，嫉妒是个体与拥有他渴望得到的某些东西的另一个人或许多人进行比较，产生的自卑、敌意和怨恨特征的混合的情感体验。[②]

---

　　① ［德］康德：《道德形而上学探本》，唐钺译，商务印书馆 1957 年版，第 164 页。
　　② 参见 R. H. Smith，Kim，S. H.，"Comprehending Envy"，*Psychol Bull*，Vol. 133，No. 1，2007。

国内的心理学词典也给嫉妒一个简短而恰当的定义："嫉妒，是指与人比较，发现自己在才能、名誉、地位或境遇等方面不如别人而产生的一种由羞愧、愤怒、怨恨等组成的复杂的情绪状态。"[1] 嫉妒还是各国文学作品中反复出现的主题。关于此主题的经典之作包括：希腊戏剧家欧里庇得斯的《美狄亚》、莎士比亚的《奥赛罗》、英国批判现实主义小说家萨克雷的《名利场》、法国古典主义作家拉辛的《安德洛玛克》、法国小说家司汤达的《红与黑》、新小说派代表作家罗伯·格里耶的《嫉妒》、日本作家夏目漱石的《虞美人草》和加拿大诺贝尔文学奖获得者爱丽丝·门罗的《多维的世界》等。2006 年诺贝尔奖获得者土耳其作家奥尔罕·帕慕克曾表示他所创作的全部故事的主题都是嫉妒。中国古典名著《三国演义》中的周瑜也是因嫉妒诸葛亮的才华而气绝身亡；《红楼梦》中的林黛玉因为嫉妒宝钗的玲珑邀宠而伤心欲绝，最后抑郁而死。显然，从古希腊到 21 世纪的当今社会，嫉妒作为人类普遍存在的情感不断在所有时代的作家笔下得到书写，艺术家们用丰富多彩的艺术手段展示了嫉妒对于爱情、友情、亲情、婚姻生活，甚至个体生命的毁灭性作用和悲剧性恶果，栩栩如生地描摹了人性中的阴暗面。

据笔者的检索，迄今为止，国内外尚未有学者研究《精修学校》中关于嫉妒的主题。《精修学校》主要讲述了精修学校学员在校期间的经历，其中着墨最多的是一个名叫克里斯（Chris）的学生与校长罗兰德（Rowland）之间因为创作问题而产生互相嫉妒的恩怨故事。小说中，嫉妒成为诸多重大事件的导火索和多种"终结"的主因，对人物间的关系产生了恶劣的后果，还招致各式各样的权力之争。

第一节　嫉妒的特征与缘起

德国著名精神病学家弗里德曼（Friedmann）早在 1911 年就指

---

[1]　朱智贤：《心理学大词典》，北京师范大学出版社 1989 年版，第 295 页。

出：“嫉妒是源于竞争的一种情绪或情感，抑或是源于主体参与在情绪被强调的某个活动领域中，它通常被表述为一种痛苦的敌意，并与压抑竞争的冲动有着莫大的关系。”①《精修学校》内，校长罗兰德出于嫉妒的心理与学生克里斯明争暗斗，与此同时，该小说内嵌的历史小说还多次描述主要人物伊丽莎白女王和达恩利的嫉妒。这两个小说故事相互映照，印证嫉妒产生的致命打击和毁灭性后果。斯帕克在小说《精修学校》一开篇就描写了校长罗兰德对克里斯的嫉恨：“在这些学生中，克里斯最让他感到不安。是的，他在写小说。罗兰德也在写着小说。他并不想承认克里斯有多优秀。当克兰德看着他们时，一种嫉妒引起的疼痛占据着他的心灵。在随后的几个月内，这种疼痛慢慢地加剧。”② 显然，潜在的竞争意识加重了罗兰德对学生克里斯的忌恨，作为校长的罗兰德对学生的嫉妒逐渐转化成“疼痛”和“敌意”。从为人师的角度出发，这个校长是个心胸狭隘、极不称职的老师。学生的优秀和进步理应成为他的骄傲，可是嫉妒的意识扭曲了他的心灵。他企图压制学生，阻止他们与他的潜在竞争。

　　谈到嫉妒产生的原因时，英国著名哲学家培根在《论嫉妒》中指出：“嫉妒总是来自自我与别人的攀比，如果没有这种攀比就没有嫉妒。”③ 我国也有学者指出，“人们将自己的特征和成就与相似他人进行比较，嫉妒的体验出现在相似他人的特征威胁到自尊，且在比较中发现自我不符合标准等情景。”④ 罗兰德与克里斯有着共同的爱好——都喜欢创作小说，但相较而言，尚未成年的学员克里斯似乎比校长罗兰德更有天赋，而且这件事情为所有的学员所知晓。这不可避免地威胁到罗兰德的自尊，也就会引起他的嫉妒。当罗兰德读完克里

---

① 转引自 Baumgart Hildegard, *Jealousy-Experience and Solutions*, Chicago：The University of Chicago Press, 1985, p. 145。

② Muriel Spark, *The Finishing School*, New York：Doubleday, 2004, p. 4.

③ ［英］培根：《培根文集》，江文编译，中国戏剧出版社 2008 年版，第 16 页。

④ 杨丽娴：《妒忌的心理学研究进展与取向》，《心理科学》2009 年第 3 期，第 655 页。

斯正在创作的小说的前两章时，他对克里斯的天分感到非常惊讶，"罗兰德感到害怕；他碰到和读到克里斯的小说文稿时，那种他以前就感受到的嫉妒如同一把匕首再次刺中了他"①。这个形象的比喻直接明了地引进嫉妒的主题，暗示了小说的聚焦。毫无疑问，嫉妒具有毁灭性，诱引出人性中所有的阴暗面，摧毁一切良善。罗兰德对克里斯的嫉妒产生了诸多的消极意义。这种情感妨碍着罗兰德的写作，让他不能专注于写作。"妮拉现在感觉到罗兰德的嫉妒达到一种痴迷的境地。她坚决相信，如果罗兰德可以摆脱嫉妒和竞争对手，或者摆脱他第一次见到年轻的克里斯时的一切想法，他肯定可以写出一部好的小说。"②"事实总是这样，克里斯依然活着，在校时正在写小说。这阻止了罗兰德继续写小说。"③ 除了别人的判断，罗兰德本人也表现出深受嫉妒心理影响的特征。"我可以杀了他"，罗兰德想，"但是这样就够了吗？"④"有好多次，罗兰德想到如果克里斯死了，事情会怎么样。"⑤ 可见，罗兰德的嫉妒心理已经发展到了怨恨，甚至是仇恨。这种心理如果没有加以控制，罗兰德极有可能酿成大错。嫉妒成为克里斯和罗兰德互相怨恨的重要因素。

有别于以往作家的是，斯帕克不仅展示了人物嫉妒的各种表现及它产生的负面情绪，而且也揭示了这种心理可能带来的积极意义。这种辩证的态度显然更加全面客观，也就在一定程度上增加了小说的真实感，更是与近年来心理学研究的新发现相契合：在心理学的领域内，以往大多数研究都是把嫉妒与敌意、破坏等负面因素结合在一起，但是近年来，有一些研究者发现嫉妒也有积极的一面，即善意的嫉妒。⑥ 罗兰德的嫉妒表现很快就被他的妻子妮拉察觉。她

① Muriel Spark, *The Finishing School*, New York: Doubleday, 2004, p. 11.
② Ibid. , p. 75.
③ Ibid. , p. 95.
④ Ibid. .
⑤ Ibid. .
⑥ 参见 C. Sterling, et al. , "The Two Faces of Envy: Studying Benign and Malicious Envy in the Workplace", in R. H. Smith, U. Merlone, & M. K. Duffy ed. , *Envy at Work and in Organizations*, New York: Oxford University Press, 2016。

说："如果克里斯和他的小说让你不安，你知道我们可以把他送回家的。我们可以说他为了写小说而忽略了学业。"① 但是，此时的罗兰德心里矛盾又纠结，他回答道："我不想与克里斯分开。"② 一方面他嫉妒和讨厌克里斯，另一方面他又不想让他离开。这种矛盾的心理证明了斯帕克笔下的嫉妒具有一定的积极意义：罗兰德潜意识里并不仅仅是一味地嫉妒克里斯，而是与此同时把克里斯当作竞争的对手或者是鞭策自己的榜样。留住克里斯意味着可以促使他坚持创作，避免半途而废。罗兰德有限的善意嫉妒有时会催他向上，使他积极努力、挑战自我，更想做好自己的创作。他极力通过提升自我以缩小与克里斯的差距，从而减少自己心灵上的痛苦和自卑感，可是他最终未能如愿以偿。

随着时间的推移，克里斯也逐渐变得离不开罗兰德，他说："我需要他的嫉妒、他强烈的嫉妒。没有它，我就无法工作。"③ 嫉妒产生的双重作用在克里斯身上得到同样的表现：一方面，克里斯利用罗兰德的嫉妒作为自己写作的动力；另一方面，克里斯受到它的束缚，一离开嫉妒就无法工作。对克里斯而言，嫉妒产生的负面影响同样远远超过正面影响。最终他居然打算杀掉罗兰德，所幸计划没有实现。

斯帕克不但深入描述和探讨了罗兰德与克里斯之间的互相嫉妒，而且在小说文本的内嵌小说——克里斯创作的历史小说中也频繁论及这一主题。克里斯凭借自己的想象和超强的逻辑推理能力对历史事实进行改写与重叙，并且试图重新解释某些历史事件中的个人动机。当谈到玛丽女王的丈夫达恩利（Darnley）谋杀里奇奥（Rizzio）的原因时，克里斯说："嫉妒。对于女王来说，她的丈夫不如里奇奥的有趣。刚开始，他俩是挚友，但后来达恩利对里奇奥满怀嫉妒。"④ 克里斯对嫉妒的主题颇感兴趣，他说："达恩利（女王的丈夫——笔者注）高大帅气，是女王的堂兄，也是皇室成员。当他听到传言说，出身卑

---

① Muriel Spark, *The Finishing School*, New York: Doubleday, 2004, p. 20.
② Ibid. , p. 21.
③ Ibid. , p. 111.
④ Ibid. , p. 96.

微、身材矮小的里奇奥是女王的情人时，非常吃惊。里奇奥具备极高的音乐天赋，善于讨好人……"① 在随后跟同学的交谈中，克里斯还透露了自己给 3 个出版商的信件内容，直接谈到嫉妒的主题："我刚满 17 岁，正在写一部历史小说，有关苏格兰的玛丽女王和她丈夫达恩利的谋杀事件。主题是嫉妒和激情。"② 当研究苏格兰历史的学者爱丽丝（Alice）给他们做讲座时，克里斯不但想象和重新诠释了历史，而且再次提出嫉妒心理在这一著名历史事件中的影响。

> 这些谋杀的原因是嫉妒，无法控制的嫉妒。接下来伊丽莎白下令处死苏格兰女王，几乎不是因为害怕她叛国。玛丽是个囚犯。她可以用语言和文字来策划阴谋，可是她没有权力。我觉得，这其中的秘密是嫉妒。当玛丽女王的儿子——苏格兰的詹姆士六世，也就是英格兰的詹姆士一世出生时，有编年史记载，伊丽莎白大叫："苏格兰的女王生了个漂亮的孩子，可是我却不能生育。"③ 嫉妒、强烈的嫉妒是那个时代的推动力。

麦家那（H Maijala）的研究结果表明，嫉妒是通过比较，发现他人拥有一些自己缺乏的好东西，进而滋生的一种痛苦和矛盾的情感体验。其核心是欠缺感。④ 无论是里奇奥或者玛丽的被杀都是由于他们的嫉妒者有所欠缺。达恩利缺乏里奇奥的聪明有趣，而伊丽莎白女王则不能像玛丽女王那样拥有孩子，因此他们心生嫉妒，进而发展为愤怒和仇恨。这是他们最基本的杀人动机。

克里斯丰富的人生体验和对于嫉妒的深刻洞察赋予他丰富的想象力。在基于部分历史事实的基础上，他巧妙地构思并书写了颇有新意的历史小说，在一定程度上重构了有关玛丽女王的历史。可以说，他

---

① Muriel Spark, *The Finishing School*, New York: Doubleday, 2004, p. 97.

② Ibid., p. 98.

③ Ibid., p. 125.

④ 参见 H. Maijala, T. Munnukka and M. Nikkonen, "Feeling of Lacking as the Core of Envy: A Conceptual Analysis of Envy", *Journal of Advanced Nursing*, Vol. 31, No. 6, 2000。

在现实生活中遭遇到的嫉妒有助于他以与众不同的视角重新阐释历史的故事。就此意义而言，罗兰德的嫉妒再次催生了积极的效应，为他提供了创作灵感和新颖思路。斯帕克笔下嫉妒的积极效应彰显了她独树一帜的创作理念和艺术，因为以往大部分的研究都是针对嫉妒的消极影响，"大量的实证研究证明嫉妒会引发消极的结果：犯罪行为和群际冲突"①。而斯帕克笔下的嫉妒效应则具有双重性的特征，兼具正反两面的效果。

斯帕克对人性的阴暗面——嫉妒心理的关注实际上是源自于艺术家本人对人性本身的深刻洞察。不可否认的是，她本人对于嫉妒这种情感一直有着刻骨铭心的切身体会，尤其是在她成名后，曾经因为他人对自己的嫉妒而感到相当苦恼和无奈，甚至不得不疏远不少昔日友人，并且离群索居，四处漂泊，最终移居意大利。如同斯坦纳所写的，"在缪里尔的一生中，她总是怀疑别人会背叛自己。几乎所有的她早期生活中的朋友都跟她变成了陌路人"②。朱永康也指出："她不惜移居万里之外的纽约，显然是为了躲避那些妒火中烧的朋友和同行，他们对斯帕克的成功越来越嫉恨和不满。几年后，她不得不再次改换居住地，这次是迁往意大利的罗马。"③功成名就的斯帕克深知嫉妒是人性的一大弱点，在《精修学校》中直截了当地指出它是罗马天主教的七宗罪之一，"第四大罪是'嫉妒他人精神上的快乐'，而这一罪过正是罗兰德痛苦的来源"④。

由此，斯帕克通过详尽描写嫉妒心理及行为的各种表现，试图引起读者对此的关注，敦促他们直面这种情感，积极寻找应对的策略。美国著名心理学家彼得·塞拉维（Peter Salovey）曾经做了一项研究试验，发现人们可以通过自我调节策略应对嫉妒。这种自我调节包括

---

① 王月竹、方双虎：《国内外妒忌研究的现状与展望》，《心理研究》2013 年第 6 期，第 14 页。

② Martin Stannard, *Muriel Spark*: *The Biography*, New York: W. W. Norton & Co., 2010, p. 193.

③ 朱永康：《英国文坛怪老太缪里尔·斯帕克》，《世界文化》1999 年第 5 期，第 6 页。

④ Muriel Spark, *The Finishing School*, New York: Doubleday, 2004, p. 93.

三个主要维度：自我依靠、自我支持和选择性地忽视。①《精修学校》
中的罗兰德的自我调节是一个失败的案例。因为嫉妒克里斯而产生对
他的依赖心理恰好证明了罗兰德缺乏自我依靠和自我支持。此外，他
也未能对克里斯选择性地忽视，相反地，除了很少数的时段外，他几
乎未曾停止对克里斯的关注。恰如英国著名作家培根所说的，"在人
类的一切情欲中，嫉妒之情恐怕要算最顽强、最持久的了。所以古人
曾说过：'嫉妒是不懂休息的'"②。罗兰德对克里斯的嫉妒无时不在，
有一次在吃饭时，罗兰德猜测克里斯正在构思历史小说，"罗兰德没
有吃完晚饭。他觉得心烦意乱，颇为担心"③。这一切都被他妻子敏
锐地察觉到了。罗兰德不仅因为嫉妒而不能继续写小说，而且在心理
上受到很大的影响。"积极的情绪有益于健康，相反负性情绪常会让
人付出健康的代价。……嫉妒所包含的焦虑、沮丧、敌对等负性情绪
会单独或一起危害健康。"④ 罗兰德妻子直言他生病了。他只好选择
到修道院静修。"现在是 10 月底，罗兰德在临近法国边境的瑞士山高
原上的圣·贾斯汀·阿玛迪斯修道院已经住了 3 个星期。他得到抚
慰，已经镇定下来了。"⑤ 然而离开修道院时他还是没能彻底地恢复
健康，很快又陷入嫉妒的痛苦中。他参加父亲的葬礼后告诉妻子妮
拉："昨天和前天，也就是在葬礼之后，我情况还好。我一直想着父
亲，想得很多。他的去世让我不再去想克里斯。可是现在，你知道
吗，我几乎是迫不及待地又回到沉思的状态。我知道我沉溺于对克里
斯的着迷，但我需要这种着迷。"⑥ 这种着迷意味着他不可能忽视克
里斯，这样他势必难以通过自我调节来应对嫉妒，直接后果就是他的
嫉妒与日俱增。

---

① 参见 Peter Salovey, "The Differentiation of Social-Comparison Jealousy and Romantic Jeal-
ousy", *Journal of Personality and Social Psychology*, Vol. 50, No. 6, 1986。

② ［英］培根：《培根文集》，江文编译，中国戏剧出版社 2008 年版，第 17 页。

③ Muriel Spark, *The Finishing School*, New York: Doubleday, 2004, p. 36.

④ 王月竹、方双虎：《国内外妒忌研究的现状与展望》，《心理研究》2013 年第 6 期，
第 17 页。

⑤ Muriel Spark, *The Finishing School*, New York: Doubleday, 2004, p. 106.

⑥ Ibid., p. 133.

通过未能完成自我调节以克服嫉妒的反面例子，斯帕克警示和提醒读者必须克服惰性、排除障碍，学会调整与应对。在这部小说中，斯帕克重申她关于艺术与生活之间密切关系的创作观。她认为虽然艺术源于生活，但最终是高于生活并服务于生活的。作家的艺术作品应该对读者的生活产生正面影响，起到教育或警示的作用。嫉妒主题成为《精修学校》和它的内嵌小说的联系纽带，突出了小说人物克里斯在生活中遭遇到的嫉妒对他的创作产生的影响，再次强化了斯帕克的创作观：艺术与生活密不可分，两者永远在互相交融和渗透着，彼此产生不可忽视的影响。这种创作观也频繁体现在斯帕克以往的作品中，如《安慰者》《来自肯辛顿的呼唤》和《带着意图徘徊》等。

第二节　嫉妒、"终结"与权力斗争

作为收山之作，《精修学校》是斯帕克意识到自己的事业即将走向终结时，试图再次展示其创见的一种有效尝试，就标题本身的解释和引申意义来说，精修学校还具有"终结学校"（finishing school）之义，而"终结"恰恰也是嫉妒的严重后果。可以说，在这所学校内发生了许多的"终结"事件，其本源在于小说中多位人物的嫉妒心理和行为。因此，小说题目的另一解释"终结学校"其实是与小说的嫉妒主题密切相关的，它们之间的复杂关系主要体现在三个层面。

首先，就小说的主要情节而言，小说中的两个主要人物克里斯和罗兰德都试图"终结"对方的事业、学业甚或性命。他们在学校内因为互相忌恨而反目成仇，最后都想方设法迫害对方，企图"终结"对方。他们俩的紧张关系似乎可以用"他人就是地狱"[①]来形容。小说接近尾声时，一个出版商对克里斯即将完稿的小说产生兴趣，但是在与罗兰德会面后却与他一拍即合，准备出版罗兰德的小说。克里斯

---

① ［法］萨特：《萨特戏剧集》（上），沈志明、袁树仁译，人民文学出版社 1985 年版，第 152 页。

感到忌恨，对此深表不满，"你看，罗兰德。我可以很清楚地看出来，你正在尽量地利用我的天赋以及我与他人的联系来实现你的文学抱负"①。罗兰德毫不退让，"我本来应该认为，是你在利用我的好客和我的学校来进一步实现你的文学野心"②。接着他们的争吵升级，罗兰德企图开除克里斯，而克里斯威胁要杀了他。罗兰德告诫他，"你需要进行治疗"③。小说最后，克里斯进入罗兰德的浴室，把加热器扔进罗兰德正躺着的浴缸，企图"终结"对方。他的阴谋没有得逞，但罗兰德在极力反抗后还是身受重伤。虽然克里斯没被移送警方，但被迫离开了精修学校。在某种意义上，克里斯和校长罗兰德都基本上达到了互相"终结"的目的。在他们的相互博弈和争斗中，作为学生的克里斯的学业被彻底"终结"，而作为校长的罗兰德的生命也差点被"终结"。如同培根所言，"其实每一个埋头沉入自己事业的人，是没有工夫去嫉妒别人的"④。由此推论，如果有人能抽空嫉妒别人，这个人便不可能潜心于事业。正是由于嫉妒的存在，罗兰德无暇顾及自己的家庭和事业，因此几乎一事无成。罗兰德与克里斯既是彼此的施害者，同时也是受害者，而归根结底，这一切正是嫉妒心理直接导致的可怕后果。嫉妒的存在是对他们的生命意义和存在本身的直接威胁。

其次，小说主角罗兰德校长的婚姻关系也宣告"终结"，这同样也与嫉妒有着千丝万缕的关系。小说开始没多久就指出学校是"罗兰德·马赫莱创办的，由他的妻子妮拉·帕克协助管理"⑤。学校创办后的第三年，当他们从奥地利的维也纳搬到瑞士的洛桑时，为了"保存他的文学实力"⑥，罗兰德一开始把绝大部分工作交给妮拉。长期沉溺于思考如何创作小说却又无所作为的罗兰德不仅疏于对学校的经

① Muriel Spark, *The Finishing School*, New York: Doubleday, 2004, p. 168.
② Ibid..
③ Ibid..
④ ［英］培根：《培根文集》，江文编译，中国戏剧出版社 2008 年版，第 15 页。
⑤ Muriel Spark, *The Finishing School*, New York: Doubleday, 2004, p. 2.
⑥ Ibid., p. 3.

营和管理，而且忽视了对妮拉的关心和对家庭关系的呵护，招致她的不满。有一次，妮拉"决定告诉罗兰德她承担了超过一定限度的工作以及感觉负担太重"①。他们之间的关系逐渐恶化，最终导致他们婚姻"终结"的罪魁祸首恰恰就是罗兰德嫉妒心理的滋生。随着故事的进展，罗兰德将对创作的痴迷转移到对学生克里斯的嫉妒和干扰上。当罗兰德发现克里斯的出众才华时，他无时无刻不在窥视克里斯的创作，担心他超过自己，更担心他因为写作而成名。如同有评论家所认为的，嫉妒是个体意识到另一个人拥有他渴望得到的一些东西（才能、成就、某一物品等）而产生的一种希望自己得到或别人缺乏它的情感反应，它包含自卑、渴望、怨恨和情感否定的特征。② 由于自己在创作上的困境与克里斯的渐入佳境形成鲜明的对照，愈发不安的罗兰德的心理变得更加脆弱，把全部心思集中在克里斯身上，产生了自卑和怨恨的心理。心有所挂的他愈发忽视妻子妮拉，因此引起她强烈的不满。她甚至当面说他心理有问题。在寂寞之际，妮拉与邻居伊斯雷尔·布朗逐渐发展了婚外恋情，并尽享肉体的欢愉，彻底背叛了罗兰德，在他去修道院精修的那几周内，"妮拉一旦从学校的事务中解脱出来，就与伊斯雷尔·布朗在一起消磨所有的时光"③。结果，学校的学生和工作人员都知道他们的恋情。塞莱斯蒂纳直言他们的婚姻结束了。到了小说接近尾声，罗兰德只能接受事实，"他们的分手并非事先计划好的，这是必然会发生的"④。最后，"妮拉与伊斯雷尔·布朗结婚了，在伦敦安顿下来，一边学习，一边帮忙管理他的艺术馆"⑤。显然，罗兰德的嫉妒并不只是引发了克里斯的敌意，还严重破坏了自己与妻子原本和谐的婚姻关系，最终导致了他们婚姻的彻底终结。

① Muriel Spark, *The Finishing School*, New York: Doubleday, 2004, p. 60.
② 参见 W. G. Parrot and R. H. Smith, "Distinguishing the Experiences of Envy and Jealousy", *Journal of Personality and Social Psychology*, Vol. 64, No. 6, 1993。
③ Muriel Spark, *The Finishing School*, New York: Doubleday, 2004, p. 120.
④ Ibid., p. 169.
⑤ Ibid., p. 179.

最后，如果说克里斯与罗兰德之间的相互嫉妒没有直接引发致命的悲剧，那么在《精修学校》内嵌的由克里斯创作的历史小说中，嫉妒的确造成了无情的杀戮。人物的行为沿袭了嫉妒心理向嫉妒行为转化的常见模式："嫉妒——仇恨——报复——毁灭"。三条鲜活的生命都是因为"嫉妒"而"终结"：英国的伊丽莎白女皇因为妒忌苏格兰的玛丽女王而处死了她；玛丽女王的丈夫达恩利谋杀了妻子的好友里奇奥；达恩利也因此被里奇奥的族人杀死。一般的历史记载是玛丽女王在 1587 年被处死，原因是她"蓄谋杀害英国的伊丽莎白一世"①，此外，她还被"起诉在二十年前谋杀了她的丈夫达恩利君王"②。小说里却写道："按照克里斯的小说，达恩利的被害是里奇奥家族安排的复仇导致的。"③ 可见达恩利并非被玛丽女王所杀，而是死于因为自己的嫉妒行为导致的仇杀。克里斯在不断思考嫉妒的问题，"他想着达恩利对于里奇奥的原始又强烈的嫉妒。里奇奥是达恩利的妻子喜欢的人，是她的音乐家和亲密朋友"④。达恩利这种嫉妒就是社会心理学嫉妒理论中典型的怀疑性嫉妒，因为它符合其中的多样特征：第一，焦虑、害怕、怀疑和难过；第二，被不信任的念头所困扰，表现出极度的不安；第三，具有强烈的打探和跟踪倾向；第四，对任何唤起嫉妒的事件表现出高度敏感的情绪反应，并形成相应的应对策略。⑤ 可以推断，由于克里斯对于嫉妒主题的偏爱，他利用基本的历史事实，大胆阐明自己有别于历史学家的独特观点，利用嫉妒所引起的一系列连锁效应架构了情节的基本主线，在一定意义上重构与编造了另一版本的历史文本故事，其用意是为了揭示这种人性弱点的危害：妒忌使原本和谐的人际关系遭到无情的破坏，并且引发人性中残暴和丑陋的因子，最终招致了他人性命的"终结"。

除了招致各种各样的"终结"，《精修学校》中的嫉妒还引发了

①　Muriel Spark, *The Finishing School*, New York：Doubleday, 2004, p. 12.

②　Ibid. .

③　Ibid. , p. 13.

④　Ibid. , p. 64.

⑤　参见曹蓉、王晓钧《社会心理学嫉妒研究评析》，《西北大学学报》2007 年第 5 期。

权力斗争。福柯（Michel Foucault, 1926—1984）曾经指出："对我来说，权力似乎是无处不在的，一个人从来不能置身其外。"① 他还说："我在研究癫狂和监狱的过程中，发现一切事物似乎都围绕着这样一个核心：什么是权力。或者，说得更明确些，权力是如何实施的；当某人对另一个人实施权力的时候，究竟发生了些什么?"② 精修学校里显然存在权力的斗争。表面上看，罗兰德因嫉妒克里斯的才华而对其实施恶意压制，事实上这暗含着罗兰德对自身权力遭遇危机的恐惧感和不安全感，他的全部行径都是对权力的维护。作为一校之长的罗兰德拥有极大的权力，可以制定学校的基本政策，也可以决定招生的条件。他的权力令他产生了优越感，因此他认为自己必须在学校里树立绝对的权威，不允许任何威胁到自己权威和利益的挑战。然而，作为学生的克里斯在创作上的天赋和前途恰恰对罗兰德构成了严重的挑战。后者只好利用权力试图压制克里斯。甚至在克里斯外出时，不顾自己的校长身份而去偷偷翻查他的书包。其实，这种对于克里斯书包的窥视类似于福柯提出的"凝视与监控"，凝视的目的都是监控，进而获取知识和实施权力。"知识来自凝视，权力亦经它加以贯彻。"③ 所不同的是，福柯在《规训与惩罚》中提出的全景监狱中的凝视是一种公开的凝视，构成自动的权力，而在这里的窥视则是罗兰德为了获取权力而不择手段的凝视。此外，当有出版商要与克里斯合作时，罗兰德暗中破坏，极力阻碍克里斯在事业上的发展。总之，罗兰德为了一己私利不惜争抢与滥用权力。

福柯在《权力的眼睛》中写道："只要存在着权力关系，就会存在反抗的可能性。我们不能落入权力的圈套：我们总是能通过明确的策略来改变它的控制。"④ 在意识到罗兰德的滥用权力后，克里斯毫

---

① Michel Foucault, *Power/Knowledge*, Trans. Colin Gordon et al, New York: Pantheon Books, 1980, p. 141.

② ［法］福柯：《权力的眼睛》，严锋译，上海人民出版社 1997 年版，第 27 页。

③ 转引自赵一凡《从卢卡奇到萨义德：西方文论讲稿续编》，生活·读书·新知三联书店 2009 年版，第 691 页。

④ ［法］福柯：《权力的眼睛》，严锋译，上海人民出版社 1997 年版，第 47 页。

不示弱，奋起反抗。可是，他并不能像福柯所认为的"通过明确的策略来改变它的控制"。起初，他身上带着孩童的无邪与稚性，并没有太在乎罗兰德的嫉妒，而是不断逗弄着他，甚至在不经意间挑衅了他。然而，随着时日的增长，他发现了罗兰德的敌意，就以牙还牙，表现出人性恶的一面，到最后居然差点杀掉罗兰德。克里斯的应对策略并不理智，也没有改变权力的关系或者权力的对比关系，相反，他的反抗引发了权力制度对他的惩罚，他被逐出学校，还差点被起诉。

其实，罗兰德与克里斯的权力之争并不仅仅局限于他们的现实生活中。罗兰德试图通过创作关于克里斯的传记，以作家的特权来达到控制他的目的。在才思枯竭而未能如愿地写出小说时，罗兰德想起他妻子的建议："为何不写克里斯呢……做笔记——把你所想的一切都记下来。没人会知道此事。把你观察到的都写下来。"① 于是他结合自己的创作观，开始做相关的笔记。他很快就告诉妻子，"我改变了主意……这不可能是一部小说，这是关于一个真实人物——克里斯的生平研究"②。小说往往给予作者特权，他可以借此权力来决定作品的一切，如同有论者所写的，"故事是个人代理的必要结构，是世界上任何一种权力的必要环境"③。罗兰德企图利用自己作为作者的权力，把克里斯当成自己作品中的人物，通过讲述克里斯的故事来控制他。遗憾的是，他未能达到目的，因为他在创作时，到了后面就失去对作品人物的控制，就像他说的："对我来说，人物接管了自身。"④显然，无论在现实中或者小说中，校长罗兰德都丧失了"教育与管理"学生克里斯的权力。就此意义而言，小说题目"精修学校"具有一定的讽刺意味。

同样，在内嵌的历史小说中，权力与嫉妒、"终结"更是密切相

---

① Muriel Spark, *The Finishing School*, New York: Doubleday, 2004, p. 77.

② Ibid., p. 83.

③ Lewis MacLeod, "'Do We of Necessity become Puppets in a story?' or Narrating the World: On Speech, Silence, and Discourse in J. M. Coetzee's *Foe*", *Modern Fiction Studies*, Vol. 52, No. 1, 2006, pp. 1–18.

④ Muriel Spark, *The Finishing School*, New York: Doubleday, 2004, p. 55.

关。虽然依照作者克里斯的观点，小说中几位主要人物都是因为嫉妒
而生命不保，但是实际上，权力斗争也是其中一个不可或缺的重要因
素。正是因为涉及王权的争夺，这个事件才显得引人注目，从普通的
仇杀事件升格为政治权力斗争。这些历史事件的主角都是王室成员，
具有相当的权力，他们也都是凡人，不能摆脱凡人难以克服的嫉妒心
理，因此人性的弱点、政治的阴谋和宫廷的纷争纠结在一起，招致各
种迫害、囚禁与杀戮。在权力的支配下，各种真相被模糊化，甚至被
蒙蔽，形成了扑朔迷离的历史，所以关于这段历史存在不同的解释与
争议，正如新历史主义批评所认为的，历史知识的绝对真实性和可靠
性是值得怀疑的。① 正是建立在这种复杂恢宏的时代背景上，克里斯
凭借自身出色的推理和想象力建构别致的历史小说。其实，在某种意
义上，这种质疑历史进而大胆地改写与重构历史体现了克里斯对于权
力的青睐，因为，如同有论者提出的，历史是一种权力——每个阶段
的人们都有自己的知识（正是此种知识构成了历史的认知要素），而
实际上正是这些知识控制了那个时代的人们对于现实的看法。② 借助
对历史的书写与阐释，克里斯试图展示自己的历史知识，故而表现出
对权力的觊觎和贪欲。福柯曾经说过："我们必须承认：权力制造知
识，它们密不可分。若不建立一个知识场，就不可能出现与之相应的
权力关系。"③ 克里斯就是在通过历史小说建立一个独树一帜的知识
场，进而掌握与之对应的权力。

　　无论在世俗抑或宗教意义上，嫉妒对人类都有着重要影响，因此
成为文学史上的重要主题。在创作《精修学校》时，斯帕克已年届
86 岁高龄，对于人生百态有着透彻洞达的感悟。作为小说艺术家的
她利用亲身感受和人生经历，凭借独特的艺术构思和叙事手法明晰呈
现并强化嫉妒的主题。她以往的作品中也经常论及嫉妒，对于这种主

---

　　① 参见 Steve Padley, *Key Concepts in Contemporary Literature*, Shanghai: Shanghai Foreign
Language Press, 2006。

　　② 参见 Charles Bressler, *Literary Criticism*, Beijing: Higher Education Press, 2004。

　　③ ［法］福柯：《规训与惩罚》，刘北成、杨远婴译，生活·读书·新知三联书店
1999 年版，第 29 页。

题的延续体现了她对人性的洞察与关注。她讲述了嫉妒的起源与后果，而且在对主题的深化中联系了权力的运作，凸显出她独具匠心的构思，因此《精修学校》再次成为这位英国当代小说界"常青树"的魅力之作，使她"在创作生涯的最后阶段达到了创作水平的巅峰状态"①。

① Preeti Bhatt, *Experiments in Narrative Technique in the Novels of Muriel Spark*, *The Most Internationally Recognized Scottish Writer in the Post-War Era*, New York: The Edwin Mellen Press, 2011, p. 160.

第十章 《安慰者》的互文性策略

除了复杂多变的主题，斯帕克最为人称道的是她对于小说艺术的自觉探寻，正是得益于这些精妙的小说艺术，斯帕克才能充分地展示各种创作主题。无论是《安慰者》中的互文性策略，还是《琼·布罗迪小姐的青春》中的叙事策略；无论是《驾驶席》的新小说技巧，还是《精修学校》的元小说策略，它们都显示了作家本人的创新意识和进取精神。

据笔者所知，迄今为止国内外学界几乎没有出现对斯帕克发轫之作《安慰者》的互文性策略的专门研究。评论界提到该小说时，主要也只是论及其元小说策略，因为它是"一部关于小说创作的小说"①。《安慰者》展现出斯帕克在小说创作上的天赋，获得许多好评，被认为是"令人快乐"②的。评论界认为在这部小说内，斯帕克表现出"纪德式的精湛技艺"③。事实上，除了元小说技巧，斯帕克在这部小说中更经常使用的是互文性策略。该策略与小说获得的巨大成功息息相关。以《安慰者》为开端，斯帕克开始了长达数十年的辛勤耕耘，并在小说创作领域取得了辉煌的成就。

第一节 《约伯记》的文本痕迹

斯帕克并非空凭想象即兴创作《安慰者》的。在创作前，她积累

---

① Frank Kermode, "The House of Fiction: Interviews with Seven English Novelists", *Partisan Review*, No. 30, 1963, p. 79.

② Evelyn Waugh, "Something Fresh", *Spectator*, Vol. 22, February, 1957, p. 256.

③ George Greene, "A Reading of Muriel Spark", *Thought* XLIII (Autumn, 1968), p. 139.

了许多素材并从中汲取有益信息，在小说内部糅合了一些互文性文本，正如有论者所说的，"所有的作者首先都是读者，他们都受到影响……所有文本都与其他文本互相交叉"①。斯帕克小说中随处可见的文本痕迹是《旧约》中的《约伯记》。

1957 年，《安慰者》刚出版时，沃对该小说的命名感到困惑："顺便提一下，我不明白，它为何起名《安慰者》?"② 其实，对《旧约》比较熟悉的读者会发现在《约伯记》内也出现一些劝慰约伯的"安慰者"。《安慰者》的书名其实正源于此。斯帕克对小说的命名与她长期以来对人类的受难和对《约伯记》的关注不无关系。1955 年 4 月 15 日，她在《英格兰教会报》（*The Church of England Newspaper*）上发表论文《约伯受难之谜》，同年，她开始动笔创作《安慰者》。在一次访谈录中，斯帕克如此评价《约伯记》："首先，这是最漂亮的诗歌。我认为，它是《圣经》中写得最好的。它是早期文学中的最佳作品之一。"③ 有学者也注意到《约伯记》对斯帕克的影响："比起其他所有的文学作品，斯帕克对《约伯记》最感兴趣。早在 1955 年，斯帕克就撰文回应荣格对约伯受难的解释。"④

斯帕克在《安慰者》内刻意模仿和借用《约伯记》的人物和素材等。著名结构主义理论家热内特指出互文性涉及超文本（hypertext）与更早的先文本（hypotext）之间除了评论之外的任何关系。⑤ 实际上，先文本正是我们常说的互文本，指的是可以认定是另一文本源头的重要文本。《约伯记》是《安慰者》的先文本。这两个文本的互文关系体现在各自主人公身上，他们有着相同的身份、类似的受难经历及同

---

① Michael Worton and Still Judith, *Intertextuality*, Manchester: Manchester University Press, 1990, p. 30.

② Evelyn Waugh, "Something Fresh", *Spectator*, Vol. 22, February, 1957, p. 256.

③ Robert Hosmer, "An Interview with Dame Muriel Spark", *Salmagundi*, Vol. 146/147, Spring, 2005, p. 142.

④ Jennifer Lynn Randisi, *On Her Way Rejoicing: The Fiction of Muriel Spark*, Washington, D. C.: The Catholic University Press, 1991, p. 36.

⑤ 参见 Gerard Genette, *Palimpsests: Literature in the Second Degree*, Trans. Channa Newman and Claude Doubinsky, London: University of Nebraska Press, 1997。

样的人生抉择。首先，就身份而言，约伯和卡洛琳都是虔诚的宗教信徒。约伯被认为是上帝的仆人，"完全正直，敬畏神，远离恶事"（《约伯记》1：1）。《安慰者》中的卡洛琳信奉基督，严守教规。在小说中，她曾经冒着生命危险，试图挽救一个令人讨厌的教徒，显示出她忠于信仰的基督徒本质。其次，约伯和卡洛琳在生活中都遭遇巨大的不幸，历经各种磨难，受到精神上的折磨，然而从未背弃对于神的信仰，终获救赎。约伯失去所有财产和孩子，自身健康也严重受损，几乎要崩溃。他曾经哀叹自己的命运："他（这里指的是上帝——笔者注）把我的弟兄隔在远处，使我所认识的全然与我生疏。我的亲戚与我断绝；我的密友都忘记我。在我家寄居的，和我的使女都以我为外人；我在他们眼中看为外邦人。我的密友都憎恶我；我平日所爱的人向我翻脸……"（《约伯记》19：13—19）卡洛琳也一样经历各种灾难。小说刚开始，为了摆脱烦恼和寻求心灵上的安宁，她退隐休养所，不料，她发现身边一个叫霍格的基督徒令人厌烦，让她不堪忍受。卡洛琳紧张不安，只好离开休养所。接着，她又碰到麻烦。她不断听见一些好像是从打字机传来的声音，它们准确说出她刚刚经历过的事情，或者预告她接下去的计划和行动。她企图找到这种神秘声音的确切来源，但是未能如愿，于是，她向周围的朋友求助。他们不能理解这种处境，只是安慰她，提出种种建议，后来他们非但不同情她，还认为她"疯了"，有时还对她冷嘲热讽。卡洛琳还转向自己的男朋友——故事的男主人公劳伦斯。他却觉得她与以往大不一样，直言她有些神经错乱，甚至告诉她："我发现这些天来很难与你相处。"①最后，在遭受苦难时，他们都面临着两种截然相反的选择。约伯既可以像他妻子所怂恿他的那样去"弃掉神，死了吧"（《约伯记》2：9），也可以接受苦难，反思一个人如何在上帝面前坚持道义。在《安慰者》里，卡洛琳曾经抱怨："那么这个世界就是个疯人院？我们都是彬彬有礼的疯子，小心翼翼地体谅着其他人的疯狂行为吗？"②她可

---

① Muriel Spark, *The Comforters*, London：Macmillan, 1957, p. 194.

② Ibid. , p. 196.

以像约伯一样"诅咒上帝而接受死亡",拒绝接受某种未知力量的控制,也可以选择接受苦难。约伯和卡洛琳都选择承受苦难。最后,约伯得到上帝的丰厚报偿,而卡洛琳则同样得到回报,如愿以偿成功地完成了小说创作。

除了借鉴《约伯记》对主人公的塑造外,《安慰者》还参照了约伯与其"虚假"安慰者的关系。一开始,两文本内的安慰者们好像对主人公的受难表示同情,并且在安慰他们的过程中表现得很有耐心。当约伯的朋友看到他陷入如此苦难中时,他们"放声大哭。各人撕裂外袍,把尘土向天扬起,落在自己头上。他们同他七天七夜坐在地上,一个人也不向他说句话,因为他极其痛苦"(《约伯记》12:13)。卡洛琳与约伯一样,也有三个安慰者。当她找到他们时,起初他们总是认真倾听她的故事,就像约伯的安慰者一样。这些安慰者都在一定程度上满足了约伯和卡洛琳提出的恳求。约伯对他们说:"你们要细听我的言语。请宽容我,我又要说话;说了以后,任凭你们嗤笑吧!"(《约伯记》2:3)同样的,卡洛琳在讲述关于神秘声音的故事前,也祈求安慰者仔细倾听。约伯的安慰者开始时同情他,但很快就暴露了真面目,表现出"虚伪"本质。他们不断责备约伯,认定约伯犯了过错,应该忏悔和遭受惩罚。约伯生气地回应:"这样的话我听了许多。你们安慰人,反叫人愁烦"(《约伯记》16:2)。

在《安慰者》中,卡洛琳的安慰者并不比约伯的好多少。他们竭力寻找解释神秘声音的逻辑线索,忽略了她的受罪和怨言。结果可想而知:他们根本不可能找到合理的解释,对卡洛琳也失去耐心。他们逐渐成为"虚伪"的安慰者。卡洛琳依次向男爵、劳伦斯和杰罗姆神父求助。实际上,正像有论者所说的,他们"跟《约伯记》内的安慰者一样不能提供慰藉"[1]。当卡洛琳刚听到神秘声音时,她非常害怕,匆忙赶到男爵住所寻求安慰。男爵确实尽力劝慰她,但是他认为她的经历是过度劳累的结果,是"一件非常正常的事"[2]。令人费解

---

[1] Peter Kemp, *Muriel Spark*, London: Elek Books Limited, 1974, p. 20.

[2] Muriel Spark, *The Comforters*, London: Macmillan, 1957, p. 48.

的是，后来他把卡洛琳那天的表现添油加醋，四处传播，使卡洛琳受到许多朋友的嘲笑。这正像约伯说过的："神使我作了民中的笑谈"（《约伯记》17∶6）。卡洛琳向男朋友劳伦斯求助时，同样未能得到真正的安慰。劳伦斯听过她的故事后，认为她是疯了，还污蔑她是个"会巫术的医生"①。刚开始，他还试图帮助卡洛琳，但是很快就丧失了耐心。而且，劳伦斯似乎更加关心他祖母的走私事件，无暇安慰卡洛琳，因此他算不上真正的"安慰者"。当卡洛琳把她的困惑告诉杰罗姆神父时，他认为她生病了，建议多加休息。之后，当她很快离开一个名叫菲丽梅纳的休养所时，他说："我认为那个地方不适合你；你本该去本笃会修道院，那里更适合你"②。事实上，正是杰罗姆建议她去菲丽梅纳休养所的。杰罗姆的前后表现不一说明他的建议不可靠，他也不可能成为真正的安慰者。

《约伯记》讽刺了理性思维，认为人生充满神秘的苦难，与其苦苦寻求原因，还不如凭借信仰来消除苦难。关于此，作为先文本的《约伯记》在《安慰者》里留下了清楚的印迹。在《约伯记》内，约伯饱经折磨，最终无法从理性那里得到合理的解释，而是依靠信仰，心甘情愿地承受一切。一开始，约伯生活舒适，接着遭遇到重大的不幸，他逐渐失去承受苦难的耐心，力图追究自己受苦的原因，甚至想与上帝论争。然而，约伯的生活是个谜，他的受苦是神秘不可知的。他未能找到理由，唯有转向信仰。正是对上帝的信仰使他摆脱了苦难。

信仰、理性和苦难之间的关系在《安慰者》中得到类似的反映。主人公卡洛琳在生活中遭遇种种苦难，其中最难以忍受的是她耳边总是回响着疑似从打印机传来的神秘声音。卡洛琳及她的朋友们千方百计想要合理地解释神秘声音的来源，以减轻她的痛苦，但是没人能够如愿以偿。唯一能够帮助卡洛琳摆脱痛苦的是信仰本身。有一次，卡洛琳说："这就像一种宿命"③。对她而言，寻找理性是毫无意义的。

① Muriel Spark, *The Comforters*, London：Macmillan, 1957, p. 48.

② Ibid. , p. 66.

③ Ibid. .

她只能像约伯一样在信仰中得到安慰。小说结尾时，"劳伦斯从口袋里掏出那封信，把它撕成碎片，扔进灌木丛生的荒地，让它随风飘逝。……他并没有预见到后来当他看到这封信出现在此书中的惊奇和欣喜"①。斯帕克不仅讲到了卡洛琳神秘的受苦，而且把这种神秘延伸到人类的生活中。劳伦斯的"欣喜"反应源于他对生活神秘性的认同。对于他，理性和逻辑同样是没有意义的。可以推断，他也会像卡洛琳一样去追求一种信仰。在先文本《约伯记》的影响下，《安慰者》彰显了对理性的蔑视和讽刺，这在一定程度上彰显了作家本人的宗教观：宗教是神秘莫测的，只有内心充满虔诚和敬畏，才能真正走上信仰之路，唯其如此，方能获得救赎，以此消除人生磨难，最终赢得恒常之乐。

显而易见，《约伯记》在《安慰者》内留下清晰的印迹：除了题目外，前者中的主人公及其与周围人的关系同样都在后者中得到反映，而且两个文本都嘲讽理性的思维，推崇信仰的重要性。20 世纪西方文学深受非理性主义思潮的影响，斯帕克的创作彰显出对于理性思维的质疑，她与其前辈 T. S. 艾略特一样，将人性救赎的希望寄托于上帝，精神危机唯有仰赖宗教信仰才能得以解脱。《安慰者》的文学格局不如后者的扛鼎之作《荒原》，然而斯帕克继承了英国的文学传统，展现了现代人的精神困惑，并努力寻求解救之道。

第二节 《恋情的终结》叙事策略的借鉴

诚如法国文论家克里斯蒂娃所说："任何文本都是引文的镶嵌品组成，任何文本都是对其他文本的吸收和转化。"② 除了与《约伯记》的互文，《安慰者》还可以视为对英国小说家格林（Graham Greene，1904—1991）代表作《恋情的终结》（*The End of the Affair*, 1951）的

---

① Muriel Spark, *The Comforters*, London：Macmillan, 1957, p. 233.

② Julia Kristeva, *Desire in Language：A Semiotic Approach to Literature and Art*, Trans. Alice Jardine, Leon S. Roudiez, and Thomas Gora, New York：Columbia University Press, 1980, p. 66.

"吸收和转换"。格林比较欣赏和支持斯帕克，曾经为她提供资助，因此成为她的好友。斯帕克的创作在一定程度上受到格林的影响。《安慰者》与《恋情的终结》的多处相似反映了它们间的互文关系：女主人公都是皈依天主教的新教徒，深受其影响；元小说特色显而易见；小说叙述视点复杂多维。

　　《恋情的终结》的女主人公萨拉与《安慰者》的主人公卡洛琳都是刚开始皈依天主教。宗教对她们与男友之间的恋情及伦理关系产生了巨大影响。由于她们执意坚守教会条例，并为此而有些执拗己见，她们都受到男友的误会。心里只有宗教信仰的萨拉结束了与男友班德瑞克斯的恋情，原因不在于她厌倦了两人之间的关系，而在于"对他不断的爱——萨拉对上帝之爱令这种爱愈发复杂难懂"①。萨拉对上帝与日俱增的关注使她觉得自己与男友的恋爱显得多余。结果，班德瑞克斯对她的变心难以接受，继而产生了极大的误会，开始怨恨她，甚至雇佣侦探，试图找到她变心的缘由。《安慰者》中的卡洛琳与萨拉一样，加入宗教团体后，与其男友劳伦斯的关系发生了变化。后者误解了她，因此屡次发火，认为卡洛琳今非昔比、难以理喻，感觉"卡洛琳在改变，他随时可能失去她"②。其实，卡洛琳一如既往地爱着劳伦斯。在她将要离开休养所时，她第一个写信给他，告诉他所发生的事情，尽量逗他开心。小说结尾时，她在外出度假前，第一个想到的也是劳伦斯。宗教与爱情的矛盾是西方文学中永恒的主题，斯帕克在创作之初就关注到宗教信仰对人性的深刻影响，《安慰者》中的卡洛琳因为信仰天主教得到了灵魂的拯救，同时也找到了真实的自我，实现了自身的价值。由此可见，皈依信仰具有强大的引导作用。

　　著名批评家布拉德伯里指出，《安慰者》"很明显地借鉴了伊芙琳·沃和格雷厄姆·格林的作品，尤其是借鉴格林在他最有趣的小说

---

　　① Randall Stevenson, *The British Novel since the Thirties*, Athens: University of Georgia Press, 1986, p. 97.

　　② Muriel Spark, *The Comforters*, London: Macmillan, 1957, p. 108.

《恋情的终结》中体现出来的具有自我意识的元小说手法"①。《恋情的终结》利用班德瑞克斯的第一人称叙事，表达了他的困惑：自己组织的叙事是否歪曲了上帝早就规划和创造好的历史。② 它是一部思考小说本质的小说。格林在此表达了他的小说创作观：小说家就是上帝，在小说中编造人类的神话、困境及选择。小说中，班德瑞克斯叙述的故事并没有按照格林希望的那样进展，相反地，小说由"更高层次"的作者——上帝来掌控，只能按照他的旨意进行。

《安慰者》表现出与《恋情的终结》相似的元小说特色，因为前者"主要涉及小说非同寻常的形而上特征。在小说中，如同上帝一样的作者制造和控制所谓'人物角色'的其他人的一切"③。《安慰者》主人公卡洛琳看似小说中的人物，最后，她却成了小说的创作者。她在小说中常常谈论创作问题。在结尾处，卡洛琳对自己身处其中的小说有着看似自相矛盾的看法："她没意识到自己对小说进展的持续影响，现在，她等不及它的结束。她明白只有当她置身度外的同时还完全身处其中，才能明白叙事的逻辑。"④ 卡洛琳如同《恋情的终结》中的格林，提出了关于"高层次的（或者是上帝的）和低层次的（或者是文学上的）构思者"问题。实际上，《安慰者》有两个构思者：其一即身兼作者和读者双重身份的卡洛琳，其二为似乎是借助打印机发出声音的上帝。卡洛琳感觉有人正用打印机打出她正在参与的小说。她拒绝顺从，"我想要站在一边，看看这小说除了人为情节外，是否还有其他形式"⑤。《安慰者》是关于小说的小说，反映了斯帕克对于小说的思考，说明它与《恋情的终结》存在互文关系。

---

① Malcolm Bradbury, *The Modern British Novel*, Beijing: Foreign Language and Research Press, 2005, p. 355.

② 参见 Randall Stevenson, *The British Novel since the Thirties*, Athens: University of Georgia Press, 1986。

③ Malcolm Bradbury, *The Modern British Novel*, Beijing: Foreign Language and Research Press, 2005, p. 355.

④ Muriel Spark, *The Comforters*, London: Macmillan, 1957, p. 206.

⑤ Ibid., p. 117.

在《恋情的终结》里，格林展现了高超的叙事视点掌控能力。小说大部分由班德瑞克斯充当第一人称叙事者，但是在中间插入了萨拉的日记：这些日记由班德瑞克斯雇用的私人侦探提供。日记的叙事功能转由萨拉实现。从她的角度叙述的故事版本与班德瑞克斯提供的完全不一样。正是从日记中，班德瑞克斯知道自己错怪了萨拉。不同视角的运用把事情的真相更准确地展现出来，也使小说的情节更加错综复杂。《安慰者》借鉴了《恋情的终结》的手法，也采用了多视角叙事。不同的是，它主要采用第三人称叙事，并间或夹杂着由书信体现出的第二人称叙事。小说开始时，劳伦斯写信给卡洛琳，告诉她自己对祖母走私事件的怀疑。结果信件被霍格截获并被用来敲诈。在此意义上讲，故事始于信件的叙事。结尾时，读者看到了另一封信，它讲述了劳伦斯对卡洛琳留下的纸条的心理感受。小说里出现的信件与作者的观点互相补足，自然实现了视角的转换和衔接，并增加了读者的阅读角度和阐释途径。多视角叙事技巧的模仿显示出斯帕克在创作中善于学习和模仿的优点。

第三节　对侦探故事文类的戏仿

对文类的戏仿早已有之，它"肯定可以在极大的文本范畴内起作用：有对整个文类传统的戏仿；对时代风格或潮流的戏仿……"[1] 戏仿文类属于互文性的范畴。著名评论家罗丝指出："无论何时，只要我们识别出两个或更多文本间的关系，或者认识到具体文本与文类、流派或时代等隶属更宽范畴的类别之间的关系，那么，互文空间即形成。"[2] 据此，可以认为《安慰者》对侦探故事体裁的戏仿体现出斯帕克在小说中的互文策略。

侦探故事作为欧洲小说史上的重要文类源远流长，而斯帕克很早

---

① Linda Hutcheon, *A Theory of Parody*, New York: Methuen, 1985, p. 13.

② Margaret A. Rose, *Parody: Ancient, Modern and Postmodern*, Cambridge: Cambridge University Press, 1993, p. 203.

就对侦探故事深感兴趣。《安慰者》中出现了许多该文类的重要元素：罪犯、罪行、侦探及勒索的主题。罪犯包括五人团伙，他们分别负责策划、走私、销售和运货等一系列环节。罪行就是走私钻石。侦探是男主人公劳伦斯，但充其量只是个业余侦探。他好奇心强，喜好打探别人私事，虽然善于观察和收集事实，但是拙于思考，更不善逻辑推理。他热情满腔，但缺乏一流侦探必备的基本能力和素质，因此他屡次受挫，未能成功。"勒索主题"同样鲜明地显示出《安慰者》的侦探故事特征。主人公霍格善于敲诈勒索。当她截获劳伦斯谈论有关自己祖母走私的信件时，就以此为要挟，谴责劳伦斯的祖母吉帕，说她"充满罪恶……必须去见神父"①。她还逼迫吉帕雇佣她。霍格也想敲诈卡洛琳。霍格怀疑她与人有私情，监视她的行动，并对她说："他待在你的住所，直到今天凌晨一点多才离开……上上周你有两次直到半夜后才离开他的住所。"② 在提出要求之前，她被卡洛琳赶走了，因为卡洛琳确信自己的清白无辜。在描写霍格的邪恶行为时，勒索的主题得到充分的表现。

如上所述，《安慰者》具备一些侦探故事的基本因素，但是它并不属于传统意义上的侦探故事文类，而是对它的戏仿。著名文论家哈琴指出："戏仿是一种模仿，但这模仿以反讽性的颠覆为特征。……换言之，戏仿是带有批评距离的重复。它更注意差别，而非共性。"③上文讲到了《安慰者》对侦探故事的模仿，但斯帕克并未止于此，而是进一步突出小说与侦探故事的差异。在一定程度上，她颠覆了这一文类的传统模式。

侦探故事的传统结局一般都是侦探揭露罪犯的罪行，侦破案件，揭开谜底，惩罚了犯罪分子，《安慰者》却是另一幅画面。首先，罪犯吉帕本人坦白了罪行，并供述自己的犯罪过程。案件不是"侦探"劳伦斯侦破的。可见，传统意义上的侦探角色被消解了。其次，关于

① Muriel Spark, *The Comforters*, London：Macmillan, 1957, pp. 123 – 124.

② Ibid. , p. 207.

③ Linda Hutcheon, *A Theory of Parody*, New York：Methuen, 1985, p. 6.

犯罪过程的谜底在故事发生一半时就被揭开，而非在最后部分。故事进展一半时，吉帕就分别向霍格和劳伦斯等人承认罪行，并讲述了经过。读者不必等到最后才知道犯罪的真相，这也是对侦探文类传统的颠覆。最后，故事结束时，罪犯并没有得到应有的惩罚，相反的，他们似乎从犯罪中得到一些回报：两个罪犯高兴地结婚了，也许是犯罪过程中的密切合作增进了他们的感情；罪犯霍加斯原来麻木的一条腿居然能够挪动了，尽管其父亲亵渎了宗教，以此为借口进行走私活动。

戏仿的典型效果——喜剧性和反讽性在《安慰者》内都得到一定的体现。除了上文提到的结局具有喜剧效果，读者的期望与实际情况的不一致产生了强烈的喜剧性。一般来说，罪犯大都年岁较轻、充满邪念。小说主犯吉帕的形象却与此大相径庭。她已是 78 岁高龄，比一般的罪犯要年长很多。然而令人惊异的是她的犯罪并非受到欲望驱使或者源自邪恶用心，吉帕认为自己的犯罪行为非常有趣，对此很有智力上的优越感，并没有因此受到良心的谴责。此外，这位高龄老太吉帕居然与她的外孙和政府机构的斗智斗勇中经常胜出。有论者指出："优秀的侦探故事在解谜的过程中显示出完美的理性和逻辑。"①而斯帕克恰恰就在《安慰者》里讽刺了理性和逻辑——传统侦探故事的典型特征。小说男主人公劳伦斯为了侦破案件，极尽理性和逻辑思维，试图通过推理的手段达到目的，但是事实证明他的努力毫无意义。这显示了理性和逻辑手段在追究事实上的无能为力。传统意义上精明能干的侦探形象在此遭到无情的嘲讽，戏仿的反讽效果得到进一步体现。

《安慰者》并非简单地表明斯帕克对传统侦探故事文类的批评，而是反映了她对该文类的反思和试图改进该文类的努力。这种反思正是戏仿的主要特色。正如著名文论家哈琴指出的那样："戏仿源自对某种传统在文学性方面的不足的认识。它不仅仅是揭露某种机制的失效，而是一种必要的创造性的过程，其间，新的形式似乎使传统恢复

---

① J. A. Cuddon ed. , *A Dictionary of Literary Terms*, New York: Penguin, 1979, p. 182.

了生气，同时为艺术家增加了新的可能性。"① 斯帕克改进该文类的最主要证据之一是她在小说中加入了许多超自然因素。它们与以依赖推论而著称的侦探故事传统极不相符。借此，斯帕克为侦探故事这一文类"增加了新的可能性"。有论者指出"戏仿很难做好。必须在两者——与原文的极其相似和故意扭曲其主要特征——之间找到微妙的平衡"②。《安慰者》做到了这点，成为斯帕克对戏仿的完美诠释，使该小说与侦探文类形成明显的互文关系。

《安慰者》是一个独特的互文性元小说文本。它吸收和改进前文本《约伯记》和《恋情的终结》，形成与它们明显的互文关系，展示了作者高明的互文性策略。斯帕克对侦探故事文类的戏仿反映了她更新和发展该叙事模式的愿望，再次体现了她对互文性策略的掌控能力。《安慰者》呈现的是罗兰·巴特笔下的"多重空间"，在此，"许多并非原创的文本互相交织和碰撞"③。于是，该小说成为罗兰·巴特提出的"可写"（writerly）文本，而非传统的"可读"（readerly）文本，为读者展示了文本阅读的无限可能性，丰富了小说的蕴涵。著名评论家史蒂文森（Randall Stevenson）指出，伯吉斯（Anthony Burgess，1917—1993）、戈尔丁（William Golding，1911—1993）和默多克等人与斯帕克同样"都致力于技巧的试验，但斯帕克更加执着"④。《安慰者》对互文性技巧的成功试验在斯帕克小说创作生涯的开端大大增强了她的信心，促使她在之后创作的《罗宾逊》和《唯一的问题》等小说中坚持沿用该技巧，成为她小说创作中的一大特色。从中可以窥见，作为天主教虔诚信徒的作家斯帕克深受《圣经》宗教传统的影响，并将它潜移默化至她的创作中，例如在她中后期的重要代表作《唯一的问题》中再现了《约伯记》的受难主题。斯帕克认为

---

① Linda Hutcheon, *Narcissistic Narrative*：*The Metafictional Paradox*, London：Routledge, 1991, p. 50.

② J. A. Cuddon ed. , *A Dictionary of Literary Terms*, New York：Penguin, 1979, p. 483.

③ Roland Barthes, *Image—Music—Text*, *Trans. Stephen Heath*, London：Fontana, 1977, p. 146.

④ Randall Stevenson, *The British Novel since the Thirties*, Athens：University of Georgia Press, 1986, p. 182.

皈依宗教能够获得内心的平静，她将宗教当作取之不尽的资源，既能为作品提供素材和主题，又增加了作品的宗教文化底蕴，更重要的是召唤读者参与其中，填补阅读空白。与此同时，斯帕克博采众长、纳其精华，形成独特的创作风格，为英国现代小说史增添了浓墨重彩的一笔。

第十一章 《琼·布罗迪小姐的青春》的叙事策略

"随着《琼·布罗迪小姐的青春》的问世，缪里尔·斯帕克一举成名，成为富有和声名卓著的小说家，并拥有广泛的读者群。"[①] 1969 年，斯帕克的《琼·布罗迪小姐的青春》被改编成同名电影（影片的另一译名为"春风不化雨"），深受欢迎，片中英国女演员玛吉·史密斯因此荣登奥斯卡影后榜，于是该小说更是闻名于世。

关于小说《琼·布罗迪小姐的青春》的研究，国外主要讨论了书中的背叛主题、宗教主题、人物桑迪、叙事结构等。有的论者比较《河边会议》（*A Meeting by the River*, 1967）与它的叙事和文本结构，指出不同的叙事运作在不同的小说中可以起到一样的作用。[②] 有的批评家分析了《琼·布罗迪小姐的青春》的背叛主题，提出桑迪背叛布罗迪的原因是爱的缺失，而不是像小说表面上叙写的那样，跟小说中的人物艾米丽的法西斯主义倾向有关。[③] 国内已发表的重要研究成果不多，主要探讨人物的特征和阐释小说中表现的后现代主义、女性主义、文本意义的复制等。秦怡娜从主题层次和任务层次的形象迭用

---

① Velma Bourgeois Richmond, "The Darkening Vision of Muriel Spark", *Critique*, Vol. 15, No. 1, 1973, pp. 71 – 85.

② 参见 John Holloway, "Narrative Structure and Text Structure: Isherwood's *A Meeting by the River*, and Muriel Spark's *The Prime of Miss Jean Brodie*", *Critical Inquiry*, Vol. 1, No. 3, 1975。

③ 参见 Ann Ashworth, "The Betrayal of the Mentor in *The Prime of Miss Jean Brodie*", *Journal of Evolutionary Psychology*, Vol. 16, No. 1, March 1995。

出发探讨小说的内涵和意义。① 袁凤珠在简要介绍了她的几部小说后，分析了《琼·布罗迪小姐的青春》中的主人公布罗迪的性格双面性。② 迄今为止，国内外很少有学者对这部小说的叙事艺术进行研究。因此，本章将从小说中比较有特色的叙事视角、叙事时间和叙事空间三个层面入手，深入探讨作者的叙事手法及其效果，以期揭示斯帕克作品的艺术风格，并解读《琼·布罗迪小姐的青春》的丰富蕴涵。

第一节　第三人称的有限视角

有的学者认为区分视角前，"首先必须分清叙述声音与叙述眼光"③。《琼·布罗迪小姐的青春》的叙述声音和叙述眼光并非都是受限于叙述者本身。小说的叙述声音发自叙述者本身，但是充当叙述视角的叙述眼光则与传统的不一致，不再是只有叙述者的眼光，而是像申丹所说的，"但在20世纪初以来的第三人称小说中，叙述者常常放弃自己的眼光而转用故事中主要人物的眼光来叙述"④。《琼·布罗迪小姐的青春》的叙述眼光没有局限于叙述者的视角，而是经常采用故事主要人物桑迪的视角。小说中频繁出现她编导的"幻想"故事和她的内心世界，借此暗示她的态度、观点和立场，而这与叙述者的并非完全一致。

全知叙述中的叙述者没有固定的观察位置，而是像上帝一样自由自在地从任何角度、任何时空来进行叙述。他（她）对人物的过去、现在和未来均了如指掌，既可以看到任何地方同时发生的一切，又可以随意进入小说人物的内心，如同艾布拉姆斯（M. H. Abrams, 1912—2015）所说的，全知视角中，叙述者知晓一切人物、行动、事件等，有特权得知人物的想法、感觉和动机等，并且可以随意报道他

① 参见秦怡娜、孔雁《更迭的形象，背叛的青春——对〈布罗迪小姐的青春〉的一种解读》，《外国文学研究》2001年第3期。
② 参见袁凤珠《英国文坛女杰缪里尔·斯帕克》，《当代外国文学》1995年第2期。
③ 申丹：《叙述学与小说文体学研究》，北京大学出版社2004年版，第201页。
④ 同上书，第201—202页。

们的言行和意识。① 包括英国著名文论家洛奇在内的一些评论家曾经
指出《琼·布罗迪小姐的青春》叙述者使用的是全知视角。② 这部小
说的叙述者的确从任何时空来叙述，也确实了解人物的过去、现在和
未来，但是仅仅这些足以证明这部小说采用的就是第三人称的全知视
角吗？实际上，叙述者并非如同上帝一样高高在上地通观全局。她只
是客观地描写作品主人公布罗迪的言行举止，并没有直接透露她的任
何动机或思想，就此而言，小说的叙述者似乎就是所谓的"非侵入
式"，或者是客观的、非个性化的。她只是描述、报道、呈现，并没
有做出评价和判断。小说另一主人公桑迪的想法却不断出现在文本
中。这些想法本身就等同于一种价值判断，读者很难确定叙述者到底
是否通过桑迪这个代言人来表达自己的思想，而且叙述者虽然不知道
布罗迪的想法，却了解桑迪和其他一些人物的想法。可见，叙述者并
非完全是"非侵入式"的。如果叙述者是"侵入式"（intrusive）的，
她又好像只是客观地描述布罗迪的言行，对她的想法未有提及。正如
文中所写的："很难知道在多大程度上布罗迪是故意的，或者在多大
程度上她仅仅是凭直觉的。"③ 叙述者承认自己的局限性，因此不能
起到"权威"的作用，未能通晓一切，也不能成为读者得到一切线
索的依赖对象。由此看来，叙述者既非"侵入式"的，又非"非侵
入式"的。全知叙述中却只有这两种叙述者。显然，叙述者的视角应
该就不属于全知型的。正如有的学者评论的，"整个 60 年代，这种混
杂的叙述方法为斯帕克的创作增色不少；她的写作显示出自由非直接
风格，她在叙述中插入一些令人迷惑的段落，导致她匿名的叙述声音
成为非全知的，因此割断了与上帝的任何联系"④。

---

① 参见 M. H. Abrams, *A Glossary of Literary Terms*, Beijing: Foreign Language Teaching and Research Press, 2004。

② 转引自 Peter Robert Brown, "There's Something about Mary: Narrative and Ethics in *The Prime of Miss Jean Brodie*", *Journal of Narrative Theory*, Vol. 36, No. 2, Summer, 2006, p. 232。

③ Muriel Spark, *The Prime of Miss Jean Brodie*, London: Macmillan, 1963, p. 79.

④ Paddy Lyons, "Muriel Spark's Break with Romanticism", in Michael Gardiner and Willy Maley eds., *The Edinburgh Companion to Muriel Spark*, Edinburgh: Edinburgh University Press, 2010, p. 91.

　　第三人称叙述视角一般只有两种：全知型的和有限的视角。《琼·布罗迪小姐的青春》采用的是以小说人物桑迪为中心的有限视角。桑迪的叙事功能与《专使记》（*The Ambassadors*，1903）中的斯特雷瑟（Strether）非常相似，都是起到"意识中心"（centre of consciousness）、镜子（mirror）或聚焦（focus）的作用。如同有论者指出的，"直到故事的结尾，我们才发现修女桑迪（一本奇怪的心理学著作的作者）是故事的叙述者"[①]。言下之意，故事经常以桑迪为其叙述视角。小说以非个性化手法描述布罗迪和其他角色，很少涉及她们的内心世界，因此读者不能据此判断或推理出叙述者的立场或态度。而叙述者经常直接透露桑迪的想法或评论，或者通过她臆造的"幻想"故事来暗示她对布罗迪的看法。她对布罗迪的直接或间接的评价在一定程度上影响了读者的判断，也使小说的主题趋于复杂化，比如，她在婉拒布罗迪，缺席茶话会后，感到后悔："但是后来，当桑迪想到尤尼斯在布罗迪小姐厨房的油布地毡上翻跟斗和练劈叉、其他女孩子洗碗碟的情景时，她很希望自己也到布罗迪小姐那儿去喝茶了。"[②] 可见，作为一名老师，布罗迪有着成功的一面，散发出特殊的魅力，吸引了众多的学生。再如，当布罗迪炫耀自己为了这群女孩而舍弃爱情时，桑迪心里想："她（指布罗迪小姐）觉得她代表天意……她认为她是卡尔文教的上帝，她看到了开始也看到了终结……这个女人是个无意识的同性恋者。"[③] 桑迪在此很明显地表现出对布罗迪的不满，认为事情并非如同布罗迪想象的那么美好，她的愿望没有产生预想的效果。这也许在一定意义上解释了桑迪后来背叛布罗迪的原因。此外，布罗迪的性格特征也通过桑迪的想法得以突出：她有着很强的控制欲，想要像上帝一样主导一切。作品的权力主题借此得到体现。

　　采用第三人称有限视角的叙述者对小说事件的了解往往是不全面

　　① Barton Swaim, "Strange Books of Psychology: Did Muriel Spark Fall out with Carl Jung?", *The Times Literary Supplement*, Vol. 54, No. 22, 2007, p. 15.

　　② Muriel Spark, *The Prime of Miss Jean Brodie*, London: Macmillan, 1963, p. 61.

　　③ Ibid. , p. 176.

的、有时甚至是错误的。在小说的一个"闪前"场景中，布罗迪团体中的嘉迪纳（Eunice Gardiner）跟她丈夫谈起布罗迪。"当我们去爱丁堡时"，她说，"要提醒我去看布罗迪的坟墓"①。随后她又说："去墓地时，我应该带上鲜花——我不知道能否找到她的墓地？"② 此后的另一场景中，斯帕克又写道："小尤妮斯·嘉德纳……在 28 年后谈起布罗迪说，'我一定要去看看她的坟墓'。"③ 以上嘉德纳的 3 段直接引语讲的都是她 28 年后回忆起布罗迪时，对她充满感情，于是想去看看她的坟墓。但是第一、二段和第三段分别出现在两个场景中。而第三个引语片段与前两个的意思相当，但是具体措辞有些差别，那么为何会有这些言辞上的差别呢？一种解释是，叙述者在叙述时，忽略了两者措辞的不同。就此而言，叙述者的权威性遭到破坏，叙事的全知视角就不成立，因为她并没有洞晓一切，不能准确地引用人物的话语。此外，措辞的差别也可以解释为，叙述者认为只要意思一致，表达方式不同没有太大的关系。但是她忽略了这三段话都是直接引语，之间的出入完全影响了叙述者的可信性，读者会因为叙述的前后不一致而质疑叙述者的可靠性。叙述者的不可靠性使之成为作者的笑柄，"如果说叙述者的认知权威性允许她嘲讽人物及其行动，那么叙述者的局限性则使自己成为作者斯帕克的嘲讽对象"④。正是不甚可靠的第三人称有限视角激发了读者的阅读兴趣，促使他们深入细读，透过作品的多维画面努力探究作者的本意和文本的多义。这正是《琼·布罗迪小姐的青春》的艺术魅力所在。

第二节 "闪前"的时间设置

尽管《琼·布罗迪小姐的青春》深受读者欢迎，初次阅读后，读

---

① Muriel Spark, *The Prime of Miss Jean Brodie*, London: Macmillan, 1963, p. 40.

② Ibid., p. 42.

③ Ibid., p. 43.

④ Peter Robert Brown, "There's Something about Mary: Narrative and Ethics in *The Prime of Miss Jean Brodie*", *Journal of Narrative Theory*, Vol. 36, No. 2, Summer, 2006, p. 233.

者一般都会有迷惑之感，觉得仿佛掉进无边的时空隧道里，在其中纵横穿梭、四处游荡。待到这种似乎漫无边际的阅读结束后，读者不得不调整思绪，回到最初，再次用心阅读和考量，并对事件重新定位、排序。唯此，他们才有机会通观全局，了解故事的来龙去脉和小说中事件的各种意义。究竟是什么因素造就了这部小说的阅读难度呢？最主要的原因在于斯帕克对小说叙事的时间安排独具匠心。她没有遵循传统小说的线性叙述常规，而是不断打乱叙事的正常时间顺序，不仅插入了闪回的片断，而且大量使用"闪前"的艺术手法。

"闪前"手法的运用其实就是修辞家们所谓的"提前"或"预叙"（prolepsis）。对此，法国叙事学家热奈特（Gérard Genette，1930—2018）在其著作《叙事话语》中写道："提前，或时间上的预叙，至少在西方叙述传统中显然要比相反的方法少得多……小说'古典'构思所特有的对叙述悬念的关心很难适应这种做法，同样也难以适应叙述者传统的虚构，他应当看上去好像在讲述故事的同时发现故事……第一人称叙事比其他叙事更适于提前。"① 虽然斯帕克在小说中采用的是第三人称叙事，但是她勇于创新，大胆地在小说中试验预叙手法，结果令小说布局结构呈现别样的风采，在激发读者兴趣的同时也引起他们对"闪前"手法的深思。热奈特曾暗示预叙会影响小说"特有的对悬念的观照"②，因为既然读者预先知道以后发生的事情，就不会再对这些事情产生预期或进行猜测，也就导致了好奇心的丧失。《琼·布罗迪小姐的青春》确实放弃了一般小说所珍视的"悬念"，使读者不再关心后面会发生什么事情，但是，作者的用意巧妙：把读者的关注点从以往的"何事发生（what）"转移到"为何发生（why）"和"如何发生的（how）"。这种违背常规的思路和做法可以激发读者的好奇心，促使他们思考小说这种布局的原因和意义所在及作者的意图，还可能会进一步引导读者用心地揣摩和忖

---

① ［法］热拉尔·热奈特：《叙事话语》，王文融译，中国社会科学出版社 1990 年版，第 38—39 页。

② 同上书，第 38 页。

量作品中的其他细节，比如，作品在人物心理层面和道德层面上的意义何在？

可见，"闪前"的运用导致读者的阅读不再是被动式的，而是在积极主动的思考中进行着，文本取得开放性、多维度的意义。小说蕴含着无穷的解释，从一般的可读文本变成了可写文本，读者在思考中建构和诠释着故事。这种可写文本把读者从传统观念的束缚中解放出来，令其意识到作品不再只有统一的解释、唯一的作者、固定的一种意识形态模式。如同美国解构主义文论家米勒所言，"作品的多种意义并非由读者的主观阐释自由强加，而是由文本控制的。意义的不确定性在于小说提供了多种可能的、不相一致的解释，同时也在于缺少证据证明一种选择优于其他选择"①。可以说，斯帕克对读者表示了最大程度的尊重，赋予他们共同构建文本的权力。《琼·布罗迪小姐的青春》的"闪前"技巧使它具备了可写文本的基本特征，"违背、戏仿和革新现行惯例，因此持续不断地动摇和挫败惯常的期待"，于是促使大家去关注"纯粹的惯例和文学的策略"。②

俄国文论家巴赫金认为："创造作品的作者可以在自己的时间里自由移动：他可以从结尾开头，从中间开头，从所描绘事件的任何一点开头，同时却不破坏所描绘事件中时间的客观流程。这里鲜明地表现出描绘时间和被描绘时间的区别。"③《琼·布罗迪小姐的青春》里的被描绘时间始于 20 世纪 30 年代，结束于 50 年代，按照时序有着客观的流程：被称为"布罗迪团体"的 6 个女孩从她们 10 岁时开始，直至她们读完小学，升到中学时都受到布罗迪老师的深刻影响，后来布罗迪遭到这个团体中桑迪的背叛、被迫退休和患病死亡，最后在

① Hilis Miller, *Fiction and Repetition*：*Seven English Novels*, Cambridge：Harvard University Press, 1982, p. 40.

② M. H. Abrams, *A Glossary of Literary Terms*, Beijing：Foreign Language Teaching and Research Press, 2004, p. 317.

③ ［俄］巴赫金：《巴赫金全集》第 3 卷，万海松译，河北教育出版社 2009 年版，第 457 页。

50 年代，"布罗迪团体"的几位女孩回想往事，谈起当年的布罗迪老师。然而，作者的描绘时间并没有从 20 世纪 30 年代开始，而是始于 1936 年。在小说开端，作者首先介绍了已经读到中学四年级的"布罗迪团体"："女孩子不能脱下她们的巴拿马帽子，因为不戴帽子是违反规矩的，而这儿离学校大门不远。就四年级或以上的学生而言，帽子的戴法与规定略有不一样，人们也就装作没看到了……这些女孩组成了布罗迪帮。"① 接着是对"布罗迪帮"内部 6 个成员的简要介绍及布罗迪小姐跟她们的对话。布罗迪告诉她们，她发现有人想把自己赶出学校，邀请她们第二天晚上与她共餐并讨论到底谁是她的敌人。读者从布罗迪的谈话中得知事件发生的具体时间："这些年仍然是我的盛年。你们一定要时刻记住，认识一个人什么时候处于盛年期是非常重要的……现在是 1936 年。骑士年代已经过去了。"② 紧接着的下一段以时间状语"6 年前"开始。按照常规，一般的读者会认为以下要描述的事情属于 6 年前的回忆，实际上这只是表象造成的误解。

之后的叙述表明，小说一开篇所写的 1936 年所发生的事情只是一段"闪前"，直到以"6 年前"开头的段落，作者才开始以正常的时间顺序叙事。换言之，1930 年是小说叙事的起点。斯帕克故意在小说一开始就用"闪前"手法展现 1936 年"布罗迪团体"的画面，目的显然是强调布罗迪老师与自己精心培养的女学生们——"布罗迪团体"有着密切的联系，而且对她们的影响一直持续到中学时代。此时，读者不禁要发问："布罗迪团体"是如何形成的呢？布罗迪老师造成如此深远的影响究竟是怎样产生的呢？这种"事件是如何发生的"的悬念引导读者在后面的阅读中去积极寻找答案。紧接着，故事回到 20 世纪 30 年代，以此为基点，详细介绍了布罗迪与她的团体之间的关系和交往，其间常常出现一些暗示时间的句子。例如，"这是这班学生与布罗迪小姐一起度过的两年中的第一个冬天。时间到了

---

① Muriel Spark, *The Prime of Miss Jean Brodie*, London：Macmillan, 1963, p. 10.
② Ibid. , p. 16.

1931 年，布罗迪小姐已经选出了自己喜欢的学生，或者说选好了那些她可以信赖的学生"①。又如，"1931 年暑假标志着布罗迪小姐的青春开始了。将要到来的一年中，姑娘们已经有十一二岁了，她们对性方面的兴趣将通过种种方式表现出来"②。这些时间标志给读者留下线索，有利于他们重构有序的故事情节。

如果说文本中出现的第一个"闪前"是对那些"布罗迪团体"的总体概述，那么，后面的"闪前"则是分别涉及团伙中的各个成员在 1930 年以后的生活。除了小说伊始的"闪前"外，文中还出现了 10 次"闪前"。这些"闪前"同样也突出了布罗迪对她们个人日后生活的影响。其中讲到了学生玛丽（Mary）的悲惨结局——年仅 23 岁时死于发生在旅馆的一场火灾中。玛丽的结局对应了她平时的表现——常常被当作替罪羊，受到布罗迪的轻视、批评和冤枉，在一次实验课中因为怕火而惊慌失措、四处逃窜。斯帕克把她的结局用"闪前"的手法与平时的表现并置，用意在于更直观地强调文中的角色永远不能摆脱某种固定的程式，而是早就深陷其中。有的论者认为，事件本身是没有意义的，只有在一定的环境或背景中，或者说只有联系未来的事件，现时的事件才能取得一定的意义。③ 斯帕克在展示"布罗迪团体"中女孩的校园生活的同时不断呈现她们未来的生活和命运的"闪前"片段，这样不仅仅充分显示了当前描述的意义，而且表明个人的命运是预先注定的，具有不可违抗的性质，所有的事件最终都与个人命运相关。因而，"闪前"在某种意义上比喻着某种上帝一样的力量在控制一切。诸多"闪前"所引发的时间变化具有丰富的意蕴和象征意义，如同博德所说的，"来回穿梭、不断改变的时间象征布罗迪团体的起起伏伏、变化不定"④。

---

① Muriel Spark, *The Prime of Miss Jean Brodie*, London: Macmillan, 1963, p. 39.

② Ibid. , p. 65.

③ 参见 Joseph Gerard Mansfield, *Another World than This: The Gothic and the Catholic in the Novels of Muriel Spark*, Diss. Michigan: The University of Iowa, 1973。

④ Alan Bold, *Muriel Spark*, London: Methuen Co. Ltd. , 1986, p. 66.

在所有的"闪前"中，共有 6 次与桑迪密切相关，可见桑迪在小说中扮演着重要的角色。正是桑迪背叛了布罗迪，导致布罗迪被迫退休，甚至直至临终前还在琢磨到底是谁背叛了自己。在一次"闪前"片断中，已经成为修女的桑迪被问及对当年十多岁的她影响最深的是什么时，她坦言是"处于盛年期的布罗迪"①。在这之前，她承认一个人在十多岁时受到的影响是非常重要的，"哪怕那些影响起到相反的作用。"② 桑迪的心里话与布罗迪的一番好意在此形成巨大的反差。小说开始不久就交代了布罗迪老师的本意是把学生培养成"精英中的精英"③，她认为"只要把一个处于可塑年龄的女孩交给我，那她的一生就是我的啦!"④ 因此，此处的"闪前"直观地显示了布罗迪积极正面的意图与实际造成的负面效果之间的矛盾，同时间接解释了她遭到背叛的原因。小说进展到大约一半时，布罗迪和桑迪的对话这一"闪前"片段提前透露了桑迪背叛布罗迪的事实。整部小说关于谁是背叛者的悬念从此不复存在，读者继续关注的是她为什么这么做及她是怎样背叛布罗迪的，如同有论者提到的，"他们不受妨碍，倒会更加认真警惕，以免错过重要的线索。他们决意建构合乎逻辑的小说全景过程"⑤。

由于"闪前"的交错迭出，《琼·布罗迪小姐的青春》的叙事表面上显得不完整、无条理，实际上这成了不断变化的叙事。这种不同寻常的叙事结构提供了独特的视角，过去、现在和将来的并置和交融挑战了传统叙事中的纯粹顺序或倒叙，呈现给读者一幅错综复杂、跳跃不定的立体画卷。他们只能摒弃传统的阅读方法，用全新的方法和角度来审视这部小说，质疑小说的真实性，注意到小说文本"人为的虚构本质"⑥。此外，"闪前"还使读者"不至于迷失其中，而是从事

---

① Muriel Spark, *The Prime of Miss Jean Brodie*, London：Macmillan, 1963, p. 52.

② Ibid. .

③ Ibid. , p. 16.

④ Ibid. .

⑤ Patricia Stubbs, *Muriel Spark*, Essex：Longman, 1973, p. 21.

⑥ David Lodge, *The Art of Fiction*, London：Penguin, 1992, p. 77.

件中分离出来，并关注事件本身的意义"①。小说的起伏跌宕和曲折变化因此更加引人入胜了。

斯帕克的《琼·布罗迪小姐的青春》出版于1961年，在此之前很少作家能像她这样娴熟出色地使用"闪前"叙事。此后，马尔克斯在1967年首版的《百年孤独》中将"闪前"叙事发挥到极致。虽然不能肯定他曾经从斯帕克的创作中获取灵感，我们至少可以说，斯帕克对该叙事手法的运用具有开拓创新的意义，为其他作家提供了可资借鉴的模范样本。

第三节　隐秘的空间转换

除了叙事视角和叙事时间，斯帕克对于小说中的空间叙事艺术也进行了深入的探索，显示出她高超的叙事技巧。爱因斯坦曾经说过："空间（位置）和时间在应用时总是一道出现的。世界上发生的每一件事都是由空间坐标 xyz 和时间坐标 t 来确定的。因此，物理的描述一开始就一直是四维的……空间和时间融合成一个均匀的四维连续区。"② 其实，文学中的时空也一样是紧密相连的。著名俄国文论家巴赫金提出的"艺术时空体"形式反映了他本人对文学中的时空关系的深刻认识和把握。

> 在文学中的艺术时空体里，空间和时间标志融合在一个被认识了的具体的整体中。时间在这里浓缩、凝聚，变成艺术上可见的东西；空间则趋向紧张，被卷入时间、情节、历史的运动之中。时间的标志要展现在空间里，而空间则要通过时间来理解和衡量。这种不同系列的交叉和不同标志的融合，正是艺术时空体

---

① David Lodge, "The Uses and Abuses of Omniscience: Method and Meaning in Muriel Spark's *The Prime of Miss Jean Brodie*", in David Lodge ed., *The Novelist at the Crossroads and Other Essays on Fiction and Criticism*, London: Routledge, 1971, p. 126.

② ［德］阿尔伯特·爱因斯坦：《爱因斯坦文集》第1卷，许良英译，商务印书馆1977年版，第251—258页。

的特征所在。①

《琼·布罗迪小姐的青春》的成功展示了完美的艺术时空结合。著名空间理论研究者约瑟夫·弗兰克（Josef Frank，1885—1967）认为，小说的空间形式指的是作家在文学创作中改变传统直线型静态叙述模式，采用"扭曲时间"的原则来改变情节发展的自然时间流程的一种叙述方式。作家或以频繁穿插，或以重复叠加等手段来有意打破、淡化和消融时间的顺序，突出和强调原本叙述中承前启后的时间性难以达到的共时性空间效果，这是时间连续性被中断后呈现的意识的空间图景。② 如果这部小说的时间形式的主要特征是其"闪前"技巧，那么它的空间形式则主要体现在其中的蒙太奇手法、"幻想"（fantasy）片段和并置特色上。这部小说运用时空交叉和并置的手法，打破了传统小说的线性叙事时间秩序，显示出追求空间化效果的趋势。可以说，一反常规的时间顺序建构了小说独特的空间模式。与此同时，在小说的叙事进程中，作者还多次插入一些人物"幻想"，从而丰富了人物形象，同时也使小说的结构和空间模式变得更加复杂多样。

《琼·布罗迪小姐的青春》中的故事场景常常随着时间的跳跃不断变换，发生在不同时空的故事仿佛一幅幅斑斓多彩的画面在读者眼前逐渐铺陈而出，展示出特别的艺术技巧，符合蒙太奇手法的定义："蒙太奇这种手法将一些在内容和形式上并无联系、处于不同时空层次的画面和场景衔接起来，或将不同文体、不同风格特征的语句和内容重新排列组织，采取预述、追述、叠化、特写、静景与动景对比等手段，来增强对读者感官的刺激，取得强烈的艺术效果。"③

小说一开篇，事件的发生场所是学校门口，不久后，时间和空间

---

① ［俄］巴赫金：《巴赫金全集》第 3 卷，万海松译，河北教育出版社 2009 年版，第274—275 页。

② 参见 Joseph Frank，"Spatial Form in Modern Literature"，in Michael J. Hoffman & Patrick D. Murphy ed.，*Essentials of the Theory of Fiction*，London：Duke University Press，1988。

③ 陈世丹：《论后现代主义小说之存在》，《外国文学》2005 年第 3 期，第 26—32 页。

同时改变："六年以前，布罗迪小姐把自己的新班带到公园的那棵大榆树下上历史课。"① 这种手法犹如电影中常用的蒙太奇手法，把不同"时空层次的画面和场景衔接起来"②。如此，在缺乏传统的单一、直线型时序的故事发展中，读者只能更加仔细与用心地阅读，努力回顾和比对不同的场景，探索作品的结构奥秘，寻找隐含其中的关联和意蕴。当故事地点更换为公园时，布罗迪指责当年还是 10 岁的玛丽没有认真听她讲故事时，故事时间再次向前跳跃，"二十三岁时，她（指的是玛丽——笔者注）在一场旅馆的大火中丧生"③。随之，故事地点再次发生位移。在旅馆的走廊上，玛丽在大火中的逃生场景呈现在读者面前。接着，故事又回到玛丽 10 岁的时候，讲到她小时候就表现得笨手笨脚。把玛丽在不同时空的表现并置一起就仿佛把她的一系列快照呈现出来，展现了她的生活经历和性格特征，既直观表现了人物个性对其一生的影响，又成功地塑造了鲜活的人物形象。小说开端的叙述似乎为作品的行文设立一种范式。在小说的余下部分中，随着时间的频繁腾前挪后，空间的转换四处可见，各种人物形象和事件过程经由蒙太奇手法浮现在读者眼前，好比一部立体画卷，显示出小说杂糅之美的同时也彰显出它多维复杂的空间模式。

　《琼·布罗迪小姐的青春》空间形式的建构还体现在小说中的"幻想"故事及它们的"并置"特色上。除了关于布罗迪和桑迪等人的核心故事，作者在其中还穿插了由小说人物虚构的"幻想"故事，形成了明显的"故事中的故事"结构。这种"中国套盒"结构在《空间形式：现代小说的叙事结构》中被称为"典型的现代小说空间形式"。④ 小说中的"幻想"故事都是由桑迪或者她与"布罗迪帮"中的詹妮（Jenny）合作杜撰的，其中的"高山小屋"故事分成三个部分出现在小说的不同地方。桑迪和詹妮以布罗迪平常自述的爱情故

① Muriel Spark, *The Prime of Miss Jean Brodie*, London：Macmillan, 1963, p. 16.
② 杨仁敬：《美国后现代派小说论》，青岛出版社 2004 年版，第 37 页。
③ Muriel Spark, *The Prime of Miss Jean Brodie*, London：Macmillan, 1963, p. 22.
④ 龙迪勇：《空间形式：现代小说的叙事结构》，《思想战线》2005 年第 6 期，第 102—109 页。

事为基础，利用丰富的想象力虚构并写下布罗迪的情人卡拉瑟斯（Carruthers）战后回来寻找布罗迪的遭遇。"幻想"的爱情故事体现了布罗迪小姐的浪漫情怀对"布罗迪帮"成员的深刻影响。不同片段貌似松散，实是隐秘的前后呼应，构成和美的多声部，最终衔接成一个有序而朦胧、细腻而温情的爱情故事，显示了小说空间模式的合理性，也加深了小说的主题意义。另一种典型的"幻想"故事发生在"布罗迪小姐带着她那帮学生穿过爱丁堡老城区的那次长途散步"① 的时候。桑迪一边走路，一边想象着自己与英国作家斯蒂文森作品《诱拐》中的主人公布雷克交往的过程。小说时而描述"布罗迪帮"散步过程中发生的现实事件，时而回到桑迪的"幻想"世界中。现实和虚幻的更迭赋予小说神话的深刻特性，体现作品《诱拐》对少女桑迪的影响，很好地塑造了浪漫天真、思绪纵横的人物桑迪，同时也体现了小说空间形式理论中重要的并置特色："'并置'指在文本中并列地置放那些游离于叙述过程之外的各种意象和暗示、象征和联系，使它们在文本中取得联系的参照与前后参照，从而结成一个整体。"② 通过桑迪的幻想，在同一时间发生的现实事件与虚构故事得到"并置"，不同空间的故事在同一时间延展和交融，这样有效地拓展了小说的空间范围，同时扩大了小说的艺术容量，赋予小说更多更深邃的意蕴。

　　类似的"幻想"故事在小说中比比皆是，它们表面上显得无序和突兀，实际上是服从一个严格的内部中心结构，服务于同样的主题，就像点缀在一幅画上的不同色块，在作品的不同地方互相呼应和映衬，从而增加作品的层次感，充分展示了这部小说的立体效果和繁复之美，验证了诺贝尔文学奖获得者、墨西哥作家奥克塔维奥·帕斯关于空间重要性的论断："语言之流最终产生空间。"③

---

　　① Muriel Spark, *The Prime of Miss Jean Brodie*, London：Macmillan, 1963, p. 41.

　　② ［美］约瑟夫·弗兰克：《现代小说中的空间形式》，秦林芳译，北京大学出版社1991版，第111页。

　　③ ［墨西哥］奥克塔维奥·帕斯：《批评的激情》，赵振江译，云南人民出版社1995年版，第252页。

在她毕生的小说创作生涯中，斯帕克始终热衷于对叙事策略的研究和试验。她的作品《琼·布罗迪小姐的青春》便是一个成功的明证。斯帕克在这部小说里运用独特的第三人称有限叙事视角讲述了一个美妙复杂的故事。同时，她借助"闪前"的时间策略和与之相对应的空间模式，形成了一种合力推动叙事的进展，契合了研究者们的断言："小说的空间形式必须建立在时间逻辑的基础上，这样才能建立起叙事的秩序；只有'时间性'与'空间性'的创造性结合，才是写出伟大小说的条件，才是未来小说发展的康庄大道。"①《琼·布罗迪小姐的青春》将斯帕克迅速推向英国的文艺殿堂，使她以独特的艺术风格驰骋万里，开创了当代英国小说的新篇章。

---

① 龙迪勇：《空间形式：现代小说的叙事结构》，《思想战线》2005 年第 6 期，第107 页。

第十二章　《驾驶席》的新小说技巧

在 2005 年的一次访谈中，当被问及自己最喜欢的小说时，斯帕克回答道："是《驾驶席》。我觉得这部小说写得最好，结构最完美。它非常有趣。……我认为目前为止，这可能是我的最佳作品。"① 为何斯帕克对这部小说情有独钟呢？除了它完美的情节和奇妙的构思外，另一个主要原因在于小说所表现出来的独特的新小说创作技巧。1970 年，《驾驶席》刚出版时，英国著名批评家弗兰克·克默德就发表评论："作品的主人公莉丝从北方的某地出发到南方度假。虽然她能讲四门语言，我们不知道究竟哪种是她的母语。……简而言之，该小说尽显浓烈的新小说韵味。"② 斯帕克本人也曾经承认新小说作家对自己的影响："是的，我的观察力更接近福楼拜、普鲁斯特或者罗伯·格里耶——他们对我的影响甚深。……法国作家对我影响很大。"③ 斯帕克在多部小说中模仿这些法国新小说家的风格，其中表现最明显的是《驾驶席》。斯帕克凭借这部小说与 1973 年诺贝尔文学奖得主怀特（Patrick White, 1912—1990）、1973 年英国布克奖得主法雷尔（James Gordon Farrell, 1935—1979）赫然名列 2010 年的"失落的布克奖"（Lost Booker Prize）最后 6 人决选名单之中，而默多克、洛奇等同时代的著名小说家则止步于最初入围的 22 人候选名

---

① Robert Hosmer, "An Interview with Dame Muriel Spark", *Salmagundi*, Vol. 146/147, Spring, 2005, p. 135.

② Frank Kermode, "Sheerer Spark", *Listener*, Vol. 24, September, 1970, p. 425.

③ Robert Hosmer, "An Interview with Dame Muriel Spark", *Salmagundi*, Vol. 146/147, Spring, 2005, p. 135.

单中。

卡登曾经在《文学术语词典》中指出新小说的渊源："随着罗伯·格里耶发表了一系列关于小说的本质与前景的文章，新小说这一术语似乎于 1955 年在法国成为批评界的专门术语的一部分。"① 接着他还指出新小说派代表人物格里耶对于以往小说家的反叛。"情节、行动、叙述、思想、对人物的刻画与分析……这些东西在小说中地位低下或者几乎没有地位……相反地，小说应该是一种'抵抗主义'的。"② 可见，新小说具有与众不同的特色，在格里耶所处的年代是极具新意的小说。斯帕克完成于 1970 年的《驾驶席》正是受益于法国 20 世纪五六十年代以来风靡一时的新小说派创作。以下将探讨斯帕克如何运用新小说技巧来巧妙地叙事，构建她"最满意的小说"文本。应该说，斯帕克体现在该文本中的新小说技巧特征非常显著，集中表现于小说的非个性化叙述与小说对有序情节的拒斥。

第一节　小说的非个性化叙述

《驾驶席》新小说技巧的一个重要体现是作者的非个性化叙述——在故事中坚持一种客观中立的态度。这种态度表现在她塑造的几近匿名的主人公形象及她描写外界事物时所传递出来的超然物外的情感。如同有论者指出的，斯帕克在小说里描写的背景和人物都是抽象的、"卡夫卡"式的、人为的、非个性化的。③ 非个性化叙述手法的运用表明作者斯帕克拒绝透露任何情感和想法，也就瓦解了深度模式（depth pattern），迎合了后现代主义叙事的公认规约，显示出斯帕克刻意偏离现实主义和现代主义等流派的叙事意图。非个性化叙述可以产生陌生化效果，"引导读者注意小说的情节的建构，目的在于防止读者过分沉浸于小说之中，借此提高他们对小说中事件和情形的批

---

① J. A. Cuddon, ed., *A Dictionary of Literary Terms*, New York: Penguin, 1979, p. 428.

② Ibid., p. 429.

③ 参见 William McBrien, "Muriel Spark: The Novelist as Dandy", in Thomas F. Staley ed., *Twentieth Century Women Novelists*, London: Macmillan, 1985。

评意识"①。非个性化叙述所产生的间离效果促使读者在积极参与阅读的同时，充分发挥能动性，挖掘文本的各种潜在含义。此举令小说成为可写的文本，而非以往的可读的文本，进而凸显出小说的后现代主义特性。

对小说人物的"匿名化"处理是新小说理论的主要原则之一。"新小说家们经常建议新小说的人物应该只是以人称代词的形式存在，比如用'我、他，甚至是你'。"② 新小说派主要代表作家格里耶认为匿名人物的出现如同视点的设置一样，正日益成为小说发展中的要素。另一作家萨洛特也强调，对主人公"匿名化"处理已经逐渐成为小说人物描写的主要倾向，因为这主人公可以代表一切，也可以代表虚无。③ 在《驾驶席》中，斯帕克几乎没有交代小说主人公的身份和背景，甚至不想透露她的姓名。她的主人公几乎是匿名的。她在描写人物时根本没有掺杂任何个人的情感因素在内。所有这一切表明，斯帕克主要采用戏剧中常用的"展示"（showing）手法，而非"陈述"（telling）手法，其实质类似"对话交流"，而非"叙述分析"。小说伊始，斯帕克没有沿袭传统做法，赋予主人公具体的姓名，而是称为"她""那位年轻的女士"和"这顾客"。随着故事的发展，场景转换到主人公办公室时，读者才从主人公的上司对她的称呼中得知她的名字："你要打点行装，莉丝。回家去，收拾收拾，休息一下。"④ 斯帕克故意推迟或者不情愿给出主人公的名字。由此可见，若非情节发展所需，斯帕克甚至不会提供主人公的名字。自始至终，小说都没有提供她的全名，仅仅称为"莉丝"。显然，姓名在斯帕克眼里只是一个简单的代码或符号，根本无足轻重，对于小说文本没有

---

① David Herman, "'A Salutary Scar': Muriel Spark's Desegregated Art in the Twenty-First Century", *Modern Fiction Studies*, Vol. 54, No. 3, 2008, pp. 477–478.

② Ann Jefferson, *The Nouvyeau Roman and the Poetics of Fiction*, Cambridge: Cambridge University Press, 1980, p. 98.

③ 具体请参见 Ann Jefferson, *The Nouveau Roman and the Poetics of Fiction*, Cambridge: Cambridge University Press, 1980; Nathalie Sarraute, *Tropisms and the Age of Suspicion*, trans. Maria Jolas, London: John Calder, 1963。

④ 译自 Muriel Spark, *The Driver's Seat*, Middlesex: Penguin, 1970, p. 9。

太大的意义。

此外，斯帕克只是对莉丝的生活和所处环境轻描淡写：她在一家会计事务所上班，有 7 个上司、7 个下属①……作者没有说出莉丝的实际年龄："她有可能最小 29 岁，最大 36 岁，反正年龄是介于 29 至36 之间。"② 斯帕克几乎没有提及她的家庭或亲属等，没有说清莉丝来自何方、欲往何处。当小说中另一人物斐德克太太问莉丝家在何方时，她回答："没什么特殊的地方。……都写在护照上了。"③ 莉丝能够掌握 4 门语言——丹麦语、法语、意大利语和英语，这更令读者感到困惑，不知她的母语为何。他们只能猜测，莉丝来自一个叫哥本哈根的北方城市，想去南方某个不确定的城市。

总之，《驾驶席》的莉丝没有完整的名字，她的国籍、年龄、家庭、情感等都不得而知。有论者指出，"如同存在主义作家的作品一样，这部小说中的很多信息都是完全缺失的：她的全名、住所、旅游目的地等"④。在某种意义上，她近似无名氏，但她亦可喻指所有人。斯帕克没有详细地描写她，赋予她人物的典型特征和个性，而是对其进行"非个性化"的陈述，体现了作者的新小说创作倾向，同时反映出她对后现代社会的关注，传递了后现代派小说所热衷的"缺位"或"不在场"概念。

斯帕克的小说经常拒绝交代主人公的行为动机或生平事迹，《驾驶席》就是其中的典型，如同有学者所说的，"这部小说对于角色的描述是最低限度的"⑤。这正是新小说派的主要风格——"格里耶提倡用中性语言来记录感情或事件，反对解释事件和剖析人物"⑥。斯

---

① 参见 Muriel Spark, *The Driver's Seat*, Middlesex：Penguin, 1970。

② Muriel Spark, *The Driver's Seat*, Middlesex：Penguin, 1970, p. 18.

③ Ibid. , p. 54.

④ Preeti Bhatt, *Experiments in Narrative Technique in the Novels of Muriel Spark*, *The Most Internationally Recognized Scottish Writer in the Post-War Era*, New York：The Edwin Mellen Press, 2011, p. 84.

⑤ Ibid. , p. 83.

⑥ Chris Baldick, *Oxford Concise Dictionary of Literary Terms*, Oxford：Oxford University Press, 2000, p. 151.

帕克深受他的影响，在小说中只是报道，而不解释或评价主人公莉丝的行为，也从不直接或明确地透露她的情感和内心世界——斯帕克对她的行为、动作的描写刻画就像有一架摄像机追随其后，没有任何附加的评价或解说，对她的描写只是局限在外部细节上。尽管莉丝常常有古怪的行为，读者不知原因何在，也从未获得有关莉丝想法的提示。因此，只能凭空猜测，就像作者在文中所写的："她把一串钥匙放在手提包里，拿起她那本平装本书走了出去，锁上了她背后的门。谁知道她在想什么？有谁说得准？"① 斯帕克达到了自己的创作目的：不透露人物的任何想法，更不让他们知道作者的意图所在。这样就拉开了莉丝与读者的距离，达到"陌生化"的效果。读者发现他们很难洞悉莉丝的动机和目的等，也就难以对她产生感情，更不用说会同情她了。这种背离传统小说创作模式的做法与新小说派技巧成效一致："依靠对于传统因素的舍弃和对传统规约的破坏而取得效果。"②《驾驶席》内充斥着对外界物体或者人物个体的客观、过于详尽的描写，彰显出斯帕克的"非个性化"叙述特性。传统小说中的借景抒情、借物咏怀比比皆是：外界事物的描写往往是作者借以表露情感的手段，读者常常可以据此揣摩作者的立场、态度和预测故事的发展。在《驾驶席》中，斯帕克对事物的描写极其客观超然，没有掺杂任何作者或故事人物的情感在内，以致让人怀疑这些描写是否有存在的必要。实际上，斯帕克一反常规，故意回避泄露作者或人物的想法，意在与客体对象拉开距离，保持中立态度。此外，斯帕克还故意过度精确地描写一些人物的行为。比如，当莉丝进入旅馆的房间时，她的动作描写显得有点夸张："莉丝打开行李箱，小心翼翼地取出一件短浴衣。她拿出一件连衣裙，挂在衣柜里，马上把它从衣架上拿下来，折叠整齐，放进箱子里。她拿出盥洗用袋和室内用拖鞋，脱掉衣服，披上浴衣，走进浴室，把门关上。"③ 另一次，"当她在洗手间时，她

① Muriel Spark, *The Driver's Seat*, Middlesex: Penguin, 1970, p. 50.

② M. H. Abrams, *A Glossary of Literary Terms*, Beijing: Foreign Language Teaching and Research Press, 2004, p. 195.

③ Muriel Spark, *The Driver's Seat*, Middlesex: Penguin, 1970, p. 47.

认真地整理手提包：她朝着一个没有封口的小纸包看进去，是一条橙色的披巾。她把它放回原地，取出另一个纸包，内有黑白色相间的披巾。她把它折好放回……半闭着眼睛摸了一会，然后打开……她把它们折起，重新放回去"①。斯帕克在描写这些动作时，很少使用形容词，而且句型结构显得单一、缺乏变化。她借此暗示读者：莉丝的动作好比机器人，极其机械。斯帕克叙述的"非个性化"特征在此显露无遗。这种在写作中放弃思想和情感描写的做法与以往作家对个体心理描写的重视形成强烈反差，反映出作者对所谓"深度模式"的不屑一顾和她革新传统小说艺术的意愿。

故事发生地点的选择同样体现了斯帕克的"非个性化"叙述特征。小说中，绝大多数事件都发生在公共场所，比如大商场、机场、大街、公园等。这些公共地点一般很少带有个人的印迹，显示出斯帕克对于"他者性"的强调。个人的情感难以体现其中，因此通常为传统所接受并认可的景物描写中常用的"感情的误置"（pathetic fallacy）手法在此难以运用。对此，有论者指出完全排斥感情的误置手法和坚持对外界的不带感情的描写是一种美学和形式上的特性，折射出当前世界的冷漠无情和非人道。② 这些公共场所内充斥着警察、售货员、服务员和搬运工人，然而并没有出现与小说主角莉丝具有感情联系或亲缘关系的个体。这种现象似乎传递了一种信息：人们之间没有关爱，他们对于莉丝这样的个体毫无感情。可以推断，正是因为身处这种冷漠的世界里，孤独无助且失望无奈的莉丝才会选择以极端的方式结束自己的生命。因此，英国著名评论家布拉德伯里认为这部小说是"道德缺失的。人生活在被虚空物质所包围的世界里，在这里人道主义完全被剥夺了"③。

对"感情的误置"手法的拒斥还表现在斯帕克对主人公莉丝及她所住宾馆房间的细节描写上。细节的重复和因此产生的过度精确的效

---

① Muriel Spark, *The Driver's Seat*, Middlesex：Penguin, 1970, p. 85.

② 参见 Norman Page, *Muriel Spark*, London：Macmillan, 1990。

③ Malcolm Bradbury, *The Modern British Novel*, Beijing：Foreign Language and Research Press, 2005, p. 373.

果使场景描写显得平淡无奇、不带感情，进而凸显出斯帕克的"非个性化"叙述特征。比如，斯帕克这样描写莉丝的容貌："除了吃饭和说话，她的嘴唇总是紧闭着，被她用传统的唇膏画成一条直线，就像资金平衡表上的线条。这张嘴具有决定和审查的权力，是一部精密的仪器，严守着数据秘密。"① 整个小说文本中关于莉丝嘴唇的描写至少有 16 次，通常都是用"稍微张开"或"成为一条直线"来修饰。这种不断重复、单调乏味的描写给读者留下印象：斯帕克对其小说主人公的描写不带丝毫个人情感，她对莉丝漠不关心，唯一注意到的是她的嘴唇。此外，提到电铃按钮、飞机上的点心和莉丝的住所等时，斯帕克也是不断地进行细节描写和重复描写。小说中的这类描写不胜枚举，正如著名批评家佛克马（Douwe Fokkema）所言，对这些客体的选择"不是因为它们与人物个性的关系密切，而是因为它们的他者性、它们与人类存在和情感的分离"②。显然，斯帕克试图通过它们表达自己的淡漠情感和超乎寻常的客观态度。对于客体的过分详细的描写也暗示了现代社会"非个性化"的特征，反映了社会对于经济、市场、公共场域等的过度仰赖导致了个体概念的日渐式微。

《驾驶席》中，叙述的"非个性化"特征疏远了读者、作者与故事主人公莉丝的关系。这种效果让读者彻底享受阅读的乐趣，避免在阅读过程中受到任何情感的干扰，因此他们可以专心阅读，积极参与小说的意义阐释。小说成为可写而非可读文本。"非个性化"叙述还契合了小说的内容和主题，同时与莉丝的自杀之旅和自我毁灭之决心的气氛相吻合。斯帕克用新小说技巧呈现了缺乏情感、精神荒芜的主人公，暗示在现代社会中，人们只能鼓起勇气坦然面对各种困境。斯帕克似乎还向读者昭示，置身于当今社会中的现代作家的最佳创作艺术就是诉诸"非个性化"叙述策略，保持一定的客观中立，尽量把最后的道德判断留给读者。

---

① Muriel Spark, *The Driver's Seat*, Middlesex：Penguin, 1970, p. 9.

② Douwe Fokkema, "The Semiotics of Literary Postmodernism", in Hans Bertens and Douwe Fokkema, eds., *International Postmodernism*, Amsterdam：John Benjamins Publishing Company, 1997, pp. 69 – 70.

第二节 有序情节的拒斥

对连续有序情节的拒斥是新小说的一个典型特征，正如著名评论家斯特罗克（John Sturrock，1936—2017）所言：“情节不再确定、连贯……新小说没有为读者提供慰藉，没有为他们呈上一系列具有前因后果、机械、自动化般发展的事件。”① 显然，新小说作家们否定和背离了传统小说对于确定有序的情节的需求与召唤，在一定程度上颠覆了传统的小说观。法国著名学者安内·杰斐逊（Ann Jefferson，1949— ）的书中也提到法国新小说作家格里耶和萨洛特的观点：格里耶认为有序和连贯的情节只能对我们存在的世界提供错误的解释——第三人称叙述、单一、线性结构等都是为了证明我们的世界是连贯、稳定和可持续发展的；萨洛特指出当前的时间变得停滞，不再如同以往一样紧密追随情节的发展，我们的行为正在日益失去动机、失去先前既定的含义。② 为了“弥补”他们所认为的传统小说的不足与缺憾，新小说作家们开始反叛和革新，其中一个重要举措是舍弃对连贯情节的追求。

在《驾驶席》中，斯帕克与大多数新小说作家一样，反对故事情节的正常有序发展。借助对有序情节的排斥，她打乱了故事发展的一般时间顺序，呈现给读者的不再是传统的连续有序、合乎逻辑的故事。读者只能暂时搁置其惯性思维，转而关注作品情节的建构方式。如此，斯帕克强调作品是人为构建的，进而引导读者意识到其人工制品的特征。换言之，作为一名英国当代著名的后现代主义代表作家，斯帕克关照与在乎的是作品创作本身，这正是后现代主义小说家们的关注焦点。在现今世界上，如何解决小说的本体论问题，正是后现代小说家们孜孜以求的奋斗目标。斯帕克对连贯情节的拒斥主要借助两

---

① John Sturrock, *The French New Novel*, London：Oxford University Press，1969，p. 9.

② 参见 Ann Jefferson, *The Nouveau Roman and the Poetics of Fiction*, Cambridge：Cambridge University Press，1980。

种手段：现在时态叙述与第三人称叙述结合的"闪前"策略。杰斐逊谈到现在时态时，指出："当意识到现在时不适用于直线型的、具有前因后果模式的叙述时，我们发现了另一种叙事秩序……连续性、直线性和因果关系被同时性所取代。"① 可见，与其他时态不一样，现在时有助于"另一种叙事秩序"的出现。在《驾驶席》内，除了一些地方用到将来时态，全文几乎都采用独具一格的现在时态结合第三人称叙述。传统上，故事叙述一般使用过去的时态，一方面暗示故事已经发生，令它显得更加真实可信；另一方面，方便作者站在全知的叙述角度，更好地掌控故事的发展。《驾驶席》的现在时态结合第三人称叙述故意违背陈规，打破读者的思维定式，产生了不连贯情节，给人耳目一新的感觉。其实，现在时态的手法反映了格里耶对斯帕克的影响："《驾驶席》明显地模仿格里耶的小说风格。这些不仅仅表现在平淡无奇的叙述……也许，最明显的是现在时态在叙述中的应用。"② 一般现在时态在《驾驶席》中的使用具有重大意义。首先，它颠覆了传统小说家的时间概念，使小说故事不再线性发展，不再按照正常的时间顺序发展，由于小说中经常插入将来的动作或对话描写，故事情节未能持续、连贯。其次，运用现在时态表明正在发生的事件并不属于过去、将来，甚至不属于现在。在某种意义上，这些事件无时无刻不在发生，因此，现在时态给读者一种故事永恒性的感觉。最后，现在时态的运用有利于作者在必要时于故事中使用将来时态，这样可以充分展示"闪前"技巧——斯帕克最为擅长的时间策略。

"闪前"手法不断出现在斯帕克的作品中，成为她举足轻重又特色鲜明的小说技巧。实际上，"闪前"源自希腊语的"预叙"（pro-lepsis），意思是把未来发生的事件提前到前面讲述。著名文论家鲍尔迪克认为"预叙"应用于叙述作品时，就是一种"闪前"，通过"闪

---

① Ann Jefferson, *The Nouveau Roman and the Poetics of Fiction*, Cambridge: Cambridge University Press, 1980, p. 38.

② Aidan Day, "Parodying Postmodernism: Muriel Spark (*The Driver's Seat*) and Robbe-Grillet (*Jealousy*)", *English*, Vol. 56, No. 216, Autumn, 2007, p. 326.

前"手法,用现在时态叙述的故事中插入了将来事件。著名文论家鲍尔迪克(Chris Baldick,1954—)在引用《琼·布罗迪小姐的青春》中一个使用"闪前"手法的段落之后,就宣称预叙就是一种时间的倒错,与"倒叙"相反。①

"闪前"的时间手法可以有效地干涉故事的有序发展,恰好体现了斯帕克在小说中的新小说策略特征——拒斥情节的有序发展。评论家杰斐逊解释了"闪前"手法的出现原因:"比如,我们对于时间的概念发生了改变。目前看来,线性的故事结构好像是对时间的错误反映,取而代之的是体现在很多新小说中的混乱的时间结构。我们认为这反而更合适地反映了时间经历,这种混乱结构的建构恰好对等于斯特罗克(Sturrock)所谓的'心智游戏'。"② 可见,这种手法在一定程度上更加符合事件的发生规律,更加符合后现代作家们对于"真实性"的追求。

斯帕克在《驾驶席》内的"心智游戏"体现在"闪前"手法的灵活运用。她故意违背一般的因果原则,不惜以扰乱正常的叙事顺序为代价,试图把读者注意力从传统上具有前因后果的"何事发生"转移到"为何发生"和"怎样发生"。对此,斯帕克曾经在访谈中做出解释:

> 事件发生的时间问题让我感兴趣——我认为事件的先后发生并不意味着它们之间存在着因果关系。我认为事件发生前未必存在着动因。这种动因可能出现在事情发生后,并不为人所知。比如,在《请勿打扰》中,仆人们早就知道后面要发生的事情。③

---

① 参见 Chris Baldick, *Oxford Concise Dictionary of Literary Terms*, Oxford: Oxford University Press, 2000。

② Ann Jeffferson, *The Nouvyeau Roman and the Poetics of Fiction*, Cambridge: Cambridge University Press, 1980, p. 384.

③ Sara Frankel, "An Interview with Muriel Spark", *Partisan Review*, Vol. 54, No. 3, 1987, p. 451.

对有序情节的拒斥源于时间概念的改变，反映了后现代社会中关于时间的新理念。在讨论新小说与传统小说在时间概念上的区别时，有论者引用了格里耶的说法："现代叙事中，时间不再具有暂时性的特征。它似乎停滞不前……叙述没有进展，自我否定，原地转圈。"①在同一篇论文中，代艺（Day）还介绍了后现代主义作家对历史时间的颠覆：

> 几个世纪以来，与过去和将来相联系的历史时间表达了某些发展规律，成为物理学、政治学乃至叙事学的绝对概念。……后现代主义小说家们开始重新调整时间概念，向读者展示这种时间概念属于传统，并非代表事件的本质。简言之，后现代主义叙事引导我们注意的不是那些有始有终的故事，而是作家在建构和解构这类小说时体现出的意识过程本身。②

斯帕克正是利用"闪前"手法引导读者关注作者本人构建《驾驶席》时的意识过程。乍一看，小说中的"闪前"情节似乎有些突兀，妨碍了故事的顺畅发展。但是当读者读完小说或者再次阅读时，他们发现这些"闪前"情节蕴含着某种特殊的逻辑，显示出斯帕克的意识或心理活动。读者受到这种特殊的时间手法的激励，就会更积极主动地探索作者的心理，努力构建合乎逻辑的故事文本。此外，读者意识到这种时间顺序的特殊性，就会关注文本中的每个词句，以免忽略任何重要的小说线索。对于作者而言，读者对其作品的用心解读和深入思索就是一种特别的回报。

在《驾驶席》中，斯帕克对于"闪前"手法的青睐表现得淋漓尽致。小说中总共出现过 9 次"闪前"。第一次发生在机场。莉丝正在托运行李，她被描述成一个很普通的人："她长得不好看也不难看。

---

① 转引自 Aidan Day, "Parodying Postmodernism: Muriel Spark (*The Driver's Seat*) and Robbe-Grillet (*Jealousy*)", *English*, Vol. 56, No. 216, Autumn, 2007, p. 325。

② Ibid. .

鼻子有些短，比图像中的鼻子看上去要宽一些。那图像是后来警方根据拼合照片和真实照片制作出来的，很快就出现在四种不同语言的报纸上。"①

读到此处时，一般读者会感到困惑：为何她的照片后来会出现在报纸上。直到后面，他们才得知，她被杀害后，警察为了辨明她的身份，把她的照片刊发在报纸上。至于她的照片为何会出现在四种不同语言的报纸上，读者也是随着故事的进展才恍然大悟：根据别人与她的交流可以推断，她说过四门语言。警察不知道她的母语到底是哪种，无法判断她的国籍，只好把照片刊登在采用不同语言的四种报纸上，旨在获取更多线索。在以上的引文中，作者在现在时态叙事中插入了将来时态，提前告知读者随后发生的事件，引起他们的好奇，正如斯帕克在一次采访中所说的，"我想如果作者一开始就提前泄露情节，悬念会增加。读者接着会更加好奇，想发现这种提前泄露的事件到底是怎样发生的。在《驾驶席》中，我使用的就是这种方法"②。其实，斯帕克的这种手法在一定程度上受到格里耶第一部小说《橡皮》的影响。这部"侦探小说"中，"神秘事件不断增加，没有得到解释。小说不断地邀请我们问询'为什么'，但是总是拒绝回答问题"③。斯帕克的《驾驶席》也是属于侦探小说的文类。它与《橡皮》一样都违背了传统的侦探小说的叙述手法，没有揭示罪犯的心理动机等，而只是聚焦于客观中立的叙述，并且给读者设置一系列的疑问，而且直至最后，作者也没有答疑。

接着出现了第二次"闪前"，讲到莉丝碰到的一个陌生妇女。在此，斯帕克再次用到将来时。对于读者而言，只有当他们阅读到后面，知道莉丝被杀后，这个妇女即将帮助警察找到相关线索，他们才不再为这里使用的时态感到迷惑不解。第三次"闪前"提前

---

① Muriel Spark, *The Driver's Seat*, Middlesex：Penguin, 1970, p. 18.

② Robert Hosmer, "An Interview with Dame Muriel Spark", *Salmagundi*, Vol. 146/147, Spring, 2005, p. 146.

③ Ann Jeffferson, *The Nouvyeau Roman and the Poetics of Fiction*, Cambridge：Cambridge University Press, 1980, p. 20.

告诉读者莉丝的命运，也就消除了前面两次"闪前"给读者带来的困惑："明天早晨，她将被发现死在她此时通过十四号门进入的飞机所飞往的外国城市的一个公园内。她的尸体将躺在空荡别墅的庭园内，身上有多处刀伤，手腕捆着一条丝巾，脚踝上捆着一条男用领带。"① 斯帕克认为提前透露结局有两个好处：可以制造更多的悬念和赋予小说末世论的色彩。② 第五次、第六次、第七次"闪前"分别提到一个侍者、一个警察和一些环保工人。他们与第二次"闪前"中的妇女一样，都与莉丝有过短暂的接触，后来作为目击证人为警察提供有关莉丝的身份线索。这些"闪前"有助于读者更好地理解莉丝的动机就是到处留下线索，而且解释了作者为何要安排那么多次要情节。其余的"闪前"，也就是第四次、第八次和第九次"闪前"都是关于那个叫理查德的凶犯。它们详细描写了他的被捕和受审等。

　　总之，所有的"闪前"表明了作者干涉叙事、排斥有序情节的意图，"产生一系列移位，搅乱了读者先前对小说的概念，使之焕然一新"③。斯帕克借助"闪前"给读者留下深刻的印象，呼应了新小说派对于传统小说情节的观点和理念。罗伯·格里耶把情节列入"过时的概念"堆里，而另一新小说派代表作家萨洛特也对情节感到不屑，认为这属于一种文学传统，制造了关于现实世界的幻象。④ 显然，他们认为小说情节无关紧要，不需要像以往的小说家一样过分强调有序合理的情节。

　　凭借"非个性化"叙述和对有序情节的排斥，斯帕克赋予《驾驶席》显著的新小说特征，对此，著名评论家兰金（Ian Rankin，1960— ）的评论可谓切中肯綮，"就小说技巧而言，《驾驶席》可

---

① Muriel Spark, *The Driver's Seat*, Middlesex：Penguin, 1970, p. 25.

② 参见 Robert Hosmer, "An Interview with Dame Muriel Spark", *Salmagundi*, Vol. 146/147, Spring, 2005。

③ Gabriel Josipovici, *The Modern English Novel：The Reader, the Writer and the Work*, New York：Barnes & Noble Books, 1976, p. 249.

④ 转引自 Ann Jeffferson, *The Nouvyeau Roman and the Poetics of Fiction*, Cambridge：Cambridge University Press, 1980, pp. 15 – 16。

以看作最成功地用英语创作的新小说作品"①。随着这部小说的出版并广受欢迎，斯帕克对自己的新小说策略更是充满了信心，在后面的许多作品中不断沿用该策略，并获得很好的效果，同时为后来的英国作家树立榜样，提供有益的借鉴和参照，带动并促进了新小说策略在英国当代文坛的接受与传播。

正是由于新小说策略的成功运用，斯帕克塑造了《驾驶席》中的悲剧人物莉丝，反映了作者创作时对社会的感悟与态度。现代的悲剧"经常盼望和乐意终止存在的苦难；我们看到的是坐以待毙，而非积极的抗争"②。《驾驶席》的悲剧性在于莉丝对自己苦难的生活与命运的无奈和她对死亡的选择。孤独的莉丝通过极端的自杀方式令人扼腕叹息。这个人物的塑造其实与斯帕克本人的早期生活经历密切相关。她年仅 18 岁就离开故乡爱丁堡赶赴非洲，之后的多年来她漂泊不定、四处迁移，在英国之外的许多地方居住过，比如津巴布韦、索尔兹伯里和伦敦、纽约、罗马等地。可以说，她在各地的生活就是她努力拼搏、执着追寻个人身份的过程，因此她对于"个人身份"的意义具有切身的体会与独特的领悟。对于缺乏明确的"个人身份"的人物莉丝的塑造暗示了斯帕克的观念：如果一个人缺乏明确的个人身份，结局将是可悲的。她对于莉丝的悲剧性结局的安排其实也源于她创作该小说时自身遭遇到的各种生活磨难。受到这些磨难的影响，在《驾驶席》面世后的两年内，斯帕克又相继完成了两部反映其悲观情绪的《请勿打扰》和《东河边的暖房》。这三部小说被称为"恐怖三部曲"③，折射了斯帕克处在特定历史语境下的心态。斯帕克用新小说技巧塑造的莉丝形象契合了著名匈牙利文论家与哲学家卢卡奇对于现代文学中人物的描述，"被

---

① Ian Rankin, "Surface and Structure: Reading Muriel Spark's *The Driver's Seat*", *Journal of Narrative Technique*, Vol. 15, No. 1, 1985, p. 154.

② John Von Szeliski, "Pessimism and Modern Tragedy", *Educational Theatre Journal*, Vol. 16, No. 1, 1964, p. 41.

③ Preeti Bhatt, *Experiments in Narrative Technique in the Novels of Muriel Spark*, *The Most Internationally Recognized Scottish Writer in the Post-War Era*, New York: The Edwin Mellen Press, 2011, p. 190.

扔进毫无意义、深不可测的社会中","没有通过与社会的联系而发展个人"。① 借助该形象，斯帕克传递了作者本人在 20 世纪 70 年代的人生理念与生活态度。

---

① Georg Lukács, *The Meaning of Contemporary Realism*, Trans. John Mander and Necke Mander, London: Merlin, 1963, p. 21.

第十三章 《精修学校》的元小说策略

有评论家提到斯帕克的小说具有"冷峻的元小说极简风格"①。大卫·赫曼（David Herman）在评论斯帕克时，认为她很早就形成了自己独特的文风，"在深入研究探索人类行为的道德、心理、制度等层面的同时还极其关注小说的技巧——包括元小说游戏的种种模式"②。虽然学者们已经开始注意到斯帕克的元小说叙事策略，但他们没有系统深入地对其进行全面研究，更没有对《精修学校》的元小说策略深入研究过。

作为斯帕克的压轴之作，《精修学校》为她的创作生涯画上了一个圆满的句号。在这部完美之作中，她的"后现代主义代表作家"称号可谓实至名归。这部篇幅不足 200 页的作品再现了斯帕克日趋成熟的丰富多变的后现代主义创作风格，契合她一贯以来的创作理念和美学思想，涵括了她对小说创作的自省和反思。《精修学校》的后现代主义特征主要体现在它集众家之长的元小说策略，该策略赋予《精修学校》独特的艺术风格。

第一节　"中国套盒"式的嵌套叙事结构：
"小说中有小说"

《精修学校》在各个层面上都具备典型的元小说特征。在这部最

---

① Elizabeth Dipple, *The Unresolvable Plot: Reading Contemporary Fiction*, London: Routledge, 1988, p. 140.

② David Herman, "'A Salutary Scar': Muriel Spark's Desegregated Art in the Twenty-First Century", *Modern Fiction Studies*, Vol. 54, No. 3, 2008, pp. 473 – 474.

后的小说中，斯帕克再次显示出对元小说策略的执着和喜好。小说初版的封面就非常含蓄地表明了作品的元小说特色。在封面上，一个头上顶着一叠书的红头发男孩正在阅读一本封面上印有城堡图案的小说。这幅画似乎暗示了这部小说是具有"小说中的小说"的框架结构，而且男孩头顶一叠书表明这个男孩喜好阅读，也似乎预示了他在努力平衡虚幻世界与现实中的写作经历，同时在思考小说的创作理念。可见，小说的封面与小说的内容有着一定的联系，具有丰富的内涵和预言作用。

除了封面之外，《精修学校》的元小说特征还体现在小说的叙事层面上所包括的"故事中的故事"，或曰"小说中的小说"。一般而言，作品的叙事结构包括框架叙事和嵌套叙事。框架叙事是故事的外部层面的叙事，而嵌套叙事指"叙事中的叙事，或元叙事"①。英国评论家帕特丽夏·沃指出元小说具有以下特征："在元小说中，明显的构架策略包括故事中的故事及自我消解的世界（或者叫互相矛盾的状况）。"② 小说的主体故事讲述校长罗兰德与学生克里斯之间的互相竞争和妒忌，故事内部还包含了两个小故事——校长创作的关于克里斯的故事及克里斯创作的历史小说故事。罗兰德构思故事期间碰到许多困扰。"妮拉比罗兰德本人更明显地感觉到他在创作小说时非常费劲。他自信地谈到'作家创作时的痛苦''作家的困难'和'作家的分心'（阅读布置给学生的作文）。"③ 如同罗兰德所谈到的，他的确经历着创作时的痛苦，因此不断地改变着想法，他曾经对妻子妮拉说："你知道吗？关于这部小说，我已经改变我的主意了。这不会成为一部小说，它最终将是对现实中人物克里斯的研究。现在我正在积累一些笔记。"④ 罗兰德的才华有限，有时思维混乱，因此

---

① Gerald Prince, *A Dictionary of Narratology*, Lincoln: University of Nebraska Press, 1987, p. 25.

② Patricia Waugh, *Metafiction: The Theory and Practice of Self-conscious Fiction*, London: Methuen, 1984, p. 30.

③ Muriel Spark, *The Finishing School*, New York: Doubleday, 2004, p. 49.

④ Ibid., p. 83.

他创作的故事与他本人的想法一样，显得有些多变和凌乱，只是以非常不完整的片段形式出现。相较而言，克里斯的才华胜于罗兰德，他思路缜密、富有创造性，所以他的小说显得比较完整，而且思路清晰、前后一致。他描写了苏格兰历史上的一系列谋杀事件：玛丽女王的丈夫达恩利因为妒忌谋杀了情敌里奇奥；里奇奥的哥哥为他复仇杀掉了达恩利；英格兰女王以叛国的罪名处死玛丽女王。克里斯不但创造性地提出了一些与历史记载不尽相同的新观点，而且还为它们找到事实的依据，并发挥自己的想象力，在逻辑上做出了令人信服的解释。罗兰德与克里斯在《精修学校》中分别讲述自己即将创作的故事，虽然都因为这些故事只是以片断的形式出现而显得不太完整，但都构成小说的重要组成部分，丰富了小说的主题和内容。斯帕克在以往的小说中，如《安慰者》《琼·布罗迪小姐的青春》和《带着意图徘徊》，也经常运用"故事中的故事"策略，与《哈姆雷特》中的"戏中戏"有着异曲同工之妙。嵌套叙事框架策略，显示出作品明显的元小说特征，为小说增加层次上的多重美感和阅读难度，因此激发了读者的阅读兴趣。也许，斯帕克对于框架的重视在于她试图带给读者一种新型的意识，让他们知道，"世界的意义和价值是如何被建构的，可以通过何种方式对它们进行挑战和改变"①。

第二节　小说虚构性的呈现：开放性的结尾与叙事者侵入式话语

《精修学校》的元小说策略丰富多彩，另一个主要特色体现在小说的虚构性呈现中。大卫·洛奇认为元小说的重点是关注故事的虚构性及其创作过程。② 有批评家指出："斯帕克的创作着迷于现代小说

---

① Patricia Waugh, *Metafiction*: *The Theory and Practice of Self-conscious Fiction*, London: Methuen, 1984, p. 34.

② 参见 David Lodge, *The Art of Fiction*, London: Penguin, 1992。

的模式，并强调小说的虚构的性质。"①《精修学校》的创作特征符合以上论断，其虚构性的表现之一是小说中的开放性结尾。小说中内部存在的内嵌历史小说中，作者克里斯就在思考着开放性结尾："有两种可选的结尾。第一种，我们可以看到女皇被处决前最后的日子……第二种可选的结尾就是这样：里奇奥的哥哥雅各布也是音乐家，在意大利受得到家族的尊重。在小镇上，他得到人们的公开欢迎，因为他为弟弟报仇了。"② 由于克里斯深刻地认识到生活本身的不确定性和他对于小说艺术试验的推崇，他尝试着给出不同的结尾。显然，他这种开放性结尾类似英国著名的后现代主义代表作家约翰·福尔斯的《法国中尉的女人》的多重结局，都具有元小说的主要特征。开放性结尾是后现代主义作家所热衷的创作手法，体现了他们对现实社会认知的不确定性，更深层意义上是对于未知世界多元性，甚至是无意义性的阐释和探究。事实上，在很多后现代派作家看来，世界并非有意义的、富有逻辑性的结构，相反在这其中充斥着荒诞、滑稽和可笑的成分。作家采用开放性的结尾一方面反映了他们截然不同于传统作家的对自我、人生和世界的认知和体悟，另一方面打破读者惯常的阅读期待，使传统阅读中必要的终结感成为不可能的阅读体验，这是对传统小说观念的挑战、颠覆与反叛，同时提供给读者无限的阅读和想象空间，召唤他们去努力填补阅读空白，参与文本建构。这种结尾凸显了作者斯帕克在创作中的自觉意识和自省意识。

　　小说虚构性的另外一个表现在于斯帕克会在文本中插入叙述者的侵入式话语，"以前，小说创作忌讳作者闯进情节之中说三道四，尤其是以第三人称作为叙述者的小说。但在后现代派小说中，这种'侵入式'的话语则屡见不鲜"③。在《精修学校》的叙事过程中，叙述者有时突然闯入并插话，"让我们回过头来看看克里斯和他的两个朋

---

　　① Bernard Sellin, "Post-War Scottish Fiction: Mac Colla, Linklater, Jenkins, Spark and Kennaway", in Ian Brown and Alan Riach eds., *The Edinburgh Companion to Twentieth-Century Scottish Literature*, Edinburgh: Edinburgh University Press, 2009, p. 126.

　　② Muriel Spark, *The Finishing School*, New York: Doubleday, 2004, pp. 154 – 155.

　　③ 杨仁敬：《美国后现代派小说论》，青岛出版社 2004 年版，第 25 页。

友，罗兰德透过窗户在观察他们"①。这种叙事打破了小说的真实性，使读者不再沉溺于小说世界中，而是不断意识到他们正在阅读的是虚构的作品。叙述者的出场打破了自己精心构造的关于现实的幻象，揭示了小说的虚构性。如同国内著名后现代主义研究学者陈世丹所言，这一类的元小说"揭示自己的虚构，戏仿自己，故意在读者面前暴露其艺术操作的痕迹，从而揭露叙事世界的虚构性"②。叙述者的出现也是一种作者对小说的干预，正如洛奇在访谈中所说的，"这种干预是一种暴露技巧：以损害自己的利益达到反讽效果的实践，是一个邀请读者共同参与的'合作游戏'"③。

第三节 "小说中的小说"理论：探究与反思

有学者提出两种具有代表意义的元小说类型：一类在小说中强调突出小说本身的虚构性，另一类在小说中大量评论文学创作的问题。前者以福尔斯的《法国中尉的女人》为代表，后者则以洛奇的《小世界》(Small World, 1984) 为代表。④《精修学校》兼有两种类型的特征。以下将论及的是《精修学校》第二种类型的特征，因为斯帕克在这部小说中以文学创作为一个重要的主题，充分展示了她的创作理念和美学思想，如同她本人在接受采访时提到的："我真的喜欢这种新近出现的文学，它倾向于以文学创作本身为主题。"⑤ 这种"新近出现的文学"凸显了元小说的主要创作特征，因为它是"关于小说的小说，小说自身包含了对其叙述及语言身份的评论"⑥，体现了

---

① Muriel Spark, *The Finishing School*, New York: Doubleday, 2004, p. 4.

② 陈世丹：《论冯内古特的元小说艺术创新》，《国外文学》2009 年第 3 期，第 98 页。

③ 转引自 Gerald Parsons, "Paradigm or Period Piece? David Lodge's 'How Far Can You Go?'" in Perspective, *Journal of Literature & Theology*, Vol. 6, No. 2, 1992, pp. 174–175。

④ 参见 Mark Currie, ed., *Metafiction*, London: Longman, 1995。

⑤ Sara Frankel, "An Interview with Muriel Spark", *Partisan Review*, Vol. 54, No. 3, 1987, p. 456.

⑥ Linda Hutcheon, *Narcissistic Narrative: The Metafictional Paradox*, London: Routledge, 1991, p. 180.

她在创作过程中的自我反省和自觉意识，在拓展小说疆域、表明作者态度的同时，给读者带来无穷的启迪和回味。

斯帕克在《精修学校》中"借助校长罗兰德和学员克里斯等人的话语以及课堂上的教学大量穿插有关小说创作的创新理论和观点"①，并经常提出对传统小说理论的质疑。在小说中谈论创作问题正是元小说策略的主要特征，正如有论者提到的，元小说"经常把作家、创作和其他任何与创作方式有关的问题当作主要论题"②。也许，斯帕克的想法呼应了帕特丽夏·沃的观点："批评家们开始讨论'小说的危机'和'小说的死亡'……似乎可以这样认为：元小说作家们充分意识到艺术创作的合理性问题，感觉有必要对小说创作进行理论的总结。"③为了应对和解决小说面临的危机，斯帕克在创作中始终不忘对小说理论进行探究和反思，借此为身处困境的小说家提供有益的借鉴。

《精修学校》一开篇，作者斯帕克就利用创意写作课来谈论创作。校长罗兰德指出创作的基本要素，"你们一开始就布置场景。或者在现实中，或者在想象中，你们必须看到场景。比如，从这里你可以看到湖泊的对面。但是在今天这种天气下你们不能看到对岸去。雾气太重，你们不能看到另外一边"④。作品以此先入为主，提示读者小说的主题之一是文学创作理论。接着斯帕克在小说中时常借助书中人物克里斯表达自己关于小说创作的观点。例如，罗兰德看到克里斯的部分作品后对他的创作天赋表示讶异，他问道："你怎么知道那些对话的呢？"⑤克里斯说："我总是读很多书。"⑥实际上，对

---

① 戴鸿斌：《斯帕克〈精修学校〉的元小说策略》，《国外文学》2017年第1期，第127页。

② Larry McCaffery, "The Art of Metafiction", in Mark Currie ed. , *Metafiction*, London：Longman, 1995, pp. 182 – 183.

③ Patricia Waugh, *Metafiction：The Theory and Practice of Self-conscious Fiction*, London：Methuen, 1984, p. 10.

④ Muriel Spark, *The Finishing School*, New York：Doubleday, 2004, p. 1.

⑤ Ibid. , p. 10.

⑥ Ibid. .

于克里斯谈到的这点，斯帕克本人也是身体力行的。她博览群书，在创作之前就着迷于诸多世界著名作家，如罗伯·格里耶、威廉·华兹华斯、玛丽·雪莱、梅斯菲尔德和勃朗特三姐妹等人的作品，因此她的创作视野开阔，小说题材丰富多变，创新技巧层出不穷，令人目不暇接。当克里斯在试图以新的理论来解释一段苏格兰历史，并构思自己准备创作的历史小说时，他觉得自己的故事将会是成功的。"除了它的原创性，这还将是一部激动人心的小说。它会很受欢迎的。"① 与此相类似，斯帕克认为成功的小说创作必须要有创新性和深刻性，因此在她长期的创作实践中，除了革新小说艺术和引进新素材，还同时兼顾小说的趣味性和打动人心的特征。毋庸置疑，她的许多小说都成了畅销书，这也形成了良性循环，激励斯帕克更加辛勤耕耘，不断推陈出新以回馈读者。在《精修学校》中，人物玛丽表达了对小说的重视："小说就是艺术作品……或者应该是一部艺术作品。艺术品是无价的。"② 这反映了斯帕克对小说这种艺术形式的钟爱，正由于此，她的创作生涯虽然始于创作诗歌和人物传记，但是后面从39岁创作第一部小说《安慰者》并获得成功以来，就倾其全力于小说领域，先后出版了22部小说，因此在当代英国小说领域占据重要的一席之地，也为英国文学在新的历史时期选择新的发展道路立下汗马功劳。

在小说的开端问题上，得益于多年的成功实践，斯帕克通过最后一部小说的人物克里斯道出了自己对小说叙事时间的感悟和体会。她通过克里斯对校长罗兰德的反驳，大胆质疑传统，主张作家不必总是遵循直线型的时间模式："你的作品真的需要始于事件开始时，终于事件结束时吗？难道作家不可以从故事发展的中间开始写起吗？"③ 这段话解释了斯帕克一直以来对传统小说叙事时间的反叛和革新。她突破传统作家沿用的线性叙事时间逻辑，标新立异地运用了各种时间

---

① Muriel Spark, *The Finishing School*, New York：Doubleday, 2004, p. 13.
② Ibid. , p. 98.
③ Ibid. , p. 62.

策略，如"闪前"、倒叙和插叙等手法。她的小说作品中，有的从故事的中间写起；有的在小说开端就提前透露故事的结局，然后再从头开始；有的在故事中间以回忆录的形式出现。斯帕克的《精修学校》就是始于故事发生的中间，"罗兰德脱掉用于阅读的眼镜，看着他的创意写作班级——学员父母的学费正是花在这里。班级由两个男生和三个女生组成，他们大约十七八岁，有的大一点，有的稍微小一点"①。接着通过时态的转换——从过去时到过去完成时——可以看出斯帕克在回忆这所学校的源起，"日出学院最初创建于布鲁塞尔，是一个兼收男女学员和不同国籍的学校。她的创始人是马勒·罗兰德，他的妻子妮拉·帕克是个助手"②。随后，故事又回来叙述罗兰德与克里斯等人，"让我们回过头来看看克里斯和他的两个朋友，罗兰德透过窗户在观察他们……"③ 在这中间斯帕克又插叙一段妮拉上课的片段。从一开始，《精修学校》就通过各种手段在不断变换时间顺序，显示出斯帕克驾驭叙事时间的高超能力，也同时提醒读者在阅读过程中要关注细节和勤于思考。故事快结束时，斯帕克再次使用这种"闪前"策略，当罗兰德给学生布置周四要上的下次课的思考任务后，叙述者补充说明，"事实上，周四时罗兰德并不能上课，因此有关那只小鸟为何虚弱的问题永远得不到解答"④。斯帕克变幻莫测的时间策略令人眼花缭乱，甚至有时带给读者无所适从的感觉，但这也挑战了读者的耐心和捕获细节的能力，最终他们会发现这种繁复之美底下潜藏着某种特殊的平衡结构和内在深意，而这一切都在斯帕克的掌控之下，成为她重要的小说特色之一。

　　斯帕克通过罗兰德与克里斯的讨论提出自己对于作者与其笔下的人物关系问题的思考。罗兰德对克里斯说，"到了一定的时候，作品人物不再受到作者的控制，而是过着独立的生活"⑤。克

---

① Muriel Spark, *The Finishing School*, New York: Doubleday, 2004, p. 1.
② Ibid. , p. 2.
③ Ibid. , p. 4.
④ Ibid. , p. 174.
⑤ Ibid. , p. 55.

里斯对此不理解，罗兰德问道："你的人物难道不是过着他们自己的生活？"① 克里斯肯定回答："他们过着我给予的生活。"② 接着，他说："我处于完全的掌控中。我从没有想到他们除了过着我在小说中为他们指定的生活外，还能过着另外一种生活。……迄今为止，除非有我的指令，我的作品中没有人能够跨界。"③ 在斯帕克的小说中，作为作者的她总是像上帝一样高高在上地俯瞰，牢牢地把握对一切的控制权。她对于人物可以呼之即来，挥之即去，在适当的地方用合适的办法让一些人物消失，比如在《请勿打扰》中，她就通过闪电除掉多余的人物，"这时候，闪电打到了榆树丛，使得两个簇拥在那里的两个朋友立刻丧命，毫不痛苦"④。正是由于斯帕克对于小说人物的充分把握，她才能塑造出一系列形象生动的人物，比如《安慰者》中的卡洛琳、《驾驶席》中的莉丝、《带着意图徘徊》中的芙乐，等等。

小说还谈到作家在创作初期会遭遇的困境。罗兰德对妻子说："克里斯将会感到幻灭的。"⑤ 妮拉回答说："我理解那是文学界中新手的命运。你应该读一些文学传记。"⑥ 众所周知，作家的成名道路并非总是一帆风顺的，尤其是新作家要取得最初的认可更是不容易。斯帕克最初以诗歌和传记的创作步入文坛时，虽然不算遭受太多的挫折，总体而言，她并没有获得较大的认可，因此她在 39 岁时转向小说创作，此后才逐渐成名。斯帕克对于新作家的命运感同身受，在最后一部小说中抒发感慨，并建议读者去了解作家的生平和成功历程，或许她以此来鼓励和鞭策后来者。她还教育文学新手，建议他们要注重细节的描写，"认真观察，思考看到的细节，用心思考。它们没必要在字面上是真实的，字面的真实是枯燥的，分析你的主

① Muriel Spark, *The Finishing School*, New York：Doubleday, 2004, p. 55.
② Ibid. .
③ Ibid. , p. 56.
④ Muriel Sparl, *Not to Disturb*, London：Macmillan, 1971, p. 143.
⑤ Muriel Spark, *The Finishing School*, New York：Doubleday, 2004, p. 76.
⑥ Ibid. .

体，深入到弗洛伊德式的现实、到内核中去，所有的东西都含有与表象不一样的意思"①。细节描写正是斯帕克一生创作的重要特色之一。创作之初的细节描写显示了她对现实主义传统的继承。后来，她在创作中还借用了后现代主义作家的技巧。在《驾驶席》《请勿打扰》等小说中，她与法国著名新小说派作家罗伯·格里耶和萨洛特一样，使用了新小说派小说艺术，而对细节的关注，有时甚至是不近情理的过度关注正是其主要特征，其主要目的是借此吸引读者的注意力，尽量避免他们去关注作者的态度和观点，从而体现了新小说派的"非个性化"叙述之立场。这种主张在《精修学校》中再次得到申明，不过这次斯帕克没有从文本的角度，而是从作者的角度出发，"然而，真正的作者应该看起来是冷漠、坚强、不易受打击的。……真正的艺术家几乎没意识到别人的关心和分心。男女作家都一样"②。言下之意，作者需要冷漠坚强，这正是"非个性化"叙述的主要前提——作者创作时不带感情色彩；作者还应该尽量不受外界的影响，专心致力于自己的创作本身，才能成就别具一格的风格。正是因为娴熟地运用新小说等创作技巧，斯帕克的小说才呈现出焕然一新的面貌。

第四节　跨体裁文本和互文性：杂糅和拼贴

除了"故事中的故事""小说虚构性的呈现"和"在小说中谈论创作理论"之外，《精修学校》的文本中还出现了多种不同体裁的文本的并置和交融，这正是元小说的另一主要特征，因为它会"跨越体裁界限，在小说内包括其他体裁特有的元素"③。小说中不仅出现了信件、电子邮件和传真的内容，还有拜伦、哈代的诗歌原文和校长罗兰德的讲座内容。这种在小说中糅合诗歌或讲座其实就是一种

---

① Muriel Spark, *The Finishing School*, New York: Doubleday, 2004, p. 77.

② Muriel Sparl, *Not to Disturb*, London: Macmillan, 1971, pp. 171 – 172.

③ Wenche Ommundsen, *Metafiction?*, Victoria: Melbourne University Press, 1993, p. 9.

互文性的表达。正如有论者所说的，"所有的作者首先都是读者，他们都受到影响……所有文本都与其他文本互相交叉。"① 小说开始后不久，克里斯在学期末写信给母亲："我越来越习惯坐在我房间内的这块桌子旁边。你能否答应让我假期待在这里，至少在这待上一段时间，这里有许多的娱乐方式。"② 他很快取得家里的同意，继续留在学校。后来，小说中相继出现妮拉、学生潘丝（Pansy）的母亲等人的信件，甚至还有罗兰德在奔丧时与克里斯的电子邮件来往。罗兰德试图说服克里斯重新考虑小说的创作："我看到一本关于苏格兰的玛丽女皇和达恩利谋杀事件的新书前几个月出版了，有些为你担心。作者是我们时代的一位学者。我建议你去读一下，重新考虑你小说的论题。"③ 克里斯回信时毫不气馁，"我会继续当成功的作家和一流的网球选手"④。无论是信件、电子邮件或者是传真，它们在小说中的出现虽然似乎略显突兀，却在一定程度上增加了故事的真实性，推动了情节的进展，成为小说的重要组成部分。在谈到克里斯的历史小说时，斯帕克还引用诗人拜伦的叙事诗《奇隆的囚犯》（*The Prisoner of Chillon*，1816）中的最后一节，进而把囚犯与克里斯的小说人物联系起来，体现了历史的复杂性和克里斯出众的联想和逻辑能力。此外，斯帕克在小说最后提到罗兰德在学期末为了表达对离别的感慨和不舍，引导学生学习哈代的整首诗歌《在黑暗中》（*In Tenebris*，1912），让他们体会离别的心境。学生果然深受感染，玛丽哭着说："所有的一切都令人伤感。在一个学期即将结束时……"⑤ 斯帕克的文学生涯始于诗歌的创作，虽然最终主要从事小说创作，并因此而声名卓著，但她在创作小说时一直强调其"诗意"特征。诗歌的引用为小说增加了意蕴，为作品平添了一缕亮色，体

---

① Michael Worton, and Judith Still, *Intertextuality*, Manchester: Manchester University Press, 1990, p. 30.

② Muriel Spark, *The Finishing School*, New York: Doubleday, 2004, p. 32.

③ Ibid., p. 130.

④ Ibid., p. 131.

⑤ Ibid., p. 174.

现了斯帕克提倡的小说与诗歌的共通和融合。罗兰德的讲座也出现在小说中，他以自己的切身体会强调身为艺术家伴侣的困境之思："艺术是勇敢的行为。但凡婚姻能够比无情的艺术持续的时间更长，那个不是艺术家的配偶需要做出牺牲。如果夫妻双方都从事同样的艺术，你应该知道他们中的一个必然会逊于对方。"[①] 这其实源自斯帕克本人的切身体会，作为艺术家的她曾经有过多个情人，却最终未能找到陪伴她终身的伴侣，因为她也知道，要找到真正为艺术家而献身的伴侣实属不易。

不同体裁和文体在小说中交相辉映，赋予《精修学校》别样的风采，彰显了它的元小说特征，使其成为典型的后现代派小说。诚如杨仁敬先生在《美国后现代派小说论》中所言，"小说写作成为一次大胆的冒险，边界不复存在，只要写作即可命名为'小说'。这样，小说势必侵占其他体裁的领域，表现为'种类混杂'，'在这多元的现时，所有文体辩证地出现在一种现在与非现在、同一与差异的交织之中'"[②]。不同体裁的文本糅合于小说中日益成为现代小说的一大特色，也是现代社会多元化在艺术上的一种反映。

书信、诗歌等文本在小说中的糅合也可以视为拼贴的一种形式。拼贴"原本指一种绘画技巧，即把各种偶得的材料，如报纸、布块、糊墙纸等贴在画板或画布上的粘贴技法"[③]。按照有的学者的观点，"拼贴作为创作方法，几乎是无所不在的，占据了一切艺术实践。"[④]因此，《精修学校》的书信、诗歌、讲座等体裁的文本被整合于小说中，成为一种典型的拼贴，而依照沃的观点，拼贴是元小说的重要表达策略之一。[⑤] 也许，斯帕克对于不同形式和体裁的文本的拼贴一方

---

① Muriel Spark, *The Finishing School*, New York: Doubleday, 2004, p. 171.

② 杨仁敬：《美国后现代派小说论》，青岛出版社 2004 年版，第 32—33 页。

③ 胡全生：《英美后现代主义小说叙事结构研究》，复旦大学出版社 2002 年版，第 137 页。

④ ［美］詹明信：《晚期资本主义的文化逻辑》，陈清侨等译，生活·读书·新知三联书店 1997 年版，第 150 页。

⑤ 参见 Patricia Waugh, *Metafiction: The Theory and Practice of Self-conscious Fiction*, London: Methuen, 1984。

面是为了给读者带来一种幻觉，让他们认为呈现在他们面前的正是现实本身，故事就是如此发展的；另一方面，斯帕克也可能试图打破这种幻觉，让读者意识到他们读到的小说就是作者玩弄文字游戏的把戏。这种情况恰如有论者所说的，"拼贴原本想用作填补艺术与现实间的空隙……它获得许多复杂而矛盾的含义，似乎是突出了艺术与真实的对比，而非消除这种对比"①。

当今世界风云变幻、形势错综复杂。斯帕克为了更好地描摹现状，不但在小说的内容上，而且在形式上都极力找寻与时代背景相匹配的模式来对抗"小说之死"的传言和成就自己的创作事业。可以说，跨体裁特色可以视为作为小说家的斯帕克关注社会、与时俱进的一个重要标志，也帮她赢得了小说艺术革新者和后现代主义小说家的美誉。

斯帕克对元小说叙事策略的运用体现了许多后现代主义创作模式，如，"事实与虚构的结合，小说与诗歌、戏剧和书信的结合，小说与非小说的结合……"② 她的元小说作品也回应了盛行一时的"小说死亡论"，影响了许多当代英国的重要作家。20 世纪上半叶，英国文坛的流派更迭交替，现实主义和现代主义文学潮流此起彼伏，争奇斗艳。③ 虽然"自二十世纪下半叶起，英国小说在艺术形式上呈现出兼容并蓄和多元发展的趋势"④，但是 20 世纪 50 至 90 年代，研究者们时常对英国小说的出路和发展产生怀疑：英国著名文学报纸《观察家报》（*Observer*）、《格兰塔》（*Granta*）和《卫报》（*Guardian*）等相继刊文或召开研讨会反复讨论"英国小说的存亡"问题。⑤ 学界对小说的发展困惑重重。在此背景下，斯帕克从 20 世纪 50 年代开始创作小说起，就刻意创新，独辟蹊径，大胆使用了当时鲜为人知的元小说

① Jacob Korg, *Language in Modern Fiction*, Sessex: The Harveater Press Limited, 1979, p. 63.

② 杨仁敬：《美国后现代派小说论》，青岛出版社 2004 年版，第 16—17 页。

③ 参见 David Lodge, *The Modes of Modern Writing*, London: Edward Arnold Ltd., 1977。

④ 李维屏：《英国小说艺术史》，上海外语教育出版社 2003 年版，第 12 页。

⑤ 参见 Malcolm Bradbury, *The Modern British Novel*, Beijing: Foreign Language and Research Press, 2005。

叙事策略，并不断完善和发展了这种策略，从中探究小说理论，最终在英国小说史上占有一席之地。正如有的学者所说的，她"娴熟的小说技艺在当代英国文坛上具有独特的地位"①。

早在 1957 年，斯帕克从发表第一部小说《安慰者》开始，就已经运用元小说叙述策略，而"元小说"这一文学术语是 1970 年由美国学者威廉·加斯（William Gass）在其《小说与生活中的人物》（*Fiction and the Figures of Life*）中首次提出，可见斯帕克对"元小说"的试验远早于学界对它的深入研究之前。后来，斯帕克在《佩肯瑞尔的民谣》（*The Ballad of Peckham Rye*，1960）、《驾驶席》、《请勿打扰》、《克鲁的女修道院院长》和《带着意图徘徊》等作品中也经常使用该技巧。兰德尔·史蒂文森曾经把斯帕克与伯吉斯、戈尔丁和默多克等人进行比较，认为虽然他们同样"都致力于技巧的试验，但斯帕克更加执着"②。斯帕克在压轴作品《精修学校》中使用的元小说策略正是她长期以来坚持不懈的结果。作为典型的后现代主义创作策略——元小说叙事策略再次成就了斯帕克的《精修学校》，铸造了这位文坛宿将最后的辉煌。如同有的评论家所言，"由英国著名小说家斯帕克完成的最后一部作品……是她至今为止最具有元小说特色的小说"③。

作为斯帕克的代表作之一，《精修学校》的元小说特征的与众不同之处在于，在整合元小说的多种典型特征的同时，它兼顾作品的趣味性和可读性，在短短 200 页的篇幅内把一个精彩纷呈、悬念迭起的故事娓娓道来，并在其中直接明确地传达了自己的创作理念。在此过程中，故事与理论浑然天成，毫无艰涩突兀之感，因此它堪称元小说类型的典范之作，臻于化境。凭借这部小说，斯帕克反驳了有的学者对于元小说的批判，即，"它放纵于无限的虚构自由当中，但这种虚

---

① 王守仁、何宁：《20 世纪英国文学史》，北京大学出版社 2006 年版，第 178 页。

② Randall Stevenson，*The British Novel since the Thirties*，Athens：University of Georgia Press，1986，p. 182.

③ Nora Foster Stovel，"Review of *The Finishing School* by Muriel Spark"，*The International Fiction Review*，Vol. 33，2006，p. 117.

构也是琐屑的，因为作家再也不被要求对外在世界的真理严肃负责"①。斯帕克凭借这部压轴之作为当代英国小说注入了新的活力，再次赢得了读者与学界的瞩目和尊重，雄辩地证明了自己是当之无愧的当代英国著名后现代派小说家。

① Gerald Graff, *Literature against Itself*: *Literary Ideas in Modern Society*, Chicago: The University of Chicago Press, 1979, p. 209.

第十四章　传统与现代：历史坐标系中的斯帕克

在半个多世纪的创作生涯中，斯帕克辛勤耕耘，成就卓著，荣获无数的文学大奖，赢得世界上许多国家文学界的高度认可和热情褒扬，因此她的影响广阔而深远，为同时代及后世的英国小说家带来意义非凡的灵感和启发。

纵观整部西方文学史，所有的经典作家都身处历史的坐标系中，他们上承欧洲文学传统，下启一代新风，富有开拓创新精神。前辈们取得的文学成就令人高山仰止，然而后辈们并不妄自菲薄、故步自封，而是励精图治，寻求新的艺术道路。20 世纪的英国女作家斯帕克也毫不例外。

第一节　苏格兰之花：当之无愧的优秀小说家

斯帕克从小就天赋异禀，文笔非凡。1930 年，年仅 12 岁的她赢得了生平的第一个诗歌奖项——沃尔特·司各特奖；1932 年，她获得爱丁堡的学校为纪念司各特逝世 100 周年而举办的诗歌竞赛一等奖并得到公开加冕的奖励；1934 年她赢得所在学校司各特和彭斯俱乐部举办的诗歌大赛第一名；1951 年，她的短篇小说《六翼天使与赞比西》（*The Seraph and the Zambesi*）从 7000 多篇作品中脱颖而出，赢得当年《观察家报》的圣诞短篇小说奖，崭露头角的她从此逐渐走向成名之路，逐渐获得文坛的认可。

1954 年，斯帕克开始从事中、长篇小说创作，很快便赢得广泛的赞誉，不断斩获各种国际大奖：1960 年凭借由《佩克汉姆莱民谣》改编的广播剧获得意大利文学奖；1965 年凭借《曼德鲍姆门》获得英国最古老的文学奖——詹姆斯·泰特·布莱克纪念奖（the James Tait Black Memorial Prize）；1992 年荣获英格索尔艾略特奖（Ingersol Foundation T. S. Eliot Prize）；1997 年由于为英国文学作出巨大贡献而荣获大卫·柯恩英国文学终身成就奖（David Cohen British Literary Prize for Lifetime Achievement）；同年，她的小说《现实与梦想》（*Reality and Dreams*, 1996）获得苏格兰艺术委员会授予的春天图书奖（Spring Book Prize）。此外，斯帕克一生中曾得到 3 次英国布克奖提名，且都入围最后的 6 个候选人决选名单。获得提名的作品分别是 1968 年的《公众形象》、1970 年的《驾驶席》[①] 和 1981 年的《带着意图徘徊》。

除了各种大奖外，斯帕克还名扬四海，荣膺各种国际性荣誉称号或头衔。她早在 1963 年就成为英国皇家文学协会的成员，在 1978 年被选为美国艺术和文学学会名誉会员（American Academy of Arts and Letters），1988 年当选为法国文学艺术学会会员，于 1993 年被英国王室授予"大英帝国女爵士勋章"（Dame Commander of the British Empire），1996 年获得法国"文学和艺术勋位"勋章（Commandeur de l' Ordre des Arts et des Lettres），1997 年获得爱丁堡皇家学会（Royal Society of Edinburgh）的荣誉研究员称号，1999 年获得牛津大学授予的荣誉文学博士称号（honorary D. Lit.）。2004 年，苏格兰艺术委员会创立了一个以"缪里尔·斯帕克"命名的文学基金会。

斯帕克虽然不及同时代的女作家多丽丝·莱辛（Doris Lessing, 1919—2013）与艾丽斯·默多克（Iris Murdoch, 1919—1999）幸运，

---

① 1970 年得到提名的英国布克奖被称为"失落的布克奖"（Lost Booker Prize）。1971 年，英国布克奖规则改变，从以前仅授予上一年度出版的作品改为仅授予评奖当年问世的作品，因此令人扼腕的是 1970 年面世的作品都不能参与 1971 年英国布克奖的评选。为了弥补这一缺憾，2010 年，英国布克奖评选委员会决定评出一项"失落的布克奖"，授予 1970 的最佳作品。斯帕克凭借 1970 年的《驾驶席》与 1973 年诺贝尔文学奖得主怀特和 1973 年英国布克奖得主法雷尔等人赫然名列最后的 6 人决选名单之中，而默多克、洛奇等则止步于最初入围的 22 人候选名单中。

未曾荣膺诺贝尔文学奖或英国布克奖，但她一生中赢得了无数好评和
赞誉。大卫·洛奇盛誉她"在同时代英国小说家中最具有天赋和创新
精神"①。英国评论家弗兰克·克默德称她为"她那一代作家中最有
魅力的"②。大卫·洛奇认为"斯帕克'真正拓展了当代小说的可能
性'，并且被恰如其分地评为'她那个时代最有天赋和创新精神的英
国小说家'"③。著名英国传记作家马丁·斯坦纳在为斯帕克撰写的传
记中指出她是"格雷厄姆·格林去世后就经常被称为'最伟大的在
世小说家'"，"在一定程度上可以说是文学发展史上的一座丰碑"。④
有人还如此评论斯帕克："她不仅为普通读者带来许多乐趣，而且是
位作家中的作家。她是英国二战后极少数真正具有革新精神的几位小
说家之一，拓宽了小说形式的可能性。"⑤ 20 世纪末，有论者评价她
是"近100 年来苏格兰最成功的小说家"⑥。在《爱丁堡的缪里尔·
斯帕克指南》（*The Edinburgh Companion to Muriel Spark*，2010）中，
她被称为"自司各特和史蒂文森以来最重要的苏格兰小说家"⑦。
2003 年由《观察家报》发布的三百年来百部最伟大的小说榜单中，
斯帕克的《琼·布罗迪小姐的青春》赫然列其中，其风格被该报
评价为"犹如精雕细琢的镂花玻璃"；该作还在 2005 年被《时代》
杂志评为 1923 年《时代》创刊至今的百部最佳英语小说之一。2008
年，《时代》（*Time*）把斯帕克排在"1945 年以来 50 位最伟大的英国
作家"的第八位，在她前面的作家包括诺贝尔文学奖得主莱辛、戈尔

---

① Robert Hosmer, "An Interview with Dame Muriel Spark", *Salmagundi*, Vol. 146/147, Spring, 2005, p. 127.

② Frank Kermode, "A Turn of Events", *London Review of Book*, Vol. 14, November, 1996, p. 23.

③ Bryan Cheyette, *Muriel Spark*, Horndon: Northcote House Publishers Ltd., 2000, p. 20.

④ Martin Stannard, *Muriel Spark: The Biography*, New York: W. W. Norton & Co., 2010, p. XV.

⑤ David Lodge, "Bright Spark of Modernism", *Guardian*, Vol. 23, March, 1997: A5.

⑥ Gerard Carruthers, "'Fully to Savour Her Position': Muriel Spark and Scottish Identity", *Modern Fiction Studies*, Vol. 54, No. 3, 2008, p. 488.

⑦ Michael Gardiner and Willy Maley ed., *The Edinburgh Companion to Muriel Spark*, Edinburgh: Edinburgh University Press Ltd., 2010, p. 1.

丁和奈保尔等人。

斯帕克以其卓越的文学成就而声名鹊起，奠定了她在英国乃至世界文坛的地位。她的文学生涯是漫长的，同时也是卓有成效的，她对于小说艺术的探索为她赢得了后现代主义小说家的称号。同时代及后进的许多小说艺术家，如伊恩·麦克尤恩（Ian McEwan，1948—　）、马丁·艾米斯（Martin Amis，1949—　）和大卫·洛奇等都受惠于她的文学创作。可以说，她在一定程度上开辟了英国当代文学的新道路，为英国文学在新时期的发展作出了巨大的贡献。

第二节　传统与现代的结合：给一代青年作家无限的启迪

对斯帕克小说创作中的文学渊源进行全方位的探究有利于把握她的美学思想和创作理念形成的轨迹，同时也能从中窥见她的洞见性和影响力。

斯帕克属于大器晚成的作家，近40岁才以首部长篇小说《安慰者》驰名文坛，此前她经历了漫长的学徒期。她从小就痴迷于文学名著和诗歌作品，从中汲取精华、受益良多。博览群书的她逐渐对创作产生浓厚的兴趣。纵览其创作生涯，陶染她的作家不计其数。相应的，在她奠定了在英国文坛的地位后，她的创作理念和实践也逐渐对其他同时代及后进的作家产生了巨大影响。

一　英国文学传统的滋养

英国、法国和美国的作家都曾对斯帕克的创作产生至关重要的影响，尤其是英国有着源远流长的文学传统，它们滋养熏陶了一代又一代作家，给予他们创作的灵感。从英国的浪漫主义诗人华兹华斯到桂冠诗人约翰·梅斯菲尔德，从英格兰现实主义小说家勃朗特三姐妹到苏格兰著名作家罗伯特·路易斯·史蒂文森，从英国著名诺贝尔文学奖作家戈尔丁到当代著名小说家"愤怒的青年"中的代表人物金斯利·艾米斯，斯帕克从他们的创作中受益匪浅。

与世纪之交的作家哈代一样，斯帕克的创作道路始于诗歌。出于对华兹华斯的崇拜，斯帕克在 1950 年就撰写了《华兹华斯颂》(*Tribute to Wordsworth*，1950)，并从中窥见了他富有特色的诗歌形式、意象和创作理念，且应用到《琼·布罗迪小姐的青春》《带着意图徘徊》和《精修学校》等作品中。桂冠诗人约翰·梅斯菲尔德的叙事天分和魅力也给她很深的影响，正如斯帕克所说的，"我被约翰·梅斯菲尔德的叙事艺术所深深吸引。我希望他的这一特征能够得到更多的思考。"① 斯帕克在《请勿打扰》和《佩克汉姆莱民谣》等小说中熟练运用梅斯菲尔德所擅长的对话口语体和"非个性化"叙述，这就是她从他那里学到的叙事手段。此外，斯帕克从纽曼大主教那里学会了清晰简洁和高雅精致的文风；从麦克斯·毕尔博姆（Max Beerbohm，1872—1956）那里学会了睿智聪慧的语言、幽默诙谐的风格；从亨利·詹姆斯（Menry James）那里学会了如何讲述精彩生动的故事。斯帕克本人也曾经公开承认影响自己创作的一些重要人物："我深入研读过这些人的作品：纽曼（Newman）、普鲁斯特和麦克斯·毕尔博姆……"② 斯帕克曾经对纽曼的作品非常着迷。在 1964 年，她写道："我大部分的时间都在阅读纽曼的书。"③ 正是在纽曼这个榜样的引领下，斯帕克最后皈依罗马天主教。她声称自己"阅读纽曼的布道并非因为它们是布道的缘故，而是因为它们的作者是纽曼"④。

斯帕克在诗歌领域并未取得显著的成就，因此转向了小说创作。19 世纪英国著名的现实主义作家勃朗特三姐妹对斯帕克在创作上取得的卓越成就功不可没。斯帕克早在 1953 年就出版了题为"艾米莉·勃朗特"（*Emily Brontë*，1953）的传记，称她为"最具诗意的小说家"⑤。源于对三姐妹的着迷和钦佩，斯帕克在 1954 年又编辑出版

---

① Muriel Spark, *John Masefield*, London: Peter Nevill, 1953, p. XIV.

② Muriel Spark, "My Conversion", *Twentieth Century*, Vol. 170, Autumn, 1961, p. 28.

③ Muriel Spark, "The Books I Re-Read and Why", in Penelope Jardine ed., *The Informed Air: Essays by Muriel Spark*, New York: New Directions, 2014, p. 248.

④ Ibid., p. 245.

⑤ Muriel Spark, *Emily Brontë*, London: Peter Owen Limited, 1953, p. 259.

了《勃朗特书信集》(*The Brontë Letters*, 1954)。在一次访谈中，斯帕克说：

> 我总是对勃朗特一家人感到特别兴趣。他们超越了所处的时
> 代。……他们自由地为那个时代的年轻女士们代言。她们的观点
> 前卫，作品也非常有魅力。《简·爱》(*Jane Eyre*) 是一本相当有
> 趣的书，书中充斥着不可能的事件和作者强行安插的巧合事件。
> 我认为艾米莉·勃朗特的作品也非常了不起。他们的信件也很有
> 趣，因为我认为它们在某种程度上带有传记的性质。①

斯帕克在代表作《琼·布罗迪小姐的青春》中也不断提到《简·
爱》的片段，显示出她对这部作品及其作者的青睐。例如，斯帕克讲
到主人公桑迪对《简·爱》颇为喜爱，想象着自己成为该故事的人
物。"桑迪在想着《简·爱》中的下一段。布罗迪总是用朗读《简·
爱》来令这个小时生动活泼些。桑迪和阿伦布雷克的关系已经结束，
她和罗彻斯特先生交上了朋友。现在她与他坐在花园里。"② 接着，
当冈特小姐出现时，桑迪仍然沉浸在小说的故事中，不由自主地把小
说与现实作了比较："桑迪发现，她的脸就像《简·爱》中的那个女
管家，当很晚时她从与罗彻斯特坐在一起的花园里出来，走进屋内
时，女管家就仔细又狡黠地看着她。"③ 显然，斯帕克以小说人物桑
迪为代言人，表达了自己对《简·爱》的喜爱，暗示这是一部引人
入胜的作品，很容易让读者情不自禁地沉迷于虚构的小说世界中。斯
帕克本人正是受到勃朗特姐妹的启发，以他们的精神为榜样，不断探
索如何创作精彩别致的小说。大卫·洛奇曾经比较过《简·爱》与
《琼·布罗迪小姐的青春》，并指出他们的共性，比如作者夏洛蒂、
小说人物简·爱及斯帕克小说中人物布罗迪都是具有反抗精神的年轻

---

① Martin Mcquillan, "An Interview with Muriel Spark", in Martin Mcquillan ed. , *Theorizing Muriel Spark*, New York: Palgrave Publisher Ltd. , 2002, p. 212.

② Muriel Spark, *The Prime of Miss Jean Brodie*, London: Macmillan, 1963, pp. 85 – 86.

③ Ibid. , p. 86.

女教师，都是热情的女权主义者，为了实现自我价值而努力奋斗。两部小说中的其他人物也有一定的相似：罗伊德先生与罗彻斯特都是残疾人，仅有一只手臂，罗伊特先生与里弗斯都是虔诚的教徒……①因此，洛奇的结论颇有道理："《琼·布罗迪小姐的青春》与《简·爱》很相似，是对这部作品的滑稽模仿。"②综上所述，可以说，《琼·布罗迪小姐的青春》的成功在部分程度上应归因于斯帕克对勃朗特的欣赏和对小说《简·爱》的借用。

除了《简·爱》，斯帕克还承认对夏洛蒂·勃朗特的另一部小说《维莱特》（*Villette*，1853）的喜爱："我非常喜欢《维莱特》。我认为这是一部很好的小说，相较于《简·爱》，我更喜欢它。"③斯帕克对勃朗特姐妹的作品非常熟悉，她不但编辑了她们的信件和传记，而且从中得到灵感和启迪。她们的独立思想、率直言语和反叛精神给斯帕克留下了深刻的印象。斯帕克总是大胆开拓，勇于创新，以独立的姿态和特别的文风而闻名于英国文坛，这与她在创作小说之前就接受勃朗特姐妹的思想影响不无关系。此外，夏洛蒂·勃朗特小说中经常出现的巧合事件也许带给斯帕克些许灵感，启发她在小说中适当的地方安插一些巧合事件，以此来推动故事的发展，增加其趣味性。

作为出生于苏格兰的本土作家，斯帕克对于本民族文学传统有着深厚的情感积淀。苏格兰著名作家罗伯特·路易斯·史蒂文森在创作上对于斯帕克的熏陶和启发由来已久。斯帕克在一篇回忆文章中声称自己儿时的玩伴就住在史蒂文森出生地的隔壁。她跟玩伴最喜欢到史蒂文森的故居去玩耍，逐渐对这个作家产生无限的崇拜。"弗兰西斯与我都非常仰慕史蒂文森。当我们逐渐长大，对于他的所

---

① David Lodge, "The Uses and Abuses of Omniscience: Method and Meaning in Muriel Spark's *The Prime of Miss Jean Brodie*", in David Lodge ed., *The Novelist at the Crossroads and Other Essays on Fiction and Criticism*, London: Routledge, 1971, p. 132.

② Ibid..

③ Martin Mcquillan, "An Interview with Muriel Spark", in Martin Mcquillan ed., *Theorizing Muriel Spark*, New York: Palgrave Publisher Ltd., 2002, pp. 212–213.

有作品都很熟悉。"① 在斯帕克看来，"史蒂文森在小说技艺上取得非凡的成就。……只要认识史蒂文森，没有艺术家或者作家不会受到有益的影响"②。除了叙事风格和创作样式对斯帕克产生潜移默化的影响外，史蒂文森在小说的主题和题材上的选择也给予斯帕克一些灵感。比如，他的著作《绑架》（*Kidnapped*，1886）不断出现在《琼·布罗迪小姐的青春》内，成为主人公桑迪编造"幻想"故事的重要参照文本。斯帕克的小说中，桑迪痴迷于史蒂文森的小说，并想象自己与《绑架》中人物艾兰·布雷克的交往。"桑迪最近一直在阅读《绑架》，正在跟主人公艾兰·布雷克进行'对话'。她很高兴能够与玛丽·麦克格雷格在一起，因为没必要跟她说话。"③ 桑迪在走路时也会想到布雷克，"就像艾兰·布雷克对她唱歌一样。在她为了传送后来挽救艾兰一命的信息而跑过石楠树丛之前，布雷克唱着：这是艾兰剑之歌；铁匠锻造，火里锤炼；现在它在艾兰·布雷克手中闪闪发光"④。史蒂文森的名字及作品在《琼·布罗迪小姐的青春》中不断被指涉，在一定意义上显示出斯帕克对他的青睐。此外，在史蒂文森的《化身博士》（*The Strange Case of Dr. Jekyll and Mr. Hyde*，1886）中，主人公哲基尔（Henry Jekyll）身上体现出人性的善恶冲突的双重人格主题对斯帕克的许多作品产生巨大的影响：《佩克汉姆莱民谣》《座谈会》（*Symposium*，1990）和《死亡警告》都表现了同样的主题。这种主题也成为苏格兰文学的重要特色之一。

除了以上这些 19 世纪的作家，英国 20 世纪著名诺贝尔奖作家戈尔丁也对斯帕克产生过影响，最突出的表现在于小说《蝇王》对于《罗宾逊》的影响。1954 年，戈尔丁的《蝇王》面世，很快成为 20 世纪 50 年代后期 60 年代初期中学、大学校园里的畅销书，享有"英国当代文学的典范"的地位。可以断定，1954 年的斯帕克刚开始探

① Muriel Spark, "Robert Louis Stevenson", in Penelope Jardine ed. , *The Informed Air*: *Essays by Muriel Spark*, New York: New Directions, 2014, p. 167.

② Ibid. .

③ Muriel Spark, *The Prime of Miss Jean Brodie*, London: Macmillan, 1963, p. 43.

④ Ibid. , p. 45.

索小说的创作，渴求成功的她应该会关注周围的文学事件，所以不可能忽视这部广受欢迎的小说和人气正旺的作家戈尔丁。斯帕克在1958 年出版的荒岛小说《罗宾逊》与《蝇王》的相似之处颇多。与《蝇王》一样，《罗宾逊》的故事也发生在一个人迹罕至的荒岛，主角是因为飞机失事而被困于荒岛的外来者，他们最终没有因为面对共同的灾难而团结合作，而是钩心斗角、互相敌视，充满怨恨、恐惧和暴力，显示了人性中邪恶的一面。从故事的开篇到故事情节和象征意义，斯帕克可能都借鉴了戈尔丁的代表作《蝇王》。除此之外，她还借鉴了英国小说之父笛福的代表作《鲁滨逊漂流记》（*Robinson Crusoe*，1719）。在小说的题目上，"罗宾逊"（Robinson）很容易让人联想到笛福在《鲁滨逊漂流记》中的主人公鲁滨逊，暗示了斯帕克这部小说在一定意义上是与《鲁滨逊漂流记》有密切关系的。实际上，它们的确有着许多共性，首先它们都继承了欧洲荒岛文学的传统。其次，小说《罗宾逊》里面随处穿插主人公的日记原文，这种不同文体的糅合与《鲁滨逊漂流记》里出现鲁滨逊的大量日记和笔记一样，都是为了增加小说的可信性和生动性。由此可见，斯帕克敢于并善于学习与模仿，正是有了这种精神的引导和鼓舞，她才能一路前行、不断创新，逐渐确立她在英国当代文坛的稳固地位，获得国际性的认可。

此外，作为"愤怒的青年"的代表作家，英国当代著名小说家金斯利·艾米斯（Amis Kingsley，1922—1995）也曾经对斯帕克产生过一定的陶染。20 世纪 50 年代，英国的经济危机和第二次世界大战造成国内政局不稳，现代主义文学的发展缺乏繁荣稳定的社会经济环境，因此势头减弱，影响渐小。这种环境不可避免地影响到了属于那个时代的金斯利·艾米斯与斯帕克。艾米斯把个人经历作为主要素材，以现实主义的创作风格表达了他与社会格格不入的心态和对社会的反抗。他的代表作《幸运的吉姆》（*Lucky Jim*，1954）出版于1954年，描写了属于下层社会的吉姆通过努力终于跻身上层社会的经历，反映出作者艾米斯的一些个人生活和他对社会的反叛、不满和嘲讽。斯帕克于1960 年出版了《佩克汉姆莱民谣》，其主人公道格尔·道格拉斯与吉姆一样，都出自下层社会，并极力改良社会和实现自我。两部小说都带有讽刺特征，揭露了社会的不公与等级壁垒的森严。诚如有学者所言，《佩克汉姆莱民谣》可以让人联想到愤怒青年的语调和文风，主人公道格拉斯成为"以愤怒青年流派的方式对才智的一种独特的邪恶展示"，"让人想起了存在于金斯利·艾米斯的《幸运的吉姆》学术圈里的一些同样的特征"。① 艾米斯的创作在一定程度上对同时代的斯帕克产生积极的意义，但是斯帕克的创作并没有停留在对他的简单仿效上，而是部分借鉴了其内容、风格和技巧，并在此基础上进一步变革与创新。因此，斯帕克的部分创作虽然带有20世纪50年代"愤怒的青年"的现实主义创作痕迹，但其作品总体上更接近于后现代主义风格。

二 欧美文学传统的影响

必须指出的是，除了主要得益于英国的诗人、小说家以外，斯帕克的写作风格和叙事特点还受惠于诺贝尔文学奖得主及法国意识流小说大师普鲁斯特、法国新小说派作家罗伯·格里耶及美国作家、诺贝尔文学奖得主海明威。斯帕克在创作中借鉴了这三位名家的小说理念和艺术手法。

可以说，如果没有法国的伟大作家普鲁斯特与罗伯·格里耶树立的艺术榜样，斯帕克就不可能取得如此的成就。斯帕克的阅读涉猎广泛，对一些作品情有独钟，也就会反复细读和品味。普鲁斯特的《追忆似水年华》就是她最喜欢的作品之一。她坦言："但是在家里，我不断地在阅读两部作品。它们都不属于英国文学。当我想要放松一下，进入思考的状态时，我一定会从书架里拿下一卷普鲁斯特的《追忆似水年华》。这种风格正是普鲁斯特爱好者的鸦片。"② 不难推论，由于斯帕克反复品读和体味普鲁斯特的作品，她将其中出色的创作技

① Frank Baldanza, "Muriel Spark and the Occult", *Wisconsin Studies in Contemporary Literatur*, Vol. 6, No. 2, Summer, 1965, p. 199.

② Muriel Spark, "The Books I Re-Read and Why", in Penelope Jardine ed. , *The Informed Air: Essays by Muriel Spark*, New York: New Directions, 2014, p. 101.

巧和内容主题潜移默化于自己的作品中，所以斯帕克的许多小说中有着类似普鲁斯特作品中的时间策略和情节设计。法国作家罗伯·格里耶的新小说技巧对斯帕克有着长期与深远的影响。斯帕克本人曾经在访谈中说："是的，我的观察力更接近福楼拜、普鲁斯特或者罗伯·格里耶——他对我的影响很深。……法国作家对我影响很大。"[①] 格里耶主张的"用中性语言来记录感情或事件，反对解释事件和剖析人物"[②] 为斯帕克所用，在作品中转化为作者的"非个性化"叙述——在故事中坚持一种客观中立的态度。斯帕克在叙写各种惊悚神秘、离奇古怪的场面时基本上都不带感情色彩，也不做价值判断，作者好像上帝一样，高高在上地俯瞰芸芸众生。《驾驶席》《请勿打扰》和《死亡警告》等小说都显示了斯帕克高超娴熟的新小说技巧，表现出她善于学习和借鉴的能力。

作为闻名遐迩的美国小说家，海明威对处于相近时代的斯帕克具有相当程度的影响。海明威很早就奠定了自己在国际文坛上的地位。"《太阳照常升起》（*The Sun Also Rises*，1926）问世后一年多，海明威就具有国际声誉了。"[③] 斯帕克的小说创作始于 20 世纪 50 年代初，她不可能对 1926 年就成名而且于 1954 年荣获诺贝尔文学奖的海明威充耳不闻，因此她很可能从海明威的创作中得到启发。他们都是先锋派的作家，不满足于仅仅继承前人的成就，而是锐意创新、努力探索和追求独特的个性化风格。事实上，两人的写作风格极为相似，这一点学界已经有过共识。"斯帕克的小说以趣味性和真实性见长，结构严谨，语言简洁洗练，很少华丽的修饰，很像海明威的创作风格。"[④] 布拉德伯里也认为斯帕克像海明威，文风简洁

---

① Robert Hosmer, "An Interview with Dame Muriel Spark", *Salmagundi*, Vol. 146/147, Spring, 2005, p. 137.

② Chris Baldick, *Oxford Concise Dictionary of Literary Terms*, Oxford：Oxford University Press, 2000, p. 151.

③ Carlos Baker, ed., *Hemingway and His Critics*, New York：Hill and Wang Inc., 1961, p. 1.

④ 袁凤珠：《英国文坛女杰缪丽尔·斯帕克》，《当代外国文学》1995 年第 2 期，第 169 页。

洗练。① 众所皆知，海明威因为"电报"式的极简语言和"冰山风格"而闻名于世。斯帕克的语言也具有极简化的风格——短小精悍的句子和内涵丰富的文本成就了斯帕克的 22 部篇幅短小的小说。她与海明威一样有着惜墨如金的习惯，喜欢用极其简单的用词和句型结构来表达丰富的思想，因此可以说她的作品也具有"冰山风格"的写作特征，表面看似简单，却意蕴隽永。读者如果没有深入思考和挖掘，往往很难洞悟其中的含义。

除了语言风格等方面所接受的影响外，斯帕克的小说艺术也明显地烙有海明威的印痕。比如，海明威"往往选择从故事中间破题，而不是遵照开端、高潮和结尾的传统模式，按时间顺序平铺直叙"②。此举的作用如同杨仁敬所说的："海明威没有交代故事的背景或人物行动的语境，而是从故事中间破题，将读者引入文本很快抓住读者的心。……小说的艺术魅力便自然显露出来。"③ 这种手法在斯帕克小说中并不少见。斯帕克小说中最常使用的时间技巧之一就是"闪前"或者叫"预叙"。她经常在开篇不久就运用该手段，从而提前透露故事的结局。这实际上就是海明威笔下的"从故事中间破题"。最明显的例子体现在《琼·布罗迪小姐的青春》和《驾驶席》等作品中。在这些作品中，她的"闪前"技巧成为叙事手段的最重要特征，有力地推动了故事的发展，显示出斯帕克小说的无限魅力。有意思的是，斯帕克许多小说的结尾与海明威的创作也很相似。海明威"从西方现代派得到启迪，形成了自己的特色。他往往采用模糊的手法或开放的结局，让读者自己去揣摩"④。斯帕克的小说也经常使用模糊的开放结局。到了小说结束时，读者们依然不知道文本中一直存在的问题的答案，作者也不给任何解释。比如，在《安慰者》中，到了结尾，读者与文中人物劳伦斯一样

---

① 参见 Malcolm Bradbury, *The Modern British Novel*, Beijing: Foreign Language and Research Press, 2005。

② 杨仁敬：《海明威学术史研究》，译林出版社 2014 年版，第 271 页。

③ 同上。

④ 同上。

感到惊奇："他没有料想到他后面的疑问……这封信是如何进入这本书的。"① 在《死亡警告》中，直到小说最后，斯帕克也没有告知电话里的死亡警告来自何方。在《琼·布罗迪小姐的青春》的结尾，斯帕克没有向读者透露桑迪为什么一方面背叛布罗迪小姐，另一方面却认为她对自己的影响是最大的。这种模糊的开放结局留给读者更多的想象空间，真正实现了法国著名文论家罗兰·巴特所说的把可读文本转化为可写文本。虽然他们所处年代相近，但是海明威的大部分成名作都是在斯帕克处女作面世的 1957 年之前完成的，而且他们在创作的各个层面上具有许多显而易见的相似特征，因此可以推测，斯帕克的文学创作曾经接受过海明威的影响。

三　斯帕克的榜样与示范作用

斯帕克创作风格和美学理念的形成深深根植于欧美文学传统，作为锐意进取和富有创新精神的作家，她的作品数量众多，创作的时间跨越半个多世纪，因此，可以认为，她对于当代英国文学的发展与走向至少起到潜移默化的引领与示范作用。

有趣的是，如前所述，斯帕克的创作得益于英国著名作家金斯利·艾米斯，而她的创作后来陶染了他的儿子马丁·艾米斯（1949—　）。马丁·艾米斯与斯帕克一样，都深受法国著名作家格里耶的影响。艾米斯在访谈中直言不讳这种影响。瞿世镜先生也曾经指出，艾米斯的小说中，"支离破碎的时间结构、侦探小说的布局、不同的视角和清澈透明的视像，都使人想起法国作家阿兰·罗伯·格里耶的'新小说'"②。在马丁·艾米斯完稿于 1989 年的《伦敦场地》（*London Field*，1989）中，女主人公尼克拉·西克史精心策划，最后诱骗一个凶手把自己杀害。这种情节与斯帕克于 1970 年出版的《驾驶席》如出一辙。《驾驶席》的女主角莉丝也是想方设法找到一个凶手把自己杀掉。两部小说的作者都是英国著名作家，所处的时代非常

---

① Muriel Spark, *The Comforters*, London：Macmillan，1985，p. 233.
② 瞿世镜、任一鸣：《当代英国小说史》，上海译文出版社 2008 年版，第 342 页。

接近，因此彼此应该都非常熟悉。此外，小说的构思和情节在很大程度上的重合也可以证明斯帕克的作品对于马丁·艾米斯的情节架构具有一定的启发作用。在一次访谈中，当有人问起斯帕克是否是因为她的存在，马丁·艾米斯等人的作品才有可能，斯帕克直言自己对他们产生一些影响，"是的，他们跟随我的文风。如果没有我，他们也许可以成功，但是不管如何，他们跟随我的榜样。我们都与过去迥然不同"①。事实上，马丁·艾米斯与斯帕克具有相当接近的创作风格，都采用了现实主义和后现代主义相结合的手法，开拓了英国小说进一步发展的新局面，调和了后现代主义的试验形式与现实主义的叙述之间的矛盾。

英国著名评论家和作家大卫·洛奇（David Lodge, 1935— ）一直以来都十分关注和推崇斯帕克的小说创作。在《小说的艺术》（*The Art of Fiction*）中，大卫·洛奇专门用一节的篇幅来介绍斯帕克《琼·布罗迪小姐的青春》中的"闪前"时间技巧。在他看来，这种技巧具有非常典型的特征，在《琼·布罗迪小姐的青春》中得到淋漓尽致的体现。他还曾经高度评价斯帕克为"在同时代英国小说家中最具有天赋和创新精神的"②。洛奇与斯帕克的作品之间存在一定的互文关系。2008 年出版的《失聪宣判》（*Deaf Sentence*, 2008）就是一个最明显的例证。这部小说与斯帕克的《死亡警告》一样都以老年人为主要研究对象，把老年化和死亡当作小说主题，详尽描写了老年人步入晚年时面临身体和思维能力衰退带来的苦痛及不同人群对于日益逼近的死亡的态度——有泰然处之的，也有深切恐惧的。两部小说处处充斥着死亡的影子，描写了许多人的衰老和死亡过程。斯帕克小说中的一些老人总是接到匿名电话，告诉他们："记住，你总是要死的。"③ 有学者指出，"《失聪宣判》里亚历克斯研究'自杀遗书'，也起着近乎斯帕

---

① Martin Mcquillan, "An Interview with Muriel Spark", in Martin Mcquillan ed., *Theorizing Muriel Spark*, New York: Palgrave Publisher Ltd., 2002, pp. 216 – 217.

② Robert Hosmer, "An Interview with Dame Muriel Spark", *Salmagundi*, Vol. 146/147, Spring, 2005, p. 127.

③ Muriel Spark, *Memento Mori*, New York: Avon, 1959, p. 35.

克小说中神秘电话的作用：不断地提示死亡"①。这个论断有理有据，暗示了斯帕克的小说在洛奇《失聪审判》中的榜样作用，至少表明了洛奇从斯帕克那里受到些许启发。

不可否认，斯帕克对于多次获得英国布克奖的英国当代小说家麦克尤恩也有着一定的启示作用。斯帕克在一次访谈中同意马丁·麦克奎兰的观点，认为麦克尤恩曾经跟随她的榜样，是他们的共同努力革新了当代的英国文学。②的确，如她所言，归因于她的影响，他们的作品在许多层面上有着共性。首先，他们在多部作品中使用了元小说叙事策略和魔幻现实主义手法，而且难能可贵的是，虽然他们的风格带有后现代主义的色彩，但是都并不像许多的后现代主义小说作品一样晦涩艰深，令人望而却步，而是具有相当的趣味性和可读性，所以他们的小说更贴近生活，受到普通读者的欢迎与热捧，往往成为畅销书。其次，他们的不少作品都经常涵括死亡和暴力等恐怖主题，典型例子有麦克尤恩的《水泥花园》（*The Cement Garden*，1978）、《阿姆斯特丹》（*Amsterdam*，1998）和短篇小说集《床笫之间》（*In between the Sheets*，1978），斯帕克的《死亡警告》和《请勿打扰》等。他们常常以一种漠然的态度叙述事件，如此笔调更令人感到事件本身的恐怖。"麦克尤恩擅长以冷峻、细腻的文笔描绘现代人的爱欲、恐惧和不安。"③也有人评价斯帕克的小说具有"冷峻的元小说极简风格"④。早就功成名就的麦克尤恩在 2012 年出版的新作《甜牙》（*Sweet Tooth*，2012）中直接提到了斯帕克的两部代表作《驾驶席》和《琼·布罗迪小姐的青春》。

斯帕克在创作的各个时期都密切关注新近的文学思潮、文学事件

① 王先需：《从社会批判精神的张扬到人生意义的追问》，《外国文学研究》2013 年第 2 期，第 74 页。

② 参见 Martin Mcquillan，"An Interview with Muriel Spark"，in Martin Mcquillan ed.，*Theorizing Muriel Spark*，New York：Palgrave Publisher Ltd.，2002。

③ 姜晓渤：《象征秩序下的困顿主体——评麦克尤恩的〈水泥花园〉》，《外国文学》2013 年第 5 期，第 82 页。

④ Elizabeth Dipple，*The Unresolvable Plot：Reading Contemporary Fiction*，London：Routledge，1988，p. 140.

和文坛名家，因此她总能博采众长，不断改进和创新，及时关注并跟进时代的发展和呼应读者的审美需求。诚如布莱恩·夏叶特所言，"当然，在整个创作生涯中，斯帕克从前卫的文学流派和运动中获益良多。比如：20世纪五六十年代法国阿兰·罗伯·格里耶的'新小说'派、英国的B. S. 约翰逊（B. S. Johnson, 1933—1973）和克里斯蒂娜·布鲁克·罗丝（Christine Brooke-Rose, 1923—2012）的实验主义运动；70年代的女权主义运动；八九十年代的后现代主义和魔幻现实主义小说流派"①。除了与时俱进，学习和借鉴其他大家，她还努力超越时代和开辟新天地。正是得力于她的刻苦钻研和进取精神，斯帕克才能终获成功，声名远扬，对同辈或后来作家产生深远的影响。就此而言，她的功绩是不可磨灭的，她在当代英国文学史，以至于整个英国文学史上的地位也是不可撼动的。

①　Bryan Cheyette, *Muriel Spark*, Horndon: Northcote House Publishers Ltd. , 2000, p. 9.

参考文献

一　英文文献

Abrams, M. H., *A Glossary of Literary Terms*, Beijing: Foreign Language Teaching and Research Press, 2004.

Agustdottir, Inga, "A Truthful Scot, Interview with Robin Jenkins", *In Scotland*, Autumn, 1999.

Ashworth, Ann, "The Betrayal of the Mentor in *The Prime of Miss Jean Brodie*", *Journal of Evolutionary Psychology*, Vol. 16, No. 1, March, 1995.

Baker, Carlos ed., *Hemingway and His Critics*. New York: Hill and Wang Inc., 1961.

Baker, William, "Fruitful Collaboration: Ethical Literary Criticism in Chinese Academe", *TLS*, Vol. 31, July, 2015.

Baldanza, Frank, "Muriel Spark and the Occult", *Wisconsin Studies in Contemporary Literature*, Vol. 6, No. 2, Summer, 1965.

Baldick, Chris, *Oxford Concise Dictionary of Literary Terms*, Oxford: Oxford University Press, 2000.

Barthes, Roland, *Image—Music—Text*, Trans. Stephen Heath, London: Fontana, 1977.

Berthoff, Warner, "Fortunes of the Novel: Muriel Spark and Iris Murdoch", *Massachusetts Review*, Vol. 8, 1967.

Bhatt, Preeti, *Experiments in Narrative Technique in the Novels of Muriel Spark*, *The Most Internationally Recognized Scottish Writer in the Post-War*

Era, New York: The Edwin Mellen Press, 2011.

Bold, Alan, *Muriel Spark*, London: Methuen Co. Ltd. , 1986.

Bold, Alan, *Muriel Spark: An Odd Capacity for Vision*, London: Vision Press Ltd. , 1984.

Booth, Wayne C. , *The Rhetoric of Fiction*, Chicago: The University of Chicago Press, 1961.

Bower, Anne L. , "The Narrative Structure of Muriel Spark's *The Prime of Miss Jean Brodie*", *The Midwest Quarterly*, Vol. 31, No. 4, Summer, 1990.

Bradbury, Malcolm, *The Modern British Novel*, Beijing: Foreign Language and Research Press, 2005.

Bradbury, Malcolm, "Muriel Spark's Fingernails", *Critical Quarterly*, Vol. 14, 1972.

Bressler, Charles, *Literary Criticism*, Beijing: Higher Education Press, 2004.

Brooker, James, "Interview with Dame Muriel Spark", *Women's Studies*, Vol. 33, 2004.

Brookner, Anita, "Memory, Speak but Do Not Condemn", *Spectator*, Vol. 20, March, 1981.

Brown, Peter Robert, "There's Something about Mary: Narrative and Ethics in *The Prime of Miss Jean Brodie*", *Journal of Narrative Theory*, Vol. 36, No. 2, Summer, 2006.

Brumfit, Christophe, and Ronald Carter, *Literature and Language Teaching*, Oxford: Oxford University Press, 1997.

Button, Marilyn, "On Her Way Rejoicing: The Artist and Her Craft in the Works of Muriel Spark", *The Nassau Review*, Vol. 36, No. 2, Summer, 2006.

Byatt, A. S. , "Empty Shell", *NS*, Vol. 14, June, 1968.

Carruthers, Gerard, " 'Fully to Savour Her Position': Muriel Spark and Scottish Identity", *Modern Fiction Studies*, Vol. 54, No. 3, 2008.

Carruthers, Gerard, "Muriel Spark as a Catholic Novelist", *The Edinburgh Companion to Muriel Spark*, Ed. Michael Gardiner and Willy Maley, Edinburgh: Edinburgh University Press Ltd., 2010.

Cheyette, Bryan, *Muriel Spark*, Horndon: Northcote House Publishers Ltd., 2000.

Child, Francis James, "Ballad Poetry", *The English and Scottish Popular Ballads*, Vol. I, Ed. Francis James Child, Northfield: Loomis House Press, 2000.

Cixous, Helene, "Grimacing Catholicism: Muriel Spark's Macabre Farce (1) and Muriel Spark's Latest Novel: The Public Image (2)", Trans. Christine Irizzary in Martin McQuillan ed. , *Theorizing Muriel Spark*, New York: Palgrave, 2002.

Cuddon, J. A. ed. , *A Dictionary of Literary Terms*, New York: Penguin, 1979.

Currie, Mark, ed. , *Metafiction*, London: Longman, 1995.

Dai, Hongbin, *The Postmodernist Art in Muriel Spark's Fiction*, Xiamen: Xiamen University Press, 2011.

Day, Aidan, "Parodying Postmodernism: Muriel Spark (*The Driver's Seat*) and Robbe-Grillet (*Jealousy*)", *English*, Vol. 56, No. 216, Autumn, 2007.

Dipple, Elizabeth, *The Unresolvable Plot: Reading Contemporary Fiction*, London: Routledge, 1988.

Dobie, Ann B. , "Muriel Spark's Definition of Reality", *Critique: Studies in Modern Fiction*, Vol. 2, No. 1, 1970.

Duncker, Patricia, "The Suggestive Spectacle", in Martin McQuillan ed. , *Theorizing Muriel Spark*, New York: Palgrave, 2002.

Eakin, Paul John, "Introduction: Mapping the Ethics of Life Writing", in Paul John Eakin ed. , *The Ethics of Life Writing*, New York: Cornell University Press, 2004.

Eakin, Paul John, *Fictions in Autobiography*, Princeton: Princeton University Press, 1985.

Eakin, Paul John, *Touching the World*, Princeton: Princeton University Press, 1992.

Fielding, Henry, *Tom Jones*, Harmondsworth: Penguin Books Ltd. , 1966.

Fisher, Allison, "A Bibliography of Recent criticism on Muriel Spark", *Modern Fiction Studies*, Vol. 54, No. 3, 2008.

Flood, Alison, "Lost Booker prize shortlist overlooks Iris Murdoch but plumps for Muriel Spark", Vol. 25, March 2010. Guardian. co. uk. , Vol. 8, June, 2010.

Fokkema, Douwe, "The Semiotics of Literary Postmodernism", in Hans Bertens and Douwe Fokkema, eds. , *International Postmodernism*, Amsterdam: John Benjamins Publishing Company, 1997.

Foucault, Michel, *Power/Knowledge*, Trans. Colin Gordon et al. , New York: Pantheon Books, 1980.

Fowler, Roger ed. , *A Dictionary of Modern Critical Terms*, London: Routledge & Kegan Paul, 1973.

Frank, Joseph, "Spatial Form in Modern Literature", in Michael J. Hoffman & Patrick D. Murphy ed. , *Essentials of the Theory of Fiction*, London: Duke University Press, 1988.

Frankel, Sara, "An Interview with Muriel Spark", *Partisan Review*, Vol. 54, No. 3, 1987.

Fremantle, Anne, "In its Brief, Spare Way, It Packs a Wallop", *Sunday Herald Traveler*, Vol. 1, December, 1968.

Frye, Northrop, "Myth, Fiction, and Displacement", in B. Das and J. M. Mohanty ed. , *Literary Criticism: A Reading*, Calcutta: Oxford University Press, 1985.

Gardiner, Michael, and Willy Maley, eds. , *Edinburgh Companion to Muriel Spark*, Edinburgh: Edinburgh University Press, 2010.

Gavins, Joanna, and Gerard Steen, *Cognitive Poetics in Practice*, London and New York: Routledge, 2003.

Genette, Gerard, *Palimpsests: Literature in the Second Degree*, Trans. Channa Newman and Claude Doubinsky. London: University of Nebraska Press, 1997.

Gillham, Ian, "Keeping it Short—Muriel Spark Talks About Her Books to Ian Gillham", *Listener*, Vol. 24, September, 1970.

Glendinning, Victoria, "Talk with Muriel Spark", *New York Times Book Review*, Vol. 20, May, 1979.

Goldie, David, "Muriel Spark and the Problem of Biography", in Michael Gardiner and Willy Maley ed. , *The Edinburgh Companion to Muriel Spark*, Edinburgh: Edinburgh University Press, 2010.

Graff, Gerald, *Literature against Itself: Literary Ideas in Modern Society*, Chicago: The University of Chicago Press, 1979.

Greene, George, "A Reading of Muriel Spark", *Thought* XLIII (Autumn 1968).

Grosskurth, Phyllis, "The World of Muriel Spark", *The Tamarack Review*, Vol. 39, Spring, 1966.

Gunderloch, Anja, "The Heroic Ballads of Gaelic Scotland", *The Edingurgh Companion to Scottish Traditional Literatures*, Eds. Sarah Dunnigan and Suzanne Gilbert, Edinburgh: Edinburgh University Press, 2013.

Gusdorf, Georges, "Conditions and Limits of Autobiography", *Autobiography: Essays Theoretical and Critical*, Ed. James Olney, Princeton: Princeton University Press, 1980.

Gutkin, Len, "Muriel Spark's Camp Metafiction", *Contemporary Literature*, Vol. 58, No. 1, 2017.

Hanna, Julian, *Key Concepts in Modernist Literature*, Shanghai: Shanghai Foreign Language Education Press, 2016.

Harrison, Lisa, " 'The Magazine That is Considered the Best in the World': Muriel Spark and The New Yorker", *Modern Fiction Studies*, Vol. 54, No. 3, 2008.

Hart, Francis Russell, *The Scottish Novel: From Smollett to Spark*, Cambridge: Harvard University Press, 1978.

Hassan, Ihab, *The Postmodern Turn: Essays in Postmodern Theory and Culture*, Ohio: Ohio State University Press, 1987.

Hawthorne, Nathaniel, *The Scarlet Letter*, Shanghai: Shanghai Foreign Language Education Press, 2001.

Head, Dominic, *The Cambridge Introduction to Modern British Fiction*, Cambridge: Cambridge University Press, 2002.

Herman, David, " 'A Salutary Scar': Muriel Spark's Desegregated Art in the Twenty-First Century", *Modern Fiction Studies*, Vol. 54, No. 3, 2008.

Hildegard, Baumgart, *Jealousy-Experience and Solutions*, Chicago: The University of Chicago Press, 1985.

Hodgkins, Hope Hoewll, "Stylish Spinsters: Spark, Pym and the Post-War Comedy of the Object", *Modern Fiction Studies*, Vol. 54, No. 3, 2008.

Holloway, John, "Narrative Structure and Text Structure: Isherwood's *A Meeting by the River*, and Muriel Spark's *The Prime of Miss Jean Brodie*", *Critical Inquiry*, Vol. 1, No. 3, 1975.

Hosmer Jr., Robert, "The Chandeliers of the Metropole: A Vivid Glow upon the Just and the Unjust in Muriel Spark's *The Driver's Seat*", *Scottish Literary Review*, Vol. 9, No. 1, 2017.

Hosmer, Robert, "An Interview with Dame Muriel Spark", *Salmagundi*, Vol. 146/147, Spring, 2005.

Hoyt, Charles Alva, "Muriel Spark: The Surrealist Jane Austen", in Charles Shapiro ed., *Contemporary British Novelists*, Carbondale: Southern Illinois U. P., 1965.

Hutcheon, Linda, *Narcissistic Narrative: The Metafictional Paradox*, London: Routledge, 1991.

Hutcheon, Linda, *A Theory of Parody*, New York: Methuen, 1985.

Hynes, Joseph, "Topnotch Witcheries", *Critical Essays on Muriel Spark*,

New York: G. K. Hall & Co. , 1992.

Jameson, Fredric, *The Geopolitical Aesthetic*, Bloomington: Indiana University Press, 1992.

Jefferson, Ann, *The Nouvyeau Roman and the Poetics of Fiction*, Cambridge: Cambridge University Press, 1980.

Josipovici, Gabriel, *The Modern English Novel: The Reader, the Writer and the Work*, New York: Barnes & Noble Books, 1976.

Karl, Frederick, "On Muriel Spark's Fiction to 1968", in Joseph Hyne ed. , *Critical Essays on Muriel Spark*, New York: G. K. Hall & Co. , 1992.

Kelleher, V. M. K. , "The Religious Artistry of Muriel Spark", *The Critical Review*, Vol. 18, 1976.

Kemp, Jonathan, "'Her Lips are Slightly Parted': The Ineffability of Erotic Sociality in Muriel Spark's *The Driver's Seat*", *Modern Fiction Studies*, Vol. 54, No. 3, 2008.

Kemp, Peter, *Muriel Spark*, London: Elek Books Limited, 1974.

Kermode, Frank, "A Turn of Events", *London Review of Book*, Vol. 14, November, 1996.

Kermode, Frank, "Sheerer Spark", *Listener*, Vol. 24, September, 1970.

Kermode, Frank, "Antimartyr", *Listener*, Vol. 13, June, 1968.

Kermode, Frank, "Foreseeing the Unforeseen", *Listener*, Vol. 11, November, 1971.

Kermode, Frank, "The British Novel Lives", *Atlantic Monthly*, July, 1972.

Kermode, Frank, "The House of Fiction: Interviews with Seven English Novelists", *Partisan Review*, Vol. 30, Spring, 1963.

Kermode, Frank, "The Novel as Jerusalem: Muriel Spark's *Mandelbaum Gate*", *Atlantic*, October, 1965.

Kermode, Frank, "To *The Girls of Slender Means*", *Critical Essays on Muriel Spark*, Ed. Joseph Hyne, New York: G. K. Hall & Co. , 1992.

Keyser, Barbara Elizabeth, "The Dual Vision of Muriel Spark", PhD. Diss. University of Tulane, 1972.

Korg, Jacob, *Language in Modern Fiction*, Sessex: The Harveater Press Limited, 1979.

Kristeva, Julia, *Desire in Language: A Semiotic Approach to Literature and Art*, Trans. Alice Jardine, Leon S. Roudiez, and Thomas Gora, New York: Columbia University Press, 1980.

Kuusela, Oskari, *Key Terms in Ethics*, Beijing: Foreign Language Teaching and Research Press, 2017.

Lauze, Sara E. , "Notes on Metafiction: Every Essay Has a Title", in Larry McCaffery ed. , *Postmodern Fiction*, New York: Greenwood Press, 1986.

Lejeune, Philippe, *On Autobiography*, Minneapolis: University of Minnesota Press, 1989.

Lodge, David, "An Appreciation of Dame Muriel Spark: 'She Dealt with Solemn Subjects in a Bright and Sparkling Style'", *Guardian*, Vol. 17, April, 2006.

Lodge, David, *The Art of Fiction*, London: Penguin, 1992.

Lodge, David, *The Modes of Modern Writing*, London: Edward Arnold Ltd. , 1977.

Lodge, David, "Bright Spark of Modernism", *Guardian*, Vol. 23, March, 1997.

Lodge, David, "The Uses and Abuses of Omniscience: Method and Meaning in Muriel Spark's *The Prime of Miss Jean Brodie*", *The Novelist at the Crossroads and Other Essays on Fiction and Criticism*, Ed. David Lodge, London: Routledge, 1971.

Lukács, Georg, *The Meaning of Contemporary Realism*, Trans. John Mander and Necke Mander, London: Merlin, 1963.

Lyle, Emily, et al. , "Genre", *The Edingurgh Companion to Scottish Traditional Literatures*, Eds. Sarah Dunnigan and Suzanne Gilbert. Edinburgh: Edinburgh University Press, 2013.

Lynch, Michael, *The Oxford Companion to Scottish History*, Oxford: Oxford University Press, 2001.

Lyons, Paddy, "Muriel Spark's Break with Romanticism", in Michael Gardiner and Willy Maley eds. , *The Edinburgh Companion to Muriel Spark*, Edinburgh: Edinburgh University Press, 2010.

Mackay, Marina, "Muriel Spark and the Meaning of Treason", *Modern Fiction Studies*, Vol. 54, No. 3, 2008.

Macleod, Lewis, "Matters of Care and Control: Surveillance, Omniscience, and Narrative Power in *The Abbess of Crewe* and *Loitering with Intent*", *Modern Fiction Studies*, Vol. 54, No. 3, 2008.

MacLeod, Lewis, " 'Do We of Necessity become Puppets in a story?' or Narrating the World: On Speech, Silence, and Discourse in J. M. Coetzee's *Foe*", *Modern Fiction Studies*, Vol. 52, No. 1, 2006.

Maijala, H. , Munnukka, T. , and Nikkonen, M. , "Feeling of Lacking as the Core of Envy: A Conceptual Analysis of Eny", *Journal of Advanced Nursing*, Vol. 31, No. 6, 2000.

Maley, Willy, "Not to Deconstruct? Righting and Deference in *Not to Disturb*", in Martin McQuillan ed. , *Theorizing Muriel Spark*, New York: Palgrave, 2002.

Malkoff, Karl, "Demonology and Dualism: The Supernatural in Isaac Singer and Muriel Spark", in Irving Malin ed. , *Critical Views of Isaac Bashevis Singer*, New York: New York University Press, 1969.

Malkoff, Karl, *Muriel Spark*, New York: Columbia University Press, 1968.

Mallon, Thomas, "Transfigured", *New Yorker*, Vol. 4, May, 2010.

Mansfield, Joseph Gerard, *Another World than This: The Gothic and the Catholic in the Novels of Muriel Spark*, Diss. Michigan: The University of Iowa, 1973.

May, Derwent, "Holy Outrage", in Joseph Hyne ed. , *Critical Essays on*

Muriel Spark, New York: G. K. Hall & Co. , 1992.

May, Nadia, " *Loitering With Intent-*Muriel Spark ", September 2002, Blackstone Audiobooks, Vol. 8, July, 2010.

McBrien, William, "Muriel Spark: The Novelist as Dandy", in Thomas F. Staley ed. , *Twentieth Century Women Novelists*, London: Macmillan, 1985.

McCaffery, Larry, " The Art of Metafiction ", in Mark Currie ed. , *Metafiction*, London: Longman, 1995.

McQuillan, Martin, "An Interview with Muriel Spark", in Martin McQuillan ed. , *Theorizing Muriel Spark*, New York: Palgrave Publisher Ltd. , 2002.

McQuillan, Martin, ed. , *Theorizing Muriel Spark*, New York: Palgrave Publisher Ltd. , 2002.

Miller, Hilis, *Fiction and Repetition: Seven English Novels*, Cambridge: Harvard University Press, 1982.

Norman, Donald A. , *Perspectives on Cognitive Science*, New Jersey: Hillsdale, 1981.

Ommundsen, Wenche, *Metafiction?*, Victoria: Melbourne University Press, 1993.

Padley, Steve, *Key Concepts in Contemporary Literature*, Shanghai: Shanghai Foreign Language Press, 2006.

Page, Norman, *Muriel Spark*, London: Macmillan, 1990.

Parrot, W. G. , and Smith, R. H. , "Distinguishing the Experiences of Envy and Jealousy", *Journal of Personality and Social Psychology*, Vol. 64, No. 6, 1993.

Parsons, Gerald, "Paradigm or Period Piece? David Lodge's ' How Far Can You Go?' in Perspective", *Journal of Literature & Theology*, Vol. 6, No. 2, 1992.

Pero, Allan, "Look for One Thing and You Find Another: The Voice and Deduction in Muriel Spark's *Memento Mori* ", *Modern Fiction Studies*,

Vol. 54, No. 3, 2008.

Phelan, James, "Toward A Rhetorical Reader-Response Criticism: The Difficult, The Stubborn, and The Ending of Beloved", *Modern Fiction Studies*, Vol. 39, No. 3 & 4, 1993.

Prince, Gerald, *A Dictionary of Narratology*, Lincoln: University of Nebraska Press, 1987.

Randisi, Jennifer Lynn, *On Her Way Rejoicing: The Fiction of Muriel Spark*, Washington, D. C. : The Catholic University Press, 1991.

Rankin, Ian, "The Deliberate Cunning of Muriel Spark", in Gavin Wallace ed. , *The Scottish Novel since the Seventies*, Edinburgh: Edinburgh University Press, 1993.

Rankin, Ian, Surface and Structure: Reading Muriel Spark's *The Driver's Seat*, *Journal of Narrative Technique*, Vol. 15, No. 1, 1985.

Raven, Simon, "Heavens Below", *Spectator*, Vol. 20, September, 1963.

Richmond, Velma Bourgeois, "The Darkening Vision of Muriel Spark", *Critique*, Vol. 15, No. 1, 1973.

Richmond, Velma Bourgeois, *Muriel Spark*, New York: Frederick Ungar Publishing Co. , 1984.

Rose, Margaret A. , *Parody: Ancient, Modern and Postmodern*, Cambridge: Cambridge University Press, 1993.

Ross, Charles, "A Conceptual Map of Ethical Literary Criticism: An Interview with Nie, Zhenzhao", *Forum for World Literature Studies*, Vol. 7, No. 2, July, 2015.

Ross, Jean W. , "CA Interview", in Linda Metzger ed. , *Contemporary Authors: New Revision Series*, Vol. 12, Detroit: Gale Research Company, 1984.

Sage, Lorna, "Seeing Things from the End", *TLS*, September, 1990.

Salovey, Peter, "The Differentiation of Social-Comparison Jealousy and Romantic Jealousy", *Journal of Personality and Social Psychology*, Vol. 50, No. 6, 1986.

Salsbury, Laura, "Cognitive Studies", *The Encyclopedia of Literary and Cultural Theory*, Ed. Michael Ryan, Chichester: Wiley-Blackwell, 2011.

Schiff, Stephen, "Muriel Spark between the Lines", *The New Yorker*, Vol. 24, May, 1993.

Schneider, Harold W., "A Writer in Her Prime: The Fiction of Muriel Spark", *Critique* 5, 1962.

Schorer, Mark, *William Blake: The Politics of Vision*, New York: Holt, Rinehart and Winston, 1946.

Scott, P. H. 1707, *The Union of Scotland and England*, Edinburgh: W & R Chambers Ltd, 1979.

Seller, Susan, "Tales of love: Narcissism and Idealization in The Public Image", in Martin McQuillan ed., *Theorizing Muriel Spark*, New York: Palgrave, 2002.

Sellin, Bernard, "Post-War Scottish Fiction: Mac Colla, Linklater, Jenkins, Spark and Kennaway", in Ian Brown and Alan Riach eds., *The Edinburgh Companion to Twentieth-Century Scottish Literature*, Edinburgh: Edinburgh University Press, 2009.

Shaw, Valerie, "Fun and Games with Life-Stories", in Alan Bold ed., *Muriel Spark*, London: Vision Press Limited, 1984.

Showalter, Elaine, *The New Feminist Criticism: Essays on Women Literature, and Theory*, New York: Pantheon, 1985.

Smith, R. H., Kim, S. H., "Comprehending Envy", *Psychol Bull*, Vol. 133, No. 2, 2007.

Spark, Muriel, *The Abbess of Crewe*, London: Macmillan, 1974.

Spark, Muriel ed., *The Brontë Letters*, London: Nevill, 1954.

Spark, Muriel, *A Far Cry from Kensington*, London: Constable, 1988.

Spark, Muriel, *Child of Light: A Reassessment of Mary Wollstonecraft Shelley*, Essex: Tower Bridge Publications Limited, 1951.

Spark, Muriel, *Collected Stories*, London: Macmillan London Limited,

1985.

Spark, Muriel, *Curriculum Vitae*, London: Constable and Company Ltd. , 1992.

Spark, Muriel, *Emily Brontë*, London: Peter Owen Limited, 1953.

Spark, Muriel, *John Masefield*, London: Peter Nevill, 1953.

Spark, Muriel, *Loitering with Intent*, London: The Bodley Head Ltd. , 1981.

Spark, Muriel, *Memento Mori*, New York: Avon, 1959.

Spark, Muriel, *Robinson*, London: Macmillan, 1958.

Spark, Muriel, *The Ballad of Peckham Rye*, London: Macmillan, 1961.

Spark, Muriel, *The Driver's Seat*, Middlesex: Penguin, 1970.

Spark, Muriel, *The Finishing School*, New York: Doubleday, 2004.

Spark, Muriel, *The Girls of Slender Means*, London: Macmillan, 1961.

Spark, Muriel, *The Hothouse by the East River*, New York: Penguin, 1977.

Spark, Muriel, *The Prime of Miss Jean Brodie*, London: Macmillan, 1963.

Spark, Muriel, *The Public Image*, London: Macmillan, 1968.

Spark, Muriel, *The Takeover*, London: Macmillan, 1976.

Spark, Muriel, "Edinburgh Born", *New Statesman* 64, Vol. 10, August, 1962.

Spark, Muriel, "How I Became a Novelist", *The Informed Air*: *Essays by Muriel Spark*, Ed. Jardine Penelope, New York: New Directions Book, 2014.

Spark, Muriel, "My Books of Life", *The Informed Air*: *Essays by Muriel Spark*, Ed. Penelope Jardine, New York: New Directions, 2014.

Spark, Muriel, "My Conversion", *Twentieth Century*, Vol. 170, Autumn, 1961.

Spark, Muriel, "Pensée: Scottish Education", *The Informed Air*: *Essays by Muriel Spark*, Ed. Jardine Penelope, New York: New Directions

Book, 2014.

Spark, Muriel, "Robert Burns", *The Informed Air: Essays by Muriel Spark*, Ed. Penelope Jardine, New York: New Directions, 2014.

Spark, Muriel, "Robert Louis Stevenson", *The Informed Air: Essays by Muriel Spark*, Ed. Penelope Jardine, New York: New Directions, 2014.

Spark, Muriel, "The Books I Re-Read and Why", *The Informed Air: Essays by Muriel Spark*, Ed. Penelope Jardine, New York: New Directions, 2014.

Spark, Muriel, "The Religion of an Agnostic: a Sacramental View of the World in the Writings of Proust", *Church of England Newspaper*, Vol. 27, November, 1953.

Spark, Muriel, "What Images Return", *Memoirs of a Modern Scotland*. Ed. Karl Miller. London: Faber & Faber, 1970.

Sparl, Muriel, *Not to Disturb*, London: Macmillan, 1971.

Sparl, Muriel, *Symposium*, London: Constable, 1990.

Sparl, Muriel, *The Comforters*, London: Macmillan, 1985.

Sparl, Muriel, *The Complete Short Stories*, London: Penguin Books Ltd. , 2002.

Sproxton, Judy, *The Women of Muriel Spark*, New York: St. Martin's Pres, 1993.

Stanford, Derek, *Muriel Spark: A Biographical and Critical Study*, London: Centaur Press, 1963.

Stanford, Derek, and Muriel Spark ed. , *Letters of John Henry Newman*. London: Peter Owen Ltd. , 1957.

Stannard, Martin, *Muriel Spark: The Biography*, New York: W. W. Norton & Co. , 2010.

Sterling, C. , et al. , "The Two Faces of Envy: Studying Benign and Malicious Envy in the Workplace", in R. H. Smith, U. Merlone, & M. K. Duffy ed. , *Envy at Work and in Organizations*, New York: Oxford University Press, 2016.

Stevenson, Randall, *The British Novel since the Thirties*, Athens: University of Georgia Press, 1986.

Stockwell, Peter, *Cognitive Poetics: An Introduction*, New York: Routledge, 2002.

Stovel, Nora Foster, "Review of *The Finishing School* by Muriel Spark", *The International Fiction Review*, Vol. 33, 2006.

Stubbs, Patricia, *Muriel Spark*, Essex: Longman, 1973.

Sturrock, John, *The French New Novel*, London: Oxford University Press, 1969.

Swaim, Barton, "Strange Books of Psychology: Did Muriel Spark Fall out with Carl Jung?", *The Times Literary Supplement*, Vol. 54, No. 22, 2007.

Szeliski, John Von, "Pessimism and Modern Tragedy", *Educational Theatre Journal*, Vol. 16, No. 1, 1964.

Taylor, Alan, "The Gospel according to Spark", *Sunday Herald*, Vol. 22, February, 2004.

Tease, Amy Woodbury, "Call and Answer: Muriel Spark and Media Culture", *Modern Fiction Studies*, Vol. 62, No. 1, 2016.

Toynbee, Philip, "Twenty Years After", *The Observer Color Magazine*, Vol. 7, November, 1971.

Updike, John, "Books. A Romp with Job", *New Yorker*, Vol. 23, July, 1984.

Updike, John, "On the Takeover", *Critical Essays on Muriel Spark*, Ed. Joseph Hyne, New York: G. K. Hall & Co., 1992.

Updike, John, "Topnotch Witcheries", *NY*, Vol. 6, January, 1975.

Walker, Dorothea, *Muriel Spark*, Boston: Twayne Publishers, 1988.

Walker, Dorothea, "Preface", *Muriel Spark*, By Walker, Boston: Twayne Publishers, 1988.

Wallace, Gavin and Stevenson, Randall, eds., *The Scottish Novel since the Seventies*, Edinburgh: Edinburgh University Press, 1993.

Waugh, Evelyn, "Something Fresh", *Spectator*, Vol. 22, February, 1957.

Waugh, Patricia, *Metafiction*: *The Theory and Practice of Self-conscious Fiction*, London: Methuen, 1984.

Weston, Anne, "The Comic Uncanny in Muriel Spark's *Memento Mori*", *Scottish Literary Review*, Vol. 9, No. 2, 2017.

Whittaker, Ruth, *The Faith and Fiction of Muriel Spark*, New York: St. Martin's Press, 1982.

Wildman, John Hazard, "Translated by Muriel Spark", in Donald E. Stanford ed. , *Nine Essays in Modern Literature*, Baton Rouge: Louisiana State University Press, 1965.

Winslow, Donald J. , *Life Writing*: *A Glossary of Terms in Biography*, *Autobiography and Related Forms*, Hawaii: University of Hawaii Press, 1995.

Worton, Michael, and Still, Judith, *Intertextuality*, Manchester: Manchester University Press, 1990.

二 中文文献

［德］阿尔伯特·爱因斯坦：《爱因斯坦文集》第 1 卷，许良英译，商务印书馆 1977 年版。

［德］阿莱达·阿斯曼：《回忆空间：文化记忆的形式和变迁》，潘璐译，北京大学出版社 2016 年版。

［德］黑格尔：《历史哲学》，王造时译，生活·读书·新知三联书店 1956 年版。

［德］康德：《道德形而上学探本》，唐钺译，商务印书馆 1957 年版。

［德］马克斯·韦伯：《新教伦理与资本主义精神》，陈平译，陕西师范大学出版社 2007 年版。

［俄］巴赫金：《巴赫金全集》第 3 卷，万海松译，河北教育出版社 2009 年版。

［法］福柯：《规训与惩罚》，刘北成、杨远婴译，生活·读书·新知

三联书店 1999 年版。

［法］福柯:《权力的眼睛》,严锋译,上海人民出版社 1997 年版。

［法］加斯东·巴什拉:《空间的诗学》,张逸婧译,上海译文出版社
    2013 年版。

［法］热拉尔·热奈特:《叙事话语》,王文融译,中国社会科学出版
    社 1990 年版。

［法］萨特:《萨特戏剧集》(上),沈志明、袁树仁译,人民文学出
    版社 1985 年版。

［美］R. R. 帕尔默:《欧洲崛起:现代世界的入口》,孙福生等译,
    世界图书出版公司 2010 年版。

［美］约瑟夫·弗兰克:《现代小说中的空间形式》,秦林芳译,北京
    大学出版社 1991 年版。

［美］詹明信:《晚期资本主义的文化逻辑》,陈清侨等译,生活·读
    书·新知三联书店 1997 年版。

［美］詹姆逊:《后现代主义与文化理论》,唐小兵译,北京大学出版
    社 1997 年版。

［墨西哥］奥克塔维奥·帕斯:《批评的激情》,赵振江译,云南人民
    出版社 1995 年版。

［英］丹尼尔·笛福:《笛福文选》,徐式谷译,商务印书馆 1979
    年版。

［英］迈克·克朗:《文化地理学》,杨淑华、宋慧敏译,南京大学出
    版社 2003 年版。

［英］缪里尔·斯帕克:《琼·布罗迪小姐的青春》,袁凤珠译,南海
    出版社 2015 年版。

［英］培根:《培根文集》,江文编译,中国戏剧出版社 2008 年版。

戈德曼:《论小说的社会学》,吴岳添译,中国社会科学出版社 1988
    年版。

包亚明:《现代性与空间的生产》,上海教育出版社 2003 年版。

常耀信:《英国文学简史》,南开大学出版社 2008 年版。

陈众议:《塞万提斯学术史研究》,译林出版社 2011 年版。

戴鸿斌：《斯帕克的后现代主义小说艺术》，厦门大学出版社 2011 年版。

侯维瑞：《英国文学通史》，上海外语教育出版社 2006 年版。

侯维瑞、李维屏：《英国小说史》，译林出版社 2005 年版。

胡全生：《英美后现代主义小说叙事结构研究》，复旦大学出版社 2002 年版。

瞿世镜：《当代英国小说史》，外语教学与研究出版社 1998 年版。

瞿世镜、任一鸣：《当代英国小说史》，上海译文出版社 2008 年版。

李维屏：《英国小说艺术史》，上海外语教育出版社 2003 年版。

李维屏编：《英国小说人物史》，上海外语教育出版社 2008 年版。

梁工：《基督教文学》，宗教文化出版社 2001 年版。

林树明：《多维视野中的女性主义文学批评》，中国社会科学出版社 2004 年版。

刘建军：《基督教文化与西方文学传统》，北京大学出版社 2005 年版。

刘意青、刘炅：《简明英国文学史》，外语教学与研究出版社 2008 年版。

柳鸣九编：《萨特研究》，中国社会科学出版社 1981 年版。

鲁迅：《二心集》，人民文学出版社 1973 年版。

聂珍钊：《文学伦理学批评导论》，北京大学出版社 2014 年版。

阮炜：《社会语境中的文本：二战后英国小说研究》，社会科学文献出版社 1998 年版。

阮炜、徐文博、曹亚军：《20 世纪英国文学史》，青岛出版社 2004 年版。

申丹：《叙述学与小说文体学研究》，北京大学出版社 2004 年版。

束定芳：《隐喻学研究》，上海外语教育出版社 1999 年版。

唐岫敏等：《英国传记发展史》，上海教育出版社 2012 年版。

王守仁、何宁：《20 世纪英国文学史》，北京大学出版社 2006 年版。

王寅：《认知语言学》，上海外语教育出版社 2007 年版。

杨仁敬：《海明威学术史研究》，译林出版社 2014 年版。

杨仁敬：《美国后现代派小说论》，青岛出版社 2004 年版。

杨正润：《现代传记学》，南京大学出版社 2009 年版。

殷企平：《英国小说批评史》，上海外语教育出版社 2001 年版。

赵白生：《传记文学理论》，北京大学出版社 2003 年版。

赵一凡：《从卢卡奇到萨义德：西方文论讲稿续编》，生活·读书·
　新知三联书店 2009 年版。

朱光潜：《西方美学史》，人民文学出版社 1979 年版。

朱立元编：《当代西方文艺理论》，华东师范大学出版社 1997 年版。

朱智贤：《心理学大词典》，北京师范大学出版社 1989 年版。

曹蓉、王晓钧：《社会心理学嫉妒研究评析》，《西北大学学报》2007
　年第 5 期。

陈世丹：《论冯内古特的元小说艺术创新》，《国外文学》2009 年第
　3 期。

陈世丹：《论后现代主义小说之存在》，《外国文学》2005 年第 3 期。

戴鸿斌：《〈安慰者〉的互文性策略》，《外国文学研究》2015 年第
　5 期。

戴鸿斌：《〈驾驶席〉的新小说技巧》，《浙江外国语学院学报》2012
　年第 2 期。

戴鸿斌：《〈琼·布罗迪小姐的青春〉的叙事策略辨析》，《英美文学
　研究论丛》2016 年第 1 期。

戴鸿斌：《斯帕克〈精修学校〉的元小说策略》，《国外文学》2017
　年第 1 期。

戴鸿斌：《斯帕克笔下多色调的女性形象》，《英美文学研究论丛》
　2013 年第 2 期。

戴鸿斌：《斯帕克的后现代主义小说艺术》，《英美文学研究论丛》
　2011 年第 1 期。

戴鸿斌：《斯帕克的元小说叙事策略解读》，《当代外国文学》2011 年
　第 2 期。

戴鸿斌：《英国女作家斯帕克的生命书写》，《外国文学》2016 年
　4 期。

戴鸿斌：《英国女作家斯帕克的小说叙事理论初探》，《外语教学》
　　2013 年第 4 期。

高兴萍：《宗教信仰与叙事策略的完美结合：论〈安慰者〉的叙事特
　　色》，《齐齐哈尔大学学报》（哲学社会科学版）2008 年第 5 期。

姜晓渤：《象征秩序下的困顿主体——评麦克尤恩的〈水泥花园〉》，
　　《外国文学》2013 年第 5 期。

金辉：《英国女作家缪里尔·斯帕克及其新作》，《文化译丛》1990 年
　　第 2 期。

李丽颖：《英格兰、苏格兰合并过程中的宗教问题》，《世界宗教研
　　究》2011 年第 2 期。

梁工：《神话》，《外国文学》2011 年第 1 期。

刘若端：《斯帕克的新型小说》，《外国文学报道》1997 年第 2 期。

龙迪勇：《空间形式：现代小说的叙事结构》，《思想战线》2005 年第
　　6 期。

陆建德：《文学中的伦理：可贵的细节》，《文学评论》2014 年第
　　2 期。

吕洪灵：《斯帕克女士的青春》，《外国文学动态》2007 年第 1 期。

聂珍钊：《文学伦理学批评：基本理论与术语》，《外国文学研究》
　　2010 年第 1 期。

聂珍钊：《文学伦理学批评：伦理选择与斯芬克斯因子》，《外国文学
　　研究》2011 年第 6 期。

齐宁：《斯帕克发表新作〈有目的地闲逛〉》，《外国文艺》1981 年第
　　6 期。

秦怡娜、孔雁：《更迭的形象，背叛的青春——对〈布罗迪小姐的青
　　春〉的一种解读》，《外国文学研究》2001 年第 3 期。

阮炜：《有"洞见的扰乱者——读斯帕克的〈佩克姆草地叙事曲〉》，
　　《外国文学研究》1992 年第 3 期。

苏晓军：《文学的认知研究史探》，《苏州大学学报》2005 年第 5 期。

汪民安：《权力》，《外国文学》2002 年第 2 期。

王安忆、陈思和：《两个初中毕业生的即兴对话》，《上海文学》1988

年第 3 期。

王先霈：《从社会批判精神的张扬到人生意义的追问》，《外国文学研究》2013 年第 2 期。

王约西：《人与上帝的抗争——论缪里尔·斯帕克的宗教小说》，《外国文学》1999 年第 1 期。

王月竹、方双虎：《国内外妒忌研究的现状与展望》，《心理研究》2013 年第 6 期。

吴蒙：《忠诚的背叛者——〈布罗迪小姐的青春〉中桑迪一角分析》，《科技信息》2008 年第 12 期。

熊海霞：《颠覆性别对立，走向中心之边缘——从女性主义的视阈中角解读〈布罗迪小姐的青春〉中的男性人物》，《文学界》2010 年第 8 期。

熊沐清：《故事与认知：简论认知诗学的文学功用观》，《外国语文》2009 年第 1 期。

熊沐清：《认知文学批评的生成与发展——认知文学研究系列之二》，《外国语文》2016 年第 1 期。

杨金才：《当代英国文坛两姐妹：缪里尔·斯帕克和艾丽斯·默多克》，《世界文化》2001 年第 1 期。

杨金才：《当代英国小说研究的若干命题》，《当代外国文学》2008 年第 3 期。

尹祥凤：《认知诗学视域下的文学隐喻认知功能》，《山东理工大学学报》2012 年第 4 期。

袁凤珠：《英国文坛女杰缪丽尔·斯帕克》，《当代外国文学》1995 年第 2 期。

袁凤珠：《缪里尔·斯帕克——当代英国文坛女杰》，《外国文学》1999 年第 1 期。

张云鹤：《分裂的主体：〈布罗迪小姐的青春〉的心理解读》，《大连海事大学学报》（社会科学版）2009 年第 3 期。

张云鹤：《驾驶席上的疯狂之旅：对〈驾驶席〉中莉丝的心理解读》，《短篇小说》2014 年第 12 期。

朱永康：《英国文坛怪老太缪里尔·斯帕克》，《世界文化》1999 年第
　5 期。

高兴萍：《荒原中的救赎与惩罚——论〈安慰者〉的艺术特色》，硕
　士学位论文，福建师范大学，2009 年。

李晓青：《充满无限可能的世界——再读缪丽尔·斯巴克的〈布罗迪
　小姐的青春〉》，硕士学位论文，北京语言大学，2005 年。

李艳：《〈布罗迪小姐的青春〉的多元主题分析》，硕士学位论文，内
　蒙古大学，2012 年。

王如菲：《控制与操纵——斯帕克〈带着意图徘徊〉和〈肯辛顿的遥
　远呼喊〉三类人物探析》，硕士学位论文，南京大学，2014 年。

吴蒙：《缪丽尔·斯帕克的两面性世界：论〈布罗迪小姐的青春〉》，
　硕士学位论文，南京师范大学，2009 年。

武娜：《穆丽尔·斯帕克典型女性人物形象研究》，硕士学位论文，
　河南大学，2005 年。

尹丽娟：《僭越与皈依：析〈琼·布罗迪小姐的青春〉的宗教思想》，
　硕士学位论文，南京师范大学，2008 年。

张莹颖：《论缪丽尔·斯帕克的创作特征——以〈死的警告〉等作品
　为例》，硕士学位论文，四川师范大学，2014 年。

郑丽敏：《权利与反抗——评缪丽尔·斯帕克的小说〈布罗迪小姐的
　青春〉》，硕士学位论文，南京航空航天大学，2010 年。

后　记

　　经过多年的奋斗，我终于可以欣慰地将第三部专著付梓。本书稿能够顺利完成得到了许多方面的支持。首先，要感谢国家社科规划办公室和国家社科基金评委，由于他们在 2012 年批准我入选国家社科基金青年项目，我才能锲而不舍地完成此书。其次，我有幸获得国家留学基金委的认可与资助，于 2014 年 8 月至 2015 年 8 月在美国加州大学伯克利分校英语系访学。我不仅因此开阔了学术视野和眼界，见识并受教于世界一流的英美文学专业教授，而且能够暂时摆脱比较繁重的教学任务，潜心笔耕，完成了本书稿的主要章节。本书的部分内容原先发表在《外国文学研究》《国外文学》《外国文学》《当代外国文学》《英美文学研究论丛》《外语教学》《当代外语研究》《外文研究》《浙江外国语学院学报》和《中国社会科学报》等期刊和报纸上，特此表达谢意。这些内容经过修改后编入书中不同章节。

　　我在写作的过程中得到了许多专家与好友的鼓励和指教，我将铭记在心。在此应该特别感谢上海外国语大学的李维屏、乔国强、虞建华、史志康、张和龙和张定铨等老师；厦门大学的杨仁敬、张龙海、陈菁、李美华、徐琪、辛志英、吴光辉、李力和张望等老师；福建师范大学的陈凯、林大津和邓劲雷等老师。感谢诸多同仁好友提出了修改建议或者在研究资料和精神鼓励上给予了弥足珍贵的支持。感谢中国社会科学出版社的郝玉明编辑，她的敬业精神令我钦佩。感谢我的几位研究生帮忙校对书稿，他们是黄依妮、龚奕今、肖宁双、王佳婧与刘仕名。最后，我对于给予我无限支持和鼓励的双亲，还有聪颖的妻子和可爱的小女儿心怀感恩之情。他们在一定程度上减轻了我在工作上与生活中的压力，使我能够全身心地投入书稿的写作中，为书稿的顺利完成起到不可或缺的保障作用。

我在《缪里尔·斯帕克小说研究》中倾注了大量的心血，试图为我国的英国现代小说研究添砖加瓦，尽绵薄之力。学术生涯道阻且长，甘苦自知，确有一番乐趣令人沉醉着迷。然而，由于个人学养不够、水平有限，书中有些立论未必完善，尚待专家与读者明辨。此外，书中还难免出现各种不足与遗憾，在此恳请诸位同行和读者批评指正、不吝赐教，以便日后加以斧正。